U0455791

CHONGWENGUAN

读古人书　友天下士

百余年前，崇文书局于武昌正觉寺开馆刻书，成晚清四大书局之一。所刻经籍，镌工精雅，数量众多，流布甚广，影响巨大。为赓续前贤，倡明国学，弘扬文化，本局现致力于传统典籍的出版。既专事文献整理，效力学术；亦重文化普及，面向大众。或经学，或史论，或诸子，或诗词，各成系列，统一标识，名之为"崇文馆"。

嘉应学院第十四批高等教育教学改革重点项目
"龚自珍诗全集校注与中文专业素质的培养"
(JYJG201701013) 的最终成果

中国古典诗词校注评丛书

龚自珍诗全集 【汇校汇注汇评】

汤克勤　编著

长江出版传媒｜崇文书局

前　言

一

龚自珍（1792—1841）又名易简、巩祚，字璱（sè）人（后人写为"瑟人"），字尔玉、伯定，号定盦（ān，通"庵"），晚年又号羽琌山民，浙江省仁和县（今杭州市）人，是我国清代杰出的启蒙思想家和文学家。

龚自珍出身于官僚文士家庭，家学深厚。父亲龚丽正，历官内阁中书、军机章京、江南苏松太兵备道，署江苏按察使，长于史学。母亲段驯，是清代著名经学家和文字学家段玉裁的女儿。龚自珍幼承母教，喜好诗文。稍长受外祖父之学，打下文学和学术研究的基础。28 岁开始从礼部主事刘逢禄学《公羊春秋》，明微言大义之学，提倡经世致用，政治上主张"经世匡时"、改革朝政、变革社会。

龚自珍 27 岁嘉庆二十三年（1818）中举人，一直到 38 岁道光九年（1829），经过六次会试，才考中进士。他长期在京城担任内阁中书，做过宗人府主事和礼部主客司主事，官职卑微，仕途极不得志，困厄下僚。48 岁道光十九年己亥（1839），因不满朝政，遭到当权者的排挤，以父亲年逾七旬、叔父担任礼部尚书"例当引避"为由，辞官归乡讲学。

龚自珍作为启蒙思想家，其思想主要阐述在其散文作品中，诗歌中亦有所反映。重要的散文作品有《明良论》四篇、

《乙丙之际著议》十一篇、《京师乐籍说》、《农宗》、《平均篇》、《尊史》、《尊隐》、《西域置行省议》、《上大学士书》、《送钦差大臣侯官林公序》、《病梅馆记》等,深刻地揭露了封建专制统治的腐朽本质和封建衰世"山雨欲来风满楼"的表象,猛烈地抨击了朝政的各种弊端,大胆地反对专制束缚,曲折地表现对社会大变革的预见和憧憬,坚决地支持禁烟抗英,立足于现实社会,痛贬腐败,呼吁变革。龚自珍精通经学、史学、小学、舆地之学,接受并发展了乾嘉公羊经学家经世致用的合理部分,将学术研究与现实的政治社会问题研究紧密结合,力主改革,反对外国侵略,成为近代思想界勇开风气的先驱者。龚自珍的思想影响深远,正如梁启超所说:"晚清思想之解放,自珍确与有功焉。光绪间所谓新学家者,大率人人皆经过崇拜龚氏之一时期。初读《定盦文集》若受电然。"(《清代学术概论》)"语近世思想自由之向导,必数定盦,吾见并世诸贤,其能为现今思想界放光明者,彼最初率崇拜定盦,当其始读《定盦集》,其脑识未有不受其刺激者也。"(《论中国学术思想变迁之大势》)

　　龚自珍作为杰出的文学家,不仅散文震动当时文坛,而且诗词闻名于后世。他是近代文学的开山祖师。他强调文学要"尊情",充分表现作者的个性。他的散文冲破桐城派古文的束缚,独抒己见,表达真情实感,具有深刻的思想性和强烈的战斗性,语言活泼多样。他的诗歌追求独创,别开生面,想象奇特,色彩瑰丽,富有浪漫精神,对晚清"诗界革命"派和南社诗人产生很大影响。他的词"绵丽飞扬,意欲合周、辛而一之,奇作也"(谭献《复堂日记》二)。

　　龚自珍的诗歌历来受人称赞。20世纪20年代,梁启超在《清代学术概论》中认可龚诗为"新体"。李泰棻《新著中国近百年史》认为，龚诗"雄沈博丽"，后人"喜学定盦之作"。《孽海花》的作者曾朴赞扬龚自珍："全力改革文学，无论是教导诗文词，都能自成一家，思想亦奇警可喜，实是新文学的先驱者。"(《译龚自珍〈病梅馆记〉》)柳亚子也赞他为"三百年来第一流，飞仙剑客古无诗"(《定盦有三别好诗余仿其意作论诗三截句》)。郑振铎《文学大纲》认为，龚自珍"才气殊纵横，意气飞扬而声色垒落不群，其诗亦如其为人，非规绳所能范则，少年喜之者极多"。

20世纪30年代，朱杰勤《龚定盦研究》较全面地评价了龚诗，认为龚自珍是爱国诗人，思想深刻，"众醉独醒"，"思出幽深，不肆狂热，而雍穆之情，令人深叹"；诗歌形式多样，格律精严；风格浪漫，偏于性灵，对后世诗人如黄遵宪、苏曼殊、柳亚子等影响甚大。张荫麟《龚自珍诞生百四十年纪念》对龚自珍的《己亥杂诗》推崇备至，认为"自有七绝诗体以来，以一人之手，而应用如此之广者，盖无其偶"，"能参错谣谚、谶繇、佛偈、词曲之音调语法以入此体"，"变化无端，得大解放，而为七绝诗创一新风格"，体现了"时代精神"，"自珍亦足千古矣"。

20世纪70至90年代，龚诗研究空前活跃，其中钟贤培、管林的《论龚自珍的诗》，季镇淮的《龚自珍简论》具有代表性。钟贤培、管林认为，"龚自珍的诗，是我国诗歌史上的一朵奇葩。它是封建'哀世'的诊断书，是反对投降、反对侵略的战斗号角；它显示了我国十九世纪前期先进知识分子的忧国忧时的思想风貌，以及徬徨、反抗、追求的艰难历程"，其艺术特色是"积极的浪漫主义"，"借助天候的自然特征或事物的本身特性，来抒发内心复杂的思想感情，反映现实的政治斗争"。季镇淮认为，龚诗的思想内容主要有两部分，一是"伤时"与"骂坐"思想,二是表现诗人"深沉的忧郁感、孤独感和自豪感"的抒情诗。艺术特点首先是抒情与议论的融化与统一;其次是"丰富奇异的想象,构成生动有力的形象";再次是"形式多样,风格多样",古体诗中"五言凝练,七言奔放",近体诗中"七言律诗含蓄稳当,绝句则通脱自然";语言"清奇多采,不拘一格。有瑰丽,也有朴实;有古奥,也有平易;有生僻,也有通俗"。进入 21 世纪,龚自珍研究包括其诗歌研究,仍是近代文学研究中的重点、热点。

二

龚自珍生前曾亲自整理、编刊自己的诗集。他 36 岁时道光七年(1827),对道光元年(1821)以来七年所作的诗歌二百九十首,选编出一百二十八首,为《破戒草》一卷,又选录五十七首,为《破戒草之余》一卷,抄竣付梓,总共编刊古近体诗歌一百八十五首,删汰诗歌一百零五首。49 岁,即道光二十年(1840)春,他把前一年写的三百一十五首绝句,编定为《己亥杂诗》,夏季刊行。三者共收诗五百首。这些诗,都被同治七年(1868)出版的《定盦文集》(由曹籀校订、吴煦付刊,世称"吴本")收入。龚自珍许多未刻的诗文词,由其长子龚橙保存。宣统二年(1910),龚橙编录、邓实校刊的"风雨楼"本《龚定盦别集》、《定盦诗词集定本》、《定盦集外未刻诗词》(通称"邓本")问世,单诗歌就增加了一百零五首,主要是龚自珍 30 岁(道光元年)以前和 36 岁(道光七年)以后的诗作。在吴本、邓本的基础上,后人编纂《龚定盦全集》之类著作,统称为"综合本",其中以中华书局上海编辑所 1959 年出版的王佩诤校本《龚自珍全集》(另有香港中华书局 1974 年版、上海古籍出版社 1975 年版）最具代表性。《龚自珍全集》分为十一辑，其中第九辑编年收录了龚自珍除《己亥杂诗》之外的诗歌，从嘉庆二十四年（1819）至道光二十一年（1841）共二百八十七首（据《龚自珍全集》上海古籍出版社 1975 年版目录数据统计），第十辑收录《己亥杂诗》共三百十五首，合计诗歌六百零二首（而刘逸生、周锡韠在《龚自珍诗集编年校注》前言中说，王佩诤校本《龚自珍全集》收诗共六百零八首）。龚自珍的诗歌专集以刘逸生、周锡韠校注的《龚自珍诗集编年校注》（其前身为《龚自珍编年诗注》）最有影响力。《龚自珍诗集编年校注》（上、下二册）主要依据王佩诤校本、吴本和邓本，并参考其他诸本编纂而成。相比较王佩诤校本，该书有以下不同："一是改正了五首诗的编年；一是把《题红禅室诗尾》三首断为伪作；一是补回漏收的《庚辰春日重过门楼胡同故宅》一首。另外就是在文字上依善本详加核校，酌予改定或勘正，以及标点稍有不同。"并根据樊克政《龚自珍年谱考略》，补录了龚自珍的佚诗《题龚蓬生倚天图》。《龚自珍诗集编年校注》最终"共收入龚自珍诗六百一十篇（即作者自刻诗集之五百首，加邓本所补一百零五首，再加近人辑录佚诗五首），这是到目前为止所知龚氏存诗之总数"。

本书在王佩诤校《龚自珍全集》和刘逸生、周锡韠校注《龚自珍诗集编年校注》的基础上，增加了龚自珍的两首试帖诗：一首是龚自珍在 27 岁，即嘉庆二十三年戊寅（1818）应浙江乡试，中式第四名时所作的试帖诗《赋得芦花风起夜潮来，得来字，五言八韵》；一首是作者 38 岁即道光九年己丑（1829），参加会试，中式第九十五名时作的试帖诗《赋得春色先从草际归，得归字，五言八韵》。两者皆见于《龚氏科名录》，本书从吴昌绶编《定盦先生年谱》中辑得。附录一特将两诗进行介绍。

　　本书按照编年的顺序编排龚诗,《己亥杂诗》不再被单独列出一册或一辑,而是以编年的顺序穿插在其中。个别诗歌的编年顺序亦作了调整,如《饮少宰王定九丈鼎宅,少宰命赋诗》和《哭洞庭叶青原昶》,二诗在旧本龚自珍诗文集中多编入道光十八年(1838),而在《龚自珍全集》《龚自珍诗集编年校注》两书中皆置于道光十年(1830)。本书依据郭延礼先生看法,《饮少宰王定九丈鼎宅,少宰命赋诗》编入嘉庆二十四年(1819),《哭洞庭叶青原昶》编入道光二十年(1840);又如《张诗舲前辈游西山归索赠》三首诗,在《龚自珍全集》《龚自珍诗集编年校注》两书中皆置于道光十一年(1831),而本书根据今人成果,将之移至道光十年(1830)。

　　本书对龚诗编年,将龚自珍在这一年的主要事迹作了简介,目的在于使其文学创作和人生境遇相映生姿。

　　本书对龚诗分别作了题解,简要地介绍作品创作背景、题旨和收录流传情况等。

　　本书综合多种龚诗选本,对龚诗进行校注,校注力求简明。并汇集了前人对龚诗的评语。

　　本书附录三“龚自珍的著作和研究论著、论文索引”,以供读者了解龚自珍著作的出版和研究状况。

　　本书充分借鉴、吸收前贤时彦对龚诗整理和研究的优秀成果,在此表示衷心感谢! 嘉应学院教师汪平秀和文学院汉语言文学专业 1301、1401 班全体学生参与了龚诗的整理和校注,对他们付出的劳动,也表示衷心感谢!

目　录

18

戊寅　嘉庆二十三年(1818) 27岁

　　作者生于乾隆五十七年(1792),至本年已27岁。嘉庆十一年(1806),作者15岁,即开始作诗,并对其诗编年。然而少壮时所作诗歌,除自编《破戒草》《破戒草之余》收录以外,大多散失了。嘉庆二十二年(1817),作者26岁,在上海随侍父亲龚丽正,曾以诗文各一册投给吴中名宿王芑孙,其文集命名《伫泣亭文》。王芑孙阅后复书,云:"昨承枉示诗文各一册,读之,见地卓绝,扫空凡猥,笔复超迈,信未易才也。然自古异才,皆不求异而自异,非有心立异者也。即如尊文名为《伫泣亭文》,愚始不晓'伫泣'所出,及观自记,不过取义于《诗》之'伫立以泣'。此'泣'字碍目,宁不知之?足下年甚少,才甚高,方当在侍具庆之年,行且排金门,上玉堂,和其声以鸣国家之盛。天下之字多矣,又奚取于至不祥者而以名之哉!至于诗中伤时之语,骂坐之言,涉目皆是,此大不可也。足下文中,以今人误指中行为狂狷,又欲自治其性情,以达于文,其说允矣。循是说也,不宜立异自高。凡立异未有能异,自高未有能高于人者,甚至上关朝廷,下及冠盖,口不择言,动与世迕,足下将持是安归乎?足下病一世人乐为乡愿,夫乡愿不可为,怪魁亦不可为也。乡愿犹足以自存,怪魁将何所自处?宋贤有论,儒者一身之外,皆非所重。太史公有戒于言不雅驯。试问雅者何说,驯又何说也?窃谓士亦修身慎言,远罪寡过而已,文之佳恶,何关得失,无足深论,此即足下自治性情之说也。唯愿足下循循为庸言之谨,抑其志于东方尚同之学,则养德养身养福之源,皆在乎此。虽马或蹄啮而千里,士或踸踔而济用,然今足下有父兄在职,家门鼎盛,任重道远,岂宜以跅弛自命者乎?况读书力行,原不在乎高谈。海内高谈之士,如仲瞿、子居,皆颠沛以死。仆素卑近,未至如仲瞿、子居之惊世骇俗,已不为一世所取,坐老荒江老屋中。足下不可不鉴戒,而又纵其心以驾于仲瞿、子居之上乎?仆衰迟鲞陋,无可以进足下者,既远蒙下问,不敢不以直道相处,谨此手复,而还其本小云处。书不尽言,诸希亮察不具。芑孙顿首瑟人大兄侍下,丁丑十一月三日。"王芑孙虽然赞赏了龚自珍的高才卓见,但是批评他的诗文"伤时""骂坐""狂狷",容易给自己带来灾祸,因此劝告他要修身养德。然而,作者并不为之所动。

本年二月,好友钮树玉,约作者同游太湖洞庭山,同游者还有叶小梧、孔敬堂、周懒渔等人。一起游雨花台、翠峰、古雪居、薇香阁,观紫香悟道泉、柳公井等。山僧出纸索书,作者题名于东壁。大家同登莫釐峰顶,俯视环湖群野,以为平生未有之游览。又同至查湾,往石桥,游鍪舟园,登天梭阁。作者题名于归云洞右。再同游一线天、灵祐观,作者作长短句一首。共同游玩六日,天气多晴朗。作者作《纪游诗》一卷,已佚。

清廷举行嘉庆帝六旬万寿恩科,作者应浙江乡试,中式第四名举人。此为作者第四次参加乡试。第一次是嘉庆十五年(1810)应顺天乡试,作者19岁,由监生中式副榜第二十八名。21岁由副榜贡生考充武英殿校录。第二次是嘉庆十八年(1813)应顺天乡试,作者22岁,未售。第三次是嘉庆二十一年(1816)应省试,作者25岁,未售。

纂平生师友言论及所见古物为《学海谈龙》四卷。

赋得芦花风起夜潮来,得来字,五言八韵

莽莽扁舟夜,芦花遍水隈。潮从双峡起,风剪半江来。镫影明如雪①,诗情壮挟雷。秋生罗刹岸②,人语子陵台③。鸥梦三更觉,鲸波万仞开④。先声红蓼浦,余怒白蘋堆。铁笛冲烟去,青衫送客回。谁将奇句觅,丁卯忆雄才⑤。

【题解】

此为作者参加浙江乡试中式所作的试帖诗。从吴昌绶编《定盦先生年谱》中辑得,见于《龚氏科名录》。试帖诗是科举考试的一种诗体,也称省试诗或省题诗,依照所出题目和规定格式所作之诗。起源于唐代高宗永隆二年(681)或此后数年,定型于唐玄宗开元年间,与兴起于南朝梁陈时期的"赋得体"(以"赋得……""赋……得……"为题,内容以写景、咏物为主的诗)相结合,成为唐代、清代科举考试的专门体裁,常以经史子集或古人诗句为题,多为五言六韵或八韵的排律,结构与作法跟八股文相似,并限韵脚;试帖诗曾在宋代王安石变法时被取消,清代乾隆朝科举考试时又恢复。

"芦花风起夜潮来",出自唐代诗人许浑(一说李郢)《游钱塘青山李隐居西斋》的诗句。作者紧扣"芦花风起夜潮来"诗意,描绘了芦花、狂风、扁舟和夜潮交织的凄清而雄奇的景象,抒发了隐逸与进取的复杂情怀,展现了"达则兼济天下,穷则独善其身"的儒者风貌,显示出作者狂狷伤时、高自期许的个性特征。考官评价此诗曰:"瑰玮冠场。"

【注释】

①镫:通"灯"。

②罗刹岸:地名。唐·元稹《重夸州宅旦暮景色,兼酬前篇末句》:"为问西州罗刹岸,涛头冲突近何如。"

③子陵台:东汉严光(字子陵)隐居钓鱼处,在浙江省桐庐县富春山。

④鲸波万仞:万仞高的巨浪,形容浪头极高。鲸波,巨浪。

⑤丁卯:这里指唐代诗人许浑。许浑居于润州(今江苏省镇江市润州区)的丁卯桥,名其诗集为《丁卯集》,后人称他为"许丁卯"。

己卯　嘉庆二十四年(1819)　28岁

　　春,参加恩科会试,未中,仍豪情满怀,意兴甚高。留京师,开始跟从礼部主事刘逢禄学习《公羊春秋》,明晓微言大义之学。这是作者从古文经学向今文经学转变的关键一年。与魏源交友。

　　本年存诗共二十五首。

吴山人文征、沈书记锡东饯之虎丘①

　　一天幽怨欲谁谙②?词客如云气正酣。我有箫心吹不得③,落花风里别江南④。

【题解】

　　因作者要应恩科会试,朋友吴文征、沈锡东在虎丘给他饯行。此诗表达作者的离情别绪,箫心传达出幽怨之情。

【注释】

　　①吴山人:指吴文征,字南苓,安徽歙县人,画家,能诗。沈书记:指沈锡东,曾是作者父亲龚丽正的幕客。虎丘:山名。在江苏省苏州市西北,又名海涌山。

　　②谙:熟悉。这里指理解。

　　③箫心:作者常用词,指诗心,又指幽怨之情。

　　④落花风:暮春的风。"花",一本作"梅"。

题吴南芗东方三大图。图为登州蓬莱阁,为泰州山,为曲阜圣陵①

禽父始宅奄②,犹未荒大东③。周王有命祀,名山止龟蒙④。尚父赐履海⑤,泱泱表大风。时无神仙言⑥,不睹金银宫⑦。春秋贬宋父,坐失玉与弓⑧。祊田富汤沐⑨,季旅何懵懵⑩!秦穆作西畤⑪,帝醉终可逢。桓无三脊茅⑫,遂辍登山踪。顽哉鲁与齐,灵气不牖衷⑬,孤负介海岱⑭,海深岱徒崇。素王张三世⑮,元始而麟终;文成号数万,太平告成功。其文富沧海,其旨高苍穹。于是海岱英⑯,尽入孔牢笼。熙朝翠华至⑰,九跪迎上公⑱。厥典盛谒林⑲,汉后无兹隆。惜哉有阙遗,未学金泥封⑳。小臣若上议,廷臣三日聋。首谒孔林毕,继请行升中㉑。继请射沧海㉒,三事碑三通㉓。古体日霾晦㉔,但嗤秦汉雄。周情与孔思㉕,执笔思忡忡。

【题解】

此诗由吴南芗的《东方三大图》生发,回顾了齐鲁的发展史,描绘了泰山的祭祀,尊崇孔子的成就,对在齐鲁大地上发生过的盛事和生活过的圣贤进行歌颂,并请求嘉庆皇帝先谒孔林,再封泰山,后射沧海,以建立不世之业。作者作此诗歌颂了清王朝的太平盛世。这是作者早年的思想,显示出对清朝统治者存有幻想。

【注释】

①题目一本作"吴南芗东方三大图。图为登州蓬莱阁,为大山,为曲阜圣陵"。吴南芗:指吴文征。东方三大:指东海、泰山和曲阜孔林。

②禽父:即伯禽,周公姬旦的儿子。周武王灭商后,把奄地封给周公建

立鲁国。因为周公留在朝廷,就派儿子伯禽代他到鲁国治理。宅:居住。奄:古国名。约在今山东省曲阜市一带。

③荒:占领。大东:极东;东方较远之国。

④龟蒙:龟山和蒙山的合称。均在山东省境内。

⑤尚父:周武王对大臣吕尚的尊称。履海:领域达到海边。

⑥神仙:这里指方士。

⑦金银宫:指仙宫。

⑧"春秋"句:《春秋·定公八年》:"盗窃宝玉大弓。"宋父:鲁定公,名宋,又称宋父。坐:因为。

⑨祊(bēng):邑名,在今山东省费县境内。汤沐:天子赐给诸侯的封邑,作朝见时食宿之处。

⑩季:指鲁国大夫季氏。旅:祭祀名。按照周代礼制,大夫是没有资格祭祀泰山的,季氏作为大夫去祭,是"越礼"。憒憒:昏昧无知。

⑪西畤(zhì):祭西方天神白帝的地方。

⑫桓:指齐桓公。三脊茅:江淮间产的一种茅草,茎有三棱。古代祭祀、封禅时用它来滤酒。

⑬牖(yǒu)衷:启发、诱导内心。

⑭介:间于。海:渤海。岱:泰山。

⑮素王:儒家对孔丘的尊称,意为有帝王之德而不在位的人。三世:即所见世、所闻世、所传闻世。

⑯英:精英。

⑰熙朝:盛朝。多用作对本朝的称颂语。翠华:用翠羽装饰于竿顶的旗。为皇帝的仪仗。

⑱上公:公爵的尊称。意为位在诸爵之上。这里指宋代以来对孔子后裔的封号"衍圣公"。

⑲谒林:参谒孔林。

⑳金泥封:指封禅。金泥,用水银和金为泥;一说,金粉和胶为泥。

㉑行升中:举行泰山封禅大典。升中,帝王祭天上告成功,即封禅。

㉒射沧海:到海边举行大射礼。

㉓三事：指上述谒孔林、行升中、射沧海三件事。
㉔古体：指古礼。
㉕周情、孔思：追怀周公、孔子的情思。

行路易

　　东山猛虎不吃人，西山猛虎吃人，南山猛虎吃人，北山猛虎不食人。漫漫趋避何所已？玉帝不遣牖下死①，一双瞳神射秋水②。袖中芳草岂不香？手中玉麈岂不长③？中妇岂不姝④？座客岂不都⑤？江大水深多江鱼，江边何哓呶⑥？人不足，盱有余，夏父以来目瞿瞿⑦。我欲食江鱼，江水涩咙喉，鱼骨亦不可以餐。冤屈复冤屈，果然龙蛇蟠我喉舌间，使我说天九难、说地九难⑧，踉跄入中门。中门一步一荆棘，大药不疗膏肓顽⑨，鼻涕一尺何其屑！臣请逝矣逝勿还。嘈嘈舟师，三五詈汝：汝以白昼放歌为可惜，而乃脂汝辖⑩；汝以黄金散尽为复来，而乃鞭其胸⑪。红玫瑰，青镜台，美人别汝光徘徊。膈膈膊膊⑫，鸡鸣狗鸣；淅淅索索，风声雨声；浩浩荡荡，仙都玉京。蟠桃之花万丈明，淮南之犬彳亍行⑬；臣岂不如武皇阶下东方生？

　　乱曰⑭：三寸舌，一枝笔，万言书，万人敌。九天九渊少颜色⑮。朝衣东市甘如饴⑯，玉体须为美人惜！

【题解】

　　古乐府《杂曲歌辞》有《行路难》，意为世路艰难，离别悲伤。唐代有人反其意，作《行路易》。作者此诗，写社会上虽然"猛虎"甚多，但是他不能待在家里不出门,因为他具备了干出一番事业的有利条件。可是,社会财富和职位分配很不平均,引起了争夺,他初入官场,满眼所见都是腐败现象。他在碰了钉子以后便无话可说,只能避开,落得个浪费时间,虚掷金钱,遭到女人抛弃的下场。在"仙都玉京"的地方,到处是鸡鸣狗吠,腥风冷雨。在诗的结尾,作者仍认为,拼命往上爬的人,得意时不可一世,但最终免不了会落得一个悲惨的下场。

【注释】

①牖(yǒu)下:窗下。这里指家里。

②瞳神:指眼睛。

③玉麈(zhǔ):用麈(一种似鹿的野兽)尾制成的玉柄拂尘。

④中妇:原指二儿媳妇,这里指妻子。

⑤都:美丽,文雅。

⑥哓(xiāo)呶(náo):吵闹嘈杂。

⑦瞿瞿:瞪视之义。原作"矍矍",据邓实《定盦集外未刻诗》校本改。

⑧天九、地九:《孙子·形篇》:"善守者藏于九地之下,善攻者动于九天之上。"梅尧臣曰:"九地,言深不可知;九天,言高不可测。"

⑨大药:仙丹。膏肓:膏,心脏下面的脂肪;肓,腹膈薄膜。病进入这里,药不能及,古代医者认为是不治之症。

⑩脂汝辖:涂油于车轴。汝,指作者。

⑪鞭其脢(méi):拿鞭子抽打马背。脢,背脊肉。

⑫膊(bì)膊膊膊:象声词。形容鸡鸣展翅的声音。

⑬彳(chì)亍(chù):慢步走,走走停停。这里表现得意忘形。

⑭乱:古代乐曲的尾声。

⑮九渊:水的最深处。

⑯朝衣东市:《汉书·晁错传》云:"乃使中尉召错,绐载行市。错朝衣斩东市。"

【汇评】

郭延礼《龚自珍诗选》:运用历史典故和生动的比喻,以积极浪漫主义的艺术手法,描绘了封建社会末期的险恶世道与诗人美好理想境界的对立。……诗中表现了龚自珍愤世嫉俗、冲决一切的思想感情和顽强不屈、不怕牺牲的战斗精神。

梦得"东海潮来月怒明"之句,醒足成一诗①

昙誓天人度有情②,上元旌节过双成③。西池酒罢龙娇语④,东海潮来月怒明。梵史竣编增楮寿⑤,花神宣敕敕词精⑥。不知半夜归环佩,问是空峒第几声?空峒,天上琴名。

【题解】

此诗诗意隐晦,可能与作者去年(嘉庆二十三年)在杭州应浙江乡试中举第四名的事有关。

【注释】

①龚橙编录、邓实校刊的《定盦集外未刻诗词》改题名为《纪梦》,并注为"此为孝拱所改"。

②昙誓天:道教所谓"四梵三界三十二天"之一。有情:佛教语,指众生。

③上元:传说中的女仙。旌(jīng)节:古代使者所持的节杖,作为信物。往往竹制,上饰牦牛尾。双成:董双成。神话中西王母的侍女名。

④西池:瑶池,相传为西王母所居。传说其地在中国西部,故称西池。

⑤竣(jùn):结束,完毕。楮(chǔ):落叶乔木,叶似桑,树皮是制造纸的原料。作为纸的代称。俗话说"纸寿千年,绢寿五百年",因为纸质柔韧,比绢更耐久。

⑥宣敕(chì):发布命令。词精:指精于文词的人。

又成一诗

东海潮来月上弦,空峒抚罢静诸天^①。西池一宴无消息,
替管桃花五百年。

【题解】

作者进士考试落第,此诗似是写此事。境界阔大,豪气纵横。

【注释】

①诸天:佛经说欲界有六天,色界四禅有十八天,无色界四处有四天,
总称诸天。道教也有"四梵三界三十二天和诸大罗天"等说法。

邻儿半夜哭

邻儿半夜哭,或言忆前生^①。前生何所忆,或者恋文名。
我有一箧书,属草殊未成^②,涂乙迨一纪^③,甘苦万千并。百忧
消中夜,何如坐经营。剪烛蹶然起^④,婢笑妻复嗔。万一明朝
死,堕地泪纵横。

【题解】

此诗构思巧妙。作者听见邻儿夜半哭声,引发了联想和感叹,尤其对
其著书立说之事,感慨"甘苦万千并",十来年辛苦换得的只是一箧文稿,却
无人赏识。结尾说,假如作者明天死去,将来转世投胎,一旦堕地定会哇哇
痛哭,仍归结到邻儿夜哭的题目上。作者的失意之情,溢于纸间。借佛家

轮回转世之说,抒发了对人间不平的抗争之意。

【注释】

①忆前生:旧时迷信说法,认为婴儿半夜啼哭,是由于忆起前世的事情。

②属(zhǔ)草:起草文稿。

③涂乙:涂改增删文字。抹去称涂,勾添称乙。一纪:十二年。

④剪烛:表示促膝夜谈的典故。蹶然:跌倒的样子。

杂诗,己卯自春徂夏,在京师作得十有四首

其 一

少小无端爱令名①,也无学术误苍生。白云一笑懒如此,忽遇天风吹便行。

【题解】

己卯年即嘉庆二十四年,作者会试名落孙山。从春到夏,他陆续写成十四首诗,表达了难言的心绪,其中仍见豪情勃发。此诗写作者从小无心于功名与学术,因某些机缘,参加了在北京的会试。会试败北,作者不免有些自嘲。

【注释】

①无端:无心,无意。令名:美好的声誉。

其 二

文格渐卑庸福近①,不知庸福究何如? 常州庄四能怜

我②,劝我狂删乙丙书③。

因作者会试失利,朋友庄绥甲劝告他,八股文应迁就考官的口味,不能追求高古,也不要锐气太盛,建议他将文中锋芒毕露的部分删掉。

【注释】

①文格:文章的风格、格调。这里指应试的八股文。庸福:庸人的福分。这里指考中进士,升官发财。

②庄四:庄绥甲,字卿珊,江苏武进(清代属常州府,今江苏省常州市武进区)人。对经学有深入研究。

③乙丙书:指作者二十四五岁著的一组政论文《乙丙之际箸议》,通过对当时政治、经济、文化、司法、农田水利等方面的论述,揭露社会的丑恶和黑暗,抨击统治者的昏庸腐朽,要求变法革新,是一组具有强烈战斗性的文章。

【汇评】

郭延礼《龚自珍诗选》:龚自珍谢绝了朋友的好意,并未因此删改自己这组可能遭来祸害的文章,这充分表现了龚自珍顽强不屈的战斗精神。

其　　三

情多处处有悲欢,何必沧桑始浩叹? 昨过城西晒书地,蠹鱼无数讯平安①。过门楼胡同宅②。

【题解】

作者感受到人生的悲欢沧桑,认为只要平安就好。

【注释】

①蠹(dù)鱼:虫名,即蟫,又称衣鱼。衣服书物中的蛀虫。

②门楼胡同宅:作者十七八岁时,居住在北京门楼胡同西首的寓斋。

其　四

手种江山千树花，今年负杀武陵霞①。梦中自怯才情减，醒又缠绵感岁华。

【题解】

此诗表达思乡之情。作者在外闯荡，遭受挫折，对自己的才情有些怀疑，感慨时光易逝。

【注释】

①武陵霞：借喻家乡的桃花。武陵，汉郡名，旧治在临沅（今湖南省常德市西）。

其　五

庞眉名与段公齐①，一脉东原高第题②。回首外家书帙散③，大儒门祚古难跻④。谒高邮王先生，座主伯申侍郎之父也⑤，八旬健在，夙与外王父段先生著述齐名。

【题解】

此诗评价王念孙和段玉裁，两人齐名，师出同门，均在文字、训诂学方面有很高的成就。作者自幼便跟从外祖父段玉裁学习，其家学渊源如此。

【注释】

①庞眉：老人黑白间杂的眉毛，指代老人。这里指王念孙，时年76岁。王念孙（1744—1832），字怀祖，号石臞，江苏高邮人。乾隆进士，官至永定河道。精音韵训诂之学，著《读书杂志》八十二卷、《广雅疏证》三十卷等。段公：指段玉裁（1735—1815），字若膺，号茂堂，江苏金坛人。乾隆举人，官贵州玉屏知县、四川巫山知县。著《说文解字注》三十卷等。他的女儿段驯是作者母亲。

②东原:指戴震(1723—1777),字东原,安徽休宁(今黄山市)人。清中叶著名音韵学家和哲学家。王念孙、段玉裁都是他的弟子。高第:即"高弟",高足弟子。

③外家:外祖父母家。书帙(zhì):书籍。帙,书的封套。

④门祚(zuò):门庭福荫,家世。跻(jī):登,上升。

⑤座主:科举时代应试中式的士子对考官的称呼。嘉庆二十三年(1818),王引之任浙江乡试正考官,作者得中举人,称王为座主,也称座师。伯申侍郎:即王引之(1766—1834),字伯申,号曼卿,嘉庆四年(1799)殿试探花及第,任礼部左侍郎,官至工部尚书。

其 六

　　昨日相逢刘礼部①,高言大句快无加。从君烧尽虫鱼学②,甘作东京卖饼家③。就刘申受问公羊家言。

【题解】

　　此诗写今文经学家刘逢禄对作者的深刻影响。作者从此抛弃考据之学,走向经世致用的道路。

【注释】

　　①刘礼部:指刘逢禄(1776—1829),字申受,号思误居士,江苏武进人。嘉庆十九年(1814)进士,官礼部主事。以何休的《解诂》为基础研究《春秋公羊传》,撰《公羊何氏释例》《公羊何氏解诂笺》等,是清代今文经学家的中坚人物。

　　②虫鱼学:对琐屑考据之学的贬称,因为这种学问往往钻到鸟兽虫鱼等琐碎事物的解释中。清代考据学从清初顾炎武开始,随后有阎若璩、胡渭等人,到乾、嘉之间达到极盛,惠栋、戴震、段玉裁、王念孙等人都是其中著名人物。作者青年时期也热衷考据,后来受到刘逢禄"公羊"经学的影响,懂得"经世致用",即以经学为当前政治服务。从此,作者抛弃烦琐的考据,钻研《公羊春秋》的"微言大义",藉以阐述自己的变法改制主张。

③东京卖饼家：对《公羊传》的贬称。《三国志·魏书·裴秀传》注："(严干)折节学问,特善《春秋公羊》。司隶钟繇不好《公羊》而好《左氏》,谓《左氏》为大官,而谓《公羊》为卖饼家。"东京,东汉首都洛阳。

【汇评】

郭延礼《龚自珍诗选》：这首诗写龚自珍师从刘逢禄学习公羊学,并表示与乾嘉汉学决裂,使自己的学术研究面向现实、朝着"经世致用"的方向前进。

其 七

十年提倡受恩身①,惨绿年华记忆真②。江左名场前辈在,敢将名氏厕陈人③。谢吾师蒋丹林副宪语④。

【题解】

作者回忆恩师蒋丹林。

【注释】

①提倡：又作"提唱"。佛教中师父向徒弟提唱宗教教义加以引导。

②惨绿年华：青少年时期。惨绿,淡绿色。

③厕：置于,列入。陈人：老朽无用的人。

④蒋丹林：蒋祥墀,字丹林,湖北天门人。乾隆五十五年(1790)进士,官编修。嘉庆十年(1805)充会试同考官,升国子监司业,迁祭酒,改通政司副使,左副都御史等。作者曾在其门下受业。副宪：副都御史的雅称。

其 八

偶赋山川行路难,浮名十载避诗坛。贵人相讯劳相护,莫作人间清议看①。谢姚亮甫丈席上语②。

作者感谢姚亮甫对他的帮助和照顾。

【注释】

①清议:公正的社会舆论,群众的褒贬、议论。

②姚亮甫:姚祖同,字秉璋,一字亮甫,浙江钱塘人。乾隆四十九年
(1784)召试,赐举人授内阁中书,充军机章京。后出任河南布政使、安徽巡
抚、陕西按察使等职。

其 九

万柳堂前一柳无①,词流散尽散樵苏②。山东不少升平
相,为溯前茅冯益都③。同人访万柳堂址。

【题解】

此诗有黍离之叹。原来大学士冯溥的万柳堂,已经风光不再了。

【注释】

①万柳堂:清初大学士冯溥修建的园亭,栽植万棵柳树。

②词流:词人,文人。樵苏:打柴割草,这里指打柴人。

③前茅:前哨。古代行军的前哨斥候以茅为旌,遇敌情则举旌向后军
示警。这里指位于前列的人。冯益都:冯溥,字孔博,山东益都(今青州市)
人。顺治三年(1646)进士,官至文华殿大学士,谥文毅。著有《佳山堂集》。

其 十

荷叶黏天玉蝀桥①,万重金碧影如潮。功成倘赐移家住,
何必湖山理故第②?玉蝀桥马上戏占。

【题解】

作者喜爱荷花,喜爱其出淤泥而不染的高洁品格。设想将来功成告

退,不必隐居于故乡杭州,此处的荷花已让他陶醉了。

【注释】

①玉蝀(dōng)桥:桥名,在北京北海南面,团城之西,又名御河桥或金海桥。

②理故箫:比喻重过当年野逸清狂的生活。

<h2 align="center">其十一</h2>

交臂神峰未一登①,梦吞丹篆亦何曾②?丈夫三十愧前辈:识字游山两不能。江都汪孟慈见示其先人所为铁笔篆书③,所篆乃黄山三十六景也。枨触昔游④。

【题解】

作者见到汪孟慈的父亲汪中的铁笔篆书,心生羡慕,感慨自己“识字游山两不能”。

【注释】

①神峰:指黄山的高峰。

②梦吞丹篆(zhuàn):《龙城录·韩退之梦吞丹篆》:“退之尝说,少时梦人与丹篆一卷,令强吞之,旁一人拊掌而笑,觉后亦似胸中如物噎,经数日方无恙。尚记其上一两字笔势,非人间书也。”丹篆,指仙道之书或符箓。

③汪孟慈:即汪喜荀(1786—1847),原名喜孙,字孟慈,江苏江都(今扬州市)人。文学家汪中的长子。嘉庆十二年(1807)举人,官户部员外郎、怀庆知府等。铁笔篆书:篆书的一体,笔画纤细如线而刚挺如铁。一说,铁笔即刻印之刀。

④枨(chéng)触:感触。

<h2 align="center">其十二</h2>

楼阁参差未上灯,菰芦深处有人行①。凭君且莫登高望:

忽忽中原暮霭生。题陶然亭壁。

【题解】

此诗借题发挥,借景寓意,在中原地区,到处可见衰败萧条的景象,其实暗指清王朝统治日趋没落。

【注释】

①菰(gū)芦:两种植物名,菰和芦苇。也可指隐居者的居所。

【汇评】

管林、钟贤培、陈新璋《龚自珍研究》:政治色彩寓于景色之中,使人从"楼阁参差"、暮霭沉沉的景色里感到了衰世的征候,表现了诗人对社会危机的忧虑感情。

其十三

东抹西涂迫半生①,中年何故避声名?才流百辈无餐饭,忽动慈悲不与争。

【题解】

作者第一次参加进士考试,虽然失利,但并不焦虑,仍有信心,因此此诗显得轻松俏皮。

【注释】

①东抹西涂:指凭文章考取进士。王定保《唐摭言》卷三:"薛监(按,薛逢)晚年,厄于宦途,策羸赴朝,值新进士榜下,缀行而出。时进士团所由辈数十人,见逢行李萧然,前导曰:'回避新郎君!'逢鞭然,即遣一介语之曰:'报道莫贫相!阿婆三五少年时,也曾东涂西抹来。'"

其十四

欲为平易近人诗,下笔清深不自持①。洗尽狂名消尽想,本无一字是吾师。

【题解】

作者心中蕴藏着郁勃不平的思想感情,难以自持,写诗难以做到温柔敦厚。现实社会如果不让人愤激,他本来就愿意一个字也不写。

【注释】

①清深:清峻深刻。

题红蕙花诗册尾 并序

苏州袁廷梼①,字又恺,有王晋卿、顾仲瑛之遗风②,文酒声伎,江南北罕俪者。当时座客,极东南选,而家大人未第时,亦曾过其宅。君死后,家资泯然。今年冬,有暂而秀者,来谒于苏松太道官署③,寒甚,出晋砚求易钱,则又凯嗣君也④。大人赠以资,不受其砚。噫!西华葛帔,刘峻著书⑤,所从来久矣。钮非石亦其座上客⑥,非石尝为君致洞庭山红蕙花一本。君大喜,贮以汝州瓷⑦,绘以宣州纸,颜其室曰"红蕙花斋",名其诗文曰《红蕙斋集》,刻其管曰"红蕙斋笔",又自制《红蕙花乐府》,付梨园部⑧,又征人赋红蕙诗,海内词流,吟咏殆遍。今嗣君抱来乌丝阑素册高尺许⑨,皆将来蕙故也。君之风致可想见矣。余悲盛事不传,感而题于册尾。

其 一

香满吟笺酒满卮,枫桥宾客夜灯时⑩。故家池馆今何许?红蕙花开空染枝。

【题解】

序言写袁廷梼生前慷慨,死后凄凉。其宾客钮非石曾赠送他红蕙花,袁廷梼十分喜爱,多次命名揄扬,并编撰成红蕙花诗。作者感叹这一盛事,在诗册末尾留组诗纪念。第一首诗写盛衰之叹。袁廷梼招待宾客的热闹繁华,而今再也寻觅不到,只见红蕙花孤独地、空空地开在枝头。

【注释】

①袁廷梼(táo):字又恺,江苏吴县(今属苏州市)人,监生。家庭豪富,藏书万卷。招致名流学者如钱大昕、王昶、王鸣盛、段玉裁等讨论学问。其后家道中落,卒年四十八岁。著有《五砚楼书目》《红蕙山房诗集》等。

②王晋卿:王诜,字晋卿,北宋太原(今属山西)人,居开封。宋英宗驸马,官利州防御使。能诗,尤擅书画。与苏轼、黄庭坚、米芾等过从,风流蕴藉。顾仲瑛:顾德辉,字仲瑛,自号金粟道人,元代昆山(今属江苏省)人。平生轻财结客,与四方文士结交。著《玉山璞稿》《草堂名胜集》等。遗风:前代或前人遗留下来的风气或风采。

③苏松太道:清代制度,省以下设分守、分巡、粮储、盐法各道机构,或兼兵备,或兼河务、水利、学政等。作者父亲龚丽正任苏松太兵备道,官署设在上海。

④嗣君:称别人的儿子。

⑤"西华"两句:《南史·任昉传》:"昉乐人之乐,忧人之忧,虚往实归,忘贫去吝。行可以厉风俗,义可以厚人伦。……有子东里、西华、南容、北叟,并无术业,坠其家声,兄弟流离,不能自振。平生旧交,莫有收恤。西华冬月著葛帔练裙,道逢平原刘孝标,泫然矜之,谓曰:'我当为卿作计。'乃著《广绝交论》,以讥其旧友。……到溉见其论,抵之于地,终身恨之。"葛帔(pèi),葛布披肩。后以"西华葛帔"指人情淡薄,势利相交。

⑥钮非石:钮树玉,字蓝田,又字非石、匪石,从事商业活动。精研文字声音训诂之学,著有《说文新附考》《匪石居吟稿》等。

⑦汝州瓷:即汝窑的瓷器。汝窑是宋代名窑,窑址在今河南临汝,宋代属汝州。瓷器釉色以淡青为主。

⑧梨园:因唐玄宗时在梨园教习艺人,后以"梨园"泛指戏班或演戏

之所。

⑨乌丝阑素册:画有黑色栏格的册子。

⑩枫桥:桥名,在苏州阊门外寒山寺附近。始建于唐代,以张继《枫桥夜泊》诗闻名。袁廷梼的住宅就在附近。

其 二

读罢一时才子句,骚香汉艳各精神①。十年我恨生差晚,不见风流种蕙人。

【题解】
作者欣赏红蕙花诗,惋惜生得太晚,不曾亲见当年的袁廷梼的风流。

【注释】
①骚香汉艳:指《楚辞》的芬芳、汉赋的艳丽。骚,《离骚》的省称,屈原的代表作,这里代指《楚辞》。

【汇评】
郭延礼《龚自珍诗选》:这首诗反映了龚自珍的文学主张,提倡艺术风格的多样化。

其 三

歌板无聊舞袖凉①,江南词话断人肠。人生合种闲花草,莫遣黄金怨国香②。

【题解】
此诗表达对红蕙花的喜爱。

【注释】
①歌板:乐器名,即拍板。歌唱时用以打拍子,故名。

②"莫遣"句：末句倒装，应是"国香（因你吝惜）黄金（而）怨"。国香，兰花的美称。

其　　四

　　眼前谁是此花身？寂寞猩红万古春。花有家乡侬替管，五湖添个泛舟人①。非石云："山中此花易得。"予固有买宅洞庭之想，故云尔。

【题解】
　　此诗写红蕙花的美丽色彩，因红蕙花的美丽，作者有隐居之念。

【注释】
　　①五湖：春秋末越国大夫范蠡，辅佐越王勾践，灭亡吴国，功成身退，乘轻舟以隐于五湖。见《国语·越语下》。后因以"五湖"指隐遁之所。

饮少宰王定九丈鼎宅，少宰命赋诗

　　天星烂烂天风长，大鼎次鼏罗华堂。吏部大夫宴宾客，其气上引为文昌。主人佩珠百有八，珊瑚在冒凝红光。再拜醮客客亦拜①，满庭气肃如高霜。黄河华岳公籍贯，秦碑汉碣公文章，恢博不弃贱士议，授我笔砚温恭良。择言避席何所道？敢道公之前辈韩城王②：与公同里复同姓，海内侧伫岂但吾徒望？状元四十宰相六十晚益达，水深土厚难窥量。维时纯庙久临御③，宇宙瑰富如成康④。公之奏疏秘中禁，海内但见力力持朝纲⑤。阅世虽深有血性，不使人世一物磨锋芒。迩来士气少凌替，毋乃大官表师空趋跄⑥！委蛇貌托养元气，所惜内少肝与肠。杀人何必尽砒附^⑦？庸医至矣精消亡。公其整顿焕精采，勿徒须鬓矜斑苍。乾隆嘉庆列传谁？第一历数三满三汉中书堂。国有正士士有舌，小臣敬睹吾皇福大如纯皇。

【题解】

从诗题可知此诗写于王鼎官少宰时期。王鼎(1770—1842)，字定九，号省崖，陕西蒲城人。嘉庆元年(1796)进士，曾任吏部左侍郎(别称为少宰)、刑部右侍郎、军机大臣上行走、东阁大学士。为官清廉正直，力主抗英，弹劾大学士穆彰阿擅权卖国，最后自缢来尸谏皇帝。此诗歌颂了王鼎的正直人格和励精图治的决心，与王杰相映照，并对比揭露了官场的腐败无能和摧残人才的罪恶。

【注释】

①醮(jiào)客：劝客饮酒。醮，喝干杯中酒。

②韩城王：王杰(1725—1805)，字伟人，陕西韩城人。乾隆二十六年(1761)一甲一名进士，由内阁侍读升迁至军机大臣、东阁大学士、太子太保。卒谥文端。

③纯庙：清高宗乾隆的庙号。

④成康：西周的周成王与周康王。当时天下太平，四十余年不用刑罚，后世赞太平为成康之治。

⑤力力：竭尽全力。

⑥表师：即师表，表率，做出榜样。

⑦砒附：砒霜、附子。两种中药，有剧毒。

【汇评】

郭延礼《龚自珍诗选》：龚自珍写这首诗，通过赞扬王鼎，希望他能出来改革官场的腐败习气。

庚辰　嘉庆二十五年(1820) 29岁

第二次会试仍下第。以举人身份任内阁中书。春,再游太湖洞庭山,补游戊寅游时没有到过的地方。秋,戒诗。因友人规劝,决定戒诗,作《戒诗五章》。孟冬,得何梦华家藏北齐兰陵武王高长恭碑,乃海内孤本。撰《东南罢番舶议》(已佚)、《西域置行省议》、《徽州府志氏族表序》等文。前两文凡数万言。作者少好读王安石《上宋仁宗皇帝书》,曾手抄九遍,慨然有经世之志,后来自言:"自珍读之二十年,每一读,则浮一大白。"

本年存诗四十五首,有游览山水之作,也有寄内、怀友之作,内容较为复杂。

驿鼓三首

其　一

河灯驿鼓满天霜,小梦温䴉乱客肠①。夜久罗帱梅弄影②,春寒银铫药生香③。慈闱病减书频寄④,稚子功闲日渐长⑤。欲取离愁暂抛却,奈君针线在衣裳。

【题解】

作者小住在上海,忆妻思乡而作。作者在嘉庆十七年(1812)21岁时,娶外祖父段玉裁之孙女段美贞为妻,游玩杭州后去徽州父亲的任所。第二年七月,元配段美贞卒于徽州府署。嘉庆二十年(1815),作者 24 岁,再娶安庆知府裕均的侄孙女何吉云,夫妻恩爱。作者独居于客中,深夜思乡念妻。客中环境凄凉,慈母生病,稚子渐长,继妻何吉云缝的衣裳穿在作者身上。

【注释】

①温馧(nún):温馨。

②罗帱:丝制的帐子。

③铫(diào):煮水或熬东西的器具。

④慈闱:对母亲的敬称。又作“慈帏”或“慈帷”。

⑤稚子:作者的大儿子龚橙,这一年是三岁左右(生于嘉庆二十二年)。

其　二

　　钗满高楼灯满城,风花未免态纵横①。长途借此销英气,侧调安能犯正声?绿鬓人嗤愁太早,黄金客怒散无名。吾生万事劳心意,嫁得狂奴孽已成②。

【题解】

　　此诗表达作者对妻子的真情与愧疚。作者偶尔与歌妓逢场作戏,但绝不会沉溺其中而影响了他对妻子的感情。想起妻子为他操劳一切,作者心生愧意。

【注释】

①风花:比喻风尘中的女子。

②狂奴:狂生。作者自指。

其　三

　　书来恩款见君贤①,我欲收狂渐向禅。早被家常磨慧骨,莫因心病损华年。花看天上祈庸福②,月坠怀中听幻缘。一

26

卷金经香一炷,忏君自忏法无边③。

【题解】

此诗表达作者因妻子的贤惠而收束心性,对妻子照顾家庭、为丈夫祈福而心怀感激。诗中洋溢着浓浓的思亲之情。

【注释】

①恳款:真挚恳切。

②庸福:指科举考试成功。

③忏君自忏:替你和自己向佛前忏悔。

发洞庭,舟中怀钮非石树玉、叶青原昶①

西山春昼别②,两袖落梅风。不见小龙渚③,尚闻隔渚钟④。樽前荇叶白⑤,舵尾茶华红⑥。仙境杳然杳,酸吟雨一篷。

【题解】

此诗和后《此游》三首诗,据王贵忱、王大文《龚自珍集外诗文录》(《学术研究》1998 年第 3 期)考证,认为应为组诗,拟题为《书赠徐廉峰诗四章》,诗有跋:"余以戊寅岁来游洞庭两山,有《纪游诗》一卷。庚辰春又游,补前游所未至,得诗不盈卷也。兹录四章,皆舟中作。尘廉峰先生大坛坫是正。同岁生龚自珍敬状上。时有念望。"

此诗写在与友人辞别之际和离别之后作者的感受、情怀,听觉与视觉相结合,描绘了太湖洞庭山的景色,寓含了作者酸楚的感情。

【注释】

①洞庭:太湖有东西两座洞庭山。叶青原:叶昶,字青原,太湖洞庭山东里人。能诗,好客,隐居不仕。

②西山:洞庭西山,又名林屋山,在太湖中,四面临水,面积约九十平方

公里。主峰缥缈峰,海拔三百多米,重峦叠嶂,景色优美。

③小龙渚:在西山西南角销夏湾附近,有大龙渚、小龙渚。

④尚:一本作"犹"。

⑤荇(xìng):荇菜,一种多年生水草,夏天开花,黄色,叶子呈椭圆形,浮在水面,嫩叶可吃。荇,一本作"菰"。

⑥茶:一本作"茗"。

此　游

其　一

此游好补前游罅①,挥手云声浩不闻②。两度山灵濡笔记,钱塘君访洞庭君③。余家钱塘,戏用唐小说为比④。

【题解】

此三首诗从龚橙编录、邓实校刊的《定盦集外未刻诗》和《昭代名人尺牍续集》补入。

作者第二次行舟太湖,用典故和拟人化的手法写出了游湖如游仙境的感受。

【注释】

①罅(xià):裂缝。这里指缺憾。

②云声:南朝宋刘敬叔《异苑》卷五:"陈思王游山,忽闻空里诵经声,清远遒亮。解音者则而写之,为神仙声,道士效之,作步虚声。"

③钱塘君:指唐人李朝威《柳毅传》中的钱塘龙王,这里作者自比。洞庭君比作叶昶。

④比:一本作"此"。此句,一本作"戏用唐人小说,予籍钱塘故也"。

其　二

舟到西山岸,寻幽迤逦斜①。居然六七里,无境不烟霞。遂发石公寺②,定过神女家③。云和风静里,已度万梅花。

【题解】

作者坐船到达西山岸边,曲折寻幽。诗歌交代了游踪,描绘了环境的幽美,表达了作者喜欢环境安静凄清、生活宁静祥和的志趣。

【注释】

①迤(yǐ)逦(lǐ):曲折而行的样子。

②石公寺:在西洞庭山石公山上。

③定:一本作"言"。神女家:指神女祠,也叫胜姑山。

其　三

风意中流引,香烟在屿迟①。悠扬闻杜若②,仿佛邀蛾眉。白日憺明镜③,春空飘彩旗。湖东一回首,万古长相思。

【题解】

在游玩当中,作者发现风吹水动,小岛上香烟袅袅,仿佛闻到了花香的味道,好像自己在邀请一位美女出游……作者以想象与现实相结合的方法,融情入景,抒发了喜爱之情。

【注释】

①香烟:焚香所生的烟。在:一本作"古"。

②杜若:香草名,夏日抽花轴开小白花。

③憺(dàn):安稳,安详。

过扬州

春灯如雪浸兰舟,不载江南半点愁。谁信寻春此狂客^①,一茶一偈过扬州^②。

【题解】

作者经过扬州是会试落第时,心情的忧郁渲染在景物中。诗歌运用比喻和夸张的手法,把春灯的灯光比喻为白雪,使灯光实体化;一个"浸"字,把画面写活了。

【注释】

①狂客:唐杜牧曾在扬州淮南节度使任幕僚,生活放浪,有轻狂之称。

②偈(jì):梵语偈陀的简称,义释为"颂",即佛经中的唱词。通常是以四句为一偈,但每句字数不论。后来有些诗人把一首诗称为一偈。

观　心

结习真难尽^①,观心屏见闻^②。烧香僧出定^③,哗梦鬼论文。幽绪不可食^④,新诗如乱云。鲁阳戈纵挽^⑤,万虑亦纷纷。

【题解】

此诗反映了作者崇奉佛法,练习"观心"时的状态。"观心"必须去除杂念,可作者思绪飞驰,难以平静。

【注释】

①结习:佛家语。指人世的欲望等烦恼,也指一般人某种牢固的行为

习惯。佛教徒认为,它是妨碍修炼佛法的。

②观心:佛教徒修炼身心的一种方法。指通过自心修炼,达到澄明境界,然后进入内心观照,求得对宇宙人生的悟解。屏见闻:去除一切耳目所接触的。

③出定:佛教徒认为把思想定著于一处,不言不动没有杂念,称为入定,常以静心打坐为主;由入定状态回到平常状态,就叫出定。

④幽绪:郁结于心的深切连绵的思绪。不可食:吞而复吐,形容无法平静。

⑤鲁阳戈:《淮南子·览冥训》:"鲁阳公与韩构难,战酣日暮,援戈而挥之,日为之反三舍。"后以"鲁阳戈"比喻力挽危局的手段或力量。

又忏心一首

佛言劫火遇皆销①,何物千年怒若潮?经济文章磨白昼②,幽光狂慧复中宵③。来何汹涌须挥剑,去尚缠绵可付箫④。心药心灵总心病⑤,寓言决欲就灯烧。

【题解】

此诗借佛教教义映衬出作者的思想情感无法抑制,从中表达了作者洞察到政治的黑暗却又无可奈何的悲愤心情。"剑"与"箫"的意象,对立统一在一起。

【注释】

①劫火:佛教语。佛教认为自然界的生灭,经历四种大劫,即成、住、坏、空。成劫是由初禅天到地狱界逐步成立时期;住劫是世界安稳成住时期;坏劫是世界发生火、水、风三大灾,荡尽色界初禅天、二禅天和三禅天以下的时期;空劫是破坏后空无一物时期。"劫火"指坏劫中的大火,能使世界一切都毁灭的灾火。

②经济文章:指作者写的有关社会、政治、经济方面的论文。

③幽光:潜隐的光辉。比喻心中的玄思妙想。狂慧:散乱不定的断想。

④箫:这里比喻诗词等文艺作品。

⑤心药:泛指能满足心愿,解除思想苦闷的事物或方法。这里指佛法的教义。

【汇评】

郭延礼《龚自珍诗选》:所谓"忏心",实则悔恨中含有对旧社会黑暗现实的强烈愤懑!

庚辰春日重过门楼胡同故宅

城西郎官屯①,多官阅一宅②。家公昔为郎③,有此湫隘室④。朝阳与夕阳,屋角红不积;春雨复秋雨,双扉故钉啮。无形不知老,有质乃易蚀;往事思之悔,至理悟独立。中有故我魂,三呼如欲出。

【题解】

作者少年时代曾居住在北京门楼胡同,此时故地重游,心里涌出许多感慨。故宅虽然简陋,但是作者藉此养成了独立的韧性。此诗收在龚橙编录、邓实校刊的风雨楼本《定盦集外未刻诗》中,而王佩净校本《龚自珍全集》未收,刘逸生、周锡馥《龚自珍诗集编年校注》收录。

【注释】

①郎官屯:地名。

②阅:容纳,经历。

③家公:家父。郎:指郎官。作者父亲龚丽正在嘉庆初年曾官礼部主事,后来又任军机章京,那时作者正当少年。

④湫(jiǎo)隘室:低洼窄小的居室。

因忆两首

其 一

因忆横街宅①,槐花五丈青。文章酸辣早,年十三,住横街宅,严江宋先生评其文曰②:"行间酸辣。"知觉鬼神灵。作《知觉辨》一首,是文集之托始。大挠支干始③,是为甲子岁。中年记忆茨④。东墙凉月下,何客又横经⑤?

【题解】

此两诗回忆了作者的小时生活。作者先回忆少时住在横街宅,跟从宋璠学习的情景,可见作者天生聪慧。

【注释】

①横街:在北京外城、中城与西城之间,又称南横街。作者十三岁至十七岁随父亲住在横街。

②严江宋先生:宋璠(1778—1810),字鲁珍,浙江严州府建德县(今建德市)人。嘉庆九年(1804)举人,长于经学,是作者少时的家庭教师。

③大挠:相传是黄帝的史官,发明用十干十二支相配的方法记录日期。支干始:天干和地支的第一字,即甲子年。

④茨:微弱的光亮,引申为清楚。

⑤横经:摊开经书学习。

其 二

因忆斜街宅①,情苗苗一丝。银钉吟小别②,书本画相思。

亦具看花眼，年八岁，是为嘉庆己未③，住斜街宅，宅有山桃花。难忘授选时。家大人于其放学后，抄《文选》授之④。泥牛入沧海，执笔向空追。

【题解】

作者回忆童年住在斜街宅时生活和学习的场景。

【注释】

①斜街：北京宣武门南，有上斜街、下斜街。下斜街又称槐树斜街或土地庙斜街。

②银釭：指灯。

③嘉庆己未：嘉庆四年(1799)。

④《文选》：又称《昭明文选》，是南朝梁昭明太子萧统(501—531)纂辑的、我国现存最早的一部诗文选集，收录战国至齐、梁的诗文赋序等共三十卷(后析为六十卷)，对后世影响甚大。

客春，住京师之丞相胡同，有丞相胡同春梦诗二十绝句。春又深矣，因烧此作而奠以一绝句

春梦撩天笔一枝，梦中伤骨醒难支①。今天烧梦先烧笔，检点青天白昼诗。

【题解】

作者对住在丞相胡同时所作的二十首绝句春梦诗，用火全部烧掉。作者认为，烧诗即烧梦，烧梦先烧笔。作者希望清醒地写诗来表现现实社会。

【注释】

①伤骨:形容非常伤心。

春晚送客

潞水滔滔南向流①,家书重叠附征邮②。行人临发长亭晚,更折梨花寄暮愁。

【题解】

作者傍晚送人,请他帮助捎带家书。此诗表达了作者的思乡念亲之情。

【注释】

①潞水:即北运河,又叫白河,由北京通州区东南流入天津市。

②征邮:古代设立邮亭,传递文书,又称邮置。民间书信通常是托人捎带。这里指捎带信件的人。

琴　歌

之美一人①,乐亦过人,哀亦过人。一解②。
月生于堂,睅月之精光,睇视之光③。二解。
美人沉沉,山川满心。落月逝矣,如之何勿思矣?三解。
美人沉沉,山川满心。吁嗟幽离,无人可思。四解。

【题解】

此诗仿作琴曲,借月落、美人远离,表达出伤感之情。似与作者落第有关。

【注释】

①之:这个。

②解:乐曲,诗歌的章节、段落。

③睇(dì):斜视。

偶　感

昆山寂寂弇山寒①,玉佩琼琚过眼看②。一事飞腾羡前辈,升平时世读书官。

【题解】

作者游历昆山、太仓等地,对徐乾学、毕沅这样的高官身处升平时世、有充裕时间读书的状态,感到十分羡慕。这也是作者的一种愿望。

【注释】

①昆山:江苏昆山。这里指徐乾学。徐乾学(1631—1694),字原一,号健庵,昆山人。康熙九年(1670)进士第三名及第,授编修,历任翰林院侍讲学士、内阁学士、刑部尚书等。在昆山建筑遂园,多邀集文人聚会。弇(yān)山:弇山园,又名弇州园,在今江苏省太仓市。原是明代王世贞的别墅,清乾隆时归毕沅所有。这里指毕沅。毕沅(1730—1797),字秋帆,江苏镇洋人。乾隆二十二年(1757)举人,官内阁中书,二十五年(1760)进士第一人及第,授修撰,历任陕西、河南、山西等省巡抚,官至湖广总督。

②琼琚:美玉。指代高级官员。

赵晋斋魏、顾千里广圻、钮非石树玉、吴南芗文征、江铁君沅,同集虎丘秋宴作①

　　尽道相逢日苦短,山南山北秋方腴②。儿童敢笑诗名贱③,元气终须老辈扶④。四海典彝既旁达⑤,两山金石谁先储⑥。赵、钮各有金石著录之言。影形各各照秋水,渣滓全空一世无。

【题解】

　　作者与众多好友长辈相聚在虎丘的一场宴会上,正值秋意正浓。各位长辈学问渊博,诗名甚盛。作者由衷地敬仰他们,此诗表达了作者的崇敬之情。

【注释】

　　①赵晋斋:名魏,号晋斋,浙江仁和人。岁贡生。精于金石文字,著有《竹崦庵金石目》五卷等。时年75岁。顾千里:名广圻,字千里,号涧蘋,江苏元和(今苏州市)人,县学生。精目录校雠之学。著有《思适斋文集》十八卷。时年51岁。江铁君:名沅,字子兰,一字铁君,江苏吴县(今苏州市)人。精古文字学,擅篆书。著有《说文释例》等。时年54岁。

　　②秋方腴:秋色正浓。

　　③儿童:指不学无术而又信口开河的人。这里含有讽刺的意思。

　　④元气:原指天地间原始之气,这里指社会上的正气。

　　⑤四海:指天下。古时认为中国四境有海环绕,按方位分为"东海""南海""西海"和"北海"。典彝(yí):朝廷颁布的律讼条例等。

　　⑥两山:指赵晋斋和钮非石。

题虎跑寺

南山跸路丙申开①,庚子诗碑锁绿苔②。曾是纯皇亲幸地③,野僧还盼大行来④。时大行遗诏尚未颁至浙中。

【题解】

此诗写虎跑寺曾是皇帝的临幸地,"庚子诗碑锁绿苔""野僧还盼大行来"。这既是当时的实景实情,也是作者的现实境况与理想追求的一种写照。

【注释】

①跸(bì)路:指帝王车驾行经之路。丙申:乾隆四十一年(1776)。当时清高宗预定乾隆四十五年(1780)南巡,地方官员为了迎接圣驾,早在四年前就在西湖南山开辟一条御道。

②庚子诗碑:乾隆四十五年三月,清高宗到达杭州,游历西湖名胜,再到虎跑寺,写了一首《虎跑寺再叠苏东坡韵》的七古诗,刻石立在寺前。

③纯皇:清高宗弘历谥号为"法天隆运至诚先觉体元立极敷文奋武孝慈神圣纯皇帝",简称纯皇。幸:帝王驾临。

④大行:死的讳称。刚死的皇帝称为大行皇帝。这里指清仁宗颙琰,死于嘉庆二十五年(1820)七月。

杭州龙井寺

红泥亭倒客来稀,钟磬沉沉出翠微①。无分安禅翻破戒②,盗他常住一花归③。

龙井寺曾建迎驾的行宫,现今已经破败。作者借龙井寺客稀钟沉,表达了他郁郁不得志的愁苦,并通过盗花之举,表现了他的狂态。

【注释】

①翠微:山上树木云气映射出来的颜色。泛指青山。

②安禅:佛教语。指静坐入定,俗称打坐。破戒:指受戒僧道违反宗教戒律。

③常住:无生灭变迁的意思。僧、道称寺舍、田地、什物等为常住物,简称常住。

怀沈五锡东、庄四绥甲

白日西倾共九州,东南词客愀然愁①。沈生飘荡庄生废②,笑比陈王丧应刘③。

【题解】

作者通过"沈生飘荡庄生废"的遭际,喻示了清王朝日薄西山、势同累卵的危机局面。

【注释】

①愀(qiǎo)然:发愁的样子。

②沈生:沈锡东,曾作龚丽正的幕僚。庄生:庄绥甲,江苏武进人,擅长经学。

③陈王:指曹植,魏太和六年(232)封为陈王。应刘:指应玚和刘桢。二人均为曹丕、曹植所礼遇。

呜呜硁硁

　　黄犊怒求乳,朴诚心无猜;犊也尔何知,既壮恃其孩。古之子弄父兵者①,喋血市上宁非哀?亦有小心人,天命终难夺;授命何其恭②?履霜何其洁③?孝子忠臣一传成,千秋君父名先裂。不然冥冥鸿,无家在中路;恝哉心无瑕④,千古孤飞去。呜呜复呜呜,古人谁智谁当愚?硁硁复硁硁⑤,智亦未足重,愚亦未可轻。鄙夫较量愚智间,何如一意求精诚?仁者不誎愚痴之万死⑥,勇者不贪智慧之一生。寄言后世艰难子⑦,白日青天奋臂行!

【题解】

　　此诗强烈地攻击了为臣死忠、为子死孝的传统伦理道德,指出它的不合理性和自相矛盾的地方,让大家警惕不要上当。诗歌语言尖锐泼辣,可见作者对理学家强烈的批判态度。

【注释】

　　①子弄父兵:太子调动皇帝的军队造成流血事件。如汉武帝太子刘据(戾太子)、唐中宗太子李重俊(节愍太子),都是开头受到坏人陷害或侮辱,而借父亲的军队进行反抗,结果京城流血,自己也兵败身死。

　　②授命:献出生命。

　　③履霜:《易·坤》:"履霜坚冰至。"脚下踩着霜就知道坚冰会出现。比喻防微杜渐。

　　④恝(jiá)哉:淡然,无忧无虑的样子。

　　⑤硁(kēng)硁:形容一种坚实的声音。也形容倔强正直。

　　⑥誎(xù):通"怵",恐惧。

⑦艰难子:指那些因正道直行而处境艰难的人。

幽　人

幽人媚清晓①,落月淡林光。欲采蘅兰去,春空风露香。阿谁叫横玉②?惊起绿烟床③。亦有梅花梦④,颓鬟待太阳。

【题解】
此诗描写了隐士的生活。

【注释】
①幽人:隐士。
②叫横玉:吹笛。横玉,短笛。
③绿烟床:形容晨雾笼罩的绿色原野。
④梅花梦:《龙城录》载:隋开皇中,赵师雄游罗浮,日暮于林间酒肆旁舍见美人淡妆出迎,师雄与语,言极清丽,芳香袭人。与之叩酒家共饮,一绿衣童子歌舞于侧。师雄醉卧。久之,东方既白,起视乃在大梅花树下,上有翠羽啾嘈,月落参横,但惆怅而已。

寒夜读归佩珊夫人赠诗,有"删除苠箧闲诗料,渳洗春衫旧泪痕"之语,怃然和之

风情减后闭闲门,襟尚余香袖尚温。魔女不知侵戒体①,天花容易陨灵根②。蘼芜径老春无缝③,薏苡谗成泪有痕④。多谢诗仙频问讯⑤,中年百事畏重论。

此诗是归佩珊赠诗之和诗。诗意模糊,似与作者早年的一场恋爱有关,爱恋无果,作者心内留痛,不愿意再触碰。

【注释】

①魔女:指摩登伽女。佛教传说摩登伽女曾去引诱阿难(释迦牟尼的十大弟子之一),最后没有成功。戒体:佛教认为,受戒的人自身能产生防止邪恶入侵的能力,称为戒体。

②天花:天女向佛教大弟子撒下的花。这里比喻色欲的引诱。灵根:智慧的身体。

③蘼芜:草名。汉代《古诗十九首》:"上山采蘼芜,下山逢故夫。"后人以"蘼芜路"指与丈夫离异的女子所来往的路径。

④薏苡:禾本科,种仁又称薏米。《后汉书·马援列传》载,马援南征归来,带了一车的薏苡作为种子,但权贵们却向皇帝说他带了一车的明珠文犀。

⑤诗仙:指归佩珊。归佩珊,即归懋仪,字佩珊,江苏常熟人,归朝煦之女,李学璜之妻。长于作诗,有"女青莲"之称。兼擅书、画。著有《绣余小草》《听雪词》。

昨　夜

其　一

昨夜江潮平未平?篷窗有客感三生①。药炉卧听浑如沸,不似墙东钗钏声②。

其　二

种花都是种愁根,没个花枝又断魂。新学甚深微妙法③,

看花看影不留痕。

【题解】

因进士考试的失利,作者作此两诗,有感于佛法可以让人沉静,令人觉得虚无。

【注释】

①篷窗:船窗。

②钗钏(chuàn):钗簪与手镯。泛指妇人的饰物。《五灯会元》卷十:"因四众士女入院,法眼问道潜师曰:'律中道,隔壁闻钗钏声,即名破戒。见睹金银合杂,朱紫骈阗,是破戒不破戒?'"

③新学:这里指佛学。

紫云回三叠 有序

宋于庭妹之夫曰缪中翰①,分校礼部试。于庭以回避不预试②。余按,乐府有《紫云回》之曲,其词不传。戏补之,送于庭出都。

其 一

安香舞罢杜兰催③,水瑟冰璩各费才④。别有伤心听不得,珠帘一曲紫云回。

【题解】

宋于庭准备在京城参加会试,但因为其妹夫缪微初是同考官,不得不回避。作者假借失传的《紫云回》曲,戏作三首诗,给离京的宋于庭送行。《紫云回》相传为仙乐,本来应该极其奇妙动听。但为何伤心听不得?因为宋于庭到京准备好了应试,但突然听到消息,要求他回避,不能参加考试。

①宋于庭:宋翔凤(1776—1860),字虞廷,一字于庭,江苏长州(今苏州市)人。嘉庆五年(1800)举人,官泰州学正、湖南耒阳知县等。著有《尚书略说》《周易考义》等。中翰:内阁中书的雅称。

②回避:科举考试为了防止作弊,规定回避制度。清乾隆九年(1744)后,凡乡试、会试的主考官、房官、知贡举、监临、监试、提调的子孙及宗族例应回避,不能参加这次考试。乾隆二十一年(1756),更推及受卷、弥封、誊录、对读、收掌等官员的子弟近戚均一体回避。

③安香:段安香,女仙名。杜兰:杜兰香,女仙名。

④璈(áo):弹奏乐器。

其 二

神仙眷属几生修①?小妹承恩阿姊愁。宫扇已遮帘已下,痴心还伫殿东头。

【题解】

宋于庭与缪薇初可谓神仙眷属,但宋于庭因缪薇初而回避,不能参加会试,他的内心仍有不甘啊。

【注释】

①神仙眷属:指宋于庭和缪薇初有亲属关系。缪薇初任内阁中书,官职清贵,比作"神仙"。

其 三

上清丹篆姓名讹①,好梦留仙夜夜多②。争似芳魂惊觉早,天鸡不曙渡银河。

【题解】

诗歌表面上像是嘲笑宋于庭,实际上是抨击不合情理的回避制度。为了防止作弊,竟有一大批人被排斥在科场之外,而且事情来得突然,使身受其中的人哭笑不得。

【注释】

①上清丹篆:道教的符箓、名册。这里比喻简放考官的名录。

②留仙:《赵飞燕外传》:"中流歌酣,风大起,后扬袖曰:'仙乎!去故而就新乎!'帝令左右持其裙。……号留仙裙。"

咏 史

其 一

宣室当年起故侯①,衔兼中外辖黄流②。金銮午夜闻乾惕③,银汉千寻泻豫州④。猿鹤惊心悲皓月⑤,鱼龙得意舞高秋⑥。云梯关外茫茫路,一夜吟魂万里愁。

【题解】

咏史诗是一种或观览历史遗迹而触景生情,或有感于古人事迹而寄托情志的诗歌体裁。作者面对现实,联系史实,咏唱诗歌,寄寓了一颗忧国忧民之心。此诗联系古往今来黄河发洪水的事例,描写了一番恐怖、凄惨的景象。皇帝为之揪心,受灾的人民痛哭悲号,某些官员却大发灾难财。

【注释】

①宣室:汉代长安宫室名。这里指代皇帝。故侯:本指秦扬州人召平,秦时封东陵侯,秦亡,隐居青门外种瓜为生。这里指封过侯而退隐的人。

②衔兼中外:乾隆四十八年(1783)以后,河道总督例兼兵部侍郎、左副

都御史衔。总督是外官,故称外;侍郎、御史是中枢官员,故称中。黄流:黄河。

③乾惕:警惕,忧虑,不敢怠慢。

④银汉千寻:比喻黄河的洪水。寻,古时一寻为八尺。

⑤猿鹤:比喻受灾的人民。

⑥鱼龙:比喻发灾难财的贪官污吏。

【汇评】

郭延礼《龚自珍诗选》:诗中表达了作者对灾区人民苦难的同情与忧虑,客观上也谴责了清统治者的无视人民疾苦和腐败无能。

其　二

一样苍生系庙廊①,南风愁绝北风狂②。羽书颠倒司农印③,幕府纵横急就章④。奇计定无宾客献⑤,冤氛可顾子孙殃?何年秘阁搜诗史⑥,输与山东客话长。

【题解】

朝廷关心民生疾苦,各级官府也忧心如焚,但其中应该要做的是发挥汉人官员的能力。汉人在历史上的贡献是巨大的,不容忽视。

【注释】

①庙廊:指朝廷。

②南风愁绝:指南方受灾,令人愁闷。北风狂:似指北方天理教起义之事。嘉庆十八年(1813),天理教起义队伍曾攻陷山东曹州、定陶、河南滑县,并一度突入北京紫禁城,不久被清军镇压而失败。

③羽书:报告军情的文书,上插羽毛,表示快速。颠倒司农印:《资治通鉴·唐纪》:"(朱)泚遣泾原兵马使韩旻,将锐兵三千,声言迎大驾,实袭奉天(按,唐德宗此时逃亡到奉天,即今陕西乾县)。时奉天守备单弱。段秀实谓岐灵岳曰:事急矣。使灵岳诈为姚令言(按,朱泚死党)符,令旻且还,当与大军俱发。窃令言印未至,秀实倒用司农印(按,时段官司农卿)印符,

募善走者追之。旻至骆驿,得符而还。”倒用印表示情势紧急临时借用印信,所以也有效力。

④幕府:军队出发,在驻地张设帐幕,因称将军或其府署为幕府。明清的督抚衙门也称幕府。这里指军队里的幕僚。

⑤宾客:暗指汉人。

⑥秘阁:政府收藏书籍、文献的机构。按,“秘阁”,据王文濡校本及郑实刊本确定,而通行本作“秘客”。

逆旅题壁,次周伯恬原韵①

名场阅历莽无涯②,心史纵横自一家。秋气不惊堂内燕,夕阳还恋路旁鸦。东邻嫠老难为妾③,古木根深不似花。何日冥鸿踪迹遂④,美人经卷葬年华。

【题解】

此诗是作者会试下第,从京城返家,途中题壁之作。作者感叹科举考试的艰辛,饱食终日的当权官员不知道朝廷已日薄西山,危机四伏。作者愿意归隐,与美人、佛经相伴,了此一生。作者深刻地意识到国家的严重危机,“秋气不惊堂内燕,夕阳还恋路旁鸦”,此句具有特殊的敏感性。

【注释】

①周伯恬:即周仪炜(1777—1846),字伯恬,江苏阳湖人。嘉庆九年举人,选宣城县训导,改授陕西山阳知县,署凤翔知县。工诗,著有《夫椒山馆诗集》。周仪炜曾作《富庄驿题壁和龚孝廉自珍韵》:“何曾神女有生涯,渐觉年来事事赊。梦雨一山成覆鹿,颓云三角未盘鸦。春心易属将离草,归计宜栽巨胜花。扇底本无尘可障,一鞭清露别东华。”(《夫椒山馆诗集》卷十八)

②名场:争名的地方,指科举考试。

③东邻:指美女。宋玉《登徒子好色赋》:"天下之佳人,莫若楚国;楚国之丽者,莫若臣里;臣里之美者,莫若臣东家之子。"司马相如《美人赋》:"臣之东邻,有一女子,云发丰艳,蛾眉皓齿。"嫠:寡妇。

④冥鸿:高飞远举的鸿雁。后比喻隐士。

【汇评】

管林、钟贤培、陈新璋《龚自珍研究》:诗中运用形象的比喻,把衰败的社会比作肃杀的"秋气",是白日西倾的"夕阳",而封建统治者则是寻欢作乐的梁上燕子,是依恋夕阳的路旁乌鸦。封建社会正是在这班行尸走肉、纵情声色的"燕子""乌鸦"的统治下,已经到了"东邻嫠老难为妾,古木根深不似花"的老朽地步。多么形象的比喻!在这些形象的描绘中,又包含着诗人对封建社会多么强烈的批判!

赠伯恬

毗陵十客献清文①,五百狻猊屡送君②。从此周郎闭门卧,落花三月断知闻③。五百狻猊在卢沟桥。

【题解】

周仪炜在嘉庆九年(1804)考中举人,到嘉庆二十五年(1820)时,已参加进士考试七次,均失败。他表示从此要放弃应试。作者写此诗安慰他。

【注释】

①毗陵:江苏省常州市武进区的古称。十客:指周仪炜等十人。献清文:指到京城参加进士考试。清文,清丽的文章。这里指考试的文章。

②五百狻(suān)猊(ní):指卢沟桥栏杆上的石刻狮子。桥上石狮子共四百八十五头,五百为约数。卢沟桥过去是由南面进出京城的门户。

③落花三月:清代进士考试在农历三月中举行,其时正是暮春落花时节。

广陵舟中为伯恬书扇

红豆生苗春水波,齐梁人老奈愁何①? 逢君只合千场醉,莫恨今生去日多。

【题解】

此诗表达了对好友周仪炜的惜别之情,并劝慰朋友不要因时光流逝一事无成而忧愁。

【注释】

①齐梁:南朝的两个朝代,这里泛指南朝。周仪炜擅长写六朝风格的文章,作者称他为"齐梁人"。

读公孙弘传

三策天人礼数殊①,公孙相业果何如? 可怜秋雨文园客②,身是黔郎有谏书。

【题解】

当时清王朝表面繁荣,内部却有末世的衰败之象。此诗借古讽今,讽刺那些身居高位的达官贵人尸位素餐,无所作为,而单微的下级官员心系庙廊,敢于发表改革弊政的言论。两者对比强烈,讽刺尖刻,寓含同情。

【注释】

①三策:《汉书·公孙弘传》载:公孙弘,菑川薛人,汉武帝元光五年(前

130)，下诏征求贤良文学，公孙弘再度受到州郡推荐。武帝亲自策问，公孙弘写了一篇对策。汉武帝看了，认为是一百多篇中答得最好的，拜为博士，待诏金马门。公孙弘再上一疏，劝武帝教化人民。武帝用册书答复。公孙弘又写了一篇对策，指出教育可以很快使人民思想转变。元朔年间拜为丞相，封平津侯。天人：指天道与人事的关系，即顺应天道实行统治国家的办法。

②秋雨文园客：指司马相如。他曾任孝文园令，被后人称为"文园"。李商隐《寄令狐郎中》："休问梁园旧宾客，茂陵秋雨病相如。"

马

八极曾陪穆满游①，白云往事使人愁。最怜汗血名成后②，老踉残刍立仗头③。

【题解】

此诗借马讽刺了那些贪恋禄位、老迈无能的朝廷大臣。作者《明良论》说："夫自三十进身，以至于为宰辅，为一品大臣，其齿发固已老矣，精神固已惫矣，虽有耆寿之德，老成之典型，亦足以示新进，然而因阅历而审顾，因审顾而退葸，因退葸而尸玩，仕久而恋其籍，年高而顾其子孙，僇然终日，不肯自请去。"这几句话，正是"老踉残刍立仗头"的写照。

【注释】

①八极：八方极远之处。穆满：即周穆王，名满，周朝第五代天子，据说他曾周游天下。

②汗血：古代西域出产的名马。

③刍：草料。立仗：站在宫殿下的帝王仪仗。立仗马，比喻贪恋禄位而没有作为的大臣。

50

吴市得题名录一册,乃明崇祯戊辰科物也,题其尾一律

　　天心将改礼闱征①,养士犹传十四陵②。板荡人才科目重③,蓁芜文体史家凭④。朱衣点过无光气⑤,淡墨堆中有废兴。资格未深沧海换⑥,半为义士半为僧。

【题解】

此诗高度评价了明朝科举的意义、科举文的特殊价值和科举人才的奇异结局。

【注释】

①天心将改:指朝代快要变换。礼闱:唐以后指礼部或礼部试进士之所,明清也指礼部主持的进士考试。

②养士:明朝用法令规定一套学校和考试制度,在京城设国子监,在府、州、县设立学校,又定期举行考试,从中选拔官吏。这套制度便称为"养士"。十四陵:指明代自太祖朱元璋至毅宗朱由检十四位皇帝的陵墓。

③板荡:《诗·大雅》中的两首诗《板》《荡》,前人认为是指斥周厉王无道的作品。后来通用为乱世的代词。

④蓁芜文体:杂乱不纯的文章风格。蓁芜,引申为杂乱;纷乱。

⑤朱衣点过:指文章被取中之后。陈耀文《天中记》卷三十八引赵令畤《侯鲭录》:"欧阳公知贡举日,每遇考试卷,坐后常觉一朱衣人时复点头,然后其文入格。始疑侍吏,及回视之,一无所见。"后人指科举获中为"朱衣点头"。

⑥资格未深:指中进士后当官的时间不长,资格尚浅。沧海换:这里指明朝覆亡。

以汉瓦琢为砚赐橙儿①，因集斋中汉瓦拓本字成一诗，并付之

平生自喜②，传世千秋。高官上第，甘与阿侯③。"平乐宫阿"瓦、"长生未央"瓦、"仁义自成"瓦、"有万喜"瓦、"传"字瓦、"高安万世"瓦、"千金"瓦、"千秋万岁"瓦、"与天无极"瓦、"上林农官"瓦、"上林"瓦、"第二十五"瓦、"甘林"瓦、"官侯王"砖。

【题解】

作者集汉瓦拓本字作成一诗，表达了他立下志愿，要"传世千秋"，也希望他的儿子将来能"高官上第"。

【注释】

①汉瓦：汉代宫殿等建筑物上的瓦当，通常印有文字，其瓦身如半筒，厚约一寸，背平可以研墨，唐宋以来人即去其身以为砚，俗呼"瓦头砚"。橙儿：作者的长子龚橙。时年三岁。

②喜：喜好。

③阿侯：梁武帝《河中之水歌》："河中之水向东流，洛阳女儿名莫愁。十五嫁为卢家妇，十六生儿字阿侯。"这里指龚橙。

才 尽

才尽不吟诗①，非关象喙危②。青山有隐处，白日无还期。病骨时流恕③，春愁古佛知。观河吾见在④，莫畏镜中丝。

此诗写才思枯竭,不能作诗,大自然的美妙,不能领悟,他的忧愁只有通过研习佛经才能排遣,心情才能淡定。作者自称"才尽",实际上有婉曲难言在心头。

【注释】

①才尽:才思枯竭。

②象喙:象牙。喙,嘴巴。这里转用为牙齿的意思。

③病骨:指多病瘦损的身躯。这里指自己性情、气质上的弱点。时流:时辈。

④观河:佛教故事。谓波斯匿王观看恒河,自伤发白面皱,而恒河不变。佛谓变者受灭,不变者原无生灭。见《首楞严经》卷二。后用以比喻佛性永恒。见在:眼前存在。

铁君惠书,有"玉想琼思"之语,衍成一诗答之

我昨青鸾背上行①,美人规劝听分明②。不须文字传言语,玉想琼思过一生③。

【题解】

本年(嘉庆二十五年),作者考取内阁中书。这是作者进入仕途的开始。朋友铁君江沅来信规劝,要他进入官场后韬光养晦,说话小心,即使有想法也要藏在心底。作者回赠此诗,复述其规劝的内容,表示愿意听从劝告。

【注释】

①青鸾:凤凰一类的神鸟,青色。唐代武后光宅元年,改中书省为凤阁,改门下省为鸾台。唐代中书省、门下省相当于清代内阁,所以作者把出

任内阁中书说成是"青鸾背上行"。

②美人:指江沅。

③玉想琼思:美好的心灵,纯洁的理想。

戒诗五章

其 一

蚤年撄心疾①,诗境无人知。幽想杂奇悟,灵香何郁伊②?忽然适康庄,吟此天日光。五岳走骄鬼,万马朝龙王。不遇善知识③,安知因地孽④?戒诗当有诗,如偈亦如喝⑤。

【题解】

由于统治集团对作者施加压力,他听从好友江沅的劝告,打算连诗也戒掉了。戒诗,即不再作诗。这组诗既是作者戒诗的宣言,也是他对清王朝高压政策的控诉书。诗中虽多引用佛教术语和典故,但绝不是空谈佛理,而是赋予了现实社会的内容。此诗表达了作者的心意无人能懂的孤独和苦楚。戒诗乃不得已之行为。

【注释】

①蚤:通"早"。撄(yīng)心疾:得了一种心病。

②灵香:传说能起死回生的仙药。《海内十洲记·聚窟洲》:"灵香虽少,更生之神丸也。"这里比喻美好的思想。郁伊:蕴结。

③善知识:佛家语,即益友。

④因地:佛家语,处于修炼地位称为"因地",相对于已登佛位的"果地"来说。孽:恶因。

⑤偈(jì):译为"颂",宣传佛教教义的文体之一。喝:指棒喝,是佛教禅

师藉以促人觉悟的手段,后期禅宗盛行这种做法。

其 二

百脏发酸泪①,夜涌如原泉。此泪何所从?万一诗祟焉②。
今誓空尔心③,心灭泪亦灭。有未灭者存④,何用更留迹⑤!

【题解】

戒诗的原因在于避祸,为了免去灾患,不得已发誓息心简虑,不留心
迹。

【注释】

①百脏:指身体的五脏六腑。

②诗祟:诗在作怪。

③空尔心:指不念世事,息心简虑。

④未灭者:指思想感情。

⑤迹:指诗歌,即语言文字。

其 三

行年二十九,电光岂遽收①?观河生百喟,何如泛虚舟②。
当喜我必喜,当忧我辄忧。尽此一报形③,世法随沉浮④。天
龙为我喜⑤,波旬为我愁⑥。波旬尔勿愁,咒汝械汝头。

【题解】

作者愿意与世浮沉,随俗从众,以避免生出愤世感时、忧国忧民之思。
这其实是愤激语,表达了作者不愿与作恶多端的官员同流合污,以沉默抗
争。

【注释】

①电光:闪电之光,比喻人短暂的生命。

②泛虚舟:意思是随缘自得,与世浮沉。

③一报形:佛教天台宗认为有法、报、应三身。一报形即报身,是由智慧聚成的身体。

④世法:佛家语,指世间一切生灭无常的事情。

⑤天龙:佛家语,即天龙八部,包括诸天神、龙及鬼为八种。

⑥波旬:佛家语。魔王名,为欲界第六天之主,造恶者。

其 四

律居三藏一①,天龙所护持。我今戒为诗,戒律亦如之②。堕落有时有,三涂报则否③。舌广而音宏,天女侍前后④。遍召忠孝魂,座下赐卮酒。屈曲缭戾情,千义听吾剖。不到辨才天⑤,安用哆吾口?

【题解】

此诗把戒诗比拟戒律。作者认为他不是佛祖,又不去演说佛法的地方,因此可以闭口。

【注释】

①律:指佛教戒律。三藏:佛教法义被分为经、律、论三藏,认为这三者包括一切法义。其中经说的是"定学",律说的是"戒学",论说的是"慧学"。

②戒律:僧、道所遵守的法规。佛教有五戒、十戒、二百五十戒等。道教有五戒、十戒、一百八十戒等。

③三涂:佛教所谓的火涂、血涂、刀涂。火涂是地狱中猛火燃烧之处,血涂是畜生道互相啖食之处,刀涂是饿鬼道被刀剑胁迫之处。堕落三涂是作恶的报应。

④天女:佛教称欲界天的女性为天女。

⑤辨才天:演说佛法的地方。辨,又作"辩"。

其　五

　　我有第一谛^①,不落文字中。一以落边际^②,世法还具通^③。横看与侧看,八万四千好^④。泰山一尘多,瀚海一蛤少。随意撮举之,龚子不在斯。百年守尸罗^⑤,十色毋陆离!

【题解】

此诗借佛教教义,表明了遵守戒诗的约定,不为外界光怪陆离所迷。

【注释】

①第一谛:又称真谛、圣谛、胜义谛。佛教把深妙的佛理称为第一谛,与世俗谛相对而言。

②边际:佛家认为中道和边际是对立的,中道是教义的真理所在,边际则是可以随意变化的。

③世法:指世间各种生灭无常的事情。

④八万四千:佛家语,形容众多。

⑤守尸罗:指精进持戒,防止身口作恶。尸罗,梵语,又译为尸怛罗,义为戒律。

辛巳　道光元年(1821)　30岁

正月,在吴中与友人顾千里游观梅花。后入京城。外祖父段玉裁刻《经韵楼集》十二卷,参与校对。出任内阁国史馆校对官,对重修的《一统志》,提出了旧志中关于西北塞外诸部落沿革的十八条疏漏之处,并撰《上国史馆总裁提调总纂书》。考军机章京,受到权贵的排斥,未被录取,于是破戒作诗。除夕,与同事彭蕴章同寓城南圆通观,读彭之诗作,竟达天亮。撰《进上蒙古图志表文》和《朱殇女碣》。

本年存诗三十九首。

小游仙词十五首

其　一

历劫丹砂道未成①,天风鸾鹤怨三生②。是谁指与游仙路? 抄过蓬莱隔岸行③。

【题解】

吴昌绶《定盦先生年谱》:“(道光元年)夏,考军机章京,未录,赋《小游仙十五首》,遂破戒作诗。”作者借用游仙诗体裁,表面上写艳情、游仙,实际上关涉时事,隐晦地揭露了军机处的腐朽官僚习气,描述了一年来思谋军机章京的憧憬、彷徨、失落和醒悟,既谈掌故,又抒感慨。此组诗破了他去年立下的戒诗的承诺。

此诗开宗明义,说明作者参加军机章京考试的缘故。第一句用"炼丹未成"暗指作者在两次进士考试中均遭到失败。第二句以鸾鹤自比,说明担任了内阁中书。第三、四句,说有人指点他考军机章京这又一条进身之路。

【注释】

①历劫:经历长久时间。道:一本作"恨"。

②鸾(luán)鹤:传说是仙人的坐骑。这里暗指内阁中书。

③抄过:绕过。

其　二

九关虎豹不讥诃①,香案偏头院落多②。赖是小时清梦到,红墙西去即银河。

【题解】

作者参加军机章京的考试,点明了军机处的方位和地位之尊崇。作者从小听到了许多有关军机处的内幕,现在依稀还能记得去它那里的路。

【注释】

①九关虎豹:传说中守护天关的猛兽。讥诃:诘问恐吓。

②香案:放置香炉烛台的条桌。

其　三

玉女窗中梳洗成,隔窗偷眼大分明①。侍儿不敢频频报,露下瑶阶湿姓名②。

【题解】

此诗从侧面表现了军机章京的高贵身份和地位。章京们穿戴齐整,在值班房里办公。各部院派去领公事的人员,因传唤人员不敢频频传唤,因此长久地站在值班的台阶下,等候宣唤自己的名字。

【注释】

①大:一本作"太"。

②湿姓名:站于阶下,露水沾衣,等人叫唤自己的名字,所以说"湿姓名"。

其 四

珠帘揭处佩环摇,亲荷天人语碧霄①。别有上清诸女伴②,隔窗了了见文箫③。

【题解】

此诗暗写宫中内监奉命向军机处传达皇帝谕旨的情景。

【注释】

①荷:承受,承蒙。

②上清:道家所说的仙境之一。又为奉祀道教神人的宫殿名。女伴:这里指章京。

③了了:清楚。文箫:唐代裴铏《传奇》中的人物,成仙而去。这里指军机大臣。

其 五

寒暄上界本来希①,不怨仙官识面迟。侥幸梁清一私语②,回头还恐岁星疑③。

【题解】

军机章京奉命不得与外间官员随便交往,以防泄露机密。此诗暗指此事,揭露了官场钩心斗角、相互猜疑的情况。

①上界:天界。希:同"稀",少。

②梁清:传说中天上织女星的侍儿,名梁玉清。一私语:一本作"通一语"。

③岁星:即木星。

其 六

雅谜飞来半夜风,鳌山徒侣沸春空①。顽仙一觉浑瞒过②,不在鱼龙曼羡中③。

【题解】

军机处接到紧急文件后,军机大臣、章京们连夜办公,处理军政要事。以"雅谜"比喻军事机密,"半夜风"喻指它半夜递到;以"鳌山徒侣"比拟军机章京,"沸春空"形容他们起草文件、进呈票拟,特别繁忙;"顽仙"指无权过问军事机密的内阁官员。紧急军事都与内阁官员无关,所以他们"一觉浑瞒过",不能参与这些"鱼龙曼羡"的游戏了。

【注释】

①鳌山:传说中的仙山。

②顽仙:未得仙道的人。

③鱼龙曼羡:又作"鱼龙曼衍"。汉代百戏之一,源自西域。

其 七

丹房不是漫相容①,百劫修成忍辱功②。几辈凡胎无觅处,仙姨初豢可怜虫。

【题解】

军机处需要的是那些唯唯诺诺,忍受各种耻辱,驯服听从军机大臣驱

61

使的可怜虫。这实际上是军机章京的真实处境。

【注释】

①丹房:神仙的住所。又指道士炼丹的地方,即道观。这里喻军机处。

②忍辱功:忍受耻辱的本领。忍辱,佛家语,为六波罗蜜之一。忍受种种侮辱损害而不恼恨。

其 八

露重风多不敢停,五铢衫子出云屏①。朝真袖屡都依例②,第一难笺璎珞经③。

【题解】

此诗暗指内阁中书与军机处的关系。内阁中书每日都要到军机处领取文件,以便抄录存档。对内阁中书来说,军机处是"露重风多",不能久留的地方。内阁中书相当于穿五铢衣的上清童子,领了公事以后,就得走出"云屏"之外。军机章京虽同内阁中书一样,官品小,却有资格挂朝珠,因此显得与众不同。

【注释】

①五铢衫子:神仙穿的轻细的衣服。

②朝真:道家语,意思是如佛教的参禅打坐。

③璎珞经:佛经,全名是《菩萨璎珞经》。

其 九

不见兰旌与桂旐①,九歌吹入凤凰箫②。云中挥手谁相送③?依约湘君旧姓姚④。

【题解】

清帝自雍正以后,每年夏季,常常移驾到西郊圆明园避暑,秋季则常去热河木兰场行猎。清帝离京出巡,军机章京照例跟随前往。旌旗幡幢,金鼓箫笛,一派盛大的气象。一批扈从章京向送行人挥手告别,而送行者是留在京城的章京。作者借《九歌》中的云中君和湘君分别来比喻两者,显得空灵神幻。

【注释】

①旄(máo):原指用旄牛尾缀于竿顶的旗,这里泛指旗帜。

②九歌:禹时的乐歌。又指屈原据楚国民间祀神曲改作的乐歌名。凤凰箫:即排箫。

③云中:此指仙人。亦即《九歌》中的云中君。

④湘君:《九歌》中的湘君。指帝舜的妃子,死后成为湘水之神。因舜姓姚,所以说她"旧姓姚"。

其　十

仙家鸡犬近来肥,不向淮王旧宅飞①。却据金床作人语,背人高座著天衣。

【题解】

原为六部部曹而考入军机处的章京,犹如"仙家"的"鸡犬",给养肥了。他们进入军机处后,恍如登上了天界,不再理会原来出身的地方了。他们正像那只会说人话的仙鸡,倚靠金床,身份显贵了,连衣服穿戴也与众不同。此诗生动地描绘了军机章京飞扬跋扈的小人形象,对他们进行了辛辣的讽刺。

【注释】

①淮王:指汉代淮南王刘安,汉高祖之孙,喜欢招致四方宾客方士,好谈神仙修炼之事。葛洪《神仙传》:"安临去时,余药器置在中庭,鸡犬舐啄之,尽得升天。故鸡鸣天上,犬吠云中也。"

【汇评】

郭延礼选注《龚自珍诗选》:形象鲜明,语言风趣,是一首很出色的讽刺小诗。

其十一

谛观真诰久徘徊^①,仙楮同功一茧裁^②。姊妹劝书尘世字^③,莫瞋仓颉不仙才^④。

【题解】

满、汉文件(以仙楮和茧纸分别作比)内容一样,但汉人章京因看不懂满文写的谕旨,只好"久徘徊"。此诗调笑不懂满文的汉人章京。

【注释】

①谛观:仔细观察、阅读。真诰:道家书名。萧梁时陶弘景撰,共七篇二十卷,记述神仙授受真诀等事。

②仙楮(chǔ):指《真诰》,即满文谕旨。楮,桑科落叶乔木,树皮可作制纸原料,借作纸的别称。同功茧:二三蚕共成一茧为同功茧。古代抽丝织成缣帛,可作写字之用,称帛书。晋代有蚕茧纸。

③尘世字:人间使用的文字。这里作者借喻汉文(相对满文而言)。

④仓颉:黄帝史官,传说创造汉字的人。

其十二

秘籍何人领九流^①?一编鸿宝枕中抽。神光照见黄金字^②,笑到仙人太乙舟。

【题解】

此诗以汉代刘向比拟清代内阁官员,以"一编鸿宝"暗指考选军机章京的秘诀。由于书法写得好,受到军机大臣的赏识,于是就高高录取了。

【注释】

①秘籍:藏在中枢政府中的书籍。

②黄金字:指仙书上的字。

其十三

　　金屋能容十种仙①,春娇处处互疑年②。我来敢恨初桄窄③,曾有人居大梵天。

【题解】

　　此诗写军机章京成分复杂,来历多样,年龄不一,其中有较高级的官员充当品位并不高的章京。

【注释】

　　①十种仙:佛家有十种仙,即地行仙、飞行仙、游行仙、空行仙、天行仙、通行仙、道行仙、照行仙、精行仙、绝行仙。

　　②疑年:猜测年纪。

　　③初桄(guàng):梯子等的第一级横木。

其十四

　　吐火吞刀诀果真,云中不见幻师身。上方倘有东黄祝①,先乞灵符制雹神②。雹神姓李,见《神仙鉴》。

【题解】

　　此诗暗指作者在军机章京考试中落选,是由于有人暗中使坏。

【注释】

　　①上方:大界。东黄祝:张衡《西京赋》:"东海黄公,赤刀粤祝。"《文选》载李善注:"东海有能赤刀禹步,以越人祝法厌虎者,号黄公。"祝,通"咒"。

　　②雹神:道家说楚汉战争时陈余手下大将李左军,死后为雹神。作者在此暗指一个姓李的人。

其十五

众女蛾眉自尹邢①,风鬟露鬓觉伶俜。扪心半夜清无寐,愧负银河织女星。

【题解】

此诗写应考军机章京落选时的惨境和愧疚心情。

【注释】

①尹邢:汉武帝的两个妃子尹夫人、邢夫人。

【汇评】

王文濡编《龚自珍全集》:(《小游仙词十五首》)此为考军机未得而作。

王镇远《剑气箫心——细说龚自珍诗》:定盦的这组诗纯用迷离惝恍的笔墨出之,以游仙之事、男女之情揭露官场的腐败和自己的隐恨,写来含而不露,却句句不离本意,表现了他驾驭文字的本领;诗中用了大量道家的典故,可见他的博洽和对掌故的熟悉,既紧扣游仙的题目,又寓有刺时的用意,足以说明他的诗艺已到炉火纯青的地步了。

能令公少年行 有序

序曰:龚子自祷祈之所言也。虽弗能遂,酒酣歌之,可以怡魂而泽颜焉。

蹉跎乎公! 公今言愁愁无终,公毋哀吟娅姹声沉空①。酌我五石云母钟,我能令公颜丹鬓绿而与年少争光风②,听我歌此胜丝桐。貂毫署年年甫中③,著书先成不朽功④,名惊四海如云龙,攫拏不定光影同。征文考献陈礼容⑤,饮酒结客横

才锋。逃禅一意皈宗风⑥，惜哉幽情丽想销难空！拂衣行矣
如奔虹⑦，太湖西去青青峰⑧。一楼初上一阁逢，玉箫金琯东
山东。美人十五如花秾，湖波如镜能照容，山痕宛宛能助长眉
丰。一索钿盒知心同，再索班管知才工⑨，珠明玉暖春朦胧。
吴歈楚词兼国风⑩，深吟浅吟态不同，千篇背尽灯玲珑。有时
言寻缥缈之孤踪⑪，春山不妒春裙红。笛声叫起春波龙，湖波
烟雨来空蒙。桃花乱打兰舟篷，烟新月旧长相从。十年不见
王与公，亦不见九州名流一刺通⑫。其南邻北舍谁与相过从？
佝偻丈人石户农⑬，嵚崎楚客⑭，窈窕吴侬，敲门借书者钓翁，
探碑学拓者溪童⑮。卖剑买琴，斗瓦输铜；银针玉蓶芝泥封⑯，
秦疏汉密齐梁工⑰；怯经梵刻著录重⑱，千番百轴光熊熊，奇许
相借错许攻。应客有玄鹤，惊人无白骢⑲。相思相访溪凹与
谷中，采茶采药三三两两逢，高谈俊辩皆沉雄。公等休矣吾方
慵，天凉忽报芦花浓，七十二峰峰峰生丹枫。紫蟹熟矣胡麻
饛⑳，门前钓榜催词筒㉑。余方左抽毫，右按谱，高吟角与宫㉒。
三声两声棹唱终，吹入浩浩芦花风，仰视一白云卷空。归来料
理书灯红，茶烟欲散颏鬖浓㉓。秋肌出钏凉珑松，梦不堕少年
烦恼丛。东僧西僧一杵钟，披衣起展华严筒㉔。噫嚱！少年
万恨填心胸，消灾解难畴之功㉕？吉祥解脱文殊童㉖，著我五
十三参中。莲邦纵使缘未通㉗，他生且生兜率宫㉘。

【题解】

作者致力于经世致用，但"名高谤作"，遂产生隐居太湖的想法。此诗
想象将来在太湖隐居时的闲适生活的图景，有美人相伴，雅士过从，共同赏
鉴古玩，吟诗解经。诗篇充满了浪漫主义的憧憬，文字瑰丽，想象丰富，声
情并茂。作者自编《破戒草》，将之冠为首篇。

【注释】

①娅姹:象声词。这里指哀吟之声。

②颜丹鬓绿:脸色红润,鬓发乌黑。指年轻。

③貂毫:指代毛笔。年甫中:刚到中年。

④不朽功:《左传·襄公二十四年》:"太上有立德,其次有立功,其次有立言。虽久不废,此之谓不朽。"这里指著书立说。

⑤征文考献:考证古代文献。陈礼容:陈列礼制仪式。

⑥逃禅:躲进佛教的天地。宗风:佛家某一宗派独有的风范。

⑦拂衣:指归隐。

⑧青青峰:这里指太湖西洞庭山。

⑨班管:斑竹毛笔。班,通"斑"。

⑩吴歈(yú):吴地的民歌。

⑪言寻:寻访。言,助词,无义。

⑫刺:名片。

⑬佝偻丈人:弯腰曲背的老人。石户农:舜的朋友。石户,地名。农,指人。

⑭嶔(qīn)崎:原指山石高峻的样子,比喻人杰出不群。

⑮探碑学拓:寻访石碑,摹拓碑文。

⑯银针、玉蘸(xiè):两种书体名,泛指优美的书法。芝泥:即印泥、封泥。

⑰"秦疏"句:指古代碑版文字的不同风格:秦碑清疏,汉碑厚密,齐、梁两代碑刻工整。

⑱佉经梵刻:即佛经。佉、梵,佉卢和梵,传说是印度创造文字的人。

⑲骢(cōng):青白相杂的马。这里借代为达官贵人。

⑳胡麻饛(méng):盛得满满的胡麻做成的饭。胡麻,芝麻。饛,盛满的样子。

㉑钓榜:钓船。这里借代为钓鱼人。词筒:盛诗的竹筒。

㉒角与宫:乐曲的律调。我国古代以宫、商、角、徵、羽为五音。

㉓颓鬟:下垂的发髻。这里指代侍女。

㉔华严筒:指《华严经》。以前佛经用的是卷轴装,卷作筒形,故称。

㉕畴:谁。

㉖文殊童:佛教菩萨文殊师利,义为妙吉祥。通常和普贤菩萨一对侍立在释迦牟尼左右。密教的文殊像是头扎五髻的童子形状,所以又称文殊师利童子。

㉗莲邦:也称净土,佛祖诞生地。即西方极乐世界,又称莲华世界。

㉘兜率宫:即兜率天。是佛教所谓欲界六天中的第四天,泛指人死后所登的"天界"。兜率,是知足、妙足之意。

【汇评】

梁启超《少年中国说》:龚自珍氏之集有诗一章,题曰《能令公少年行》,吾尝爱读之,而有味乎其用意之所存。

王文濡编《龚自珍全集》:定公中年,仕宦不忘东南山居曼妙之乐,此诗之所以作也。

朱杰勤《龚定盦研究》:此诗在格律上、音节上、意义上,皆有新鲜之意味,一韵到底,尤为难得。观其一气呵成,毫无停滞,读之者几不知是文是诗,可谓化矣。或谓此种格调,古人有行,如卢仝、黄山谷亦精于此道。不知诗重性情,意须独创,而格调虽稍因袭,亦不妨也。定盦自有定盦之特性,故可称为定盦独有之诗。且就诗论诗,亦不逊于汉魏乐府,真气淋漓,且时时有弦外之音,非深于此道者不能究也。

钱仲联、钱学增选注《清诗三百首》:此诗深刻地反映了诗人要求政治改革、追求个性解放、憧憬理想生活,又迫于封建专制统治的淫威而产生的"剑气"和"箫心"、"入世"和"出世"的复杂矛盾的心情。全诗以丰富奇特的想象,浓厚的浪漫主义色彩,描写他向往隐居太湖、追求真挚的爱情、结交嵚崎狂客、陶情于湖光山色的种种设想,借以抒发了诗人内心的抑郁不平之气。

管林、钟贤培主编《中国近代文学发展史》:作者塑造了一个"桃花源"般的境界,在那里有十五如花的美人,有美丽的春山、烟雨空蒙的湖水、落满桃花的兰舟;在那里没有王公贵族和"社会名流",只有山中的高人逸士、楚客村姑、牧童钓叟;日以金石琴书、高谈俊辩为乐,人的个性和才能得到充分自由的发展。作者通过这种"幽情丽想",描绘出一个与丑恶污浊的现实社会截然不同的世界,以寄托他的美好的生活理想和对自由、纯真、和谐的追求。

郭延礼《龚自珍诗选》:诗人以浓艳的彩笔,丰富的想象,描绘了一个与冷酷污浊、虚伪丑恶的现实社会相对立的理想世界,寄托着诗人对美好理想的热烈追求,以及对黑暗现实的不满与反抗。

寥 落

寥落吾徒可奈何①?青山青史两蹉跎②。乾隆朝士不相识,无故飞扬入梦多。

【题解】
此诗借乾隆朝的当朝人物,讽刺嘉庆年间的当政大臣,认为他们尸位素餐,毫无建树,因循守旧,使政治日趋腐败,社会日趋混乱。作者只能在梦里追寻理想的政治人物。

【注释】
①吾徒:指与作者同道的朋友。
②青山:意指归隐山林。青史:即史书。这里指名留后世。

暮雨谣三叠

暮雨怜幽草,曾亲撷翠人①。林塘三百步,车去竟无尘。
雨气侵罗袜,泥痕黦画裳②。春阴太萧瑟,归费夕炉香。
想见明灯下,帘衣一桁单③。相思无十里,同此凤城寒④。

70

【题解】

此诗表达了作者对一位要好的女子的思念,以暮雨为题,蕴含着萧瑟忧伤之情。

【注释】

①撷翠:拾翠,采摘花草。

②靿(yuè):黄黑色。这里用作动词,意为染污。画:一本作"华"。

③帘衣:帘幕。桁(hàng):衣架。这里指量词。

④凤城:京城。

城北废园将起屋,杂花当楣,施斧斤焉。与冯舍人启荄过而哀之,主人诺,冯得桃,余得海棠,作救花偈示舍人

门外闲停油壁车①,门中双玉降臣家②。因缘指点当如是,救得人间薄命花。

【题解】

作者和同事冯启荄(同为内阁中书)为了使花免遭斧斤,哀求主人,救得了花树。因花及人,可见作者的悲悯之心。冯启荄,字晋渔,广东鹤山人。嘉庆十五年(1810)举人,初官咸安宫教习、内阁中书,兼国史馆分校。离京后,寓居南京,主讲凤池书院。后任山西某州知州。

【注释】

①油壁车:古人乘坐的一种车子。因车壁用油涂饰,故名。

②双玉:这里指桃花和海棠花。

【汇评】

郭延礼《龚自珍诗选》:作者对美好事物的横遭摧残,表示深切同情与哀悼。

柬陈硕甫夎并约其偕访归安姚先生

其 一

中夜栗然惧,沉沉生鬓丝。开门故人来①,惊我容颜羸②。
霜雪满天地,子来宁无饥? 且坐互相视,冰落须与眉。

【题解】

此三首诗叙写作者约陈夎相见并共访姚学塽(shuǎng)的过程。诗歌
表达了作者感受到的人生悲苦和友情的温暖,以及姚学塽安贫乐道,特立
独行的精神风貌。

第一首写友人半夜来访,发觉作者瘦弱不堪,真是生活催人老啊。天
气寒冷肃杀,具有象征含义。

【注释】

①故人:指老友陈夎(1786—1863),字偍云,号硕甫,晚号南园,江苏长
州(今苏州市)人。清代经学家。

②羸:瘦弱。

其 二

切切两不已①,喁喁心腑温。自入国西门②,此意何曾宣。
饴我客心苦③,驱我真气还。华冠闯然入④,公等何所论?

【题解】

朋友相聚,情话不绝,倾诉真心,暖人心房。

①切切:形容声音细小。

②国西门:京城西门。作者当时住在宣武门南,地近外城偏西。

③饴(yí):用麦芽制成的糖。这里用作动词。

④华冠:这里指穿着高贵服装的达官贵人。

其 三

进退两无依,悲来恐速老。愁魂中夜驰,不如起为道。枯庵有一士①,长贫颜色好。避人偕访之,一觌永相保②。

【题解】

作者感受到人生的艰辛和愁苦,但对比姚学塽的安贫乐道来说,那算什么呢?

【注释】

①有一士:指姚学塽(1766—1826),字晋堂,一字镜堂,浙江归安(今湖州市)人。嘉庆元年进士,官至兵部郎中。著有《姚兵部诗文集》等。魏源《归安姚先生传》:"官京师数十年,未尝有宅,皆僦居僧寺中,纸窗布幕,破屋风号,霜华盈席,危坐不动。暇则向邻寺寻花看竹。僧言虽彼教中持戒律苦行僧,不是过也。"

②觌(dí):见面。

冬日小病寄家书作

黄日半窗暖,人声四面希。饧箫咽穷巷①,沉沉止复吹。小时闻此声,心神辄为痴。慈母知我病,手以棉覆之。夜梦犹呻寒,投于母中怀。行年迨壮盛,此病恒相随。饫我慈母恩②,虽壮同儿时。今年远离别,独坐天之涯。神理日不足,禅悦讵可期③?沉沉复悄悄,拥衾思投谁?予每闻斜日中箫声则病,莫喻其故,附记于此。

【题解】

作者在京城生病了。此诗写他小时候生病得到了母亲的照顾,表达了对母亲深挚的思念之情。诗歌以童年生活母爱的温暖来对比居京生活的孤独愁病。

【注释】

①饧(xíng)箫:卖饧糖人吹的箫。

②饫(yù):饱食。

③禅悦:佛家语,指进入禅定以后心情的愉快状态。

夜读番禺集①,书其尾

其 一

灵均出高阳,万古两苗裔②。郁郁文词宗③,芳馨闻上帝。

其 二

奇士不可杀,杀之成天神。奇文不可读,读之伤天民④。

【题解】

此两首诗高度赞扬了屈大均的为人和为文,视之为"奇士""奇文",将他与屈原相比。屈大均的著作是清廷的禁书,但作者敢于蔑视朝廷的禁令而阅读,可见他的胆略,也说明他对反清义士的同情。

【注释】

①番禺集:指清初反清义士屈大均的诗文集。屈大均(1630—1696),字介子、翁山,广东番禺人。明亡时仅十五岁,清军进攻广东,他投奔永历帝抗清。失败后,削发为僧,三十二岁还俗。吴三桂在云南反清时,他又曾奔走联络。后还乡,过着隐居生活以终。著有《四朝成仁录》《翁山诗外》《翁山文外》《广东新语》等。他的著作遭到清廷的查禁,但仍有人私下收藏。

②苗裔:后代子孙。

③文词宗:文学的宗匠。

④天民:指有道而不在其位的人。

【汇评】

黄霖《中国文学批评通史·近代卷》:这里就把屈原式的奇逸之作尊为"郁郁文词宗"。

又书一首

卷中觌幽女①,悄坐憺妆束②。岂无红泪痕,掩面面如玉。

【题解】

此诗写出了屈大均的幽怨和泰然。

【注释】

①幽女:幽居怨抑的美女。这里比喻屈大均。

②憺(dàn):安宁,心情泰然。

夜　直

天西凉月下宫门,夕拜人来第一番①。蜡烛饱看前辈影,屋梁高待后贤扪。累朝朱签及丝纶簿②,皆庋床顶③,须梯而升,皆史官底本也。沉吟章草听钟漏④,迢递湖山赴梦魂。安得上言依汉制,诗成侍史佐评论。

【题解】

此诗写作者任内阁中书,在夜间值班时的情景。

【注释】

①番:轮班。

②朱签、丝纶簿:皇帝对臣下奏章的批示,例用朱笔,称为朱签或朱批。皇帝诏令称为丝纶,集成一册称为丝纶簿。

③庋(guǐ):放置,收藏。

④章草:指奏章。草,草稿。

赋得香

我有香一段,煎熬刳斫成①。德坚能不死,心苦惜无名。大玉烦同荐②,群灵感至诚。偶留闺阁爱,结习愧平生③。

【题解】

赋得体,兴起于南朝梁陈时期,常以古人诗句或景物加上"赋得……"

"赋……得……"之语为题,内容以写景、咏物为主。在科举时代,成了试帖诗的专用体裁。作者歌咏"香",赞扬了它的吃苦精神和高洁品德。

【注释】

①煎熬刳(kū)斫:制造香料经过的砍、挖、煎熬等工序。刳,挖空。斫,砍伐。

②大玉:美玉。

③结习:佛家语。指人世的欲望等烦恼。后泛指积久难破的习惯。

奴史问答

朝荈一厄①,五百学士偷文词。暮酒一杓,四七辩士记匡略②。长眉写书小史云③:主人者谁? 入亦无姝,出亦无车。一史致词:出无车,迷不知东街与西街,怀中堕出西海图④;入无姝,但见瑶琴愔愔⑤,红烛华都。主人中夜起,弹琴对烛神踟蹰。邻宅大夫⑥,私问奴星⑦:主人者谁? 朝诵圣贤文,夕诵圣贤文。奴言:从主人一纪有余,主人朝癯夕腴,夕腴朝又癯。尚不见主人之眉发美与丑,惟闻喃喃呢呢朝诵贝叶文⑧,夕诵贝叶文。比来长安⑨,出亦无车,入亦无姝;日籍酒三五六斤,苦荈亦三斤。长安无客不踏主人门。客称主人人一喙,不知主人谁喜谁所嗔。岁星在前奴在后⑩,又闻昨夜宅神巷鬼言:包山老龙馋不得归,谈破长安万张口。万张口奴皆闻之。奴能算天九,算地九,能使梭化龙而雷飞⑪,石赴波而海走;又能使大荒之山麒麟之角移赠狗。奴不信主人行藏似谁某。

【题解】

此诗通过"奴""史"的问答,描写了一个行为怪异、其实道德高洁的人物。这实际上是作者的自我写照。

【注释】

①荈(chuǎn):茶。一卮:一樽,一杯。

②辨士:善辩的人。辨,通"辩"。厓略:同"崖略",大略。

③写书小史:抄写人员。

④西海图:画着西北边境形势的地图。

⑤瑶琴:琴的美称。愔愔(yīn):安和的样子。

⑥大夫:清代高级文官称大夫。这里作为官员的通称。

⑦奴星:名字叫星的奴仆。

⑧贝叶文:指佛经。从前印度的佛经用贝多罗树叶书写,称贝叶经或贝叶文。

⑨长安:借指北京。

⑩岁星:即木星。传说东方朔是岁星谪降人间。

⑪梭化龙:《晋书·陶侃传》:"侃少时渔于雷泽,网得一织梭,以挂于壁。有顷雷雨,自化为龙而去。又梦生八翼,飞而上天。"

【汇评】

王文濡编《龚自珍全集》:定公此种诗,颇似太白,亦有似卢玉川者。然实自汉、魏乐府中出。不可学,学之必病。

辛巳除夕,与彭同年蕴章同宿道观中①,彭出平生诗读之竟夜,遂书其卷尾

亦是三生影,同听一杵钟。挑灯人海外,拔剑梦魂中。雪色愔恩怨,诗声破苦空②。明朝客盈坐,谁信去年踪?

【题解】

除夕,作者与友人彭蕴章同宿于道观中,共观彭所作的诗歌。此诗描写了这一场境遇,听钟、吟诗、挑灯、拔剑,壮情飞扬。

【注释】

①彭蕴章(1792—1862):字琮达,号咏莪,江苏长州(今苏州市)人。由举人入赀为内阁中书,充军机章京。道光十五年(1835)进士,授工部主事,留直军机处,历官宗人府丞、工部侍郎等,后官至工部尚书,拜文渊阁大学士。谥文敬。善书画,著有《松风阁诗抄》等。

②苦空:佛教语。指人世间一切皆苦,凡事俱空。这里指道观的虚寂。

周信之明经中孚手拓吴兴收藏家吴晋宋梁四朝砖文八十七种见贻^①,赋小诗报之

人间汉砖有五凤^②,广陵尚书色为动^③。阮公元。十笏黄金网致回^④,欧阳欲语暗犹梦^⑤。欧阳公尝恨平生见东汉人字多,见西汉字少。西京气体谁比邻^⑥?下有六代之芳尘^⑦。我生所恨与欧异,但恨金石南天贫。尝著录吴、东晋、宋、齐、梁、陈六代金石刻,不过十种,而北魏、北齐、北周乃十倍之。非金非石非诔谥^⑧,兽面鱼形错文字,清华想见馆坛碑^⑨,梁上清真人许君馆坛碑,顾亭林犹见拓本,今人间无片楮矣。倔强偏殊国山制^⑩。赤乌砖字势^⑪,绝不与国山碑同。君言解馋良不恶,通人识小聊为乐。君著《金石小品录》。翠墨淋漓茧纸香^⑫,余亦装潢媵瘗鹤^⑬。凡著录六朝石刻,以《瘗鹤铭》为殿,而砖文则又为附见矣。就中吉语纷蝉嫣^⑭,作诗谢君君鞭然^⑮。生儿且觅二千石,亦砖文语。出地何愁八百年。旧蓄"王大令保母"砖拓本,有"后八百载君子知之"语。

【题解】

周中孚把四朝的砖文拓本八十七种赠给作者,作者作诗答谢。诗歌叙写了前人为汉代砖文而心动,作者却轻易地得到了这么多的瑰宝,当然十分感激周中孚了。

【注释】

①周信之:即周中孚,字信之,别字郑堂,浙江乌程(今属湖州市)人,嘉庆十八年(1813)副贡生。致力于考证经史、艺文,著有《郑堂读书记》等。

②五凤:西汉宣帝刘询年号(前57—前54)。

③广陵尚书:指阮元(1764—1849),爱研究古砖文字。

④十笏(hù):十锭。笏,原意为手板,古代从皇帝到士人都执笏,分为玉制、牙制、竹制等。宋代开始称一锭墨为一笏,以后也称一锭银为一笏。网致:网罗搜集。

⑤欧阳:指欧阳修。

⑥西京气体:指西汉文字的气格体势。

⑦六代之芳尘:指三国吴、东晋、宋、齐、梁、陈六朝的石刻文字。

⑧诔(lěi):哀祭文的一种,用以表彰死者德行并致哀悼。谥(shì):古代贵族死后按生前事迹评定褒贬给予的称号。

⑨清华:清秀华美。馆坛碑:南朝萧梁时代的石碑。全称是"上清真人许长史旧馆坛碑"。天监十五年(516)陶弘景撰书。很受书法家重视。

⑩国山:全称"吴封禅国山碑"。吴天玺元年(276),孙皓派董朝、周处到宜兴县国山封禅时树立,碑文用篆体,因石形椭圆,又称囷碑。

⑪赤乌砖:刻有"赤乌"年号的砖。赤乌,东吴孙权的年号(238—251)。

⑫茧纸:用茧丝做成的纸。

⑬媵:古代指随嫁或随嫁的人。这里引申为陪伴的意思。瘗(yì)鹤:指《瘗鹤铭》。梁天监十三年(514)华阳真逸撰碑文,上皇山樵正书,字势雄强秀逸,被书家推崇。

⑭蝉嫣:连续不断。

⑮辴(chǎn)然:笑的样子。

吴市得旧本制举之文,忽然有感①,书其端

其 一

红日柴门一丈开,不须逾济与逾淮。家家饭熟书还熟,羡
杀承平好秀才。

其 二

耆旧辛勤伏案成②,当年江左重科名。郎君座上谈何易,
此事人间有正声。

其 三

国家治定功成日,文士关门养气时。乍洗苍苍莽莽态③,
而无儌儌恫恫词④。

其 四

刻画精工值万钱,青灯几辈细丹铅⑤。南山竹美兰膏贱,
累我神游百廿年。以康熙三十年镌成,丹铅之徒,亦必康熙前辈矣。

【题解】

作者在苏州得到了一本康熙年间刻印的八股文选本,颇有感慨,写下
了四首诗。第一首表达了对当年承平时代好读书的羡慕。第二首对正宗
科举文章的推崇。第三首写读书人重视培养道德学问,清除寒酸昏聩之

病。第四首描写八股文选本的制作精良,评点精当。

【注释】

①忽然有感:一本无此四字。

②耆(qí)旧:年高望重的人。

③苍苍莽莽态:指朴陋寒酸之态。

④儚(méng)儚恛(huí)恛词:懵懂昏沉的样子。

⑤丹铅:从前批点文章,多以丹砂、铅黄作墨,加上圈点或评语。

萧县顾椒坪工诗,隐于逆旅,恒自剉刍秣,伺过客乞留诗,欲阴以物色天下士,亦留一截句

诗人萧县顾十五①,马后谈诗罕世闻。如此深心如此法,奈何长作故将军②? 顾尝仕。

【题解】

此诗赞扬了顾椒坪自己备办马料,乞人作诗的行为,并对他的不幸命运给予了同情。

【注释】

①顾十五:指顾椒坪,排行十五。生平不详。

②故将军:汉代将军李广退职闲居,称为故将军。顾椒坪担任过武职,作者因此以故将军称他。

野云山人惠高句骊香其气和澹诗①,酬之

但来箕子国②,都识画师名。云是王宫物,申之异域情。

和知邦政美,淡卜主心清。为报东华侣,何人讼客卿③? 是年,东国上书④,辨官书中记其世系有误,语特婉至。

【题解】

朝鲜使者带来了朱鹤年的诗画,让人们了解到朝鲜国的和平安定,此诗还交代了朝鲜使者来访的目的。

【注释】

①野云山人:朱鹤年(1760—1834),字野云,江苏泰州人,画家。高句骊:朝鲜的古称。

②箕子国:指朝鲜。箕子,殷末贵族,纣王叔辈,因谏纣王被囚。《尚书大传》:"武王释箕子之囚,箕子不忍周之释,走之朝鲜。武王闻之,因以朝鲜封之。"

③讼:辨正,申理。客卿:原指在本国当官的外国人,其位为卿,以客礼待之,故称客卿。这里指外国使者。

④东国:原指我国东方齐、鲁、徐夷等国。这里指朝鲜。

壬午　道光二年(1822)　31 岁

　　应道光帝登极恩科,第三次参加会试失败。闰三月,撰《与人笺》(又题《拟厘正五事书》),提出废除八股考试,收录有真才实学的人等主张。遭到朝中某权贵的飞语陷害,处境危险。其文集由上海李复轩秀才作序,长达千言。山人文征作《箫心剑态图》。得泥质汉印数枚,如获至宝。冬,居宅失火,往日精心收集的图书十之八九被烧毁。撰《礼部侍郎庄公神道碑铭》《刘礼部庚辰大礼记注长编序》《上海张青琱文集序》《与人论青海事书》《与人笺论石经五事》等文。

　　本年存诗十六首。

桐君仙人招隐歌 有序

　　吴舍人嵩梁尝与妇蒋及两姬人约①,偕隐桐江之九里梅花村,不能果也,颜京邸所居曰"九里梅花村舍",以自慰藉。尝以春日,鞯车枉存道观②。因献此诗,盖代山灵招此三人也。

　　春人昼梦梅花眠,醒闻杂佩声璆然③。初疑三神山④,影落窗户何娟娟！又疑三明星,灼灼飞下太乙船。三人皆隶桐君仙,山灵一谪今千年。胡不相逢桐江之滨理钓舷？又胡不采药桐山巅？乃买黄尘十丈之一廛⑤,殳书大署庭之橹⑥。梅花九里移幽燕⑦,毋乃望梅止渴梅所怜。过从谁龡客盈千,一

84

客对之中悁悁⑧。亦有幻境胸缠绵，心灵构造难具宣。乃在具区之西、莫釐之北、大小龙渚相毗连⑨。自名春人坞，楼台窈窕春无边。俯临太湖春水阔，仰见缥缈晴空悬。中间红梅七八九，轮囷古铁花如钱⑩。两家息壤殊不远⑪，江东浙东一棹堪洄沿。相嘲相慰亦有年，今朝笔底东风颠。请为莫釐龙女破颜曲，换我桐君仙人招隐篇。相祈相祷春阳天。开帘送客一惝恍⑫，帘外三日生春烟。

【题解】

此诗代桐君仙人向吴嵩梁夫妇发出归隐的邀请。吴嵩梁在北京给居室取名为"九里梅花村舍"，实乃望梅止渴。真正归隐的地方在桐江桐山，其美景宛若图画。诗歌想象丰富，表达了作者对归隐的向往之情。

【注释】

①吴舍人：吴嵩梁(1766—1834)，字子山，号兰雪，江西东乡人。嘉庆五年(1800)举人，由内阁中书官贵州黔西州知州。善诗，工书画。继室蒋徽，字琴香，号石溪渔妇。工诗，能琴，善画。

②軿(píng)车：有帷幕障蔽的车子，多供妇女乘坐。枉存：枉顾，屈尊看望的意思。

③璆(qiú)然：形容玉佩相碰的声音。

④三神山：传说东海中仙人居住的地方：蓬莱、方丈、瀛洲。

⑤一廛(chán)：古代指一户平民所居的房屋。

⑥殳(shū)书：古代八体书之一，因用于兵器上，故名。庭之楣(mián)：门楣上的屋檐板。

⑦幽燕：地区名。相当今河北北部及辽宁一带。唐以前属幽州，战国时属燕国，故称。这里指北京。

⑧悁悁：忧闷的样子。

⑨具区：太湖的别名。莫釐：太湖东洞庭山的莫釐峰。

⑩轮囷(qūn)古铁：梅的枝干像纠结的古铁。轮囷，屈曲的样子。

⑪两家:指作者自己与吴嵩梁。息壤:传说取了能重新长出来的土壤。又为古地名。这里作者据字面理解为归隐休息的地方。

⑫惝恍:失意的样子。

汉朝儒生行

汉朝儒生不青紫①,二十高名动都市。易通田何书欧阳②,三十方补掌故史③。门寒地远性傥荡,出门无阶媚天子。会当大河决酸枣④,愿入薪楗三万矢⑤。路逢绛灌拜马首⑥,拜则槃辟人不喜⑦。归来仰屋百喟生,著书时时说神鬼。生不逢高皇骂儒冠⑧,亦不遇灞陵轻少年⑨。爱读武皇传,不遇武皇祠神仙⑩。神仙解词赋,大人一奏凌云天⑪。枕中黄金岂无药? 更生误读淮王篇⑫。自言汉家故事网罗尽,胸中语秘世莫传;略传将军之客数言耳,不惜箝我歌当筵。一歌使公惧,再歌使公悟,我歌无罪公无怒! 汉朝西海如郡县⑬,蒲萄天马年年见⑭。匈奴左臂乌孙王,七译来同稿街宴⑮。武昭以还国威壮,狗监鹰媒尽边将⑯。出门攘臂攫牛羊,三载践更翻沮丧⑰。三十六城一城反,都护上言请勤远⑱。期门或怒或阴喜⑲,喜者何心怒则愤。关西籍甚良家子,卅年久绾军符矣。不结椎埋儿⑳,不长鸣珂里,声名自震大荒西,饮马昆仑荡海水。不共郅支生㉑,愿逐楼兰死。上书初到公卿惊,共言将军宜典兵,麟生凤降岂有种,况乃一家中国犹弟兄。旌旗五道从天落,小印如斗大如斛,尽隶将军一臂呼,万人侧目千人诺。山西少年感生泣,羽林群儿各努力。共知汉主拔孤根㉒,坐见孤根壮刘室。不知何姓小侯瞋? 不知何客綦将军㉓? 将军内

86

顾忽疑惧,功成定被他人分。不如自亲求自附,飞书请隶嫖姚部㉔。上言乞禁兵,下言避贤路。笑比高皇十八侯,自居虫达曾无羞㉕。此身愿爵关内老,黄金百斤聊可保。呜呼!汉家旧事无人知,南军北军颇有私㉖。北军似姑南似嫂,嫂疏姑戚群僮窥㉗。可怜旧事无人信,门户千秋几时定?门户原非主上心,诛荡吾知汉皇圣㉘。是时书到甘泉夜,答诏徘徊未轻下,密问三公是与非,沮者不坚语中罢。庾词本冀公卿谅㉙,末议微闻道涂骂。拙哉某将军!非火胡自焚?非蚕胡自缚?非蜮胡自螫㉚?有舌胡自拗?有臂胡自掣?军至矣,刺史迎,肥牛之腱万镬烹㉛。军过矣,掠童女,马踏燕支贱如土。嬴家长城如一环㉜,汉家长城衣带间,嬴家正为汉家用,坐见入关仍出关。入关马行疾,出关马无力。丞华厩里芝草稀,水衡金钱苦乏绝㉝。卜式羊蹄尚无用㉞,相如黄金定何益?珠厓可弃例弃之㉟,夜过茂陵闻太息。汉家庙食果何人㊱?未必卫霍无侪伦㊲。酎金失侯亦有命㊳,人生那用多苦辛!噫嚱!人生那用长苦辛!勿向人间老㊴,老阅风霜亦枯槁。千尺寒潭白日沉,将军之心如此深!后世读书者,毋向兰台寻㊵!兰台能书汉朝事,不能尽书汉朝千百心。儒林丈人识此吟㊶。

【题解】

此诗借一个富有才学而官位卑微的汉代儒生之口,描叙了汉族将军富有才干、建立战功,却遭到了统治集团的诬陷排挤,而满族将军飞扬跋扈,致使边疆发生严重的动乱,反而自身安然无恙。此诗借古讽今,表面上写汉朝,实际上揭露了清王朝统治者实行的种族歧视政策。作者全面、深刻地揭露了当朝文臣武将被埋没戕害的命运,揭发了种族歧视政策的黑暗腐败,抒发了当时有志于改革而找不到出路的士大夫苦闷彷徨的心绪。诗歌气势贯通,沉郁宏肆,又委婉含蓄,韵律多变,托事寓意,浑然一体。

【注释】

①儒生:儒士,通儒家经书的人。青紫:青绶、紫绶,绶为系官印的带子,不同颜色表示不同的职阶。这里借指高官显爵。

②易通田何:通晓《周易》田何一派学说。田何,字子庄,西汉淄川(今属山东省淄博市)人,徙杜陵,自号杜田生。精治《周易》,西汉今文易学的开创者。书欧阳:汉武帝时设五经博士,《书》的博士是欧阳生。欧阳生,字伯和,西汉千乘(今属山东省)人,后代八世为博士。

③补:担任官职。掌故史:搜集遗闻掌故、旧制旧例的史官或礼乐官。

④大河决酸枣:黄河在酸枣附近决了口。酸枣,古县名,治所在今河南省延津县西南。

⑤薪楗(jiàn):柴草、桩桩。矢:箭。这里作量词,"杆"的意思。

⑥绛灌:汉文帝时绛侯周勃与颍阴侯灌婴的并称。这里指代朝廷大臣。

⑦槃(pán)辟:盘旋进退。古代行礼时的动作姿态。

⑧高皇骂儒冠:汉高祖刘邦不喜欢儒生,常骂儒生。

⑨灞陵:即霸陵,在今陕西省西安市附近,汉文帝刘恒陵墓所在地。这里指代汉文帝。少年:指贾谊。文帝时,二十多岁的贾谊官至大中大夫,为朝廷改制礼乐。后来被周勃等老臣谗毁,贬到长沙。

⑩武皇祠神仙:汉武帝刘彻晚年喜欢祀奉神仙,相信方士们能找到不死之药。

⑪大人:指《大人赋》,司马相如所作。这里比拟汉武帝。

⑫更生:即刘向。刘向,字子政,本名更生。他相信淮南王的枕中《鸿宝》,向汉宣帝献上炼金的方术,因此得罪。

⑬西海:今青海省青海湖。这里泛指青海、新疆等我国西部地区。

⑭蒲萄天马:汉代从西域诸国输入的著名物产。蒲萄,即葡萄,又作"蒲陶"。

⑮七译:指异族或外国语言经辗转翻译才能通晓。也称"九译""重译"。稿街:汉长安街名。专供异族人居住。

⑯狗监:汉朝内官名,掌管猎犬。鹰媒:掌管猎鹰的官。

⑰践更:原是汉代一种边兵轮换的徭役法,定期替换,可出钱雇人代役,受钱代人服役,叫践更。这里泛指驻军调动。

⑱都护:官名。汉朝设置西域都护,是驻西域三十六国的最高长官。勤远:起兵平定边远地区的动乱。

⑲期门:官名。汉武帝建元三年(前138)建立,掌执兵器,负责护卫。

⑳椎埋儿:指掘墓行窃的人。

㉑郅(zhì)支:汉代匈奴国王,名呼屠吾斯,自立为郅支骨都侯单于。

㉒孤根:比喻孤立没有依傍的人。

㉓綦(jì):教。

㉔嫖姚:官名,也作"剽姚"。汉代霍去病为嫖姚校尉。

㉕自居虫达:甘居末位。虫达,是汉代开国功臣十八侯之末的曲成圉侯虫达。

㉖南军北军:西汉初年,设立南军、北军。这里借指清朝的八旗兵和绿营兵。

㉗戚:亲近。

㉘詄(dié)荡:开阔清朗。

㉙庾(sōu)词:又作"庾语""庾辞",隐语。

㉚虿(chài):蝎子一类的毒虫。螫(shì):蜂、蝎等用毒刺刺入。

㉛腱:牛蹄筋。

㉜嬴家:秦朝。秦国君王姓嬴。

㉝水衡:水衡都尉,汉代官名,掌收取赋税,保管皇室财物以及铸钱。

㉞卜式羊蹄:卜式,西汉河南(今河南省洛阳市)人,牧羊致富。武帝时上书愿捐一半家财以保卫边疆。后官至御史大夫。羊蹄,指其家财。

㉟珠厓:又作"珠崖""朱崖",即今海南省。汉元帝时,珠厓反叛,待诏贾捐之建议放弃珠厓,元帝同意,于是取消珠厓郡。

㊱庙食:有功绩的官员死后,朝廷准许他的神主配享太庙,或准许地方立庙祭祀,称为庙食。这里指有功绩的将军。

㊲卫霍:西汉名将卫青和霍去病皆以武功著称,后世并称"卫霍"。侪

伦:同辈,同一类人物。

㊳酎(zhòu)金失侯:汉代诸侯在宗庙祭祀时献给皇帝的助祭金,叫酎
金,诸侯不交酎金,就被削去侯爵。

㊴人:一本作"行"。

㊵兰台:汉朝政府收藏书籍文件的机构。这里指国史馆。

㊶儒林丈人:对老一辈读书人的敬称。识:一本作"为"。

【汇评】

王文濡编《龚自珍全集》:儒生乃定公自谓,篇中所谓将军,殆指杨勤勇
公芳耶?

张荫麟《龚自珍汉朝儒生行本事考》:其中有三数语为极明显之自状,
惟余则迷离惝恍,莫明所指。……及"关西藉甚良家子,卅年久绾军符矣"
二句,忽念此讵非指岳钟琪事?……汉朝儒生,定盒自谓也。……全诗以
汉家影清室,汉事影清事。……此诗运用汉事甚为圆熟周详,故能造成咏
古之幻觉。……明乎定盦对清室之真态度,则知其《集》中任何颂圣之辞
(颇不少见),决非由衷而出,或为反语,或为掩饰,或为循例,三者必居其
一。此则读《定盦集》及清代文学史者所不可不加意也。

投宋于庭翔凤①

游山五岳东道主,拥书百城南面王。万人丛中一握手,使
我衣袖三年香。

【题解】

此诗赞扬了宋于庭的生活飘逸,学问渊博,人品高洁。作者曾称赞他
为"奇才朴学"。

【注释】

①宋于庭(1776—1860):名翔凤,字虞廷,一字于庭,江苏长洲(今苏州

市)人。训诂学家,经学家,能诗词骈文。

投包慎伯世臣^①

郑人能知邓析子^②,黄祖能知祢正平^③。乾隆狂客发此
议,君复掉罄今公卿^④。

【题解】

此诗通过历史名人邓析子、祢衡被人杀害反而成就了他们的名声来映
衬包世臣。包世臣被人弹劾罢官,名声却更大。

【注释】

①包慎伯(1775—1855):名世臣,字慎伯,又字诚伯,晚号倦翁,安徽泾
县人。嘉庆十三年(1808)中举,曾官江西新喻(今新余)知县,被弹劾免职。
善书法,工篆刻,留心于经世之学,著有《安吴四种》。

②邓析子:春秋时郑国大夫,曾著《竹刑》,后被郑国贵族驷歂所杀。
知:使知名。

③祢正平:祢衡,字正平,东汉平原般(今山东省乐陵市西南)人。长于
文词,被江夏太守黄祖杀害。

④掉罄(qìng):又作"掉磬"。言语不逊的意思。

柬秦敦夫编修二章 有序

辛巳秋^①,始辱编修惠访余居^②,岁余无三日不相见。编修固乾隆
者旧也,阅人多,心光湛然,而气味沉厚,温温然耐久长^③。适其家有
汉物二,故遂假譬喻之词,为二诗以献,亦冀读余诗者,想见其为人。

其 一

君家有古镜,曾照汉时妆。三日不相见,思之心徊徨。愿身为镜奁,护此千岁光。镜。

其 二

君家有熏炉,曾熏汉时香。三日不摩挲,活碧生微凉④。愿身为炉烟,续续君子旁。熏炉。

【题解】

此两首诗借物抒情,愿为古镜作镜匣,愿为熏炉的炉烟,表达了作者对秦敦夫的崇敬依恋之情。

【注释】

①辛巳:道光元年(1821)。

②编修:翰林院官名。负责国史编修工作。这里指秦敦夫。秦敦夫(1760—1843),名恩复,字近光,号敦夫,江苏江都人。乾隆五十二年(1787)进士,授编修。嘉庆中主讲杭州诂经精舍。

③温温然:润泽柔和的样子。

④活碧:绿色生鲜。因古铜器上常积有铜绿。

馎饦谣

父老一青钱①,馎饦如月圆②;儿童两青钱,馎饦大如钱。盘中馎饦贵一钱,天上明月瘦一边。噫!市中之馋兮天上月③,吾能料汝二物之盈虚兮,二物照我为过客。月语馎饦:

"圆者当缺。"馎饦语月："循环无极。"大如钱，当复如月圆。呼儿语若："后五百岁，俾饱而玄孙。"

【题解】

此诗借"馎饦"为题，用活泼的歌谣体，反映出物价暴涨、人民生活困苦的现实。最后用拟人手法，以月与馎饦的对话引出了世道循环论，以渺茫的希望来安慰晚辈，意味深长。

【注释】

①青钱：古时以铜、铅、锡合铸成的钱，呈青色，故称青钱。

②馎(bó)饦(tuō)：原指汤饼，这里泛指饼类。

③飧(sūn)：通"飱"，熟食，指馎饦。

【汇评】

管林、钟贤培、陈新璋《龚自珍研究》：这首歌谣体诗，以拟人化手法，拿馎饦与月亮作对比，从馎饦的大小变化，反映了粮价上涨的严重情况……从一个侧面暴露了清王朝严重的社会经济危机。

送刘三

刘三今义士①，愧杀读书人。风雪衔杯罢，关山拭剑行。英年须阅历②，侠骨岂沉沦。亦有恩仇托，期君共一身。

【题解】

此诗赞扬了刘三的侠肝义胆、肯为人排忧解难的侠士精神。陈元禄《羽琌逸事》载："先生交友严，好直言。刘钟汶者，侠士也。"尝远行，公送之诗，其序曰："方水从吾游久矣，而气益浮，中益浅，吾虑其出门而悔吝多也。然吾方托以大事，倚仗之如左右手，以其人质直无可疑者，特不学无术耳。

爰勖以一诗送其行。"

【注释】

①刘三:即刘钟汶,字方水,侠士。

②英年:盛壮之年。阅历:指经风雨,见世面,干一番事业。

黄犊谣,一名佛前谣,一名梦为儿谣[①]

黄犊踯躅[②],不离母腹。踯躅何求?乃不如犊牛!一解。

昼则壮矣!夜梦儿时。岂不知归,为梦中儿!二解。

无闻于时,归亦汝怡[③];矧有闻于时,胡不知归?三解。

归实阻我,求佛其可?念佛梦醒,佛前涕零。四解。

佛香漠漠,愿梦中人安乐。佛香亭亭,愿梦中人苦辛[④]。苦辛恒同,乐亦无穷。五解。

噫嘻噫嘻!归苟乐矣,儿出辱矣。梦中人知之,佛知之夙矣!六解。

【题解】

此诗以歌谣的形式,表达了对母亲的深情。母亲一如既往地挂念痛爱着儿子,而儿子奔波在外,自愧不能尽孝,不能让母亲开心。

【注释】

①龚自珍原编《破戒草》将此诗系于此。

②犊:小牛。踯躅:徘徊不前。

③汝怡:即"怡汝",使你欢喜。

④苦辛:指母亲不辞劳苦,常常入梦来探视自己。

十月廿夜大风,不寐,起而书怀

西山风伯骄不仁,虓如醉虎驰如轮①,排关绝塞忽大至②,一夕炭价高千缗③。城南有客夜兀兀,不风尚且凄心神。家书前夕至,忆我人海之一鳞。此时慈母拥灯坐,姑倡妇和双劳人④。寒鼓四下梦我至,谓我久不同艰辛。书中隐约不尽道,惚恍悬揣如闻呻。我方九流百氏谈宴罢⑤,酒醒炯炯神明真。贵人一夕下飞语⑥,绝似风伯骄无垠。平生进退两颠簸,诘屈内讼知缘因。侧身天地本孤绝⑦,矧乃气悍心肝淳⑧!欹斜谑浪震四坐,即此难免群公瞋。名高谤作勿自例,愿以自讼上慰平生亲。纵有噎气自填咽,敢学大块舒轮囷?起书此语灯焰死,狸奴瑟缩偎帱茵⑨。安得眼前可归竟归矣,风酥雨腻江南春⑩!

【题解】

此诗触景生情,感时抒怀。由狂风起兴,引出了某贵官对他的造谣中伤。严寒的自然环境与险恶的政治处境掩映生姿。只有亲人的关怀,家乡的春意,才稍微化解了作者的忧愁。

【注释】

①虓(xiāo):虎吼声。

②排关:冲开城关。绝塞:横越塞口。

③缗(mín):古代穿铜钱的绳子,亦指代成串的铜钱,一千文为一缗。

④姑倡妇和:形容婆媳有问有答,关系融洽。姑妇,指婆媳。倡和,即"唱和"。劳人:劳苦忧愁的人。

⑤九流百氏:即九流百家、诸子百家,指各种学术及其流派。

⑥飞语:流言蜚语,造谣诽谤的话语。

⑦侧身:即厕身,置身的意思。这里表示心怀戒惧,不能安其身。

⑧矧(shěn):况且。气悍:性情急躁。心肝淳:心地纯朴爽直。

⑨帱(chóu)茵:床帐和褥子。

⑩风酥:风软醉人。雨腻:雨润沁腑。

【汇评】

郭延礼选注《龚自珍诗选》:现实是这样的丑恶,自然要唤起诗人对亲人及家乡的怀念。末二句,抒发了作者对美好理想的热烈向往,表达了他继续坚持社会改革的斗争精神。

女士有客海上者,绣大士像,而自绣己像礼之,又绣平生诗数十篇缀于尾

珠帘翠幕栖婵娟①,不闻中有坚牢仙②。美人十五气英妙,自矜辨慧能通禅③。遂挟奇心恣缥缈,别以沉痼搜缠绵④。吟诗十九作空语,凭生入梦为龙天⑤。妆成自写心所悟,宗风窈窕非言诠。维摩昨日扶病过⑥,落花正绕蒲团前。欲骂绮语心未忍⑦,自顾结习同无边。散花未尽勿饶舌⑧,待汝撒手归来年⑨。

【题解】

此诗刻画了一位女士既好佛又爱作诗的形象。作者认为,礼佛必须排斥绮语,吟诗却使结习未尽,只有超脱了尘世,才能彻底悟道。

【注释】

①婵娟:姿态美好的样子,这里代指美人。

②坚牢仙:佛经说的大地女神。又称坚牢地天、坚牢地神。

③辨慧:佛家语。不疑惑叫"辨",有智慧叫"慧"。

④沉痼:久病,引申为癖好、痴迷。缠绵:指诗情。

⑤夙生:前生。龙天:佛教最高的两重天。

⑥维摩:维摩诘,古印度佛教居士。这里是作者自比。

⑦绮语:佛家认为涉及男女之情的艳丽词藻和一切杂秽语言都是绮语,包括诗词之类。

⑧散花未尽:《维摩诘所说经·观众生品》:时维摩诘室有一天女,见诸天人闻所说法,便现其身,即以天华散诸菩萨大弟子上。华至诸菩萨即皆堕落,至大弟子便著不堕。天女曰:"结习未尽,华著身耳,结习尽者,华不著也。"

⑨撒手归来:指超脱尘世,彻底悟道。

李复轩秀才学璜惠序吾文①,郁郁千余言,诗以报之

李家夫妇各一集②,数典唐宋元明希。妇才善哀君善怒,哀以沉造怒则飞③。君配归夫人,著诗千余篇。江郎昨日骂金粉④,谓尔难脱千生羁。其言往往俊伤骨,岁晏怀哉共所归⑤。江铁君尝劝君夫妇学道,看内典⑥,虑君之不能从也。

【题解】

此诗写李复轩夫妇作诗的特点,一个深沉哀怨,一个郁怒飞扬。作者对他们的诗风担忧,借江沉之语,认为皈依佛教才是人生归宿。这显然是作者有感于自己的现实处境而有所发明的。

【注释】

①李复轩:李学璜,字安之,号复轩,清朝江苏上海人。监生。

②各一集:指李复轩的诗集《枕善居诗剩》和李妻归懋仪的诗集《绣余小草》等。

③沉:深沉。造:达到。

④江郎:指江沅。

⑤岁晏:指年纪将老。

⑥内典:佛经的别称。

歌 哭

阅历名场万态更①,原非感慨为苍生。西邻吊罢东邻贺,歌哭前贤较有情②。

【题解】

此诗感叹当今官场中人逢场作戏,势利虚伪,批判了他们营私逐利,不以苍生为念的行径。

【注释】

①名场:追逐名利的场所,指官场。万态:各种人情世态。更:经历,变化。

②前贤:前代的贤人或名人。这里指孔子。《论语·述而》:"子于是日哭,则不歌。"孔子为人诚实,从不悲时变喜,虚伪做作。

送南归者

布衣三十上书回①,挥手东华事可哀②。且买青山且鼾卧,料无富贵逼人来③。

【题解】

此诗表达了对来北京考试、失败返回南方的人们的同情。调侃之中包含愤激之情。

【注释】

①上书:向朝廷进呈书面意见。这里指应科举考试。

②东华:北京紫禁城东南门名。这里指代京城。

③富贵逼人:《隋书·杨素传》:"帝嘉之,顾谓素曰:'善自勉之,勿忧不富贵。'素应声答曰:'臣但恐富贵来逼臣,臣无心图富贵。'"

【汇评】

李伯元《南亭四话·庄谐诗话》:诗家用成语,贵有剪裁……龚定盦"且买青山且鼾卧,料无富贵逼人来",句亦佳。

荐主周编修贻徽属题尊甫小像①,献一诗

科名几辈到儿孙?道学宗风毕竟尊②。我作新诗侑公笑,祝公家法似榕门③。陈文恭公,其乡先辈也。

【题解】

作者借给荐主周贻徽父亲的画像题诗的机会,赞扬了周家的理学宗风。

【注释】

①荐主:科举考试,应考者的试卷,先由房官阅看,认为合格可录,把它推荐给主考,这称为荐卷。士子因此称房官为荐主。周贻徽:字誉吉,号蔼如,又号小濂,广西临桂(今桂林市临桂区)人。嘉庆二十二年(1817)进士,授编修,改御史,出任四川盐茶道,内升至光禄寺少卿、顺天府丞。尊甫:对别人父亲的敬称。

②道学：即理学，又称性理学。儒家思想发展到宋代，出现以继承孔孟"道统"，宣扬"性命义理"之学为主，掺杂不少佛教、道教内容的唯心主义学派，即理学。

③榕门：陈宏谋，字汝咨，号榕门，广西临桂（今桂林市临桂区）人。雍正元年（1723）进士，官至东阁大学士。卒谥文恭。尊奉儒家教条，著有《五种遗规》《培远堂稿》。

城南席上谣，一名嘲十客谣，一名聒聒谣

一客谈古文①，梦见仓颉享籀史②。一客谈山川③，掌纹西流作弱水④。一客谈高弧⑤，神明悒悒念弧矢⑥，泰西深瞳一何似⑦！一客谈宗彝⑧，路逢破铜拭双眦，发丘中郎倘封尔⑨。一客谈遗佚⑩，日挟十钱入西市，五钱麦糊五钱纸，年年东望日本使。一客谈雠书⑪，虫胫偏旁大排比⑫。一客谈诂训⑬，夜祠洨长配颜子⑭，不信识字忧恼始。一客谈虫鱼，草间闻蛙卧帖耳。一客谈掌故，康熙老兵偻而俟。一客谈公羊，端门血书又飞矣。

【题解】

此诗模仿杜甫《饮中八仙歌》的形式。把经常来喝酒谈天的朋友分类概括为"十客"，分别描绘了他们的特点。此诗反映了作者与朋友们交往的情形。

【注释】

①古文：指商、周时代的文字。

②仓颉：相传是黄帝的史官，最初创制汉字的人。享：设宴招待。籀史：即史籀，周宣王的太史。相传他是创造大篆（又称籀文）的人。

③山川：山水地理。这里指中国西北地理学。

④弱水：由甘肃张掖市向北流入内蒙古额济纳旗的一条内陆河，俗称为黑河。

⑤高弧：旧时天文学术语。以地球为中心，各种天体（日、月、星）在天上运行时划出的弧线称为"高弧"。一说，即赤纬。

⑥神明：精神。弧矢：数学名词。弧是圆周的一部分，矢是截弧的直线（今称为弦），合为弓形，旧称弧矢形。

⑦泰西：旧时对欧美各西方国家的总称。

⑧宗彝：宗庙祭器，指商周时代有花纹或文字的铜器。

⑨发丘中郎：负责发掘坟墓的官员。

⑩遗佚：失传的古籍或古书的佚文。

⑪雠书：把不同版本的书籍互相校勘，发现问题，改正错误。

⑫虮胫：虮子的腿。形容字画细微。

⑬诂训：又称训诂。解释古书的文义、词义。训，把事物形貌说清楚。诂，把古语翻成现代语。

⑭洨长：指许慎，东汉人，曾任洨县长，世称许洨长。著《说文解字》，是我国最早一部字典。配：指配享，祔祭。

癸未　道光三年(1823)　32岁

　　春,在京城第四次参加会试,未第,心情败坏。仍任内阁中书。曾去圆明园办公事,览西郊形胜。送友人端木鹤田出都。五月,自编甲戌嘉庆十九年(1814)以来文章为文集三卷、诗歌为余集三卷,见所弃诗歌多达一倍,就又录少作十八篇附于余集之后。六月,刻出《定盦文集》三卷,自称初集之一,即"自刻本",文共四十六篇,有目无文五十二篇。同月还刊印《无著词》(初名《红禅词》)、《怀人馆词》、《影事词》、《小奢摩词》四种。七月,母亲段驯恭人卒于苏松道署,解职奔丧,奉梓还杭州,葬于花园埂祖父匏伯公茔侧,在旁边植梅五十株。作《阮尚书年谱第一序》《农宗》《壬癸之际胎观》《五经大义终始论》暨《答问》九篇等。

　　本年存诗二十四首。其中《题红禅室诗尾》三首,刘逸生、周锡韨校注的《龚自珍诗集编年校注》认为是伪作,存疑。

午梦初觉,怅然诗成

　　不似怀人不似禅,梦回清泪一潸然。瓶花帖妥炉香定①,觅我童心廿六年。

【题解】

　　作者通过梦境,表达了对以往美好生活的怀念。同时暗示了现实生活的艰难。

【注释】

①帖妥:即妥帖,服帖稳当。

三别好诗 有序

余于近贤文章,有三别好焉;虽明知非文章之极,而自髫年好之①,至于冠,益好之。兹得春三十有一,得秋三十有二。自揆造述②,绝不出三君,而心未能舍去。以三者皆于慈母帐外灯前诵之。吴诗出口授,故尤缠绵于心;吾方壮而独游,每一吟此,宛然幼小依膝下时。吾知异日空山,有过吾门而闻且高歌,且悲啼,杂然交作,如高宫大角之声者③,必是三物也。各系以诗。

其 一

莫从文体问高卑,生就灯前儿女诗。一种春声忘不得,长安放学夜归时。右题吴骏公《梅村集》④。

其 二

狼藉丹黄窃自哀,高吟肺腑走风雷。不容明月沉天去,却有江涛动地来。右题方百川遗文⑤。

其 三

忽作泠然水瑟鸣,梅花四壁梦魂清。杭州几席乡前辈,灵鬼灵山独此声。右题宋左彝《学古集》⑥。

此组诗表达了从小对吴伟业、方舟、宋大樽三家诗文的喜爱,揭示出他们作品的特点,作者的阅读感受,以及引起了对母亲的怀念之情。吴诗的缠绵排恻,方文的豪放遒劲,宋诗的清越悲凉,都对作者的创作产生了深切的影响。

【注释】

①髫(tiáo)年:童年。

②自揆:自己估计。造述:自己的创作称为“造”,阐释前人的学术称为“述”。

③高宫大角:这里指声音时而雄壮时而悲伤。宫、角,是五声音阶中的两个音阶。

④吴骏公:吴伟业(1609—1672),字骏公,号梅村,江苏太仓人。明末官左庶子,复社的著名人物。清朝建立后,被迫做官,任国子监祭酒。明末清初著名诗人,工于诗,被称为“梅村体”。有《梅村家藏稿》等。

⑤方百川:方舟(1665—1701),字百川,安徽桐城人,方苞之兄。县学生,八股文名扬四海。

⑥宋左彝:宋大樽(1746—1804),字左彝,号茗香,浙江仁和(今杭州市)人。乾隆三十九年(1774)举人。官国子监助教。诗歌学李白,深得其韵。有《学古集》《牧牛村舍诗钞》。

漫　感

绝域从军计惘然^①,东南幽恨满词笺^②。一箫一剑平生意^③,负尽狂名十五年。

【题解】

作者怀有经世济民的政治抱负,但十年来的遭际,作者更多的是将哀怨之情寄托于诗词。此诗感叹自己安定西北边疆的壮志未得实现,"一箫一剑平生意,负尽狂名十五年"。同年,作者还作有《丑奴儿令》词,上半阕云:"沉思十五年中事,才也纵横,泪也纵横,双负箫心与剑名。"

【注释】

①绝域:隔绝的地域,指边远地区。惘然:失志的样子。指从军的愿望未能实现。

②东南:指江南一带。

③箫:指创作诗词,表示幽情。剑:指仗剑报国,表示壮志。

【汇评】

郭延礼选注《龚自珍诗选》:诗人忍受着封建顽固派对他的种种攻击和讥笑,唱出了自己仗剑从军、赋诗忧国、积极拯救祖国危亡的慷慨悲歌。

夜　坐

其　一

春夜伤心坐画屏,不如放眼入青冥①。一山突起丘陵妒,万籁无言帝座灵②。塞上似腾奇女气③,江东久殒少微星④。从来不蓄湘累问⑤,唤出姮娥诗与听⑥。

其　二

沉沉心事北南东,一睨人材海内空。壮岁始参周史席⑦,髫年惜堕晋贤风⑧。功高拜将成仙外⑨,才尽回肠荡气中。万一禅关砉然破⑩,美人如玉剑如虹。

此题共有两首诗。作者在一个春天的夜晚,仰望星空,奋笔写下这两首诗。第一首采用比喻和象征的手法,暴露统治集团嫉妒、扼杀人才,造成万马齐喑、死气沉沉的政治局面,表达了对平庸腐朽的官僚的痛恨和对人才零落的痛惜之情。第二首结合作者自己坎坷不遇的身世,真切地揭露了清王朝选拔庸才,造成海内无人的死寂状态。但是诗歌最后一句,仍反映出作者对统治者还抱有幻想。

【注释】

①青冥:青色的天空。

②帝座:北方的一颗星名,属武仙座,古代星象家认为它是帝王的象征。这里暗指皇帝身边的亲贵大臣。

③塞上:边境的地方。这里指西北边疆。奇女气:《汉书·外戚传》:"武帝巡狩,过河间,望气者言,此有奇女。"后果得才女赵婕妤,封钩弋夫人。这里借喻奇才异能之士将要出现的征兆。

④少微星:星座名,在南方,共四星,属狮子座。古代星象家认为少微星代表士大夫的星座,其星象关系到贤士的举废。

⑤湘累问:指"天问"。屈原遭到楚国贵族集团的排挤、打击,作《天问》,就神话、古史、宇宙自然等许多问题向天发问,借以抒发忧愤。后来,屈原投湘江支流汨罗江而死,故称"湘累"。累,无罪而死的人。

⑥姮(héng)娥:嫦娥。

⑦壮岁:三十岁。参周史席:指担任国史馆校对官。

⑧晋贤风:指晋代文士如阮籍、嵇康等人蔑视礼法、权贵,狂放自傲的遗风。

⑨拜将:指韩信事。韩信先从项梁举兵,后被汉高祖刘邦拜为大将。成仙:指张良事。张良辅佐刘邦打下天下,被封为留侯。晚年好黄老,学神仙修炼之术,幻想成仙。

⑩禅关:佛家语,禅法的门关。比喻各种障碍或关卡。砉(huā)然:皮骨剥离声。形容禅关裂开之声。

【汇评】

陈柱尊《变风变雅诗话》:康长素文学龚定盦,世多知之,其诗则世鲜知也。长素《出都留别诸公》第一首云:"沧海惊波百怪横,唐衢痛哭万人惊。高峰突出诸山炉,上帝无言百鬼狞。岂有汉廷思贾谊,拚教江夏杀弥衡。陆沉预为中原叹,他日应思鲁二生。"此诗脱胎于定盦《夜坐》第一首……唯康诗尤觉霸气更甚耳。

程翔章、丘铸昌编著《中国近代文学》:(《夜坐》其一)诗中揭露了清王朝摧残、压抑人才的现实,深刻地表达了封建社会才智之士的痛苦心情,并通过"奇女"的形象来反映了他们对社会变革的迫切愿望。诗句豪迈而端庄,意境奇幻而美丽。

人草稿①

陶师师娲皇②,抟土戏为人。或则头帖帖,或者头颒颒③;丹黄粉墨之,衣裳百千身。因念造物者,岂无属稿辰④?兹大伪未具,娲也知艰辛。磅礴匠心半,斓斑土花春。剧场不见收,我固怜其真。谥曰人草稿⑤,礼之用上宾。

【题解】

此诗借制造人偶之事,揭露了统治者培养选拔人才的矫揉造作,虚伪至极。作者赞许纯真不假的"人草稿",表达了对真挚淳朴人性的赞美和追求。诗歌既有批判,又有理想,想象奇特,构思巧妙,寓意深刻。

【注释】

①人草稿:具有人形的泥人坯子。

②陶师:制陶器的工匠。师:动词,学习,仿效。娲皇:女娲。传说是创造人类的神仙。

③頵(jūn)頵:头大的样子。

④属稿:打草稿。

⑤谥:古代人死后追赠以示褒贬的称号,此泛指称号。

【汇评】

郭延礼选注《龚自珍诗选》:这是一首寓言式的讽刺诗。所谓"人草稿",是人的雏形,这是龚自珍独创的讽刺语汇。诗通过咏人草稿,辛辣地讽刺了当时充满朝市的一些泥胎式的人物。

寄古北口提督杨将军芳

绝塞今无事,中原况有人①。升平闲将略,明哲保孤身。莫以同朝忌,惭非贵戚伦。九重方破格②,肺腑待奇臣。

【题解】

此诗写给将军杨芳,勉励他在权臣猜忌时要能保全自己,不要辜负皇帝的破格提拔和心腹相待。杨芳是清朝著名的将领,字诚村,一字诚斋,贵州松桃人。道光年间,历任直隶、湖南、固原提督,在新疆张格尔叛乱中,生擒张格尔,被封为三等果勇侯。

【注释】

①中原:在清代指十八行省,同未建省的边疆相对而言。

②九重:皇帝居住的地方,这里指代帝王。

暮春以事诣圆明园,趋公既罢,因览西郊形胜,最后过澄怀园,和内直友人《春晚退直》诗六首

其 一

西郊富山水,天子驻青旗①。元气古来积,群灵咸是依。九重阿阁外②,一脉太行飞。何必东南美?宸居静紫微③。

其 二

一翠扑人冷,空蒙溯却遥。湖光飞阙外,宫月淡林梢。春暮烟霞润,天和草木骄④。桃花零落处,上苑亦红潮⑤。

其 三

恍惚西湖路,其如怅望何?期门瞩威武,贱士感蹉跎⑥。囿沼输鱼跃,峰峦羡鸟过。周陔新令在⑦,不得睹卷阿⑧。雍正二年,设八旗官兵处,今额倍于初额。

其 四

掌故吾能说,雍乾溯以还。禅心辟初地,小幸集清班⑨。遂进群藩宴,兼怡圣母颜⑩。升平六十载,乃大启三山⑪。曰静宜,曰静明,曰清漪,皆乾隆中建。

其 五

警跸闻传膳⑫,枢廷述地方⑬。凡车驾有所幸,谓之传地方。宸

109

游兼武备⑭，香山有健锐、火器二营。大典在官常⑮。禁额如云起⑯，仙人隔仗望。万重珊翠里，不数尚书郎⑰。

<h2 style="text-align:center">其 六</h2>

此地求沿革，当年本合并。林岚陪禁近，祠庙仰勋名。水榭分还壮，云廊改更清。诸公齐努力，谁得似桐城⑱。澄怀本张文和公赐园⑲，今内直诸公分居之，又才澄怀之半耳。

【题解】

此组诗共有六首，和作任军机章京的朋友的诗《春晚退直》而成，叙写了去圆明园办公而游览西郊、澄怀园的经过，描绘了景色，抒发了感叹。第一首较概括地描述了圆明园的自然风景和政治气象。第二首较具体地描绘了圆明园的自然风光。第三首写皇宫的富丽堂皇，令人神往。第四首写乾隆盛世的升平景象。第五首写皇帝巡幸各地，威武雄壮。第六首写澄怀园张廷玉的不朽功勋。

【注释】

①青旗：皇帝出行时树起的旗帜。

②九重阿阁：九层的楼阁。九，表示很多，是虚数。

③宸居：帝居。

④草木骄：草木长得茂盛。

⑤上苑：皇帝的园林。

⑥贱土：作者的谦称。

⑦周阹(qū)：指围墙。新令：新的法令。

⑧卷阿：曲折的山陵。这里指木兰围场。

⑨小幸：皇帝到某地作短期驻留。清班：清贵的官班。这里指照例随行的军机大臣和部分章京。

⑩圣母：对皇帝生母的尊称。

⑪三山：指万寿山、玉泉山、香山。

⑫警跸(bì)：古代帝王出入时，在所经道路上严加警戒，禁止行人。传膳：皇帝召见臣僚前的仪式。

⑬枢廷：同"枢庭"，指国家政权中枢。这里指军机处。

⑭宸游：帝王出巡。

⑮官常：居官的职责。

⑯禁额：指皇帝亲题的匾额。

⑰不数：数不上。意思是高出许多。

⑱桐城：指张廷玉。张系安徽桐城人，官至保和殿大学士，谥文和。这里以籍贯代名。

⑲张文和：张廷玉(1672—1755)，字衡臣，号砚斋，为大学士张英之子。安徽桐城人。官至保和殿大学士，卒谥文和。著《澄怀园语》《传经堂集》等。配享太庙，是清朝唯一一个配享太庙的汉臣。

【汇评】

王文濡编《龚自珍全集》：(其三)定公屡应春官试而不售，故有蹉跎之句。

辨仙行

噫嘻！瘤仙之瘤毋乃贫①，长卿所赋亦失真。我梦游仙辨厥因，斋庄精白听我云②：仙者乃非松乔伦③，亦无英魄与烈魂，彼但堕落鬼与神。太一主宰先氤氲④，帝一非五邪说泯⑤。唐尧姬旦诚仙人，厥光下界呼星辰。不然诗书所说陈，谁在帝左福下民？五行阴骘谁平均？享用大乐须韶钧⑥，蓬蓬橚爒高荐裡⑦，号曰宗祖冠以神。其次官贵貌必文，周任史佚来斌斌⑧，配食漆吏与楚臣⑨。六艺但许庄骚邻。芳香恻悱怀义仁⑩，荒唐心苦余所亲。我才难馈仙官贫。侧闻盲左位颇

111

尊⑪，姬孔而降三不湮⑫，大篆古文上帝珍。帝令勒之天上珉，椎拓万本赐解人。鲁史书秋复书春，二百四十一暌陈⑬。九皇五伯升且沦，大桡以来未浃旬⑭。为儒为仙无滓尘，万古只似人间寅。使汝形气长和淳，一双仙犬无狂獉⑮。人间儒派方狺狺，饥龙悴凤气不伸，风兮欲降上帝嗔。鉏商所获为谪麟⑯，慎旃莫往罹采薪⑰。公羊家言获麟，薪采之也。

【题解】

此诗以"仙"影射儒家，讽刺儒士们学识贫乏，心胸狭窄。

【注释】

①癯(qú)仙：瘦仙。司马相如《大人赋》认为"列仙之儒"很瘦，癯仙是指山林中的方术之士。作者借用，是指当时的儒家。

②斋庄：恭敬。精白：精纯洁白。引申为无杂念、专一的意思。

③松：赤松子。乔：王子乔。周灵王太子，名晋。道士浮丘公引上嵩山，修炼成仙。

④太一：即大一，道家所谓的"道"，指宇宙万物的本原、本体。氤氲：同"纲缊"，天地混一之气。

⑤帝一非五：东汉郑玄主张天上有五帝，作者反对此说。泯：纷扰，迷乱。

⑥享：祭祀。大乐：最美妙的音乐。韶钧：箫韶和钧天之乐。

⑦槱(yǒu)燎：古代封禅祭天的一种仪礼。以牲体放在柴火上烤熟，用以祭神。荐：献。禋(yīn)：祭名。烧柴生烟以祭天。

⑧周任：周代史官。史佚：周代史官。斌斌：同"彬彬"，文质俱备的样子。

⑨配食：祔祭，在庙里正神两旁陪享。漆吏：指庄周，曾做过楚国的漆园吏。楚臣：指屈原，楚国大夫。

⑩侧悱：同"悱恻"，愁思抑郁。

⑪盲左：指左丘明。

⑫姬孔：指周公姬旦与孔子。

⑬瞚：犹"瞬"，眨眼。

⑭大桡(náo)：传说为黄帝的史官，始作甲子。浃旬：十天，一旬。

⑮狉(pī)獉(zhēn)：同"榛狉"，指草木丛杂，野兽出没的蛮荒景象。

⑯鉏(chú)商：人名。春秋时鲁国叔孙氏的车夫名。狩猎时曾获麟。

⑰旃(zhān)：语气助词，义同"之"。

送端木鹤田出都①

天人消息问端木②，著书自署青田鹤。此鹤南飞誓不回，有鸾送向城头哭。鸾鹤相逢会有时，各悔高名动寥廓。君书若成愿秘之，不扃三山置五岳③。

【题解】

端木鹤田这次会试落第南归，作者自比为"鸾"，送他出都。此诗称赞了他学问渊博，高名远播，对他的不幸，表达了同病相怜的感慨，并期望来日相会。

【注释】

①端木：即端木鹤田。名国瑚，字子彝，又字井伯，号鹤田，晚号太鹤山人，浙江青田人。道光十三年(1833)进士，任内阁中书。著有《周易指》《太鹤山人诗文集》等。

②天人消息：有关天道和人事消长变化的情况。

③扃(jiōng)：插关，关闭。引申为秘藏。

【汇评】

王文濡编《龚自珍全集》：定公素不轻许可，与鹤田论《易》，独叹为闻所未闻，故诗中推挹甚至。

柬王徵君葰龄并约其偕访归安姚先生

其　一

归安醰醰百怪宗^①，心夷貌惠难可双^②。徵君力定乃其亚^③，大吕合配黄钟撞。

其　二

归安一身四气有，举世但睹为秋冬。亟拉徵君识姚子，高山大壑长相逢。

【题解】

王徵君，即王葰（xuān）龄，字北堂，河北昌平州人（今北京市昌平区），官浙江省桐乡县教谕。作者约他拜访姚学塽。此两首诗赞扬了姚学塽学问渊博，气度娴雅，王徵君与他相识，两人在学识和气度上相配。作者扬人之长、惺惺相惜的精神，从中可见一斑。

【注释】

①归安：浙江旧县名，今属湖州市。这里以籍贯指代姚学塽。醰（tán）醰：意味深厚。百怪宗：胸中无所不有。形容学问丰富。

②心夷：指内心坦荡。

③力：佛家认为"五力"：信力，精进力，念力，定力，慧力。定：即"定心"。亚：仅次一等。

飘零行,戏呈二客

其　一

一客高谈有转轮①,一客高谈无转轮。不知泰华嵩衡外,何限周秦汉晋人。

其　二

臣将请帝之息壤②,惭愧飘零未有期。万一飘零文字海③,它生重定定盒诗。

【题解】

此两首诗因两位朋友争论轮回之事而作。作者感慨,如果真有轮回,他来世要好好总结一下造成今生身世飘零的原因——诗歌创作的情况。这表现了作者怀有济天下的壮志,而不甘心仅仅做一个文人的思想。

【注释】

①转轮:即"轮回"。佛教认为,天上地下总共分成六道,其中天道、人道、阿修罗道是三善道,地狱道、饿鬼道、畜生道是三恶道。行善的人,按照程度高下分别转生前三道;作恶的人,也按照程度高下分别转生后三道。如此生死相续,有如车轮的旋转不停,故称转轮或轮回。

②息壤:神话中一种能自行生长的土壤,鲧治水时用来堵塞洪水。作者意为隐居的地方。

③文字海:文坛墨场。海,佛教所谓"苦海"之意。

题《红禅室诗》尾

其 一

恫恍聪明未易才,仙缘佛果自疑猜。须知一点通灵福,岂食人间烟火来。

其 二

毕竟恩轻与怨轻?自家脉脉见分明。若论两字红禅意,红是他生禅此生。

其 三

不是无端悲怨深,直将阅历写成吟。可能十万珍珠字,买尽千秋儿女心。

【题解】

这三首诗,是王佩诤校本录自刘大白的《旧诗新话》,是否为作者所作,存疑。诗歌写受佛道的影响甚深,以亲身阅历为主要内容,点明了"红禅"的意思。

乙酉　道光五年(1825)　34岁

去年丁母忧，无诗。研究佛学，与吴县贝简香、江铁君校订唐释宗密《圆觉经略疏》二卷，藏版于苏州娄门内三家村善庆庵。

本年十月，服阕，客居于昆山。购买徐秉义侍郎故宅，取名为"羽琤山馆"。十二月十九日，以白金六百九十七两三钱，从嘉兴文氏处获得汉凤纽白玉印一枚，认为是汉成帝皇后赵飞燕之物。得玉印之前几日，梦人授以玉印，内孕朱痕一星，得之后映日视之，果然朱痕宛然。撰《尊史》《古史钩沉论》《武显将军福建海坛镇总兵官丁公神道碑铭》等文。

腊月恢复写诗。本年存诗五首。

补题李秀才增厚梦游天姥图卷尾 有序

《梦游天姥图》者，昆山李秀才以嘉庆丙子应北直省试思亲而作也①。君少孤，母夫人鞠之②，平生未曾一朝夕离。以就婚、应试，往返半年，而作是图。图中为梦魂所经，山殊不类镜湖山之状。其曰天姥者，或但断取字义③，非太白诗意也。越九年乙酉，属余补为诗，书于帧尾。时母夫人辞世已年余，而余亦母丧阕才一月④，勉复弄笔，未能成声。

李郎断梦无寻处，天姥峰沉落照间。一卷临风开不得，两人红泪湿青山⑤。

此诗为李增厚的念亲画作《梦游天姥图》而写。作者和李增厚两人的母亲都去世了,李增厚哀悼母亲的感情,作者感同身受,因此诗写得沉痛悲伤。"红泪"的意象,尤其令人悲哀,惆怅。

【注释】

①李秀才:即李增厚,字仰山,江苏昆山人。曾官中城兵马司副指挥,后因事,遣戍塞外,期满还家卒。北直省试:在北京举行的顺天乡试。

②鞠:养育。

③断取字义:只用字面的意义。天姥字面上可解为天上的老母,李增厚借来比拟自己的母亲。

④母丧阕:作者母亲段驯于道光三年(1823)七月逝世,作者因为服丧,由该月起至道光五年(1825)十月止,没有写诗。十月以后,服丧完毕,称为服阕。阕,终止。

⑤红泪:血泪。指极度悲痛的眼泪。

咏 史

金粉东南十五州①,万重恩怨属名流。牢盆狎客操全算②,团扇才人踞上游③。避席畏闻文字狱④,著书都为稻粱谋⑤。田横五百人安在⑥,难道归来尽列侯?

【题解】

此诗揭露所谓"名流",都是或不学无术而窃据高位,或虽有学问却与国计民生无关的人,他们互相勾结利用,又互相排挤攻击,"恩怨"重重,闹得乌烟瘴气。作者对他们极为不满,作了辛辣的讽刺和尖锐的抨击。诗歌名为咏史,实则讽今,进行深刻的社会批判,揭露了当时官场的腐败和士林的颓败。指摘现实,典型深刻,抒发情感,深切痛彻,最后一问,矫健有力,劲透纸背。

【注释】

①金粉:古代妇女化妆用品,借以形容繁华绮丽的生活。十五州:泛指长江下游苏、浙、皖一带繁华富庶地区。

②牢盆:煮盐的铁制器具,这里指代盐政官吏。狎客:依附于权贵为其出谋划策的幕僚和门客。全算:全盘谋划,即全权。

③团扇才人:摇着团扇的才人。这里借指皇帝身边的权势之臣,也指不学无术、流连声色的文人。踞上游:指占据高官要位。团扇,圆扇,古时宫内多用,又称宫扇。才人,宫内女官名,掌管宴寝事务。

④避席:离座而起。表示敬畏。这里是心怀戒惧。文字狱:封建王朝统治者从文字作品中,寻字摘句,罗织罪状,对作者加以镇压、刑戮,叫作文字狱。为历代统治者惯用的思想文化禁锢政策,对文人迫害甚重。尤其清代康熙、雍正、乾隆三朝,屡兴文字狱,影响恶劣。

⑤稻粱谋:谋求食粮,维持生计。

⑥田横:秦末汉初人,齐国旧贵族,贤而得士,楚汉相争时,自立为齐王。后刘邦统一天下,田横不肯称臣于汉,率五百人逃往海岛。刘邦派人招降,"田横来,大者王,小者乃侯耳!不来,且举兵加诛焉"。田横被迫率二客赴洛阳,行至离洛阳三十里处,耻于事汉,遂自杀。刘邦招降海中五百士。五百士闻田横已死,亦皆自杀。事见《史记·田儋列传》。

【汇评】

钱仲联、钱学增选注《清诗三百首》:这首诗在表现上比较含蓄隐晦,这主要是清王朝在思想界实行高压政策,有些话不能畅所欲言所致。但尽管如此,诗中还是喷射着强烈的思想光华,体现了一位历史批判家的严峻姿态。全诗所达到的批判现实的高度,为同时代的诗人所不及。

程翔章、丘铸昌编著《中国近代文学》:此诗以咏史为题,实则借古讽今,揭露清王朝政治的腐朽黑暗,并接触到当时社会最敏感的文字狱问题。尤其是最后两句,用田横及五百壮士坚持气节的精神,劝告学人士子,不要醉心功名,不要对清政府抱有幻想,寓意深刻,耐人寻味。

乙酉腊,见红梅一枝,思亲而作,时小客昆山

其　一

一十四年事,胸中盎盎春①。南天初返棹,东阁正留宾。
全家南下之岁,迄今十有四年。芳意惊心极,愁容入梦频。娇儿才
竟尽,不赋早梅新。

其　二

绛蜡高吟者,年年哭海滨②。明年除夕泪,洒作北方春。
母在人间,百事予不知也。记丙子至戊寅三除夕,烧蜡两枝,供红梅、牡丹各一
枝,读《汉书》竟夜。天地埋忧毕,舟车祖道频③。明春复入都矣。何
如抱冰雪,长作墓庐人? 杭州墓上植梅五十本。

【题解】

作者看见梅花,不由想起已经逝去的母亲,想起了纷纭的往事。睹物
思人,物是人非,令人断肠。

【注释】

①盎盎:丰盛和煦的样子。十四年前(嘉庆十七年),作者二十一岁,父
亲龚丽正外放徽州知府,全家由北京南下。作者随母亲归宁苏州,与外祖
父段玉裁孙女段美贞结婚,婚后同返杭州,又往徽州。

②海滨:指杭州。作者母亲的坟墓在杭州,地近东海。

③祖道:出行前祭祀路神。引申为饯行送别。

乙酉除夕,梦返故庐见先母及潘氏姑母

门内沧桑事,三人隐痛深。凄迷生我处,宛转梦中寻。窗外双梅树,床头一素琴。醒犹闻絮语,难谢九原心①。余以乾隆壬子生马坡巷,先大父中宪公戊申年归田所买宅也②。今他人有之。

【题解】

此诗记梦返回故居,与母亲与姑母相见,往事历历;醒后怅惘,此时故宅已卖他人,母亲也已亡故。诗歌以白描写出,语谈情深。

【注释】

①九原:山名。春秋时晋国卿大夫墓地所在处。后泛指墓地。

②中宪公:作者的祖父龚敬身。戊申年:乾隆五十三年(1788),龚敬身辞官归家。

【汇评】

王文濡编《龚自珍全集》:乙酉十月,定公母丧才阕,故诗多哀慕之忱,而太夫人之慈爱,亦于此可见。

丙戌 道光六年(1826) 35岁

春,与妻何吉云同入京城。第五次参加会试,不第。同时落第的还有著名思想家魏源,时称两人为"龚魏"。友人刘逢禄时任会试分校,力荐龚自珍与魏源,不成,后作诗伤之。同年绩溪人胡竹村召集多人,在寓斋祭祀汉人郑玄,并绘为画卷,作者撰《祀议》。

本年存诗四十一首。

乙酉十二月十九日,得汉凤纽白玉印一枚,文曰"緁伃妾赵",既为之说,载文集中矣,喜极赋诗,为寰中倡,时丙戌上春也

其 一

寥落文人命,中年万恨并。天教弥缺陷,喜欲冠平生。掌上飞仙堕,怀中夜月明。自夸奇福至,端不换公卿。

其 二

入手消魂极,原流且莫宣②。姓疑钩弋是③,人在丽华先④。暗寓拼飞势,休寻德象篇。定谁通小学⑤,或者史游镌⑥?孝武钩弋夫人亦姓赵氏,而此印末一字为鸟篆,鸟之啄三⑦,鸟之趾二,

故知隐寓其号矣。《德象篇》，班婕妤所作。史游作《急就章》，中有"繵"字，碑本正作"緁"。史游与飞燕同时，故云尔。

其　三

夏后苕华刻⑧，周王重璧台⑨。姒书无拓本⑩，姬室有荒苔。小说冤谁雪⑪？灵踪阒忽开。尝论《西京杂记》出六朝手，所称汉人语多六朝语，未可信。客曰："得印所以报也。"更经千万寿，永不受尘埃。玉纯白，不受土性。

其　四

引我飘摇思，他年能不能？狂胪诗万首⑫，拟遍征寰中作者为诗。高供阁三层。拓以甘泉瓦，燃之内史灯⑬。内使第五行灯，亦予所藏。东南谁望气？照耀玉山棱。予得地十笏于玉山之侧，拟构宝燕阁他日居之。

【题解】

作者获得一枚汉代玉印，刻有"婕妤妾赵"四字，认为是汉成帝皇后赵飞燕在封婕妤（汉女官名，妃嫔的称号，又作"倢伃""婕好"）时所使用的印，因而非常高兴，为此写了这四首诗。第一首表达了得到玉印的喜悦，第二首猜测玉印的主人，第三首回顾了刻玉的简史，十分推崇此玉印以及赵飞燕，第四首写得到玉印以后的征诗、珍藏等活动，再三表达了喜悦之情。

【注释】

①一本题"纪得汉凤纽婕妤妾赵玉印"。
②原流：即"源流"。指玉印流传的始末。
③钩弋：汉武帝的婕妤钩弋夫人，汉昭帝的生母。
④丽华：指阴丽华，东汉光武帝刘秀皇后。
⑤小学：文字学的旧称。

123

⑥史游：汉元帝时人，官黄门令，所作《急就章》，是文字学的通俗读物。

⑦啄：一本作"喙"。

⑧夏后：即夏代。苕华：宝玉名。又作"昭华"。

⑨周王：指周穆王。重璧台：台名。

⑩姒书：指夏桀玉刻"琬""琰"两字。拓本：此指"琬""琰"两字的钤拓本。

⑪小说：这里指《西京杂记》。其中有关于赵飞燕的淫秽描述。

⑫狂胪：拼命收集。胪，陈列。

⑬内史：汉代官名，负责诸王国的政务。又有左右内史，掌治理京城，汉武帝太初元年改右内史为京兆尹，左内史为左冯翊。

【汇评】

王文濡编《龚自珍全集》：此四首先生极经意之作，而转觉无味。

纪　游

春小兰气淳，湖空月华出。未可通微波，相将踏幽石。一亭复一亭，亭中乍曛黑。千春几辈来？何况婵媛客！离离梅绽蕊，皎皎鹤梳翮。鹤性忽然驯，梅枝未忍折。并坐恋湖光，双行避藓迹。低睐有谁窥？小语略闻息。须臾四无人，颜弱未工热。安知此须臾，非隶仙灵籍？侍儿各寻芳，自荐到扶掖。光景不少留，群山媚暝色。城阇催上灯①，香舆仁烟陌。温温怀肯忘？嗳嗳晌靡及②。只愁洞房中，余寒在鸳褶③。

【题解】

此诗描写在京郊湖畔与一女子邂逅，一见钟情。按时间顺序，写出了相见、同行、共语、离别的全过程，结合环境描写，表达出一种淡而有味、纯而不艳的情愫。

【注释】

①城闉(yīn):城门。闉,城门外层的曲城。

②暧暧:通"暧暧",昏暗不明的样子。眴(shùn):眼睛转动。

③鸳屧(xiè):有鸳鸯纹样的绣鞋。

后　游

破晓霜气清,明湖敛寒碧。三日不能来,来觉情瑟瑟。疏梅最淡冶,今朝似愁绝。寻常苔藓痕,步步生悱恻。寸寸蚴蟉枝①,几枝扪手历;重重燕支蕾②,几朵挂钗及。花外一池水,曾照低鬟立,仿佛衣裳香,犹自林端出。前度未吹箫,今朝好吹笛。思之不能言,扪心但先热。我闻色界天,意痴离言说。携手或相笑,此乐最为极。天法吾已受③,神亲形可隔。持以语梅花,花颔略如石。归途又城闉,朱门叩还入,袖出三四花,敬报春消息。

【题解】

写前诗三日后,作者故地重游,最终不能再见那一位女子,睹景思人,无限惆怅。此诗多写梅花,借物喻人,传达难言的情愫。

【注释】

①蚴(yǒu)蟉(liào):树木盘曲纠结的样子。这里形容梅树的枝条。

②燕支蕾:胭脂红的花蕾。燕支,同"胭脂"。

③天法:上天的法度。这里指佛法。

夏进士诗

其　一

我欲补谥法①,曰冲暨曰淳②。持此当谥谁? 夏璜钱塘人③。

其　二

我生有朋友,十六识君始。我壮之四年,君五十一死。

其　三

君熟于左氏,只字诵无遗;下及廿二史,名姓胸累累。

其　四

形亦与君忘,神亦与君忘。策左五百事,赌史三千场。

其　五

识君则在北,哭君在杭州。时乙酉既腊,西湖寒不流。

其　六

作夏进士诗,名姓在吾集。如斯而已乎? 报君何太啬!

【题解】

此组诗共有六首,是写给夏璜的挽诗。第一首表达要从"冲""淳"的角度,给好友夏璜赠以谥号。第二首写作者 16 岁与夏璜结交,他是作者结交的第一个朋友,然而今年去世了。第三、第四首赞扬了夏璜的学识渊博,尤其在史实方面了如指掌。第五首写夏璜去世的时间、地点,令人伤痛。第六首表达了语短情长,有愧于夏璜。

【注释】

①谥:对于死者按生前的行为表现给予名号,叫作谥。

②冲:淡泊谦虚。淳:朴实纯粹。

③夏璜(1775—1825):字望珍,浙江钱塘(今杭州市)人。嘉庆十四年(1809)进士。

【汇评】

王文濡编《龚自珍全集》:夏进士为定公二十年故交。时定公三十四岁,故曰"壮之四年"也。

京师春尽夕大雨书怀,晓起柬比邻李太守威、吴舍人嵩梁

春风漫漫春浩浩,生人死人满春抱②。死者周秦汉晋才几时? 生者长吟窈窕天之涯。闭门三日欲肠断,山桃海棠落皆半,东皇漓然下春霰③。西邻舍人既有惆怅词④,对门太守禅定亦恼乱。太守置酒当春空,舍人言愁愁转工。三人文章乃各异,心灵恻怆将毋同? 文章之事蔑须有,心灵之事益负负⑤。蟠天际地能几时⑥? 万恨沉埋向谁咎? 归来春霰欲成雨,春城万家化洲渚。山妻贻我珊瑚枝,劝读骚经二十五。不惜珊瑚碎,长吟未免心肝苦。不如复饮求醹醲⑦,人饮获醉我获醒,迪然万载难酪酊⑧。一灯晃晃摇春屏,四更急雨何曾停,

恍如波涛卧洞庭。嗟载此灯此雨不可负,披衣起注《阴符经》。

【题解】

此诗写春雨磅礴,作者闲愁似海,念友思旧,读书遣怀,从中表现了作者的壮志未酬之悲。

【注释】

①李太守:李威,字畏吾,一字凤冈,福建龙溪人,乾隆四十三年(1778)进士,官至廉州府知府。著有《说文解字定本》《岭云轩琐记》。吴嵩梁:见《桐君仙人招隐歌》注。当时吴任内阁中书,故称为"舍人"。

②春抱:犹"春怀"。这里指自己的情怀。

③东皇:司春之神。指代春天。

④怊(chāo)怅:惆怅,失意的样子。

⑤负负:惭愧。

⑥蟠天际地:指充分发挥。

⑦醽(lǔ)醁(líng):即"醽醁"或"酃醁",美酒名。

⑧逌(yóu):古同"悠",悠闲自得。

有所思

妙心苦难住,住即与之期。文字都无著,长空有所思。茶香砭骨后①,花影上身时。终古西天月,亭亭怅望谁?

【题解】

此诗既有思人念事的忧伤,也有功业未成的愁怅。

【注释】

①砭(biān)骨:刺骨。这里转意为渗入。

美　人

美人清妙遗九州,独居云外之高楼。春来不学空房怨,但折梨花照暮愁。

【题解】

此诗描摹美人的幽居、哀怨,实际寄寓了作者的哀愁。

以奇异金石文字拓本十九种,寄秦编修恩复扬州,而媵以诗

异人延年无异方,能使寸田生异香①。食古欲醉醉欲狂,娱魂快意宜文章,以代参术百倍强②。秦君耄矣癖弗荒,何以明我长毋忘? 我拓古文璆琳琅③,熏以桂椒袭以绵,楮精墨匀周豪芒。愿君自发君吉阳,获燕三喙芝三英,中有赵緁仔印拓本一事,曩赵君魏以为芝英篆也。慈鬘公侍姬字。著录客亦商。客其谁钦有郑堂④,江君藩。同声念我北斗傍⑤。桂树珑玲白昼长,园亭清夏厄酒黄⑥。如作器者言词良:长生长乐乐未央!

【题解】

此诗表达作者收集奇异金石器物的快乐,并对秦恩复及其身边人的学识表示钦佩。诗多用象征隐喻,具有浪漫主义色彩,想象丰富奇特。

【注释】

①寸田：指心。

②参术：人参、白术。指延年祛病的药。

③璆（qiú）琳琅：指宝玉。

④郑堂：江藩，字子屏，号郑堂，江苏甘泉（今扬州市）人。监生。博通群经，深于训诂之学。著有《汉学师承记》《宋学渊源记》等。

⑤北斗：皇帝居住的地方，指北京。

⑥卮：古代酒器，这里用作动词，饮。酒黄：黄酒。倒置为了押韵。

反祁招 有序

序曰：《反祈招》何为而作也？夫瑶池有白云之乡，赤乌为美人之地。春山宝玉异花之所自出，羽陵异书之所藏。凡厥数者，有一于此，老焉可矣，何必祇宫为哉！穆王自赋诗有之曰："居乐甚寡。"即穆王实录也。

夷考王自入南郑以还，郁郁多故，东土山川非清和，人寿至促夭，韡韡盛姬，返踔道死①，左右既无以为娱，车马所费，用度不足，更制镂赎②，以充军国，史臣以毫荒书之③。恩爱死亡，金钱乏绝，暮气迫于余生，丑名垂于青史，贵为天子，何异鳏民？享国百年，何翅朝露④？

盖西王母早见及此也，是以其谣有之曰："将子毋死，尚复能来。"岂非悼此乐之不重，识人命之至短，讽之以留八骏之驭，决之以舍万乘之尊，窳窳伤骨，飘摇动心者乎？穆王不悟，不以乐生，乃以戚死，呜呼！慕虚名，受实祸，此其最古者矣。万乘且然，何况下士？尝以暇日读《祈招》之诗，翻然反之，作诗二章，以贻后之自桎梏者，所以祛群言，果孤往。世有确士⑤，必曰：夫龚子之志荒矣。

其　一

春之厓⑥,白云满家,褰其异花。何山不可死,使我东徂?

其　二

春之麓,白云盈谷。褰其异玉。何山不可死,使我东复?

【题解】

此组诗针对《左传》所谓周穆王听了《祈招》诗而不再出游,反其意为之,认为周穆王可以出游,应该留在西王母之邦,长享快乐。作者借周穆王西游的故事自明心迹,透露了他准备脱离官场,寄情于冶游生活以终其一生的愿望。这当然是愤激之语。

【注释】

①返跸(bì):皇帝回驾。跸,肃清道路。

②锾(huán)赎:罚金赎罪。锾,古代重量单位,六两。

③耄(mào)荒:年老糊涂。

④翅:通"啻"。

⑤确士:意志刚强的人。

⑥春:山名,即春山。

烬余破簏中获书数十册,皆慈泽也,书其尾

欲溯百忧始①,残书乱一堆②。青灯尔何寿?卅载影霏微。乍读慈容在,长吟故我非。收魂天未许③,噩梦夜仍飞。

道光二年(1822),作者家中失火,他的藏书大都被焚毁了,幸好破箱子中存留了数十本书,都是母亲平日阅读的。此诗表达了对已逝母亲的思念。语言平淡质朴,感情深切凄怆。

【注释】

①百忧始:指初读书识字的时候。

②堆:一本作"帷"。

③收魂:魂魄被上天收回。指死亡。一说收魂即收心。

二哀诗 有序

为谢学士(阶树)、陈修撰(沆)作也①。两君皆以巍科不自贤②,谓高官上第外,有各家师友文字,皆乐相亲近,而许贡其言说。辛巳冬迄癸未夏,数数枉存余③;求师友,有造述,皆示余。余僭疏古近学术源流,及劝购书,皆大喜。学士德量尤深,莫测所至;修撰闭门,斐然怀更定之志④,殊未成,而忽然以同逝,命也!作《二哀诗》。时丙戌夏。

其 一

读书先望气,谢九瘿而温⑤。平生爱太傅,非徒以其孙。翰林两抗疏⑥,志欲窥大源。春华不自赏,壮岁求其根。谁谓寻求迟?迈越篱与藩。造物吝君老,一邱埋兰荪。

其 二

读书先审器,陈君虚而深。荣名知自鄙,闻道以自任。闻道岂独难,信道千黄金。遂使山川外,某某盈君襟。幸哉有典则,惜哉未酬沉。手墨浩盈把,甄搜难为心⑦。

【题解】

此两首诗分别悼念好友谢阶树和陈沆,赞扬了两人的品性、气节和学问。两人同获魏科,任高官,谦虚好学,又同年去世。

【注释】

①谢学士:即谢阶树,字子玉,江西宜黄人,嘉庆十三年(1808)榜眼,授翰林院编修。后官至侍读学士。陈修撰:即陈沆(1785—1826),字太初,湖北蕲水(今浠水县)人,嘉庆二十四年(1819)状元,授翰林院编修。曾充广东乡试正考官、四川道监察御史。

②魏科:科举考试进士前三名,即一甲进士及第。不自贤:没有自以为了不起。

③枉存:对朋友来访的敬语。

④更定:把朝廷的大典法加以修订。

⑤谢九:指谢阶树。九,是其排行。

⑥抗疏:上书直言。疏,指奏章。

⑦甄:鉴别,选拔。搜:查索,寻求。

祭程大理同文于城西古寺而哭之①

其 一

忆昔先皇己未年,家公与公相后先②。家公肃肃公跌宕,斜街老屋长赢天③。闺中名德绝天下,吴玖夫人。鸣琴说诗锵珮瑱。卅年父执朝士尽,回首鬐卬中悁悁④。

其　二

姬刘皆世太史氏，公乃崛起孤根中。公才十伯古太史[⑤]，曰邦有献献有宗[⑥]。英文巨武郁浩汹，天图地碣森巃嵸[⑦]。贱子不文复不达，愧彼后哲称程龚。

其　三

北斗真人返大荒[⑧]，彭铿史佚来趋跄[⑨]。借书不与上天去，天上定有千缥缃。予与公辛、壬间相借书，无虚日。天上岂无一尊酒？为我降假僚友旁[⑩]。掌故虽徂元气在，仰窥七曜森光芒。

【题解】

程同文逝世三周年，诗人长歌当哭，赋诗三首祭于北京城西郊古寺。三首诗表达了作者对友人的怀念和哀痛之情。

【注释】

①程大理：程同文，字春庐，号密斋，浙江桐乡人，嘉庆四年（1799）进士，官兵部主事，大理寺少卿。善诗、古文，又精研西北地理，著有《密斋文集》等。而：一本无。

②相后先：指先后中进士，当了京官。龚丽正于嘉庆元年（1796）中进士，授礼部主事；程同文于嘉庆四年中进士，授兵部主事。

③长赢天：夏天的别称。《尔雅翼》：“春为发生，夏为长赢，秋为收成，冬为安宁。”

④髫（tiáo）丱（guàn）：这里指儿童时代。髫，儿童头上扎起来的下垂头发。丱，儿童束发的上翘的两只角辫。中悁悁：忧伤烦闷的样子。

⑤十伯：十倍、百倍。伯，通“百”。

⑥献：贤才。宗：宗匠，大师。

⑦巃（lóng）嵸（zōng）：高耸的样子。

⑧返大荒:这里比喻程同文逝世。大荒,指极远的地方。

⑨彭铿:彭祖,姓篯名铿,传说中的人物,活到七百六十七岁。史佚:周代史官。

⑩降假:下至。

【汇评】

王文濡编《龚自珍全集》:三诗神似少陵。

投李观察宗传

吏治缘经术,千秋几合并? 清时数人望①,依旧在桐城。肃穆真儒气,沉雄壮岁名。汪汪无尽意,对面即沧瀛②。

【题解】

此诗赞扬了李宗传的吏治、经术、学识和气度的非同凡响。李宗传(1767—1840),字孝曾,号海帆,安徽桐城人。嘉庆三年(1798)举人,曾任山东按察使、湖北布政使。

【注释】

①清时:清平时世。这里指当世。人望:众人所仰望;也指众望所归的人。

②沧瀛:沧海,大海。

赋忧患

故物人寰少,犹蒙忧患俱。春深恒作伴,宵梦亦先驱。不逐年华改,难同逝水徂。多情谁似汝? 未忍托禳巫①。

135

此诗感叹多忧多难的人生。以拟人化手法写忧患,如"作伴""先驱""多情谁似汝",亲切、幽默而深刻。

【注释】

①禳(ráng):旧时迷信的人祈祷消除灾祸。巫:古代装神弄鬼搞迷信活动的人。

【汇评】

黄霖《中国文学批评通史·近代卷》:这首诗就形象地表述了与衰世俱来的忧患,难以在诗人心头消逝。这也清楚地揭示了龚自珍强调抒发抑郁悲愤之情乃是时代的反映,有着深刻的社会根源。

丙戌秋日独游法源寺,寻丁卯、戊辰间旧游,遂经过寺南故宅,惘然赋

髫年抱秋心,秋高屡逃塾。宕往不可收,聊就寺门读。春声满秋空,不受秋束缚。一叟寻声来①,避之入修竹。叟乃喷古笑②,烂漫晋宋谑。寺僧两侮之,谓一猿一鹤。归来慈母怜,摩我百怪腹③。言我衣裳凉,饲我芋栗熟。万恨未萌芽,千诗正珠玉。醰醰心肝淳,莽莽忧患伏。浩浩支干名④,漫漫人鬼箓。依依灯火光,去去门巷曲。魂魄一惝恍,径欲叩门宿。千秋万岁名,何如小年乐⑤?叟为金坛段清标,吾母之叔父也。

【题解】

此诗回忆了作者小时常逃学,十六七岁时去法源寺读书,与外叔祖交往,母亲对自己很关心,这些往事历历在目。用词通俗易懂,多用叠词,孩

童的情趣,跃然纸上。

【注释】

①叟:老头,这里指外祖父段玉裁的弟弟段玉立,字清标,又字鹤台,贡生。

②古笑:慈祥苍劲的笑声。

③百怪:各种奇思异想。韩愈《调张籍》诗:"精诚忽交通,百怪入我肠。"

④支干名:子、丑、寅、卯等称为十二地支,甲、乙、丙、丁等称为十天干。古人拿干支配合作为纪日之用,后来又拿来纪年。

⑤小:一本作"少"。

秋心三首

其 一

秋心如海复如潮①,但有秋魂不可招。漠漠郁金香在臂,亭亭古玉珮当腰。气寒西北何人剑?声满东南几处箫?斗大明星烂无数,长天一月坠林梢。

其 二

忽筮一官来阙下②,众中俯仰不材身。新知触眼春云过,老辈填胸夜雨沦③。《天问》有灵难置对,《阴符》无效勿虚陈。晓来客籍差夸富,无数湘南剑外民④。

其 三

我所思兮在何处?胸中灵气欲成云⑤。槎通碧汉无多路⑥,土蚀寒花又此坟。某水某山迷姓氏,一钗一佩断知闻。
起看历历楼台外,窈窕秋星或是君。

【题解】

作者第五次参加会试又落第了,许多好友如陈沆、谢阶树等相继去世了,面对这种现实处境,作者更加抑郁悲伤。这三首诗是作者自悼身世之作。第一首以心境的萧瑟苍劲、秋魂的飘零无归起兴,表明虽操美德高,志远情深,但不为世重用,沦落一生。第二首直接写实抒情,初入官场,官微言轻,新知交浅,老辈凋零,知音难觅。第三首表达才能无路施展,遭受埋没,还不如坚守节操,寄情于山水之间。诗中揭露了"斗大明星烂无数,长天一月坠林梢"的不合理现象,发出了"老辈填胸夜雨沦"的感叹和《天问》有灵难置对,《阴符》无效勿虚陈"的愤懑,即使亦"箫"亦"剑",也与事无济,只得"某水某山迷姓氏,一钗一佩断知闻",归隐于山林。诗的思想深刻,感情深婉,声律和谐,对仗工整,万口传诵。

【注释】

①秋心:秋天悲凉的心境。

②筮一官:古人在出仕前,用蓍草占卜吉凶,叫筮仕。这里指初次担任官职的意思。阙下:宫阙(宫殿)之下,指京城。

③夜雨沦:比喻老辈凋谢。

④湘南剑外民:湘水之南(湖南)或剑阁以外(四川)的平民百姓。指来自边远的作者的知交。

⑤灵气:指不平凡的抱负。

⑥槎(chá)通碧汉:古代传说天河与海相通,张骞乘槎去,至一处,见宫中多织女,一丈夫牵牛饮水。后常以"乘槎"比喻登天。槎,用竹、木编成的筏子。碧汉,碧天河汉的合称。

【汇评】

郭延礼选注《龚自珍诗选》:诗通过对亡友的悼念,抒发了自己伤时忧国的悲哀,和对统治阶级排斥压抑人才的愤慨。另方面,诗人仍强烈地追求社会变革的理想,寄希望于在野的地主阶级革新派。

同年生徐编修宝善斋中夜集,观其六世祖健庵尚书邃园修禊卷子,康熙三十年制也,卷中凡二十有二人。邃园在昆山城北,废趾余尝至焉。编修属书卷尾①

其 一

昆山翰林召词客②,酒如渌波灯如雪③。八人忽共游康熙,二十二贤照颜色。七客沉吟一客言,请言君家之邃园:一花一石有款识,袖中拓本春烟昏。背烟酹起尚书魂④。

其 二

二十二贤不可再,玉山峨峨自千载⑤。东南文献嗣者谁?剔之综之抑有待。布衣结客妄自尊⑥,流连卿等多酒痕。十载狂名扫除毕,一丘倘遂行闭门。以属大人君子孙⑦。康熙朝士评三徐曰:公肃,仁人君子;健庵,大人君子;果亭,正人君子。

【题解】

这两首诗应同年徐宝善约请而作,观看其祖上徐乾学的邃园和修禊图,发表了作者的见解和感慨。第一首记叙此事,第二首赞扬了徐乾学等先贤,表达了向往之情。

【注释】

①徐编修:徐宝善,字廉峰,安徽歙县人。嘉庆二十五年(1820)进士,

授编修。工诗,著有《壶园集》《壶园外集》及杂著。健庵:徐乾学(1631—1694),字原一,号健庵,江苏昆山人。康熙九年(1670)进士第三人及第,官内阁学士、刑部尚书。曾奉命编纂《大清一统志》《清会典》及《明史》等。著有《憺园集》。

②昆山翰林:指徐宝善。他的祖上徐乾学是昆山人,故称。

③渌波:清波。渌,一本作"绿"。

④背:裱背。酹:把酒洒在地上表示祭奠。

⑤玉山峨峨:形容人物秀美的风仪。

⑥布衣:平民。作者当时是举人,自谦为布衣。

⑦大人君子:有人对徐乾学吹捧说的话。徐乾学有两个弟弟:徐元文,字公肃;徐秉义,字彦和,号果亭,都是高官显宦。他们表面装成君子,实际是伪君子,欺负乡里人。

坠一齿戏作

与我相依卅五年,论文说法赖卿宣。感卿报我无常信,瘗向垂垂花树边。

【题解】

此诗以拟人写法写出了牙齿的作用和作者对它的感情。

寒月吟 有序

《寒月吟》者,龚子与其妇何岁暮共幽忧之所作也①。相喻以所怀,相勖以所尚,郁而能畅者也②。

其　一

夜起数山川，浩浩共月色。不知何山青，不知何川白。幽幽东南隅，似有偕隐宅。东南一以望，终恋杭州路。城里虽无家，城外却有墓。相期买一丘，毋远故乡故。而我屏见闻，而汝养幽素。舟行百里间，须见墓门树③。南向发此言，恍欲双飞去。

其　二

双飞去未能，月浸衣裳湿。愀焉静念之，劳生几时歇？劳者本庸流，事事乏定识④。朴愚伤于家，放诞忌于国。皇天误矜宠⑤，付汝忧患物。再拜何敢当，藉以战道力⑥。何期闺闱中，亦荷天眷别⑦。多难淬心光，黾勉共一室。忧患吾故物，明月吾故人；可隐不偕隐，有如月一轮：心迹如此清，容光如此新。

其　三

我读先秦书，莱子有逸妻⑧。闺房以逸传，此名蹈者希⑨。勿慕厥名高，我知厥心悲。定多不传事，子孙无由知。岂但无由知，知之反涟洏⑩。羞登中垒传⑪，耻勒度尚碑⑫。一逸虑患难，所存浩无涯；一逸谢万古，冥冥不可追。示君读书法，君慧肯三思？

其　四

我生受之天，哀乐恒过人。我有平生交，外氏之懿亲⑬。

141

自我慈母死，谁馈此翁贫？江关断消息，生死知无因。八十罹饥寒^⑭，虽生犹偶民^⑮。昨梦来哑哑，心肝何清真^⑯！翁自须发白，我如髫卯淳^⑰。梦中既饬之，而复留遮之，挽须搔爬之，磨墨揄揶之，呼灯而烛之，论文而哗之。阿母在旁坐，连连呼叔爷。今朝无风雪，我泪浩如雪。莫怪泪如雪，人生思幼日。谓金坛段玉立，字清标，为外王父段若膺先生之弟。

 其　五

侵晓邻僧来^⑱，馈我佛前粥。其香何清严，腊供今年足^⑲。我因思杭州，不仅有三竺。东城八九寺，寺寺皆修竹。何年舍家去，慧业改所托^⑳。掘笋慈风园^㉑，参茶东父屋^㉒。钟鱼四围静^㉓，扫地洁如沐。白昼为之长，倦骸为之肃。供黄梅一枝^㉔，朝朝写圆觉^㉕。慈公深于相宗，钱居士东父则县教、律、禅、净四门，乃吾师也。

【题解】

此组诗共五首，其序称作者与继妻何吉云"岁暮共幽忧"而作，前三首言志抒怀，后两首思念亲人和朋友。第一首由夜色写起，遥望东南故乡，抒发了买丘归隐之志。第二首写归隐未成，难以摆脱险恶环境，与妻子共勉临忧患而不惧，保持洁美的情操。第三首由读史"莱子有逸妻"，推想其隐逸的不得已，但在现实环境中，隐逸仍不失为保全自我的一种办法。第四首写外叔祖段玉立晚年的凄凉命运，梦忆与他亲密纯真的忘年交情景，情感动人。第五首由邻僧送粥想起了家乡杭州，作者的学佛体验与经历，怀念之情，溢于言表，从中表露出对人间社会的一种理想。夫妻"相喻以所怀，相勖以所尚"，感情真挚，令人感动。

【注释】

①何：作者继室何吉云(1794—1845)，浙江山阴人，能诗，工书。

②郁而能畅者也：一本作"郁而能涤、噍而能畅者也"。

③墓：一本作"塞"。

④定识：坚定的见解。

⑤矜宠：怜惜宠爱。

⑥战：搏斗。这里是通过搏斗而锻炼的意思。道力：某种学说、信仰的力量。

⑦"亦荷"句应为"亦别荷天眷"，颠倒语序是为了押韵。荷：承受。天眷：上天的眷顾。别：特别，格外。

⑧莱子：晋皇甫谧《高士传》："老莱子者，楚人也。当时世乱，逃世耕于蒙山之阳……或言于楚王，王子，是驾至莱子之门。莱子方织畚。王曰：'守国之政，孤愿烦先生。'老莱子曰：'诺！'王去，其妻樵还曰：'子许之乎？'老莱曰：'然。'其妻曰：'妾闻之，可食以酒肉者，可随以鞭捶；可授以官禄者，可随以斧钺。妾不能为人所制者。'妾投其畚而去。老莱子亦随其妻，至于江南而止，曰：'鸟兽之毛可绩而衣，其遗粒足食也。'"郭璞《游仙诗》："莱子有逸妻。"逸妻：愿并且能隐居的妻子。

⑨蹈者：追随者，后继者。希：同"稀"，少。

⑩涟洏(ér)：流泪的样子。

⑪中垒传：即《列女传》。作者是西汉学者刘向，曾官中垒校尉，后人称为刘中垒。

⑫度尚碑：即曹娥碑。《后汉书·列女传·孝女曹娥》载：东汉女子曹娥的父亲，端午节迎神时溺死江中，找不到尸首，曹娥因此投江觅父。又一说，五日后，曹娥抱父尸浮出。上虞人度尚为此立下一座石碑，由其弟子邯郸淳撰碑文，世称曹娥碑。

⑬外氏：指作者的外叔祖段玉立。外氏：外祖家。懿(yì)亲：至亲。

⑭八十：段玉立生于乾隆十三年(1748)，至道光六年(1826)，虚岁七十九。这里指其整数。罹：遭受。

⑮僇(lù)民：即"戮民"，受屈辱的人。

⑯清真：犹如天真。

⑰髫(tiáo)丱(guàn)：儿童的发式。这里指代儿童。髫，儿童头上扎起

143

来的头发。丱,儿童束发的上翘的两只角辫。

⑱侵晓:拂晓。

⑲腊供:僧人所受的供养。佛教规定,比丘受戒后一年为"一腊"。

⑳慧业:佛家语,指智慧的作用。

㉑慈风:杭州僧人名。

㉒东父:钱伊庵,字东父,杭州人,佛法造诣颇深。

㉓钟鱼:打钟,敲木鱼。

㉔黄梅:蜡梅。

㉕圆觉:佛经名,全称是《大方广圆觉修多罗了义经》,唐代僧人佛陀多罗译。

【汇评】

王文濡编《龚自珍全集》:定公丙戌入都,何宜人同行。岁暮赋此,慨念劳生,有偕隐之志。

梦中述愿作

湖西一曲坠明珰,猎猎纱裙荷叶香。乞貌风鬟陪我坐①,他身来作水仙王②。

【题解】

此诗表达了对一个女子的爱慕之情。

【注释】

①"乞貌"句:一本作"许借卿卿从祀我"。

②水仙:这里指荷花。杭州钱塘门外有水仙王庙,庙神据说是钱塘龙君。此与本诗的"水仙王"无关。

【汇评】

钱萼孙《清诗三百首》:定盦七绝,最为时流所称,究属外道天魔,方之摩登迦女,足毁戒体,兹录从严。

郭延礼选注《龚自珍诗选》：这首诗,诗人以"梦中述愿"的方式,抒发了自己的心愿,表达了自己的理想,希望自己能像荷花一样,在龌龊而黑暗的社会中,始终保持高尚的情操、坚贞的品格、纯真的情怀,为实现自己美好的理想而斗争,决不与封建统治阶级中的黑暗势力同流合污。

释言四首之一

东华环顾愧群贤①,悔著新书近十年。木有文章曾是病,虫多言语不能天②。略耽掌故非勖济,敢侈心期在简编③。守默守雌容努力④,毋劳上相损宵眠⑤。

【题解】

此诗原有四首,仅存其一。针对某大学士的指责,作者表面上自愧自悔,实际上语含讽意,尤其最后两句更是挖苦对方。此诗可以看出作者坚持政治变革的主张,表现了他顽强不屈的战斗精神。

【注释】

①东华：东华门,紫禁城的东南门,门内是清廷内阁所在地。这里以东华指代内阁。

②天：任其自然,尽其天年之意。

③侈：张大,过分。心期：心愿,志向。简编：古时书籍编简成册,称为简编,这里指著作。

④守雌：甘居柔弱。《老子》："知其雄,守其雌。"吴澄注："雄谓刚强,雌谓柔弱。"

⑤上相：对宰相的尊称。清朝不设宰相,这里指内阁大学士。

145

同年生胡户部培翚集同人祀汉郑司农于寓斋，礼既成，绘为卷子，同人为歌诗。龚自珍作祀议一篇质户部，户部属隐括其指为韵语以谐之①

我稽十三经②，名目始南宋。异哉北海君③，先期适兼综。诗笺附庸毛，易爻辰无用。尚书有今文，只义馈贫送④。四辩馈尧典，三江馈禹贡。鲁论与孝经，逸简不可讽。尔雅剩一鳞，引家亦摭弄。排何发墨守⑤，此狱不可讼。吾亦姑置之，说长惧惊众。唯有孟七篇，千秋等尘封。我疑经籍志，著录半虚哄。义与歆莽违⑥，下笔费弥缝。何况东汉年，此书未珍重。余生恶周礼，考工特喜诵⑦。封建驳子舆，心肝为隐痛。五帝而六天⑧，诞妄谶所中。同时有四君，伟识引余共。堂堂十七篇⑨，姬公发孔梦。经文纯金玉，注义峙鳞凤。吾曹持议平，功罪勿枉纵。郑功此第一，千秋合崇奉。郑兼治十三经，人间完本有《诗》《三礼》。辑录本有《箴膏肓》《起废疾》《发墨守》《易》《书》《鲁论》《孝经》《尔雅》注也。《孟子注》见隋《经籍志》，隋《志》殆未可信。庄君绶甲、宋君翔凤、刘君逢禄、张君瓁昭言封建，皆信《孟子》，疑《周礼》，海内四人而已；张说为尤悲也。

【题解】

此诗对汉代郑玄笺注十三经的功过得失进行了论述。不满于郑玄解释《周礼》中的封建，贬《周礼》而信《孟子》，这是龚自珍的经学见识。

【注释】

①胡户部：胡培翚，字载屏，号竹村，安徽绩溪人。嘉庆二十四年

(1819)进士,官内阁中书、户部主事。著《仪礼正义》《研六室文钞》等。郑司农:郑玄,字康成,东汉著名经师,门徒众多,曾任大司农,故称郑司农。檃(yǐn)栝(kuò):又作"隐括",原为矫正曲木的工具,引申为矫正。这里指改变文字体裁。

②稽:查考。十三经:十三种儒家经典。即《易》、《书》、《诗》、《周礼》、《仪礼》、《礼记》、《春秋》三传(《左传》、《公羊传》、《穀梁传》)、《论语》、《孝经》、《尔雅》、《孟子》。

③北海君:指郑玄。郑为北海高密(今属山东省)人。

④只义:零星的见解。贫送:贫穷的人。

⑤"排何"句:郑玄攻击东汉另一个经师何休,写了《箴膏肓》《起废疾》《发墨守》。《后汉书·郑玄传》:"时任城何休好《公羊》学,遂著《公羊墨守》《左氏膏肓》《穀梁废疾》,玄乃发《墨守》,针《膏肓》,起《废疾》。休见而叹曰:'康成入吾室,操吾矛,以伐我乎!'"

⑥歆莽:指刘歆、王莽。

⑦考工:指《考工记》。附在《周礼》中的一篇谈工艺制作的古籍。

⑧五帝、六天:郑玄提出的关于天帝的谬论。

⑨十七篇:指《仪礼》,又称《士礼》。共十七篇,相传是孔子所定。

丁亥　道光七年(1827)　36岁

作者父亲龚丽正引疾归,主讲于杭州紫阳书院。四月,投牒更名为易简。十月,录道光元年辛巳(1821)以来七年诗作一百二十八首,为《破戒草》一卷,并存余集五十七首,为《破戒草之余》一卷,总共一百八十五首诗。十月后,又戒诗。研究金石学,初拟撰《金石通考》五十四卷,分存、佚、未见三门。书未成,而成《羽琌山金石墨本记》五卷,赵晋斋、何梦华为之校正。撰《羽琌之山典宝记》二卷、《镜苑》二卷、《瓦韵》一卷,辑官印九十方为《汉官拾遗》一卷、《泉文记》一卷。又作《学海谈龙》,存金石诸题识。写《定盦八箴》《说卫公虎大敦》《常州高才篇》等文。

本年存诗六十一首。

元日书怀

癸秋以前为一天①,癸秋以后为一天。天亦无母之日月,地亦无母之山川。孰赢孰绌孰付予？如奔如电如流泉②。从兹若到岁七十,是别慈亲卅九年。癸未失恃③,三十二岁。日者谓予当七十一岁④。

【题解】

此诗写以母亲逝世的癸秋日分界,以后的人生作者将活在没有母亲的天地间,如果能活到卜者所谓的七十一岁,那将有三十九年作者在思亲中度过。诗歌语言朴实,构思新颖。

【注释】

①癸(guǐ)秋:道光三年癸未(1823)七月,作者母亲段驯逝世。

②电:一本作"雷"。

③失恃:死了母亲。

④日者:从事占卜算命的人。

退朝遇雪,车中忽然有怀,吟寄江左

青琐门边雪①,还疑海上看②。花花万行树,鹤鹤一闲官。幽想忽飞去,无由生彩翰③。江东谢道韫④,忆我早朝寒。

【题解】

去年冬天,妻子何吉云还在北京,共同吟唱《寒月吟》,如今去了上海。作者退朝,看见北京下雪,想起妻子,有感而作。"早朝寒"有双关的含义。

【注释】

①青琐门:指北京皇宫的宫门。

②海上:指上海。

③彩翰:羽翼。

④谢道韫(yùn):东晋才女,谢奕的女儿,王凝之的妻子。作者拿她比喻自己的妻子何吉云。

撰《羽琌山馆金石墨本记》成,弁端二十字

坐耗苍茫想,全凭琐屑谋。羽琌山不见,万轴替人愁。

作者平日喜欢收藏古代金石文字,并把它们的拓本编成《羽琌山馆金石墨本记》。此诗写收集、解释古物文字的琐屑,对存放它们的羽琌山馆热切思念。

自写《寒月吟》卷成,续书其尾

曩者各不死,多生业未空①。天仍磨慧骨,佛倘鉴深功。意识千秋上,光阴八苦中②。即将良友待,落落亦高风。

【题解】

此诗赞美了妻子何吉云的聪慧、磊落和笃信佛教。

【注释】

①多生:佛教认为人有过去、现在、未来三世,因为轮回,可以多次转世。未:一本作"本"。

②八苦:佛教认为人生有生、老、病、死、怨憎会、爱别离、求不得及五取蕴八苦。

婆罗门谣

婆罗门①,来西胡②,勇不如宗喀巴③,智不如耶稣。绣衣花帽,白若鹄凫。娶妻幸得阴山种,玉颜大脚其仙乎?女儿十五卖金线,归来洗手礼曼殊④。礼曼殊,膜额角⑤。天见膜额角,地见断牛肉。地不涌谄药叉⑥,天不降侫罗刹。曼殊大慈悲大吉祥,千年大富万年乐。

【题解】

此诗描写了婆罗门徒的生活及其妻女的情况:重视天性,表现童心。语言活泼,节奏明快。

【注释】

①婆罗门:公元前二千年,印度创立婆罗门教,将社会上的人划为四个等级。后来佛教盛行,婆罗门一部与它融合形成印度教。这里的婆罗门,是指我国西北少数民族中崇奉婆罗门教的人,其中有些人流寓于京城。

②西胡:指我国西北部地区,也指该地区的少数民族。

③宗喀巴:西藏黄教(佛教的一支)的创始人,又称罗卜藏扎克巴。他有两个大弟子,一为达赖喇嘛第一世,一为班禅额尔德尼第一世。

④曼殊:佛教菩萨之一,即文殊师利,又称晏殊室利。

⑤膜额角:举手加额,长跪而拜的一种敬礼形式,又称膜拜。

⑥诌药叉:以诌媚迷惑人的坏蛋。药叉,梵语,即夜叉,意译为疾捷或能唉鬼。

同年生吴侍御杰疏请唐陆宣公从祀瞽宗,得俞旨行,侍御属同朝为诗,以张其事,内阁中书龚自珍献侑神之乐歌

其 一

历在圣清①,君师天下。提命有位②,暨于髦士,以古为矩。孰为臣鉴? 孰师表汝? 甄综祭法,于孔之庑。

其 二

唐步方中,主聩臣聋。天将聪明之,乃生陆公。天厚有唐,降三代英,而左右德宗。如仲山甫③,纳言姬邦。

其 三

圣源既远,其流反反④。坐谈性命,其语喧喧⑤。喧喧龂龂,其徒百千。何施于家邦?何裨于孔编?小大稽首,以攘牺牷⑥。

其 四

御史臣杰,职是标举。曰圣之的⑦,以有用为主。炎炎陆公⑧,三代之才。求政事在斯,求言语在斯,求文学之美,岂不在斯?

其 五

我有髦士,执箧受脯⑨,毋过貌儒之门⑩。我告髦士,暨百有位:木无二本,川无二源,道无二歧;请以一贯之,名臣是师。

【题解】

道光六年(1826),御史吴杰上疏,请求将唐代名臣陆贽从祀于孔子庙,获得了朝廷批准。作者在吴杰的请求下写下了五首诗,以张扬此事。第一首写朝廷为树立表率,同意将陆贽从祀孔子庙。第二首赞美陆贽的功德,将他比拟为周宣王时的仲山甫。第三首赞美陆贽的道德学问。第四首点出吴杰标举陆贽,再次歌颂陆贽的功德学问。第五首将陆贽与"貌儒"对比,赞扬陆贽而贬抑"貌儒"。诗歌有现实针对性,抨击了程朱理学,揭示出

152

道光年间社会腐化空洞,缺乏真才实学、经世致用的人才。诗歌多用四字句,具有古体诗的风味,又杂有五言,显得灵活多变,富有表现力。

【注释】

①历:历数。指帝王相继或朝代更替的次第。圣清:指清朝。

②提命:耳提面命。指殷切儆戒。有位:在位的官员。

③仲山甫:周宣王时人,鲁献公次子,扶助宣王建立中兴事业。这里比喻陆贽。

④反反:音板板,态度庄重的样子。这里指虚伪、装腔作势。

⑤咟(guān)咟:鸟鸣声。

⑥攘:偷窃;抢夺。牷牷(quán):用作祭品的牲畜。

⑦圣之的:圣人提倡学术的目的。

⑧陆公:即陆贽(754—805),字敬舆,唐代苏州嘉兴(今浙江省嘉兴市)人。唐代著名政治家、文学家、政论家。德宗时为翰林学士,参与政务。朱泚作乱,起草诏书,立下大功。累迁中书侍郎同平章事。谥宣。工诗文,尤长于制诰政论。有《陆宣公翰苑集》及《陆氏集验方》传世。

⑨笾(biān):古代祭祀和宴会时盛果品等的竹器,形状像高脚碟子。膰(fán):烤熟的祭肉。

⑩貌儒:虚伪的儒者。

自春徂秋,偶有所触,拉杂书之,漫不诠次,得十五首

其 一

道力战万籁①,微芒课其功。不能胜寸心,安能胜苍穹?相彼鸾与凤,不栖枯枝松。天神倘下来,清明可与通②。返听

如有声,消息鞭愈聋。死我信道笃③,生我行神空④。障海使西流,挥日还于东。

【题解】

这十五首古体诗写于道光七年(1827)春至秋期间,是作者政治学术思想的一次集中反映。作者有感于国事或个人身世,或表达思想抱负,或评论文艺,内容丰富,语言朴实、活泼。作者的社会变革思想非常坚定,组诗开头即表明:"死我信道笃,生我行神空。障海使西流,挥日还于东。"此诗表达了作者修炼内心、独立清高、追求理想的人生态度。诗歌气势如虹。

【注释】

①道力:修炼身心而得的力量。或真理的力量。

②清明:神志清静明朗。

③信道笃:《论语·子张》:"信道不笃。"信道,信奉正道。笃,专一。这里指僵化。

④行神空:司空图《诗品》:"行神如空。"空,虚静。

【汇评】

钱仲联、钱学增选注《清诗三百首》:这首短五古,抒写了作者面对清中期腐朽的社会现实,立志改革的抱负。强调真理战胜一切的力量,效果要在微妙处考察。必须内视返听,求之寸心。精神不可僵化,生机在于运动和虚静,才能人力回天。这是作者论道论学的宣言书。

其 二

黔首本骨肉①,天地本比邻。一发不可牵,牵之动全身。圣者胞与言②,夫岂夸大陈。四海变秋气,一室难为春。宗周若蠢蠢③,嫠纬烧为尘④。所以慨慷士⑤,不得不悲辛。看花忆黄河,对月思西秦。贵官勿三思,以我为杞人。

此诗表达了作者爱护百姓、忧虑国事、鞭挞昏官的精神。作者能敏锐地洞察危机,诗中强烈地表达了他的爱国之心。

【注释】

①黔首:古代称平民,老百姓。当时老百姓用黑布包头,所以称黔首。黔,黑色。

②圣者:圣明的人,这里指张载。胞与:指张载《西铭》一文所说:"民,吾同胞;物,吾与也。"意思是万民是我的同胞,万物是我的朋友。与,同类,同党。

③宗周:指周王朝。周王朝是所封诸侯国的宗主国,故称宗周。蠢蠢:动乱的样子。

④嫠(lí):寡妇。纬:织物的横纱。

⑤慨慷士:指忧虑国事、意气激昂的有志之士。慨慷:一本作"慷慨"。

其 三

名理孕异梦①,秀句镌春心。庄骚两灵鬼,盘踞肝肠深。古来不可兼,方寸我何任? 所以志为道,淡宕生微吟。一箫与一笛,化作太古琴。

【题解】

此诗评述了《庄子》和屈原作品的不同特色,以及对作者的深刻影响。

【注释】

①名理:辨名推理。这里指《庄子》中深刻的哲理。

其 四

我有秦时镜,窈窕龙鸾痕。我有汉宫玉,触手犹生温。我有墨九行①,惊鸿若可扪。玉皇忽公道,奇福三至门。欲供三炷香,先消万古魂。古春伴忧患②,诘屈生酸鏖。且折三千本,赠与人间存。

其 五

朝从屠沽游,夕拉驺卒饮①。此意不可道,有若茹大鲠②。传闻智勇人,伤心自鞭影③。蹉跎复蹉跎,黄金满虚牝④。匣中龙剑光,一鸣四壁静。夜夜辄一鸣,负汝汝难忍。出门何茫茫,天心牖其逞⑤。既窥豫让桥⑥,复瞰轵深井⑦。长跪奠一卮,风云扑人冷。

【题解】

此诗抒发了隐于民间,怀才不遇,岁月蹉跎,壮志未酬的愤慨。作者以古代那些敢于为人解难、勇于献身的侠士来激励自己的战斗精神。

【注释】

①驺(zōu)卒:马夫、役卒,泛指为官府从事仆役性劳动的人。

②茹:吞吃。鲠(gěng):鱼骨。

③鞭影:指马不待抽打,见鞭的影子就知道前行。形容自我鞭策。

④虚牝(pìn):低洼的溪谷。

⑤天心:天帝之心。牖:启发,诱导。逞:肆志而行。

⑥豫让:古侠士,战国晋人,智伯门客。为报主人被杀之仇,漆身吞炭,改变容貌,行刺赵襄子。报仇不成,伏剑自刎。

⑦轵(zhǐ):在今河南济源南。深井:轵城的里名,为战国著名侠士聂政的故里。

其 六

造化大痈痔①,斯言韩柳共。我思文人言,毋乃太惊众。儒家守门户,家法毋徇纵②。事天如事亲,谁云小儿弄?我身我不有,周旋折旋奉③。不然命何物,夏后氏特重。亦有卫武公④,靡乐在矇诵⑤。智慧固不工,趋避矧无用。一日所履历,一夕自甄综。神明甘如饴,何处容隐痛?沉沉察其几,默默课于梦。少年谰语多,斯言粹无缝。患难汝何物,屹者为汝动。

【题解】

此诗由韩愈、柳宗元关于天道的看法起笔,慨叹造化的不可违逆,命运的不可抗拒,困厄的不可趋避。作者自省言行,不畏患难,表现出了忠于理想,坚定不屈的精神。

【注释】

①痈(yōng):一种恶疮。痔:痔疮。

②家法:儒家经学师徒相传自成一家之说的学风。徇纵:放弃或改变。

③周旋:本为古代行礼时进退揖让的动作,后引申为应酬、交际。折旋:同"折还"。

④卫武公:春秋时卫国国君,名和。公元前812年至前758年在位。进攻犬戎,帮助周平王建立东周。

⑤靡乐:喜乐、爱好。矇诵:《国语·周语上》:"瞽献曲,史献书,师箴,瞍赋,矇诵。"韦昭注:"《周礼》:'矇主弦歌讽诵。'诵,谓箴谏之语也。"矇,指乐官。古代以盲人充任,故名。诵,指规诫劝谏的话。

其 七

我生爱前辈,匪尽获我心。论交少年场,岁月逝骎骎①。少年太飞扬,由哀乐不深。礌硠听高谈②,有谛难为寻?风霜欺脆枝,金石成苦音。前辈即背谬,厥谬亦沉沉。

【题解】

此诗评论了前辈与少年的优劣。少年热情张扬却浮浅,前辈饱经风霜却保守。

【注释】

①骎(qīn)骎:迅速的样子。

②礌(léi)硠(láng):又作"雷硠",巨大的响声。

其 八

弱龄羡高隐①,端居媚幽独。晨诵白驹诗②,相思在空谷。稍长诵楚些③,《招魂》招且读。陈为乐之方④,巫阳语何缛⑤?嘉遁苦太清,行乐苦太浊。愿言移歌钟,来就伊人躅⑥。天涯富兰蕙,吾心富丘壑。蹉跎复蹉跎,芳流两寂寞。忽忽生退心,终朝阅金玉。

【题解】

此诗通过对隐居者的羡慕,表达了作者渴望隐居遁世的愿望,反映了作者要实现抱负而不可得,因而对统治阶级产生了失望之情。

【注释】

①弱龄:泛指青少年。高隐:指隐居的高士。

②白驹诗:指《诗经·白驹》。曾被解释为周宣王不任用贤人,以致贤

人骑着白马回到家乡。

③楚些:即《楚辞》。《楚辞》有些篇章用"些"作为语尾助词,因此称为"楚些"。

④陈:陈述。为乐之方:享乐的办法。

⑤巫阳:古代筮师名。缛:繁琐。

⑥躅:脚迹。

其　九

一代功令开①,一代人材起。虽生云礽朝②,实增祖宗美。曰开国之留,其言在青史。何代无先君,何时无哲士?煌煌祖宗心,斯人独称旨。天姿若麟凤,宏加以切劘③。稽古有遥源,遵王无覂轨④。在昔与先民,三称口容止。少壮心力殚,匪但求荣仕,有高千载心,为本朝瑰玮。人或玷功令,功令不任诽。屋漏胎此心,九庙赫在咫。天步其艰哉,光岳钟难恃⑤。盲气六合来⑥,初日照蒙汜⑦。抱此葵藿孤,斯人拙无比。一夫起锄之,万夫孰指使?一夫怒用目,万夫怒用耳。目怒活犹可,耳怒杀我矣。去去亦何求?买山请归尔。不先百年生,难向苍苍理。箸书落人间,高名亦难毁;其言明且清,胡由妒神鬼?大药可延年,名山可送死。死生竟何憾,将毋九庙耻?

【题解】

此诗誉古讽今,以上古反衬当朝。作者生于当朝这一衰世,却有前朝"盛世"人才的美质赤心。面对险恶的现实处境,作者毫不妥协,准备与当权者决裂。诗歌感情激烈,批判性很强。

【注释】

①功令:古时国家对学者考核、录用的法令。

②云礽(réng)：远代子孙。

③切劘(mó)：磨砺。

④覂(fěng)轨：车子倾覆出轨。比喻失败。覂，车马翻覆。

⑤光岳：日月星辰和五岳大地。封建帝王常以自比。

⑥盲气：狂风。盲，一本作"肓"。六合：上下四方。

⑦蒙汜：日月西落之处。

其　十

兰台序九流①，儒家但居一②。诸师自有真③，未肯附儒术。后代儒益尊，儒者颜益厚。洋洋朝野间，流亦不止九。不知古九流，存亡今孰多？或言儒先亡，此语又如何？

【题解】

此诗讽刺和谴责了所谓儒者，表达了作者对儒家思想的摈弃，对封建正统的叛逆，同时也表现了作者希望清朝统治者能进行改革，让国家摆脱落后，走向富强。

【注释】

①兰台：汉代宫中藏书的机构。东汉史家班固曾官兰台令史。他在《汉书·艺文志》把诸子分为十派，其中著名者有九派。

②家：一本作"也"。

③诸师：指儒家以外各学派的大师。真：真理，真传。

其十一

寿短苦心长，心绪每不竟。岂徒庸庸流，赍志有贤圣①。为鬼那能续，他生渺茫更。所以难放达，思得贤子孙。继志与述事，大哉孝之源。长夜集百端，早起无一言。倘能心亲心，即是续亲寿。呼儿将告之，盍然先自疚②。

此诗表达了作者对子孙后代的殷切希望,希望子孙们能继承他的志愿,同时也表达了作者壮志未酬的悲哀,空有建功立业之心却生不逢时的苦闷。

【注释】

①赍(jī)志:怀抱大志。

②嘻(xī)然:悲伤的样子。

其十二

中年何寡欢?心绪不缥缈。人事日龌龊,独笑时颇少。忽忆姚归安①,锡我箴铭早。雅俗同一源,盍向源头讨?汝自界限之,心光眼光小。万事之波澜,文章天然好。不见六经语,三代俗语多?孔一以贯之,不一待如何?实悟实证后,无道亦无魔。

【题解】

此诗写作者人到中年,仕途颇不如意,偶然想起了朋友的劝告,体会到了文章的雅俗同源和世事的融通宁静。

【注释】

①姚归安:姚学塽(1766—1826),字晋生,一字镜塘,归安(今浙江省湖州市)人。清嘉庆元年(1796)进士,官内阁中书、兵部主事。著有《竹素斋集》。

其十三

晓枕心气清,奇泪忽盈把。少年爱恻悱,芳意娉幽雅①。黄尘滫洞中②,古抱不可写③。万言摧烧之,奇气又瘖哑。心死竟何云?结习幸渐寡。忧患稍稍平,此心即佛者。独有爱根在,拔之暑难下。梦中慈母来,絮絮如何舍?

【题解】

此诗写作者感情丰富,心怀奇气,在经历了各种磨难后,才心静如佛。但是,人间的真情,又怎能使作者忘却呢? 作者入世甚深,使他更体会到现实的不幸。

【注释】

①婟(hù):美好。

②澒(hòng)洞:盛大而纷乱。

③古抱:不同流俗的襟怀。写:同"泻",宣泄。

其十四

危哉昔几败,万仞堕无垠。不知有忧患,文字樊其身。岂但恋文字,嗜好杂甘辛。出入仙侠间,奇悍无等伦①。渐渐疑百家,中无要道津。纵使精气留,碌碌为星辰。闻道幸不迟,多难乃缘因。空王开觉路②,网尽伤心民。

【题解】

作者感受到人间的各种忧患,觉得仙、侠、百家都无力解脱,于是沉迷于佛教,有了开觉之路。

【注释】

①无等伦:无人能及。等伦,同辈。

②空王:佛教语。佛的尊称。佛说世界一切皆空,故称。

其十五

戒诗昔有诗,庚辰诗语繁。第一欲言者,古来难明言。姑将谲言之^①，未言声又吞。不求鬼神谅，矧向生人道？东云露一鳞，西云露一爪。与其见鳞爪，何如鳞爪无！况凡所云云，又鳞爪之余！忏悔首文字，潜心战空虚^②。今年真戒诗，才尽何伤乎！

【题解】

此诗表达了作者第二次戒诗的决心，叙写第一次破戒作诗的难言苦衷，委婉地表示对统治者实行高压控制的不满和抗议。然而，这次仍是戒而后破，仍是因为不平则鸣，有感而发。

【注释】

①谲(jué)言：隐晦曲折地说话。这里指变换一种方式去申说。

②战空虚：修炼佛法，进入空虚的境界。

枣花寺海棠下感春而作

词流百辈花间尽，此是宣南掌故花^①。大隐金门不归去^②，又来萧寺问年华。

【题解】

海棠与许多文人有关系。作者观赏海棠，想起了众多文人的命运，想起了自己的命运，感慨万端。诗意表达含蓄。

【注释】

①宣南：北京宣武门南的简称。掌故花：北京外城的崇效寺（又称枣花寺）海棠与文人的轶闻掌故相联系，故称。

②金门：金马门，汉代长安宫殿门名。这里借指北京。

西郊落花歌

出丰宜门一里，海棠大十围者八九十本。花时车马太盛，未尝过也。三月二十六日大风，明日风少定，则偕金礼部应城、汪孝廉潭、朱上舍祖毂、家弟自谷出城饮而有此作①。

西郊落花天下奇，古人但赋伤春诗。西郊车马一朝尽，定盦先生沽酒来赏之。先生探春人不觉，先生送春人又嗤。呼朋亦得三四子，出城失色神皆痴。如钱唐潮夜澎湃②，如昆阳战晨披靡③，如八万四千天女洗脸罢，齐向此地倾胭脂。奇龙怪凤爱漂泊，琴高之鲤何反欲上天为④？玉皇宫中空若洗，三十六界无一青蛾眉⑤。又如先生平日之忧患，恍惚怪诞百出无穷期。先生读书尽三藏⑥，最喜维摩卷里多清词。又闻净土落花深四寸，冥目观想尤神驰。西方净国未可到，下笔绮语何漓漓⑦！安得树有不尽之花更雨新好者，三百六十日长是落花时。

【题解】

作者与友人金应城等和弟自谷同往京城西郊观赏海棠，有感而作此诗。此诗是浪漫主义诗篇。作者用一连串的比喻和夸张，描绘了落花的瑰奇艳丽景象，令人震撼。作者对落花具有复杂的感情，既有以落花比喻不幸的身世而感到忧伤，又有从落花中看到了新生，看到了希望而深情地赞美新陈代谢、生生不已的理想。那浪潮般壮阔、激战般炽烈、神话般迷人的落花奇景，正是作者心目中社会变革的宏大场景的象征，从中展现了他对改革的极度渴望。诗歌表现了作者不随流俗的思想品格、对污浊现实的深刻批判和对美好未来的热烈追求。全诗想象丰富,比喻新颖,色彩斑斓,语言生动,构成一个富有浪漫气息的奇特境界,典型地体现了作者诗歌的艺术风格。

【注释】

①金应城:浙江钱塘人,作者友人金应麟之弟,时在礼部任职。汪潭:字印三,号寄松,浙江钱塘人,举人。上舍:清代对监生的称呼。

②钱唐:即钱塘江。

③昆阳战:历史上以少胜多的著名战役。公元 23 年,东汉光武帝刘秀率军八九千人在昆阳(今河南叶县境内)击败王莽军队四十万人。王莽军大溃,互相践踏,伏尸百余里。当时风雷大作,雨下如注,近城河水暴涨,溺死者以万计。

④琴高:神话人物,周末赵人,能鼓琴,传说他于涿水乘鲤升天。

⑤三十六界:即三十六天。道教称神仙居住的天界有欲界六天、色界十八天、无色界四天、四梵天、三清天、大罗天,共三十六重。

⑥三藏:佛教经典的总称。分经、律、论三部分。

⑦绮语:佛家语,指秽杂不正的言谈,为佛戒十恶之一。诗中凡涉及美人、爱欲等艳丽之作,也被佛教徒称为绮语。滴滴:水流滴不断的样子,形容文辞滔滔不绝。

【汇评】

管林、钟贤培主编《中国近代文学发展史》:诗人以奇特的想象,把衰败的落花景象,写得色彩缤纷,鲜明壮丽,进而赞美落花,向往落花,以落花自况,抒发心中的郁抱,表达对扼杀美好事物、戕害人才的黑暗社会的强烈批判。

程翔章、丘铸昌编著《中国近代文学》:诗人以奇妙的构思、丰富的想象和浪漫的手法,将落花写得生动形象、色彩缤纷、绮丽新奇、千姿百态,创造出一种迷离恍惚的意境;又以落花自况,愤怒抨击封建社会对人才的扼杀,含蓄地表达了对美好理想的憧憬与向往。

述怀呈姚侍讲元之 有序

忆在江左之岁，喜从人借书，人来借者尤盛。钮非石树玉、何梦华元锡助其搜讨。凡文渊阁未著录者，及流传本之据善本校者，必辗转录副归。辛巳之京师，则有程大理同文、秦编修恩复两君，皆与予约，每得一异书，互相借抄，无虚旬。无何，大理使关东，编修还扬州，而余竟以母忧去。先母忧半年，吾家火。至丙戌，复之京师，距煨烬已五年，书颇少；又客籍皆变易，好事者稀，此事阒寂久矣。丁亥春，姚侍讲忽来借乙部诸书①。以岁月之不居也，与学殖之就荒落也，感而作诗。

祭书岁岁溯从壬，自壬午灾后，岁以酒醴祭亡书百种。无复搜罗百氏心。为道敢云能日损，崇朝结习触何深！上方委宛空先读②，阮公元抚浙日，进七阁未著录书百种，睿庙时锡名《委宛别藏》。副墨浙中有之。同志徐王仗续寻③。星伯舍人，北堂徽君，蒐罗精博，日下无过之者。定有雄文移七阁，跋公好事冠儒林。

【题解】

此诗回顾了作者搜书和藏书被焚之事，从而心灰意懒，但对朋友们的藏书、借书的热情，仍表示肯定，并寄予厚望。

【注释】

①姚侍讲：姚元之（1773—1852），字伯昂，号荐青，又号竹叶亭生，晚号五不翁，安徽桐城人。嘉庆十年（1805）进士，授编修，道光六年（1826）擢翰林院侍讲，历官工部、兵部、刑部侍郎，内阁学士。乙部诸书：《四库全书》分"经""史""子""集"四大类，乙部书，指历史类的著作。

②上方:天上。这里指皇室。

③徐:徐松。字星伯,大兴人。王:王薲龄。

哭郑八丈 师愈,秀水人

　　醇古淡泊士,滔滔辩有余。青灯同一笑,恍到我生初。顽福曾无分①,清才清不癯。四方帆马兴,千幅凤鸾书。为有先生在,东南意不孤。论交三世久,问字两儿趋。余两幼儿曰橙,曰陶,丈为启蒙,设皋皮焉②。天命虽秋肃,其人春气腴。乡音哗謇謇③,破帽侧吾吾。傥荡为文罢,欹斜使酒余。心肝纤滓尽④,孝友阖门俱。科第中年淡,星壬暮癖殊⑤。卜云来日少,笑指逝川徂。老健偏奇绝,神明少壮无。别离刚岁换,问讯讶春疏。讣至全家诧,三思忽腷予⑥:由来炊火绝,穷死一黔娄⑦。天道古如此,知之何晚欤?不知段清标丈。与李,复轩茂才。今夕复何如?

【题解】

　　此为悼诗,表现了郑师愈的生活困苦,怀才不遇,才清性醇,耿直乐观的人生。并推而广之,由郑师愈的贫病而死引起了对段清标、李复轩老人的牵挂。诗中包含了多种感情,既有对好友的悼念和牵挂,也有对世事的感慨。

【注释】

①顽福:指凭藉祖先阴德而享受的福气。

②皋皮:虎皮。宋代哲学家张载坐在虎皮上讲《周易》,后人称教授生徒为"坐拥皋皮"。

③謇(jiǎn)謇:耿直的样子。

④纤滓:细微的渣滓。

⑤星壬:星相占卜之术。

⑥牖:窗户,引申为启发。

⑦黔娄:春秋时齐国人,隐居不仕,曾为齐破敌解围出谋划策,立下大功,却家贫而死,死后布被不能蔽体。

歌筵有乞书扇者

天教伪体领风花^①,一代人材有岁差。我论文章恕中晚^②,略工感慨是名家。

【题解】

借歌筵上应人之请作题扇诗的机会,作者对伶工改窜前人唱本进行了否定,进而抨击了文坛上虚伪粗俗的写作风气,提倡文学创作要抒发感慨,要求文学作品慷慨激昂地表现堕落腐朽的社会现实内容。

【注释】

①伪体:表面指被梨园伶工改窜了的前人唱本,实际上指文坛的虚伪、粗俗之作,即专事形式摹拟而没有真实内容的作品。风花:本指吟咏风花雪月的作品,这里泛指文学作品。

②恕中晚:对中、晚唐作品采取宽容的态度。

【汇评】

钱仲联、钱学增选注《清诗三百首》:此诗是龚自珍对清代鸦片战争以前诗坛的总评价。指出了那一时期诗歌的缺点,一多模仿乏创新,二是无批判现实的内容,总的是越到后来越差。而中、晚唐诗中,工于感慨国事的名家,倒还不少,不可轻视,所以要"恕"。

黄霖《中国文学批评通史·近代卷》:所谓"工感慨",也就是能面对衰败的社会现实自然地抒写真情实感。诗人能做到这一点,即可称名家。

168

梦中作

不是斯文掷笔骄①，牵连姓氏本寥寥。夕阳忽下中原去，笑咏风花殿六朝②。

【题解】

作者针对某些指责他创作诗文作品讽刺统治者的言论，假托梦中写成此诗。由此说明他的作品其实很少牵连到当代的人物，更多地像六朝诗风一样吟咏风花，而没有什么现实的思想内容。这实际上是反话，是作者自我保护的话。

【注释】

①斯文：原指礼乐制度。这里指作者写的诗文作品。

②殿：居于最后。

伪鼎行

皇帝七载，青龙丽于丁①，招摇西指②。爰有伪鼎爆裂而砰訇。孺子啜泣相告，隶妾骇惊。龚子走视，碎如琉璃一何脆且轻！佹离跂癫百丑千怪如野干形，厥怒虎虎不鸣如有声。然而无有头目，卓午不受日，当夜不受月与星。徒取云雷傅汝败漆朽壤，将以盗膻腥。内有饕餮之馋腹，外假浑沌自晦逃天刑。四凶居其二③，帝世何称？主人之仁不汝埋榛荆，俾登华堂函牛羊，垂四十载，左揖琴钟右与夔镬并。主人不厌斁汝，汝宜自憎。福极而碎,碎如琉璃脆且轻。东家有饮器④,昨堕地碎声嘤嘤;西家有屠狗盆,今日亦堕地不可以盛。千年决无土花蚀⑤,万年吊古之泪无由生。吁!宝鼎而碎则可惜,斯鼎而碎兮于何取荣名?请诹龚子《伪鼎行》!

【题解】

此诗刻画了一个极其丑恶"佹离疠癞百丑千怪如野干形"的伪鼎形象。伪鼎高居华堂之上,函牛羊受供奉,与真正的珍品宝器并列于一堂,混迹了四十载。最终"福极而碎",落得与脏贱的"尿壶""屠狗盆"一样破败的下场。作者借此强力地讽刺了那些内藏贪婪饕餮之心,外装混沌糊涂之貌的人,面目实在可憎。此诗以含蓄的象征笔法,借"伪鼎"喻"伪人",讽刺了那些假古董式的大官僚,刺骨入髓地揭露其丑恶。诗歌具有深刻的思想意义和强烈的战斗精神,体现了作者敢于砸碎这"伪鼎"所代表的衰世的坚强意志。

【注释】

①丁:指丁亥年。

②招摇:北斗的第七星。在斗柄末端。招摇西指就是斗柄西指。

③四凶:传说尧舜时代有四个恶人,名字叫浑敦(即浑沌)、穷奇、梼杌、饕餮。

④饮器:尿壶。

⑤土花:苔藓。也指古器物因埋于地下而沾附青绿色的泥渍、锈蚀。

四言六章 有序

龚子扫彻悟禅师塔作也①。在西直门外红螺寺。

其　一

悠悠生民，孰不有觉②！孰知固然？孰知生之靡乐？

其　二

孰为大人？蟠物之先③。以阐以引，引我生民。

其　三

吁嗟小子，闻道不迟？造作辨聪，百车文词。电光暂来，一贫无遗。不可捉搦④，倏既逝而。

其　四

唏其逝矣！不可恃矣！恃先觉之言，其言明明。无言不售，无谋不成，无坚不摧，以祈西生⑤。

其　五

先觉谁子？西山彻公。我受之东父，以来报功。云何报公？余左挚东父，右随慈公，又挟江子，四人心同，以旅于西邦。浙居士钱东父、吴中居士江铁君、慈风和上与余四人者⑥，皆奉彻公书，笃信赞叹。

其　六

既至于西，西人浩浩。余慈母在焉，迎予而劳。各知其夙⑦，而无忆悼。遝哉迻哉，孰肯不到？亦唯彻公是报。

171

此六首诗,前后连贯,赞扬了彻悟禅师高出众人的佛性智慧;对他的逝世,作者由衷哀悼,并表示了深受他的影响。

【注释】

①彻悟禅师:僧人际醒,字彻悟,一字讷堂,号梦东,丰润(今河北省唐山市丰润区)人,俗姓马。精研佛典,曾任广通寺、觉生寺住持。塔:僧人的墓。

②觉:佛家语。佛家称心灵为觉苑。

③蟠物之先:站在事物开头的人。

④捉搦(nuò):抓住。

⑤西生:求生于西方佛国。

⑥和上:同"和尚"。

⑦夙:夙缘,前世因缘。

春日有怀山中桃花因有寄

东风淋浪卷海来^①,长安人道青春回^②。春回不到穷巷里,忽忆山中花定开。山中花开,白日皓皓。明妆子谁? 温麘清妙。夕爇熏炉捣蕙尘^③,朝缄清泪邮远人。粉光入墨墨光腻,昨日正得江南鳞^④:葆君青云心,勿吟招隐吟;花开岁岁勿相忆,待君十载来重寻。我有答君诗,殷勤兼报桃花知:勿惜明镜光,为我分光照花枝;勿惜頮面水,为我浴花倾胭脂。但惜芳香珍重之幽意,勿使满园胡蝶窥。托君千万词,词意不可了。长安桃李渐渐明,何似春山此时好。春纵好,山寂寂,清琴玉壶罢消息,蜡烛弹棋续何夕? 安能坐此愁阳春,不如归侍妆台侧。

春日,作者在回复妻子的信中,借怀念山中开得正艳的桃花,叙述了近况和对妻子的思念,隐晦地表达了自己仕途不顺,而生归隐之心。句式多样,语言瑰丽古奥。

【注释】

①淋浪:尽情;畅快。

②长安:借指北京。

③蕙尘:灰尘。

④江南鳞:来自江南的信。

菩萨坟 有序

菩萨坟者,亦曰公主坟,辽圣宗第十女墓也。小字菩萨,未嫁而死,《辽史》无传。北方海棠少,此地始生之。自是海棠之盛,逾于江国,土人因以海棠谥主云⑦。坟在西山无相寺①。

菩萨葬龙沙,魂归玉帝家。余春照天地,私谥亦高华②。大脚鸾文鞠③,明妆豹尾车。南朝人未识,拜杀断肠花④。

【题解】

此诗叙写了菩萨公主死后的灵异,对她的不幸命运给予了同情、赞叹。

【注释】

①西山:一本作"西南"。

②私谥:古时亲属或老百姓私下给予已逝世的人的谥号。

③鞠(yào):靴或袜子的筒儿。

④断肠花:秋海棠花的别名。

太常仙蝶歌 有序

  太常仙蝶，士大夫知之稔矣①，曷为而歌之？蝶数数飞入姚公家，吾歌为姚公也②。姚公者，太常少卿仁和姚公祖同也。公为大吏历五省，易事难说，见排挤，不安其位，公岳立不改③，虽投闲④，人忌之者尚众。异哉，蝶能识当代正人！不惟故实之流传而已。吾歌以纪之，且招蝶也。

  恭闻故实太常寺，蝶寿三百犹有加。衔玉皇之明诏，视台阁犹烟霞⑤。不闻愿见即许见⑥，矧闻飞入太常家？本朝太常五百辈，意者公其飞仙之身耶？仙人正人事一贯，天上岂有仙奸邪！所以公立朝人不识⑦，仙灵识公非诬夸。慰此蹇蹇，其来衙衙⑧。感德辉而下上，助灵思之纷挐。我闻此事，就公求茶。道焰十丈，不敌童心一车。鸾漂凤泊咄咄发空唱，云情烟想寸寸凌幽遐⑨。人生吉祥缥缈罕并有，何必中秋儿女睹璧月之流华？玉皇使者识我否⑩？寓园亦在城之涯。幽夏灵气怒百倍，相思迟汝五出红梨花。予寓斋红梨一树，京师无其双也。

【题解】

  太常仙蝶，是对北京太常寺出现的奇异蝴蝶的一种附会说法。此诗借太常寺仙蝶的美妙传说和蝶入姚祖同家的传闻，歌颂了姚氏心地纯真，刚正不阿，"见排挤不安其位"，仍"岳立不改"，并对埋没、摧残人才的上层社会进行委婉的批评。

【注释】

  ①稔(rěn)：熟悉。

174

②姚公:即姚祖同(1761—1842),字秉璋,一字亮甫,浙江钱塘人。清朝名臣,曾任兵部郎中、鸿胪寺卿,河南、山西、直隶、安徽、陕西、广东等地方大员。道光二年(1822)因事降补太常寺少卿。

③岳立:像山岳一样岿然不动。

④投闲:放在不重要的地位。

⑤台阁:汉时指尚书台。后指中央政府机构。烟霞:指天上仙境。

⑥即:一本作"不"。

⑦立朝:在朝做官。

⑧衙衙:行走的样子。

⑨云情烟想:指缥缈高远的情思。

⑩玉皇使者:指仙蝶。

【汇评】

王文濡编《龚自珍全集》:王定甫《太常仙蝶歌》:"荆楚仙人有仙意,长歌为尔高当世。"自注:谓龚礼部。王作清婉,龚作矫健,可称异曲同工。

世上光阴好

世上光阴好,无如绣阁中。静原生智慧,愁亦破鸿濛。万绪含淳待①,三生设想工。高情尘不滓,小别泪能红。玉苗心苗嫩,珠穿耳性聪。芳香笺艺谱,曲盉数窗栊②。远树当山看,行云入抱空。枕停如愿月,扇避不情风。昼漏长千刻,宵缸梦几通。德容师窈窕,字体记玲珑。朱户春晖别,蓬门淑晷同③。百年辛苦始,何用嫁英雄?

【题解】

此诗描写了一个女子在绣楼闺阁中的美好生活,表现出清静无为、淡泊明志的思想。这实际上是反语,隐曲地反映了一颗要建立功业的英雄心。

【注释】

①含淳待:抱着天真淳朴的心情等待。

②曲盝(lù):同"曲录",指屈曲的样子。窗栊:窗格子。

③淑暑:美好的时光。暑,一本作"景"。日影,引申指时间。

投钱学士林

晚达高名大隐身①,对门踪迹各清真。恍逢月下骑鸾客,何处容他唼肉人!

【题解】

钱林(1762—1828),字东生,一字志枚,号金粟,浙江仁和人。嘉庆十三年(1808)进士,官翰林院侍读学士。此诗肯定了钱林"隐于官"的志趣。

【注释】

①晚达:晚年得官,命运通达。

顾丈千里得唐睿宗书顺陵碑,远自吴中见寄。余本以南北朝磨厓各一种悬斋中,得此而三,书于帧尾

其　一

南书无过瘗鹤铭①,北书无过文殊经②。忽然二物相顾哑,排闼一丈蛟龙青③。文殊经在山东水牛山。

其　二

唐二十帝帝书圣，合南北手为唐型。会见三物皆却走，召伯虎敦赫在庭④。召伯虎敦，百有三名，余所获器也。

【题解】

作者得到了好友顾千里寄来的唐《顺陵碑》的拓本，十分惊喜，此两首诗赞扬了唐睿宗的书法水平高，并交代了作者的收藏和自豪的感情。作者对所藏的召伯虎敦，在每月初一和十五两日，必具衣冠，率二子而拜，曰：此孔子以前物也。

【注释】

①南书：指"南派"书法。阮元《揅经室集》有《南北书派论》："正书、行草之分为南、北两派者，则东晋、宋、齐、梁、陈为南派，赵、燕、魏、齐、周、隋为北派也。"瘗（yì）鹤铭：著名摩崖刻石。原刻在江苏省镇江市焦山西麓崖石上。

②文殊经：碑名，刻于北齐，全称是《文殊般若经碑》，在山东省汶上县城东水牛山。

③排闼（tà）：推门而进。蛟龙青：青蛟龙。指《顺陵碑》拓本。

④召伯虎敦：今名召伯虎簋，一种青铜礼器。

【汇评】

王文濡编《龚自珍全集》：《文殊经》余藏有拓本，似不如《郑文公碑》，定公何见重若此？

四月初一日投牒更名易简

匪慕宋朝苏易简①，翻似汉朝刘更生。从此请歌行路易，万缘简尽罢心兵^②。

【题解】

作者多次更名，初名自暹，继名自珍，又改名易简，最后改名巩祚。此诗表达了作者在更名以后，希望能一帆风顺，息心静虑。

【注释】

①苏易简(958—996)：北宋人，字太简。太宗时进士考试第一名，官至参知政事，最后出任陈州知州卒。

②心兵：心灵对外界事物作出反应，如兵士应敌。

常州高材篇，送丁若士履恒

丁君行矣龚子忽有感^①，听我掷笔歌常州。天下名士有部落，东南无与常匹俦！我生乾隆五十七，晚矣不及瞻前修。外公门下宾客盛谓金坛段先生，始见臧在东顾子述来哀哀^②。奇才我识恽伯子^③，绝学我识孙季逑^④，最后乃识掌故赵味辛^⑤，献以十诗赵毕酬。三君折节遇我厚，我益喜逐常人游。乾嘉辈行能悉数，数其派别征其尤：易家人人本虞氏^⑥，焦纬户户知何休^⑦；声音文字各窔奥^⑧，大抵钟鼎工冥搜；学徒不屑谈贾孔^⑨，文体不甚宗韩欧^⑩。人人妙擅小乐府^⑪，尔雅哀怨声能遒。近今算学乃大盛，泰西客到攻如雠。常人倘欲问常故^⑫，异时就我来谘诹^⑬。勿数耆耋数平辈，蔓及洪孟慈管孝逸庄卿山张翰风周伯恬。其余鼎鼎八九子，奇人一董方立先即邱；所恨不识李夫子中耆，南望夜夜穿双眸；曾因陆子祁生屡通讯，神交何异双绸缪？识丁君乃二十载，下上角逐忘春秋。丁君行矣龚子忽有感，一官投老谁能留？珠联璧合有时有，一散人海如凫鸥。噫！才人学人一散人海如凫鸥，明日独访城中刘申受丈。

【题解】

此诗赠别赴山东肥城任知县的丁履恒，借机对常州的人才进行汇总介绍，并高度赞扬他们。

【注释】

①丁君：丁履恒（1770—1832），字若士，一字道久，号冬心，常州武进（今江苏省常州市武进区）人。曾任赣榆教谕、肥城知县。

②来裒裒（póu）：聚会多。

③恽伯子：恽敬（1757—1817），字子居，号简堂，阳湖（今江苏省常州市）人。乾隆四十八年（1783）举人，历官浙江富阳、山东平阴、江西新喻等县知县。与同乡张惠言写作古文，被称为阳湖派。著有《大云山房文稿》等。

④孙季逑：孙星衍（1753—1818），字渊如，阳湖（今江苏省常州市）人。乾隆五十二年（1787）榜眼，授编修，官至山东布政使。有诗名，又工篆隶，精技勘。精研经学、小学。辑刊《平津馆丛书》《岱南阁丛书》世称善本。著有《尚书今古文注疏》《周易集解》等。

⑤掌故赵：指深通掌故的赵怀玉。字忆孙，一字味辛，武进（今江苏省常州市）人。曾任内阁中书，山东登州、兖州知府。主讲石港书院，精通掌故。著有《亦有生斋文集》。

⑥虞氏：指虞翻（164—233）。三国时虞翻继承汉代孟氏《易》学，后人称为"虞氏《易》"。

⑦柲纬：即秘纬。柲，通"秘"。汉代有些儒家为了神化儒术和孔子，制造了许多占卜神数和预言，称为纬书，如《易纬》《书纬》《诗纬》《礼纬》等，还故作神秘，称之为"秘经"或"秘纬"。

⑧窔（yào）奥：深奥。

⑨贾孔：贾公彦和孔颖达。贾公彦，唐永年人，撰《周礼义疏》《仪礼义

疏》，发挥郑玄的学说。孔颖达，唐衡水人，官国子监祭酒，奉太宗命撰《易》《书》《礼记》《春秋左传》等五经《正义》。清代公羊学家认为他们解经不足为据，所以不谈论他们。

⑩韩欧：韩愈和欧阳修。

⑪小乐府：指词。

⑫常故：有关常州的人物掌故。

⑬谘(zī)诹(zōu)：询问、查访。

【汇评】

王文濡编《龚自珍全集》：定公以不识申耆为恨，申耆亦谓定盫绝世奇才，恨不能相朝夕也。及己亥南归之后，始获奉襆云。

秋夜花游

海棠与江离①，同艳异今古。我折江离花，间以海棠妩。狂呼红烛来，照见花双开。恨不称花意，踟蹰清酒杯。酒杯清复深，秋士多春心②。且遣秋花妒，毋令秋魄沉。云何学年少？四座花齐笑。踯躅取鸣琴，弹琴置当抱。灵雨忽滂沱，仙真窗外过③。云中君至否？不敢问星娥。

【题解】

有人认为此诗是作者写一次秋夜的冶游。如果不这么坐实，可能更好地理解诗意。秋夜赏花，表达出作者虽身处逆境却依旧乐观的倔强性格。

【注释】

①江离：香草名，又名"蘼芜"。

②秋士：作者自比，形容境遇不佳、迟暮不遇的男子。

③仙真：神仙。

猛　忆

狂胪文献耗中年①,亦是今生后起缘。猛忆儿时心力异,一灯红接混茫前②。

【题解】

此诗写中年耗尽心力搜集文献,钻研学问,其实是作者儿时就确定了的人生方向。可见作者的雄心壮志早就立下了。

【注释】

①狂胪(lú):拼命搜集,罗列。

②混茫:混然一团的宇宙。

【汇评】

瞿秋白《儿时》:永久的青年。

钱仲联、钱学增选注《清诗三百首》:这是一首通过瑰异的形象以言志的诗……本于陆游《秋夜读书每以二鼓尽为节》诗"青灯有味是儿时"意,但造语奇特,表达了作者在童年读书时代,就有探索真理,凿破洪荒的独创精神和启蒙志愿。……全诗境界独辟,造语奇特,具有浓郁的浪漫色彩。通首佚宕,固是定盦本色,而"狂"字"猛"字的选用,也体现了力量。"红"灯的绚烂,照破"混茫前"的漆黑一片,色调也大大出人意外。

铭座诗

精微惚恍①,少所乐兮。躬行且践,壮所学兮。曰以事天,敢不诺兮。事无其耦②,生靡乐兮;人无其朋,孤往何索兮？借琐耗奇③，嗜好托兮；浮湛不返，徇流俗兮。吁！琐以耗奇兮，不如躬行以耗奇之约兮。回念故我，在寥廓兮。我诗座右，荣我独兮。

【题解】

铭座诗指写诗放在桌子上，用来勉励自己，如同座右铭。作者探索世上的哲理，注重实践，这是他一生的志趣。虽然成年后，琐碎缠身，沉浮世间，作者仍然写诗激励自己，希望自己的理想能坚持下去，不要与世俗同流合污。

【注释】

①精微：指精深微妙的哲理。

②耦：同"偶"。

③借琐耗奇：借助做琐碎的事消耗自己的奇气。

东陵纪役三首

其 一

天倪徽音在①,龙飞故剑亡②。两宫仪斐亹③,七萃泪淋浪④。郁律川原势,低徊葆吹长⑤。东行三百里,何处白云乡?

其 二

帝子华年小,初弦宝月沉。端娴三肃礼⑥,悯动六宫深⑦。徒殡飞秋雪,迎神下彩禽。松楸依在咫⑧,慈孝万年心⑨。

其 三

阁事疏朝请⑩,君恩许看山。口衔星宿去⑪,袖拂凤凰还。望眼将连海,诗声欲过关。云旗风马队,旬日梦魂间。

【题解】

道光七年(1827)九月,道光皇帝拜祭东陵,视察孝穆皇后移葬之事。作者以内阁中书的身份奉旨先往,安排接待事宜。这三首诗即记述此行。第一首描写了孝穆皇后逝世时的一片凄凉景象。第二首写孝穆皇后移葬,与早夭的皇子陵墓相邻之事。第三首叙写作者奉命办事,心存感念之情。

【注释】

①天倪(qiàn):这里借用比喻孝穆皇后。徽音:美好的声誉。

②龙飞:比喻皇帝登极。故剑:指原来的妻子。

③仪斐亹(wěi):礼仪十分隆重。斐亹,文彩绚丽的样子。

④七萃:周代禁卫军,共七队。这里借指清帝的禁卫军。

⑤葆吹:用羽毛装饰的口吹乐器。这里指代祭乐之声。

⑥三肃礼:指宫中妃嫔等对死去的皇子行礼。

⑦劲:同"劼"。

⑧松楸:古人多植松树、楸树于墓地,因以之作墓地的代称。这里指皇子墓与孝穆皇后陵墓。

⑨孝:一本作"考"。

⑩阁事:官府的公事。朝请:汉代制度,诸侯朝见天子,春天称为朝,秋天称为请。后来泛指朝见。

⑪口衔星宿:指带着皇帝圣旨。

李中丞宗瀚家获观古拓隋丁道护书启法寺碑,狂书一诗

羽琛山馆三百墨,妒君一纸葵花色①。何不赠归羽琛山,置之汉玉秦金侧。

【题解】

李宗瀚(1769—1831),字公博,号春湖,江西临川人,乾隆五十八年(1797)进士,授编修,官至工部侍郎。他爱好金石文字。作者在他府上,观看了隋朝周彪撰、丁道护书的启法寺碑的拓本,喜不自禁,想象着如果归他所有那就多好啊。据说李宗瀚所藏的拓本,当时已是海内孤本。

【注释】

①葵花色:浅淡黄色。指拓本的纸色。

九月二十七夜梦中作

官梅只作野梅看_{似是宋句}①，月地云阶一倍寒。翻是桃花心不死②，春山佳处泪阑干。

【题解】

此诗虽题为梦中作，却反映了作者身处京师的现实感受，官场极其冷酷，归隐之念仍存心间。

【注释】

①官梅：种在官衙里的梅，比喻做官。野梅：长在山野的梅，比喻在野之身。似是宋句：宋吴自牧《梦粱录》卷十九引宋高似孙《游园咏》诗："翠华不向苑中来，可是年年惜露台。水际春风寒漠漠，官梅却作野梅开。"

②桃花：既用拟人化手法写实，又借指作者的妻子。

梦中作四截句 _{十月十三日夜也}

其　一

抛却湖山一笛秋①，人间无地署无愁。忽闻海水茫茫绿，自拜南东小子侯②。

其　二

黄金华发两飘萧，六九童心尚未消③。叱起海红帘底月，四厢花影怒于潮。

其 三

恩仇恩仇日苦短，鲁戈如麻天不管。宾客漂流半死生，此公又筑忘忧馆④。

其 四

一例春潮汗漫声，月明报有大珠生。紫皇难慰花迟暮⑤，交与鸳鸯诉不平。

【题解】

截句即绝句。组诗以"梦中作"为题，实际上抒发了作者对现实的不满和愤慨。第一首写官场中的忧患，渴望隐居，表达了傲视权贵，淡泊名利的思想。第二首写衰世之际，虽黄金散尽，白发已生，但作者仍葆有童心，激情饱满。第三首写快意恩仇，作者喜结交朋友。第四首写朝廷选拔庸才，真才却不被重用，作者自叹迟暮，只能向亲人倾诉他的愤懑。

【注释】

①一笛秋：在秋天吹笛。表示悠然自得的隐居生活。

②南东：一本作"东南"。

③六九：百六阳九的省称。道家认为六九是天地始终及人间善恶循环的劫数，喻为衰世。

④忘忧馆：《西京杂记》卷四："梁孝王游于忘忧之馆，集诸游士，各使为赋。"这里泛指接待宾客之处。

⑤紫皇：天神。这里比喻最高统治者。

【汇评】

钱仲联、钱学增选注《清诗三百首》：(其二)前二句写的与《猛忆》的意思相近，但表达得更直遂，更道劲，体现了诗人人到中年，虽功业未就而其志弥坚的雄心。后二句色泽秾丽，境界雄奇，诗人借助于"海红帘底月"和"花影怒于潮"的鲜明形象，表达了他志在唤醒国人，扭转乾坤，重造天地的"六九童心"。"帘底月"竟然可以"叱起"，"花影下如潮"，易以"怒"字，一"叱"一"怒"，笔力千钧，色彩浓重，鲜明地表现了诗人变革世界的伟大气魄、坚定信念和强烈愿望。

郭延礼选注《龚自珍诗选》：(其二)这首诗，作者以童年时代丰富而天真的幻想，抒发了他始终追求光明、坚持革新的政治理想。

程秋樵江楼听雨卷，周保绪画

其 一

周郎心与笔氤氲，天外惊涛落纸闻。绝忆中唐狂杜牧，高楼风雨定斯文①。

其 二

贾谊长沙谪未还，江东文酒绪阑珊。论文剩有何无忌②，指点吾徒梦里山。

【题解】
周保绪，即周济(1781—1839)，字保绪，一字介存，号未斋，晚号止庵，江苏荆溪(今宜兴市)人。嘉庆十年(1805)进士，官淮安府学教授。常州词派的重要词论家，著有《晋略》《味隽斋词》《介存斋论词杂著》等作品。这两首诗，作者拿杜牧、何无忌来比拟周济，赞扬了周济的文韬武略。
【注释】
①高楼风雨：李商隐《杜司勋牧》诗："高楼风雨感斯文，短翼差池不及

群。刻意伤春复伤别,人间唯有杜司勋。"杜牧(803－853),字牧之,中唐著名诗人。曾任司勋员外郎,后为考公郎中,知制诰。斯文:指诗篇。

②何无忌:东晋人,由州郡从事转太常博士。镇北将军刘牢之外甥桓玄篡位,他率领军队屡破玄兵,威名远震。卢循起义,他举兵镇压,战败被杀。作者因周济喜言军事,故以何无忌来比拟他。

己丑 道光九年(1829) 38岁

　　前一年,撰《尚书序大义》《大誓答问》《尚书马氏家法》各一卷。

　　本年三月廿三日,第六次参加会试,终于考中,中式第九十五名。四月廿一日,殿试三甲第十九名,赐同进士出身。殿试对策,作者从施政、用人、治水、治边几个方面提出了革新主张,震动了朝廷。四月廿八日朝考,阅卷考官借口"楷法不中程",不列优等。奉旨以知县用,呈请仍归内阁中书原班。

　　本年存诗一首。

赋得春色先从草际归,得归字,五言八韵

　　修到瀛洲草①,孤芳敢恨微。花间犹暖薄,柳外未春归。独抱灵根活,还先物态菲。出山名远志,入梦恋慈晖②。黛色千茎绚③,香心一雨肥。西郊初试马,南浦莫侵衣④。拾芥谈何易,披榛采正稀⑤。仙毫摘赏后,丹地许长依⑥。

【题解】

　　应会试时作的试帖诗。见于《龚氏科名录》,从吴昌绶编《定盦先生年谱》中辑得。"春色先从草际归",出自宋代诗人黄庭坚《春近四绝句》之一的诗句。作者已38岁,疲于奔命于科考路途,所任内阁中书,职微位卑,于是作此诗,强烈地表达了作者求取功名之艰辛和希望被朝廷视为人才重用的渴望。诗歌句句照应题目,选取与"草"相关的典故,很好地体现了试帖

189

诗的要求。

【注释】

①瀛洲:传说中的东海仙山。这里指兴庆宫内的瀛洲门,指代皇宫。"瀛洲草"之典出自李白的诗《侍从宜春苑奉诏赋龙池柳色初青听新莺百啭歌》:"东风已绿瀛洲草,紫殿红楼觉春好。"

②慈晖:化用孟郊《游子吟》的诗意。

③荄(gāi):草根。

④南浦:南面的水边。后常用称送别之地。南朝梁代江淹《别赋》:"春草碧色,春水渌波,送君南浦,伤如之何?"

⑤披榛:即"披榛采兰",拨开荆棘,采摘兰草,比喻选拔人才。语出《晋书·皇甫谧传》:"陛下披榛采兰,并收蒿艾,是以皋陶振褐,不仁者远。"

⑥丹地:古代帝王宫殿中涂饰着红色的地面,用以指代朝廷。南朝梁简文帝《围城赋》:"升紫霄之丹地,排玉殿之金扉。"《新唐书·李纲传》:"位五品,趋丹地。"

庚寅　道光十年(1830)　39岁

　　四月九日,应徐宝善侍御、黄爵滋编修之约,与朋友魏源、汤鹏等人同游花之寺,观看海棠。六月初二,于龙树院主持聚会,有张维屏、魏源、吴虹生等人参加。著《最录段先生定本许氏说文》等文。

　　本年存诗十五首。

纪梦七首

其　一

好月簾波夜,秋花馥一床。神机又灵怪,仙枕太飞扬①。帝遣奇文出,巫称此魄亡。飘摇穹塞外,别有一齐梁。

其　二

十部征文字,聱牙为审音。虽非沮颉体②,而有老庄心。万枋狮油烛③,三抽象罔琴。恭闻天可汗,赐橥在书林。

其　三

大辩声音重,琅琅先自闻。阵图攒密雨,疑义抉重云。白马刑何益④,黄龙地遂分。夜临千帐语⑤,争祀某参军。

其 四

持问胭脂色⑥，南人同不同？模糊绡帕褶，惨憺唾盂中。我有灵均泪⑦，将毋各样红？星星私语罢，出鞘一刀风。

其 五

按剑因谁怒？寻箫思不堪。月明湩酒薄⑧，天冷塞花憨⑨。驼帽春犹拥，貂靴舞不酣。忽承飞骑赐，行帐下江南⑩。

其 六

明镜如钱小，新妆入佩环。来朝闻选马，昨夜又开关。灯火秋潮至，人声画角间，一丘狐兔尽，诸婢猎前山。

其 七

八部诸龙孽，旁师辟几家？归依误天女，密咒比瑜伽⑪。玉貌犹餐肉，经筵不供花。宗风向西极，吾道化龙沙。

【题解】

这七首诗，作者借纪梦为名，其实所写的都是清代北方边区的轶闻掌故。作者在内阁时，有机会看到满、蒙文字档案，知道一些外间所不知道的隐秘。由于不便直接宣说，故托为纪梦，用迷离恍惚的手法，曲折地表达，很难具体指实。

【注释】

①仙枕：五代王仁裕《开元天宝遗事》卷上："龟兹国进奉枕一枚，其色如玛瑙，温温如玉，其制作甚朴素，若枕之，则十洲三岛、四海五湖，尽在梦中所见，帝因名为'游仙枕'。"

②沮颉体:汉字形体。沮,沮诵,黄帝时代的左史,传说他和仓颉共同创制汉字。

③枋:同"柄"。狮油烛:以狮油浇制而成的蜡烛。

④白马刑:杀白马举行盟誓。

⑤夜临:一本作"夜聆"。

⑥胭脂色:这里指眼泪的颜色。

⑦灵均:屈原的字。

⑧潼(dòng)酒:乳汁制成的酒。

⑨塞花:边塞上的花。这里比喻女性。

⑩下:一本作"画"。

⑪密咒:又称陀罗尼,所谓秘密真言。瑜伽:又称秘密瑜伽,属于佛教的密宗。传入我国后,称为法相宗。

题盆中兰花四首

其 一

忆昨幽居绝壁下,漠漠春山罕樵者。薜荔常为苦竹衣,鸱鹎误傚鼪鼯舍①。天荣此魄不用媒,可怜位置费君才。珍重不从今日始,出山时节千徘徊。

其 二

华堂四窗下红罗②,谢家明月何其多?郁金帐中闻夜语,谢娘新病能诗魔。二月奇寒折万木,严霜夜夜雕明烛。小屏风下是何人?剪撖云鬟换新绿。

其 三

　　谍汝合欢者谁子？一寸春心红到死。旁人误作淡妆看，持问燕姬何所似③？吾琴未碎百不忧，佳名入手还千秋。合欢人来梦中去，安能伴卿哦四愁④？

其 四

　　燕山巇巇云不娇，灵药几堆春未苗⑤。菖蒲茸生恰相似，女儿甘逊神仙骄。宣州纸工渲染薄，画师黄金何处索？一别春风小景空，磁盆倚石成零落。

【题解】

　　这四首诗借兰花抒情寓意，表现了有志之士"自怜幽独"、怀才不遇的忧苦身世，兼怀妻子。第一首由盆中兰花回忆起山中的自在生活，并对盆中兰花的处境表示惋惜。第二首由谢道蕴的才华联想到了妻子，兰花的现时处境宛如众多才女的形象。第三首从兰花的异名"合欢"起笔，写出了作者对妻子的思念。第四首描摹了兰花的女性气质，其美丽胜过图画。作者写到了兰花的不幸结局。

【注释】

　　①鹩(jiāo)鹃(jīng)：即池鹭。僦(jiù)：租借。鼪(shēng)：黄鼠狼。鼯(wú)：鼯鼠。

　　②四宧(yí)：四个屋角。

　　③燕姬：燕地的美女。这里指侍妾。

　　④四愁：东汉张衡的《四愁诗》。这里泛指愁苦的诗篇。

　　⑤灵药：指兰花。

秋夜听俞秋圃弹琵琶赋诗，书诸老辈赠诗册子尾

秋堂夜月弯环碧，主人无聊召羁客①。幽斝浅酌不能豪，无复年时醉颜色。主人有恨恨重重，不是诸宾噱不工。羁客由来艺英绝，当筵跃出气如虹②。我疑慕生来拨箭，又疑王郎舞双剑。皆昔年酒徒事。曲终却是琵琶声，一代宫商创生面。我有心灵动鬼神，却无福见乾隆春；席中亦复无知者，谁是乾隆全盛人？君言请读乾隆诗，卅年逸事吾能知。江南花月娇良夜，海内文章盛大师。弇山罗绮高无价，仓山楼阁明如画，范阁碑书夜上天，江园箫鼓春迎驾。弇山谓毕尚书沅，仓山谓袁大令枚。范阁在浙东，有进书事。江园在扬州，有迎驾事。任吾谈笑狎诸侯，四海黄金四海游，为是升平多暇日，争将余事管春愁。诸侯颇为春愁死，从此寰中不豪矣，词人零落酒人贫，老抱哀弦过吾子。我从琐碎搜文献，弦师笛师数征宴。铁石心肠愧未能，感慨如麻卷中见。今宵感慨又因君，娄体诗成署后尘③。语予倘赠诗，乞用吴娄东体。携向名场无姓氏，江南第一断肠人。

【题解】

《龚自珍诗集编年校注》的作者之一刘逸生认为，《定盦集外未刻诗》《龚自珍全集》把此诗编年为道光十年（1830）是错误的，另一作者周锡馥补充道，此诗必作于嘉庆十九年（1814）之秋。而樊克政《关于俞秋圃其人及龚自珍四首诗作的系年问题——〈龚自珍诗编年订误三题〉补正》（《学术研究》1987 年第 4 期）认为此诗当作于道光二年至五年间。

此诗描绘了俞秋圃弹奏琵琶的情景，表现了盛世豪壮之音，由此抚今

追昔,追述了乾隆盛世时的人文,并感慨现时世道文风的衰落。

【注释】

①羁客:远离故乡的人。这里指俞秋圃。

②跃:一本作"请"。

③娄体:又称梅村体或娄东体,指清初诗人吴伟业(号梅村)写的七古诗。

张诗舲前辈游西山归索赠

其 一

鸾吟凤唳下人寰①,绝顶题名振笔还。樵客忽传仙墨满,禁中才子昨游山。

其 二

去年扈从东巡守,玉佩琼琚大放辞。等是才华不巉削②,愿携康乐诵君诗③。

其 三

畿辅千山互长雄④,太行一臂怒趋东。祝君腰脚长如意,吟遍蜿蜒北干龙⑤。《禹贡》:"太行、恒山,至于碣石,入于海。"则形家所称北干龙也。君去年出山海关,今年游西山,已睹太行首尾。

【题解】

此组诗据樊克政《关于俞秋圃其人及龚自珍四首诗作的系年问题——

〈龚自珍诗编年订误三题〉补正》(《学术研究》1987 年第 4 期)考证,应是作者道光十年(1830)所作,而非《定盦集外未刻诗》《龚自珍全集》所言道光十一年(1831)所作的。径改。

此组诗是作者在与张诗舲游玩西山后,被张诗舲要求赠诗而作的。第一、第二首讽刺了达官贵人的生活风气和作诗习气,第三首运用了比喻、拟人的手法,表达了对友人诚挚的祝福。张诗舲,即张祥河(1785—1862),字元卿,号诗舲,江苏娄县(今上海松江)人。嘉庆二十五年(1820)进士,曾任内阁中书、军机章京、户部主事、顺天府尹、工部尚书。工诗词,善画梅。著有《小重山房集》。

【注释】

①嘂(jiào):同"叫"。高声呼叫。

②巉(chán)削(xuē):形容才华出众。

③康乐:指谢灵运(385—433),南朝宋人,谢玄之孙,袭封康乐公。善诗文,尤精山水诗,兼工书画。

④畿辅:京城周围地区。

⑤北干龙:古代地理家把山脉称为龙脉,横亘中国北部的山脉称北干龙。

【汇评】

郭延礼选注《龚自珍诗选》:诗写西山的山势很有气魄,"太行一臂怒趋东",一个"怒"字把西山写活了。

辛卯　道光十一年(1831)　40岁

本年事迹无考,存诗一首。

题鹭津上人书册

上人不知何代客,手书古德双箴铭①。圭峰慈云各一偈②,台宗贤宗无渭泾。上人定生南宋后,慈云忏师其祖庭。绝似初本破邪序③,不数伪刻遗教经④。永兴逸少具可作⑤,双赴腕底输精灵。别有法乳出智永,骨真髓肖无瞒詷⑥。真脏见犹祖祢定⑦,此原此委吾泻瓶。师乎岂堕文字海?小游戏耳大典型。嗟予学书苦浊恶,百廿种病无参苓。腕僵爪怒习气重,抑左申右欹不宁⑧。子昂墨猪素所鄙⑨,玄宰佻达如蜻蜓⑩。古今幽光那悉数?珠埋沧海玉阒肩⑪。香花旦旦愿供养,诗赞侑之师其德:由于虚和绝点翳,所以高秀干青冥。气庄志定欵肃肃,笔冲墨粹神亭亭。笔未著纸早有字,纸上笔墨翻不停。天女身骑落花下,顾眄中有风与霆。青鸾紫凤虽冶逸,翔啄一一梳其翎。荡扫万古五浊恶,不示迹象留芳馨。美人眉宇定疏朗,才许缥缈而娉婷。愁容虽然亦幽窈,梦雨何似皎月莹?毫端妙藏相丈六,八十种好无定形。横看竖看八万态,朝离暮合碧化青。以诗通禅古多有,以禅通字譬难醒。师如法王法自在⑫,吾誓愿学修吾今。明珠什袭三百颗⑬,颗颗夜射春天星。羽琫山人函著录,十华三秘吉金乐石晖珑玲⑭。

此诗高度赞扬了鹭津上人的书法艺术。以书界的名家来映衬,并以一连串的比喻来形容他的书法创作艺术,诗歌富有浪漫主义色彩。

【注释】

①古德:佛家语。古代有道行的高僧。

②圭峰:唐代僧人宗密(780—841),华严宗五祖,世称圭峰大师。慈云:宋代僧人,又称灵应尊者,天台宗的著名传人。修道于杭州天竺灵隐寺宋真宗赐号慈云。

③破邪序:法帖名,全称《破邪论序》。相传为唐代书法家虞世南撰文并书。

④遗教经:法帖名,全称《佛遗教经》。相传是唐代僧人道常所书,却伪托王羲之名。

⑤永兴:虞世南(558—638),字伯施,越州余姚(今属浙江)人。唐初书法家,曾封永兴县子。逸少:王羲之(321—379),字逸少,东晋会稽人,官至右军将军。

⑥瞒詗(xiòng):欺瞒、挑剔。

⑦祖祢:祖先。祢,入庙供奉的亡父的神主。

⑧抑左申右:收敛左边,伸展右边。

⑨子昂墨猪:赵孟頫(1254—1322),字子昂,号松雪道人,元初书法家。有人因其字体笔画丰肥、臃肿而乏筋骨,讥为墨猪。

⑩玄宰:董其昌(1555—1636),字玄宰,号思白、香光居士松江华亭(今上海市松江区)人。明代书画家。佻达:轻薄放恣。

⑪閟(bì)扃(jiōng):深藏,密闭。

⑫法王:佛教徒对释迦牟尼的尊称。

⑬什袭:重重包裹,珍重收藏。

⑭十华三秘:都是作者收藏的古代珍贵文物。十华,是大圭有三孔、召

199

伯虎敦、孝成庙鼎、秦镜十有一字、元虞伯生隶书书卷、杨太真图临唐绢本、赤蛟大砚、古瓦有丹砂翡翠之色者一、优楼频罗花一瓮、君宜侯王五铢。三秘，是汉赵婕伃玉印、秦天禽四首镜、唐石本晋王大令《洛神赋九行》。吉金：古代以祭祀为吉礼，故称青铜祭器为吉金。或作为钟鼎彝器的统称。乐石：原指可做乐器的石料，后泛指碑碣。

甲午 道光十四年(1834) 43岁

前两年,道光十二年(1832)壬辰,读书看见叫"龚自某"的名字,恶之,乃更名为巩祚,后复名为自珍。学佛名邬波索迦,颜所居曰礼龙树斋,曰奢摩它室。

本年,著《干禄新书序》等文,存诗三首。

题兰汀郎中园居三十五韵。郎中名那兴阿,内务府正白旗人,故尚书苏楞额公之孙。园在西澱圆明园南四里,澱人称曰苏园

山林与钟鼎①,时命视所遇;菀枯良难论②,神明各成痼。我当少年时,盛气何跋扈,妄思兼得之,咄咄托豪素③。蹉跎复蹉跎,造物尚我妒。一官虱人海④,开口见牴牾。羽陵虽草创⑤,江东渺云树。经济本非材,进退岂有据?赢马嘶黄尘,默默入冷署。居然成两负,有若沾泥絮。伟哉造物偏,福命别陶铸。熊鱼许兼两,岂曰匪天助?兼之者谁欤?之子美无度⑥。兰汀司空孙,华年擅朝誉。勋戚迈百年,风烟乔木故。貂裘驰朱轮⑦,而不傲韦布⑧。兄弟直明光⑨,车盖瀼晓露。瑶池侍宴归,宾客杂鸥鹭。有园五百笏,有木三百步,清池足荷芰,怪石出林樾。禁中花月生,天半朱霞曙。黄封天府酒,白鹿上方胙。诗垒挟谈兵,文场发武库。收藏浩云烟,赝鼎不参

预,金题间玉躞,发之羡且怖。读罢心怦怦,愿化此中蠹。羽陵书画籍,对此不足簿。唐有何将军,晋有谢太傅。谢无宾客传,传何者郑杜。我生老著述,岁月输君富,梦景落江湖,束缚那得去?遁五志终决⑩,壮六迹犹仁。一丘纵华予,林林朱颜暮⑪。幽幽空谷驹,莽莽江关赋。长为山泽癯,谅君肯南顾!

【题解】

此诗由写作者自己到写兰汀再回到写自己,条理清晰。作者归隐、出仕,皆不顺意,对比兰汀的富贵如意,不由地不生出许多感慨。

【注释】

①山林、钟鼎:指代隐居与出仕。

②菀(wǎn)枯:荣枯。比喻地位优劣,处境好坏。

③豪素:笔和纸。

④虱人海:置身于人海中。

⑤羽陵:指羽琛山馆。

⑥之子:这上人。这里指兰汀。

⑦貂褕:美丽的貂皮衣。朱轮:指代达官贵人所乘的车。

⑧韦布:皮带布衣,寒素的服装。这里指代贫寒的读书人。

⑨直明光:在内廷值班。明光,汉宫殿名。这里借指清宫。

⑩遁五:指归隐。

⑪林林:衰老的样子。

寓苏园五日,临去,郎中属题水流云在卷子二首

其 一

水作主人云是客,云留五日尚缠绵。不知何处需霖雨,去

慰苍生六月天。时予预考试差,故郎中以膺使祝予。

其 二

云为主人水为客,云心水心同脉脉。水流终古在人间,那得与云翔紫极^①? 君官内务府,予奉职外廷,故云耳。

【题解】

从兰汀郎中《水流云在图》的题咏中,作者借水与云的关系,表现了自己的生活状态。语言生动活泼。

【注释】

①紫极:紫微垣为皇极之地,因称皇宫为紫极。

丙申　道光十六年(1836)　45岁

　　梁章钜中丞任广西巡抚,将出京城,作者与程恩泽侍郎、吴虹生、徐星伯等人合宴饯行,并作序以赠。梁章钜曾请作者赋《虎邱古鼎歌》,作者欲仿翁方纲的学士体为之,但觉得道郁不及,便没有拿出来。

　　陈州知府王元凤因事被充军,向作者托付家小,作者乞假五日,送他至居庸关,逾八达岭而返。作者正修《蒙古图志》,嘱托元凤图画所缺的部落山形,但因盘查严密,此事后来没有办成。

　　作者东游至永平,又北至宣化,作纪游合一卷。立秋日,与友人集京城北积水潭秋禊,登西北高楼纵饮,写词记之。著《说张家口》《说居庸关》《陆彦若所著书序》《代阮中丞两广总督卢敏肃公神道碑铭》等文。

　　本年存诗一首。

同年冯文江官广西土西隆州,以事得谴,北如京师,老矣,将南归鸳鸯湖,索诗赠行

　　冯君才大行孔修[①],少年挟策长安游。金门献赋不见收[②],一官谪去南蛮陬。僮花仡鸟盈炎州[③],爰有土司新改流[④]。土城十雉山之幽,榕树漠漠天风遒。白象在菁蛇在湫,山鬼睇月兰桂愁。土官部族各有酋,中华姓苑愕弗搜。芦笙

铜鼓沸以啾,可骇可喜姑可留。狂吟百篇森百忧,男儿到此非封侯,雄长魑魅狄与猴。岂知造物忌未休,齮之龁之诃且求,书下下考一牒投⑤。君辞瘴疠走挟辀⑥,拂衣逝矣鹰脱韝,北还京华寻故俦,访我别我城南头:此别誓买三版舟⑦,誓还乡里狐枕丘⑧。宦海浩浩君身抽,魂安梦稳非赃赇⑨,走万里路迄小休。闭门风雨百感瘳,樵青明妸宜菱讴,菱田孰及鸳湖秋!

【题解】

此诗叙述了冯文江才大运蹇,任官南蛮,经历奇境,考核下下等,被迫去官,南归隐居之事。诗歌蕴含了作者对友人的同情,对官场的愤懑。

【注释】

①行孔修:品行很好。孔,很。

②金门:汉代宫门名。这里借指朝廷。献赋:西汉司马相如曾向皇帝献赋。这里比喻参加进士考试。

③僮:即壮族。伢:即伢佬族。炎州:指南方之地。

④土司:元、明、清时代在西北、西南少数民族地区设置的、由各族首领充任并世袭的官职。改流:明代开始,在一些少数民族地区废除世袭土司,改由朝廷任命流官(不是世袭的官)治理,称为"改土归流"。清代继续执行这种政策。

⑤下下考:官吏考绩的最下等。

⑥走挟辀:形容走得飞快。辀,车前的横木。

⑦三版:又作"三板""舢板""杉板"。一种小船。

⑧狐枕丘:指隐居乡间,不再出仕。

⑨赃赇:受贿贪污。

丁酉　道光十七年(1837)　46岁

　　早两年，擢升宗人府主事。本年正月，宗人府京察一等引
见，奉旨记名，充玉牒馆纂修官，草创章程，但最后没有完成此
事。三月，改礼部主事祠祭司行走。四月，任主客司主事，仍兼
祠祭司。被选拔为湖北同知，不就，还原官。

　　继续研究大乘佛教，撰《龙藏考证》七卷，又重定《妙法莲华
经》目次，分本、迹二部，删七品，存二十一品，复述天台家言为
《三普销文记》七卷，以及《龙树三椏记》《重辑六妙门》，写定法华
宗魏南岳思大师、隋天台智者大师、唐荆溪湛然大师，涅槃宗唐
永嘉无相大师，华岩宗唐帝心大师、圭峰密大师各书。究心大
乘，纂述甚富，杂文存目又五十余篇。九月二十三日夜，不寐，闻
茶沸之声，披衣起，菊影在屏，忽证法华三昧，有所开悟。与徐星
伯、吴虹生，联骑游西山宝藏寺。著《礼部题名记序》《主客司述
略》《答人问京北可居状》《书苏轼题临皋亭子帖后》等文。

　　本年存诗一首。

题王子梅盗诗图

　　岁丁酉初秋，龚子为逐客。室家何抢攘，朝士亦龃龉[①]。
古书乱千堆，我书高一尺。呼奚抱之走[②]，播迁得小宅。当我
未迁时，投刺喜突兀[③]。刺字秦汉香，入门奇气溢。衣裾莓苔
痕，乃是泰岱色。尊甫宰山左[④]，弱岁记通籍[⑤]。年家礼数

谦⑥，才地笑谈勃。愁眉暂飞扬，窘抱一开豁。琅琊晋高门，
龙优豹乃劣。读我同年诗，奇梦肖奇笔。令叔诗效韩⑦，字字
扪崒嵂⑧。我欲跻登之，气馁言恐窒。君才何槃槃⑨，体制偏
胪列。君状亦觥觥，可唉健牛百。早抱名山心⑩，溧锦自编
辑。愧予汗漫者，老不自收拾。壮岁富如此，他年充栋必。奇
宝照庭户，光怪转纤郁。自言有所恨，客岁遇山贼，劫掠资斧
空，祸乃及子墨。今所补存者，贼手十之七。我独不吊诗，吊
贺意相埒。若辈遍朝市，何必尽肱箧？若辈忌语言，贼嚇君语。
明日恣恐嚇。语言即文字，文字真韬匿？贼语可悟道，又可抵
阅历。我喜攻人短，君当宥狂直。从来才大人，面貌不专一。
菁英贵酝酿，芜蔓宜抉剔。叶剪孤花明，云净宝月出。清词勿
需多，好句亦须割。剥蕉层层空，结穗字字实。愿君细商量，
惜君行将发。我贫无酒钱，不得留君啜。君行当复还，鹿鸣燕
笙瑟。迟君菊花大⑪，再与畅胸臆。室家幸粗定，笔砚苏其
魄。送君言难穷，东望气滲沴⑫。

【题解】

王子梅，即王鸿，江苏吴县（今苏州市）人，官山东聊城县丞，著有《子梅
诗稿》。此诗写作者正搬家之际，王子梅来访，作者贫困得竟连客人都招待
不了。因王子梅的《盗诗图》，作者回忆了与王家的交往，赞扬了王子梅的
才华与艺术成就。并由王家被盗，诗稿亦被人抢走之事，借题发挥，把朝廷
中表面是官实际为盗的人痛批了一顿。同时，作者表达了去芜存精、避空
就实的文学主张。

【注释】

①齮（yǐ）齕（hé）：毁伤；陷害；倾轧。这里指趁机攻击。
②奚：奚奴，僮仆。
③刺：名帖。

④尊甫:对别人父亲的敬称。宰:县令,这里作动词用,做县令。王子梅的父亲王大淮曾任曲阜令。山左:指山东省,因在太行山之左。

⑤记通籍:记姓名于朝廷门籍以便出入,指考中科举,仕宦于朝廷。

⑥年家:科举时代同一年同榜考中的人互称年家。作者和王大淮是同年。

⑦令叔:对人叔父的敬称。王子梅叔父是王大塥。效韩:仿效韩愈。

⑧峍(lǜ)崒(zú):山高峻的样子,形容高超的境界。

⑨槃槃(pán):大的样子。

⑩名山心:著书立说以成名的理想。

⑪大:一本作"天"。

⑫漻(liáo)沋(xuè):同"沇漻",空旷清朗。

戊戌 道光十八年(1838) 47岁

　　正月，上书礼部尚书三千言，论四司政体的兴革。四月，据商周彝器秘文，解释其形义，补《说文解字》一百四十七字。撰成《春秋决事比》六卷、《布衣传》一卷、《平生师友小记》一百六十一则(后两者已失传)。因故罚俸。十一月，林则徐入觐，被派往广东查办鸦片事件，节制水师，作者撰《送钦差大臣侯官林公序》一文赠行，极言战守之策，主张严禁鸦片，维持同外国的正当贸易，并陈决定、答难、归墟诸义。林则徐有答书，表示赞同和深受鼓舞。把十五岁(1806)至四十七岁(1838)的诗合编为二十七卷。为儿子开列从汉至唐的读书书目，包括汉高祖、汉文帝、汉武帝、贾谊、诸葛亮、柳宗元、刘禹锡等人的著作。

　　本年存诗九首。

会稽茶

　　茶以洞庭山之碧萝春为天下第一①，古人未知也。近人始知龙井，亦未知碧萝春也。会稽茶乃在洞庭、龙井间，秀颖似碧萝而色白，与浓绿者不同。先微苦，涤脾，甘甚久，与龙井骤芳甘不同；凡所同者，山水芳馨之气也。其村名曰平水，平水北七里曰花山，土人又辩花山种细于平水，外人益不知。戊戌七月，会稽人来馈此，予细问其天时、地力、人力，大抵花山采以清明，平水采以谷雨。明年当谒天台大师塔，归路访禹陵旧游，再诣稽山。印之诗以代发愿:明年不反棹浙江,有如此茶矣!

茶星夜照越江明②,不使风篁即龙井负重名。来岁天台归棹罢,春波吸尽镜湖平。

【题解】

此诗盛赞会稽(今浙江省绍兴市)的茶叶碧螺春。采用神话、夸张的手法,富有浪漫主义色彩。

【注释】

①碧萝春:茶名。又作碧螺春。

②茶星:管理茶的星辰。喻示佳茶为上天瑞应。越江:指钱塘江及其支流。

题梵册

儒但九流一,魁儒安足为? 西方大圣书①,亦扫亦包之。即以文章论,亦是九流师。释迦谧文佛,渊哉劳我思。

【题解】

此诗题在梵册(佛经)上。拿佛教与儒家作比较,诗歌赞颂了佛经的博大精深,包罗万象。

【注释】

①西方大圣书:指佛经。

以子绝四一节题课儿子为帖括文,儿子括
义云:天地不仁,以万物为刍狗;圣人不仁,
以天地为刍狗。阅之大笑,成两绝句示之

其 一

造物戏我久矣,我今聊复戏之。谁遣春光漏泄,难瞒一介
痴儿。

其 二

造物尽有长技:死生得丧穷通。何物敌他六物?从今莫
问而翁。

【题解】

作者因儿子的八股文习作写下"圣人不仁,以天地为刍狗"的语句而深
有感慨,认为这一句道出了统治者的天机。这两首诗对之加以引申,揭露
和讽刺了统治者的虚伪与罪恶。

【汇评】

王镇远《剑气箫心——细说龚自珍诗》:这两首诗用了六言的句式,有
一种轻快自然的节奏,与全诗调侃戏谑的基调很契合,定盦之子以老子之
语释《论语》,可见他们父子离经叛道的思想倾向,而诗以圣人之行为嬉笑
的对象,正体现了定盦的勇气与幽默。

乞籴保阳

其　一

长安有一士,方壮鬓先老①。读书一万卷,不博侏儒饱。掌故二百年,身先执戟老②。苦不合时宜,身名坐枯槁。今年夺俸钱,造物簸弄巧。相彼蚴蟉梅,风雪压蔽倒。剥啄讨屋租,诟厉杂僮媪。笔砚欲相吊,藏书恐不保。妻子忽献计,宾朋佥谓好。故人有大贤,盍乞救援早!如臧孙乞籴③,素王予上考④。西行三百里,遂抵保阳道。

其　二

大贤为谁欤? 邈邈我托公。壁立四千仞,气象如华嵩。见我名刺笑,不待阍言通。苍生何芸芸,帝命苏其穷⑤。故人亦苍生,此责在吾躬。置酒急酌之,暖此冬心冬⑥。三凤出堂后,峙立皆温恭。冬心暖未已,馈我孤馆中。朝馈四簋溢⑦,夕馈益丰隆。贱士不徒感,默默扪其衷。

其　三

默默何所扪,忆丙子丁丑:家公领江海,四坐尽宾友。东南骚雅士,十或来八九。家公遍觞之,馆亦翘材有⑧。我器量不宏,我情谊不厚,岂无绨袍赠⑨,或忘穆生酒⑩。求釜但与庾,求奇莫与偶。呜呼此一念,浇漓实可丑⑪。上伤造物和,下令福德朽。所以壮岁贫,天意蓄报久。昔也雏凤蹲,今也饿鸭走。既感目前仁,自惭往日疚。我昔待宾客,能如托公否?

其　四

嫠不恤其纬,忧天如杞人。贱士方奇穷,乃复有所陈:冀州古桑土,张堪往事新⑫。我观畿辅间,民贫非土贫,何不课以桑,治织纤组纴⑬。昨日林尚书⑭,衔命下海滨,方当杜海物,黏毵拒其珍⑮。中国如富桑,夷物何足捃?我不谈水利,我非剿迁闻。无稻尚有秋,无桑实负春。妇女不懒惰,畿辅可一淳。我以此报公,谢公谢斯民。

【题解】

　　作者因故被夺俸钱,致使生活穷困,不得已向友人直隶布政使托浑布乞求资助。于是作了这四首诗。第一首着重叙写屡遭迫害的原因,自己学富五车,坚持理想情操,不阿上随俗,以致遭到了夺俸之罚。第二首赞扬了托公的慷慨大方,作者受到他的照顾。第三首回顾了两人的世交,拿自己与托公比照,衬托出托公的慷慨仁爱。第四首表达向托公建言,在直隶大力发展蚕桑之策,认为这不仅可以富民,以济贫困,也可富国,而抵制洋货。作者身处困境之中,仍不忘忧国忧民,实在难能可贵。

【注释】

　　①旧校认为这两句是龚橙所增。

　　②执戟:秦汉时郎官中有中郎、侍郎、郎中,掌管值更、执戟宿卫殿门之职。这里泛指职位低下的小官。

　　③臧孙:即臧孙辰,春秋鲁国大夫。乞籴(dí):请求买谷,这里指请求资助贫困。《左传·庄公二十八年》:"冬,饥,臧孙辰告籴于齐,礼也。"

　　④素王:指孔子。上考:官吏政绩考核的上等。

　　⑤苏其穷:为百姓解除困苦。

⑥冬心冬：极度冰冷的心。

⑦簋（guǐ）：古代盛食物的圆口圆足的器具。

⑧翘材：有特殊才能的人。这里指托浑布。

⑨绨袍赠：春秋时，魏国人范雎在中大夫须贾门下做宾客，随须贾出使齐国。因被怀疑私通齐国，被公子魏相下令赐死。范雎诈死，逃出魏国，改姓名为张禄，任秦国丞相。后来须贾出使秦国，范贾扮成贫困的样子私下去见须贾。须贾送了他一件绨袍。范雎见他还有故人之情，才免他一死。

⑩穆生酒：汉朝穆生和皇族公子刘交曾一起跟浮丘伯学《诗》，后刘交袭封楚王，聘穆生为中大夫。因穆生不喝烈酒，每逢宴会刘交特意为他准备甜酒。后来刘交死后，他儿子继位，起初还设甜酒，后不再设。穆生知道这是嫌弃他了，就辞官而去。

⑪浇漓：风俗浮薄。

⑫张堪：字君游，东汉南阳宛（今河南省南阳市）人。曾任渔阳郡太守，奖励农桑，使民致富。

⑬织纴（rèn）组紃（xùn）：纺织丝制品。

⑭林尚书：指林则徐。

⑮氄（rǒng）毳（cuì）：鸟兽的细绒毛。这里指代毛织物。

退朝偶成

夕月隆宗下①，朝霞景运升②。天高容婞直③，官简易趋承。口觳渐如炙，心轮莫是冰。屠龙吾已矣，羞把老蛟罾④。

【题解】

此诗是夜值清晨退朝时偶有所感写成的。委婉地表达作者因耿直而致使官位无法升迁，官微而无为。虽然嘴巴逐渐变得油滑，但是内心依然正直热忱，忧国忧民。于是抱负不能实现，作者深为羞愧。诗歌写得含蓄委婉,耐人寻味。

【注释】

①隆宗:隆宗门,在清宫乾清门外西面。

②景运:景运门,在清宫乾清门外东面。

③婞(xìng)直:倔强耿直。

④罾(zēng):渔网,这里作动词,即用网捕捉。

己亥 道光十九年(1839) 48岁

作者久在京城,冷署闲曹,才高豪迈,遭受时忌,因父亲年逾七旬,又叔父文恭公适任礼部堂上官,例当引避,于是乞养归。四月廿三日,辞官南归,离开北京,七月九日抵达杭州家中。后往苏州府昆山县,料理羽琌山馆,以安顿家小。九月十五日,北上迎接已离京的妻小,至河北省固安县迎候。十一月二十二日,携妻何吉云、子橙(昌匏)、陶(念匏)、女阿辛等南返,十二月二十六日(1840年1月30日),到达羽琌山馆,后一直定居于此。

撰有《病梅馆记》《己亥六月重过扬州记》等文。

己亥杂诗

【题解】

在南来北往的大半年时间里,作者写下三百一十五首绝句,取名《己亥杂诗》。第二年道光二十年(1840),作者写下《与吴虹生书(十二)》论及这组诗的写作过程和内容,说:"弟去年出都日,忽破诗戒,每作诗一首,以逆旅鸡毛笔书于帐簿纸,投一破籚中,往返九千里,至腊月二十六日抵海西别墅(按,即羽琌山馆),发籚数之,得纸团三百十五枚,盖作诗三百十五首也。中有留别京国之诗,有关津乞食之诗,有忆虹生之诗,有过袁浦纪奇遇之诗。刻无抄胥,然必欲抄一全分寄君读之,则别来十阅月之心迹,乃至一坐卧、一饮食,历历如绘。"吴昌绶《定盦先生年谱》说:"途中杂记行程,兼述旧事,得绝句三百十五首,题曰《己亥杂诗》,平生出处、著述、交游,借以考见。"

《己亥杂诗》是大型组诗,三百一十五首绝句,随感撰就,原无写作计划,积累成篇,内容非常丰富,主要表现了作者的"心迹",既有现时的观感,又有往事的回忆;既包括对个人身世、事业、理想的感慨,又包括对国家安危、民生疾苦、时政得失的关切。思想内容以积极、健康为主,保持了以往的战斗锋芒,但仍有消极思想、行为的表现,如"选色谈空",这其实是政治理想不能实现的一种无可奈何的表示。作者亲自编定刊行这些组诗。大体按照写作时间的先后编次,这种编排虽无深意,但在客观效果上呈现出完整性与深刻性,原因是:它是作者在一生的关键时刻和特定遭遇中写成的。作者"动触时忌",屡遭迫害,终于在本年辞官归乡,这表明他不容于统治阶层并与统治者决绝之情。在旅途中,抚今追昔,思潮起伏,诗如泉涌,汇成巨制,自然而然地反映出作者大半生的影像和思想。组诗写法多样,包括记事、抒情、言志、题赠、酬答等。由于思想内容复杂,其艺术风格也多样,既有雄奇又有哀艳。

一

　　著书何似观心贤①?不奈卮言夜涌泉②。百卷书成南渡岁③,先生续集再编年④。

【题解】

　　此为组诗第一首,实是组诗的序诗。作者开宗明义,以诗言志抒怀,宣泄其不平之气,表现其百折不挠的战斗精神。作者屡次遭受官僚顽固派的打击,变法革新的主张不能实现,被迫辞官归乡,但其抨击时弊、针砭衰世的愤懑之言,仍情不自禁地倾泻在诗中,不吐不快。

【注释】

　　①观心:佛教天台宗提倡的修炼方法之一,指通过自心修炼而达到对宇宙人生的悟解。贤:强,好。

　　②卮(zhī)言:语出《庄子·寓言》"卮言日出",意为支离琐屑之言,或为无心之言。

③百卷书:一本作"全集写"。

④先生:作者自称。一本作"定盦"。

二

我马玄黄盼日曛①,关河不窘故将军②。百年心事归平
淡,删尽蛾眉惜誓文③。

【题解】

黄昏日落,马已疲惫,但人还要赶夜路,幸而没有人来阻拦。这可见作
者出京仓皇匆促的情状。作者虽说心境已归于平淡,不会写《惜誓》一类的
文章,实际上却是愤激之辞。

【注释】

①玄黄:马病的样子。语出《诗・周南・卷耳》"陟彼高冈,我马玄黄",
马病则毛色玄黄。这里指疲劳。

②故将军:指汉代名将李广。《史记・李将军列传》载,李广罢职闲居,
"尝夜从一骑出,从人田间饮。还至霸陵亭,霸陵尉醉,呵止广。广骑曰:
'故李将军。'尉曰:'今将军尚不得夜行,何乃故也!'"硬要李广在亭下过了
一夜。

③惜誓:《楚辞》中的一篇,后人多以为是贾谊所做。王逸注云:"惜者,
哀也;誓者,信也,约也。言哀惜怀王与己信约而复背之也。"

三

罡风力大簸春魂①,虎豹沉沉卧九阍②。终是落花心绪
好,平生默感玉皇恩③。

【题解】

作者感叹自己受到当权强暴腐朽势力的排挤与摧残。"落花",作者常

以之自喻,形容其飘零沦落的身世。

【注释】

①罡风:高天强劲的风。罡,同"刚"。春魂:指落花,兼喻遭摧残而衰落的自身。

②九阍(hūn):深宫重重门关,指代朝廷。

③玉皇:道家尊奉的天帝,俗称玉皇大帝,这里也喻指人间皇帝。

【汇评】

程翔章、丘铸昌编著《中国近代文学》:他认为,嘉(庆)、道(光)衰世主要是因为那些"虎豹"似的大臣把持朝政造成的,天子是很圣明的。

四

此去东山又北山①,镜中强半尚红颜②。白云出处从无例③,独往人间竟独还。予不携眷属傔从④,雇两车,以一车自载,一车载文集百卷出都⑤。

【题解】

作者独自离京南归,料理归隐之事。壮年归隐,不能实现济世之志,"竟独还"三字,寓含了深沉的感慨。

【注释】

①东山:会稽东山,东晋大臣谢安曾携妓隐居于此,后以东山泛指隐居之地。北山:南京紫金山,又称钟山。南齐时,周隅曾隐居钟山,后应诏出山做官。作者离京归隐后,往来于吴越间,或以东山指家乡杭州,以北山指羽琌山馆。

②强半:大半。红颜:青春少年,这里指壮盛之年。时作者48岁。

③白云:隐士多用以自喻。出处:出仕和退隐。无例:没有定则。

④傔(qiàn)从:仆从。

⑤文集百卷:一本无"百卷"两字。

五

浩荡离愁白日斜①,吟鞭东指即天涯②。落红不是无情物③,化作春泥更护花。

【题解】

作者当时从北京东面的广渠门出城,由于自幼居住在京城,又多年在此做官,这一次辞官离京,的确恋恋不舍,满怀愁绪。诗人以落花比喻自己遭受遗弃的身世,但他决不颓唐,因为落花有情,化作春泥,仍贡献自身去维护新生力量。诗中表现了作者的牺牲精神和对政治理想的执着信念,抒发了虽受挫折而不甘消沉的情怀。一说,"化作春泥更护花",说明作者仍对圣明的皇帝感恩戴德,愿意极力回报。

【注释】

①浩荡:广阔无际,形容离愁深广。

②吟鞭:诗人的马鞭。即天涯:便是天涯。指离别京城,就像到了天涯海角。

③落红:落花。诗人自喻。

【汇评】

钱仲联、钱学增选注《清诗三百首》:这首诗虽只寥寥二十八字,却包涵了丰富的内容,表达了此时此刻郁结于心头的复杂的感情。前二句寓情于景,在白日西斜的黄昏景色中,倾注了诗人无限的离愁。这个"离愁",不同于亲朋故友分手时的悲怆,这里蕴含了胸怀大志而难申抱负的苦衷,离开事业而又不甘沉沦的心志,郁结着的是诗人的一片拳拳爱国之心。这样,我们就不难理解诗人着一"浩荡"的用心了。后二句是历来为人传诵的名句,诗人借助于生动的比喻,表达了他虽然辞官归家,仍要悉心培育新的一代,以报效国家的抱负。这样,前说的"离愁"有了着落,使全诗浑然一体,而贯穿始终的,则是诗人的爱国热忱。诗句中所体现的献身精神,无疑是我们宝贵的精神财富。

程翔章、丘铸昌编著《中国近代文学》：即使自己的命运坎坷，有如"落花"，但他对皇上还是感恩戴德的，还是极力维护的。

六

亦曾橐笔侍銮坡①，午夜天风伴玉珂②。欲浣春衣仍护惜，乾清门外露痕多③。

【题解】

作者曾任内阁中书，以文笔为皇上效力，值夜时听见皇宫风吹珠帘发出的声响；去乾清门外军机处领事，早晨入朝，衣服常被露水打湿（比喻得到皇帝的恩泽）。如今弃官南归，要把衣服洗干净，总觉得有点可惜。这种心理表明作者虽官小职微，仍留恋京城生活，眷念皇帝。

【注释】

①橐（tuó）笔：指从事文字工作。橐，袋子、匣子。銮（luán）坡：地名，旧在长安，为翰林院的典故。

②玉珂：这里指宫殿珠帘因风相触发出的声音。

③乾清门：在北京紫禁城保和殿北，清帝常在这里御门听政。门西有军机处。

七

廉锷非关上帝才①，百年淬厉电光开②。先生宦后雄谈减③，悄向龙泉祝一回④。

【题解】

作者二十几岁便写出《明良论》《乙丙之际箸议》等具有卓越政见的文章。他认为，他的言论、文章之所以词锋凌厉，光芒四射，并非天生，而是由于深厚的家学渊源和长期砥砺磨炼的结果。然而，做官以后，锋芒锐减，作者为了避免消磨殆尽,不时地拿出宝剑来祝祷一番。这一细节,表明诗人对官场的厌恶之情和不屈不挠的战斗精神。

【注释】

①廉锷(è):刀剑的锋刃,比喻词锋锐利。上帝才:天帝赋予的才能。

②淬(cuì):锻铸时的淬火。厉:同"砺",磨砺。

③先生:自称。雄谈:高谈阔论,议论国事,讥切时政,也包括著书立说、写诗作文。

④龙泉:古代宝剑名。

八

太行一脉走蝹蜿①,莽莽畿西虎气蹲②。送我摇鞭竟东去③,此山不语看中原。别西山④。

【题解】

此诗歌咏西山壮丽的景色。运用拟人手法,写西山默默地凝望中原,默默地送作者东行,借物抒情,抒发了作者对京师的依依惜别之情。

【注释】

①太行:太行山,纵贯河北、山西两省,北起拒马河谷,南至晋、豫边境黄河沿岸。蝹(yūn)蜿:曲折起伏。

②畿西:京师的西面。虎气蹲:西山的山势像一头蹲着的猛虎。

③摇鞭:挥着马鞭。

④西山:在北京市区西部。

【汇评】

戴熙《习苦斋画絮》:"此山不语看中原",是真能道西山性情矣。

九

翠微山在潭柘侧①,此山有情惨难别。薜荔风号义士魂②,燕支土蚀佳人骨③。别翠微山。

【题解】

翠微山是义士、佳人魂归之地,作者难以与它作别。此诗表达了作者对壮士的怀念和崇敬,对佳人的同情与怜惜。诗歌寓含沧桑之感。

【注释】

①翠微山:在北京市区近郊,又名平坡山。潭柘:山名,在北京市西边,因山上有龙潭、柘树而得名。

②薜荔:蔓生常绿灌木,桑科,又名木莲。义士魂:明代景泰年间,瓦剌族首领也先率军进犯北京,许多民众抗敌而死难,埋骨于翠微山。

③燕支土:指土色红如胭脂。佳人骨:翠微山附近有金山,又名甕(wèng)山,明代后妃、公主死后多葬于此。

十

进退雍容史上难①,忽收古泪出长安②。百年綦辙低徊遍③,忍作空桑三宿看④。先大父宦京师⑤,家大人宦京师⑥,至小子,三世百年矣! 以己亥岁四月二十三日出都。

【题解】

作者被迫辞官,离开京城,此诗揭示了作者踟蹰留恋,多愁善感的内心世界。

【注释】

①进退:出仕和退隐。雍容:态度大方、从容不迫的样子。

②古泪:怀旧的眼泪。长安:西汉、隋、唐的都城,在今陕西省西安市。这里指北京。

③百年:即自注所谓祖孙宦京师"三世百年"。綦(qí)辙:指旧迹。綦,脚印。辙,车轮碾过的痕迹。低徊:徘徊,来回踱步。

④空桑三宿:指多情、爱恋之意。《后汉书·襄楷传》:"浮屠不三宿桑下,不欲久生恩爱,精之至也。"意思说,修佛道的人不肯在一棵桑树下住上三天,以防对它产生感情。

⑤先大父:已故的祖父。作者祖父敬身(匏伯),曾仕宦京师,历任内阁中书、宗人府主事、吏部稽勋司员外郎、礼部精膳司郎中。本生祖褆身(号吟罳),也曾在北京做官,任内阁中书军机处行走。

⑥家大人:作者父亲丽正(号暗斋),先后在京城礼部仪制司、军机处等衙署当官达二十年。

十一

祖父头衔旧颎光①,祠曹我亦试为郎。君恩彀向渔樵说②,篆墓何须百字长③。唐碑额有近百字者。

【题解】

道光十七年(1837),作者任官礼部主事、祠祭司行走。与祖、父同为礼部官员。此诗表达了作者对三代为官的家世的自豪,以及对皇帝的感恩戴德之情。

【注释】

①祖父头衔:作者祖父敬身,曾官礼部精膳司郎中兼祭司事;父亲丽正,曾官礼部主事,两人的姓名头衔都写在礼部题名记中。颎(jiǒng)光:光明。

②渔樵:渔夫、樵夫,泛指平民百姓。

③篆墓:古代,官僚的墓碑用篆字书额,官做得越大,兼职越多,其碑额的字也就越多。

十二

掌故罗胸是国恩,小胥脱腕万言存①。他年金匮如搜采②,来叩空山夜雨门。

【题解】

此诗表现了作者才能出色和对朝廷心存幻想。虽然已辞官离京,作者仍希望将来被朝廷重新起用。

【注释】

①小胥:抄录文书的下级吏员。脱腕:写字过久,手腕受伤。

②金匮:朝廷收藏史料的柜子。

十三

出事公卿溯戊寅①,云烟万态马蹄湮。当年筮仕还嫌晚②,已哭同朝三百人。

【题解】

作者回顾二十二年做官的生涯,不由感慨万端。官场变幻如云烟缥缈,亦如马蹄湮没,此间多少同僚纷纷去世了。

【注释】

①出事公卿:做官。《论语·子罕》:"出则事公卿。"戊寅:嘉庆二十三年(1818)。作者应浙江乡试,中式第四名举人。按照清朝制度规定,举人可以参加进士考试,也可以选择做官的出路。

②筮仕:古人在出仕之前,先进行占卜,以决定吉凶。引申为开始做官。

十四

颓波难挽挽颓心①,壮岁曾为九牧箴②。钟虡苍凉行色晚③,狂言重起廿年喑④。

诗人从嘉庆二十五年(1820)初仕内阁中书,到本年弃官,已有二十年整。国家进入了衰世,诗人无力挽救衰败的社会政治,但对拯救颓废的人心抱有希望。他此时一扫入仕时的压抑沉默,大声疾呼,畅所欲言,针砭时弊,可见其骨子里的战斗、革新的精神。

【注释】

①颓波:逝水,比喻社会政治风气败坏。

②九牧箴(zhēn):九州箴。牧,州郡长官。箴,规诫劝谏的文章,是专门文体。这里指作者三十岁左右写的《壬癸之际胎观》九篇讥切时政的文章。

③钟虡(jù):古代朝廷所用的重要的钟鼓乐器,代表礼乐,是国家最高权力的象征。虡,同"簨"。

④狂言:指自己倡言改革、痛斥时弊的言论。喑(yīn):哑病。

十五

许身何必定夔皋①,简要清通已足豪②。读到嬴刘伤骨事③,误渠毕竟是锥刀④。

【题解】

此诗为咏史之作。诗人认为,做官不必要达到名臣的功业,只要做到简要清通就足够了。秦、汉两朝之所以灭亡,原因就在于滥用严刑峻法。咏史为了讽今,此诗实际上是指斥清王朝的苛政猛于虎,主张行宽简之政。

【注释】

①夔(kuí):帝舜的名臣,任主管音乐教化的乐正。皋:即皋陶(yáo),帝舜的名臣,相传曾制定律令法制。

②简要清通:指处理事务简明扼要,清白通达的态度。《世说新语·赏誉》:"吏部郎阙,文帝问其人于钟会。会曰:'裴楷清通,王戎简要,皆其选

也。'于是用裴。"

③嬴刘:指秦朝和汉朝。嬴是秦朝皇帝的姓,刘是汉朝皇帝的姓。伤骨:损伤入骨。

④锥刀:指严酷的刑罚。

十六

弃妇丁宁嘱小姑①,姑恩莫负百年劬②。米盐种种家常话,泪湿红裙未绝裾③。有弃妇泣于路隅,因书所见。

【题解】

诗人路见弃妇,见她虽遭丈夫遗弃却不忘以家常事嘱咐小姑子。诗歌显然运用比喻手法,以弃妇自比,表明诗人虽身离朝廷,却心存魏阙。

【注释】

①丁宁:同"叮咛",再三嘱咐。

②百年劬(qú):一生辛苦劳累。劬,劳苦。

③绝裾:拉断衣襟,表示决绝。《晋书·温峤传》:"其母崔氏固止之,温绝裾而去。"

十七

金门缥缈廿年身①,悔向云中露一鳞。终古汉家狂执戟②,谁疑臣朔是星辰?

【题解】

作者回顾二十年的仕途经历,对自己主张变革政治似乎颇有悔意。此诗借汉代东方朔的佯狂玩世,让人看不出真面目来衬托自己,自己却被人看出真面目从而遭受到排挤。诗歌表面上表达悔意,实际上显示出作者的狂狷与自负。

另一解:此诗的主旨是作者慨叹在朝中做了二十年官,却没有得到皇上的赏识和重用。就是再继续做下去,一直做到死,恐怕也是枉然。好比汉代的东方朔,在汉武帝身边十八年,可直到死后,武帝才晓得他是岁星下凡!如果一直活着做他的执戟郎,又有谁知道他本是天上的星宿呢?

【注释】

①金门:汉代宫门名,又叫金马门。这里借指朝廷。

②终古:往昔,自古以来。狂执戟:汉武帝时,东方朔曾做执戟郎。

十八

词家从不觅知音,累汝千回带泪吟。惹得尔翁怀抱恶①,小桥独立惨归心②。吾女阿辛,书冯延巳词三阕,日日诵之。自言能识此词之旨,我竟不知也。

【题解】

作者通过女儿带泪吟诵冯延巳词,联想到自己作为诗人,却知音难觅,不免伤心。独立飘零于旅途之中,心情惨怛。

【注释】

①尔翁:你爸。怀抱恶:心中产生难过的情绪。

②归心:回家之心,指人在旅途。

十九

卿筹烂熟我筹之①,我有忠言质幻师②。观理自难观势易,弹丸累到十枚时。道旁见鬻戏术者③,因赠。

【题解】

这是写给魔术师的诗。通过魔术师"弹丸累到十枚时",说明"危如累卵",正是当前社会政治形势的写照。作者的忧患之情,时时得到表现。

228

《宋诗纪事》卷九十引《湖广总志》："刘元英,号海蟾子,以明经擢第,仕燕主刘守光为相。一旦,忽有道人来谒,自称正阳子,索鸡卵十枚,金钱十枚,以一文置几上,累十卵于钱,若浮图之状。海蟾惊叹曰:'危哉!'道人曰:'人居荣乐之场,履忧患之地,其危有甚于此者。'复尽以其钱擘为二,掷之而去。海蟾由此大悟,遂易服从道。"

【注释】

①筹:考虑。

②幻师:古代对魔术艺人的称呼。

③鬻(yù):卖。

<h2 style="text-align:center">二十</h2>

消息闲凭曲艺看①,考工文字太丛残②。五都黍尺无人校③,抢攘廛间一饱难④。过市肆有感。

【题解】

此诗是作者途经集市有感之作。社会发展的趋势是消还是长,单凭一些小事也可以看出来。街市上的升斗尺秤,短长大小都不一样,官府却不加以校正;老百姓在市场上乱哄哄的,连吃一顿饱饭都困难了。这就是衰世的表征。

【注释】

①消息:一消一长。

②考工:指《考工记》,先秦时代专谈百工技艺的书。丛残:琐碎残缺。

③黍尺:古代用黍百粒纵排连接起来作为一尺的长度标准。

④抢攘(chēng rǎng):乱哄哄的样子。廛(chán)间:商店集中的地方。

<h2 style="text-align:center">二十一</h2>

满拟新桑遍冀州①,重来不见绿云稠②。书生挟策成何

济？付与维南织女愁③。曩陈北直种桑之策于畿辅大吏④。

【题解】

道光十八年末(1839 年初)，作者向直隶布政使托浑布提出在河北普遍种植桑树的建议，为了抵制毛呢羽缎等洋货的输入，防止白银的外流，但是，并未被采纳。此诗慨叹书生不能有所作为，济世之志难以实现。

【注释】

①冀州:西汉时曾将今河北省中南部划为冀州刺史部,这里指清代的直隶省。

②绿云:指桑树绿叶成荫,遍布如云。

③维南:泛指南方。

④曩(nǎng):从前。北直:北方直隶省。畿辅大吏:指直隶布政使托浑布。参见《乞籴保阳》其四。

二十二

车中三观夕惕若①,七藏灵文电熠若②。忏摩重起耳提若③,三普贯珠累累若④。予持陀罗尼已满四十九万卷⑤,乃新定课程,日颂普贤、普门、普眼之文。

【题解】

道光十一年(1831),诗人发愿持诵《拔一切业障根本得生净土陀罗尼经》(即《往生咒》,全咒计五十九字)四十九万卷,终于在本年(1839)完成。南归途中,他仍然持咒,重新制定了功课,念诵"三普"佛经。

【注释】

①三观:佛家语。以天台宗的"三观"(空观、假观、中观)概念为流行。若:语尾助词。

②七藏灵文:僧俗持诵经咒,或以五千四十八卷为一藏,或以七千二百

余卷为一藏。灵文,指佛经。电熠:像电光那样闪耀。

③忏摩:即忏悔。佛家认为念经是表示忏悔的一种行动。

④三普:三种佛经名称。即《普贤菩萨劝发品》《观世音菩萨普门品》《圆觉普眼品》,简称为普贤、普门、普眼。

⑤陀罗尼:佛家语。又译为真言,或密言、密语、秘密咒。修佛的人要天天诵念这些真言,称为"持明"。

【汇评】

魏源《定盦诗评》:诗不入格。

二十三

荒村有客抱虫鱼①,万一谈经引到渠。终胜秋磷亡姓氏②,沙涡门外五尚书③。逆旅夜闻读书声,戏赠。沙涡门即广渠门,门外五里许有地名"五尚书坟"。"五尚书"不知皆何许人也。

【题解】

逆旅中,作者夜闻读书之声,有感而发。在荒凉的村落,有人考订古籍,虽然考证的作用极其有限,但是如果有人研究古籍时,或许会引用他的见解。这个书生毕竟胜过那些连姓名都没有留下的人。沙涡门外的"五尚书坟",如今不就谁也不知道"五尚书"姓甚名谁了嘛。

【注释】

①虫鱼:指《尔雅》之类的解释词语及鸟兽草木虫鱼的工具书。有人贬抑专门的琐屑考证,称之为"虫鱼之学"。

②秋磷:磷火,指死去的人。亡:同"无"。

③沙涡门:北京外城东面近南的一座城门。

二十四

谁肯栽培木一章①? 黄泥亭子白茅堂。新蒲新柳三年大^②，便与儿孙作屋梁。道旁风景如此。

【题解】

这是一首触景生情、咏物寓意的诗。泥亭茅堂，蒲柳屋梁，无需栋梁之材。作者借此讽刺统治者选材任人极其草率、滥恶，感叹无人为了国家而重视培养真才。

【注释】

①木：树。章：粗大木材。

②蒲：蒲柳，又名水杨，容易生长，但木质松脆。

二十五

椎埋三辅饱于鹰^①，薛下人家六万增。半与城门充校尉^②，谁将斜谷械阳陵^③？

【题解】

此诗批判清朝都城卫戍部队的腐败无能。都城附近的流氓之徒，犹如饱鹰，数量越来越多，好像孟尝君在薛下安置的六万人家。他们有半数是都城卫戍部队的下级军官，谁也不肯拿斜谷的木材制成刑具去囚禁像阳陵大侠朱安世那样的人物。

【注释】

①椎（chuí）埋：盗墓的人，这里指流氓、雇佣军人之类。三辅：汉代在都城长安设立京兆尹、左冯翊、右扶风三长官，称为三辅。饱于鹰：《后汉书·吕布传》："（陈）登见曹公，言养将军（按，吕布）譬如养虎，当饱其肉，不饱则将噬人。公曰：'不如卿言。譬如养鹰，饿即为用，饱则扬去。'"

②校（jiào）尉：清代武官最低一级官阶是校尉，为武官八、九两品。这里指守卫京城城门的下级军官。

③斜谷：秦岭谷口之一，在陕西省郿县（今作眉县）西南。这里借指木

制刑具。械:原义是桎梏,这里作动词用。阳陵:汉景帝陵墓。这里是"阳陵大侠"省文,指朱安世。

二十六

逝矣斑骓罥落花^①,前村茅店即吾家。小桥报有人痴立,泪泼春帘一饼茶^②。出都日,距国门已七里^③,吴虹生同年立桥上候予过^④,设茶,洒泪而别。

【题解】

此诗抒发了作者与友人深厚真挚的友情。作者弃官离京,初踏归程,落魄凄凉。好友吴虹生早已立在离京城七里的桥头等候,设茶相待。两人最后洒泪而别。

【注释】

①斑骓(zhuī):毛色黑白相杂的马。罥(juàn):挂碍、牵惹。

②春帘:茶店或酒店挂的帘子。这里代指茶店。一饼茶:一碗茶。明代以前,茶叶通常被压成饼状,碾成细末冲饮。

③国门:京城的城门。

④吴虹生:吴葆晋,字佶人,号虹生(一作红生),河南光州人。官户部主事,江宁知府,盐巡道,江苏淮海道等。与作者为至交。同年:同科中榜的人。

二十七

秀出天南笔一枝,为官风骨称其诗。野棠花落城隅晚,各记春骝恋絷时^①。别石屏朱丹木同年膦^②。丹木以引见入都,为予治装^③,与予先后出都。

【题解】

此诗赞扬好友朱丹木为官、作诗的才干,两人亲密交往的往事,历历在目。

【注释】

①骝(liú):黑鬃黑尾巴的红马。絷(zhí):拴住马脚,或绊马的绳子。"恋絷"表示马儿系着。

②朱丹木:朱𬸚,字丹木,云南省石屏县人,道光九年(1829)进士,曾任安徽阜阳知县、贵州义兴府知府、陕西布政使等职。

③治装:准备行装。这里指帮助筹措旅费。

二十八

不是逢人苦誉君,亦狂亦侠亦温文。照人胆似秦时月,送我情如岭上云①。别黄蓉石比部玉阶②。蓉石,番禺人。

【题解】

此诗写好友黄蓉石耿介豪放、慷慨尚义又温文尔雅、真挚情深的品格。比喻形象贴切。

【注释】

①岭上云:比喻深厚缠绵。

②黄蓉石:黄玉阶,字寄升,一字蓉石,广东番禺捕属人,道光十六年(1836)进士,官刑部主事。比部:官名。唐代有比部郎中,隶属刑部,元以后废。明、清以比部为刑部司官的通称。

二十九

觥觥益阳风骨奇①,壮年自定千首诗。勇于自信故英绝②,胜彼优孟俯仰为③。别汤海秋户部鹏④。

此诗写好友汤鹏,赞扬他为人刚直自信,有风骨,作诗自成一格,英特杰出,不随人俯仰。语言多带双关,既写其人,又评其诗,构思巧妙。

【注释】

①觥觥(gōng):刚直的样子。益阳:指汤鹏。汤鹏是湖南益阳人。

②英绝:特别杰出,俊美超群。

③优孟:春秋时楚国歌舞艺人,常谈笑讽谕,又善模仿。后世称一味模仿的人叫"优孟衣冠"或"优孟"。

④汤海秋:汤鹏,字海秋,湖南益阳人。道光三年(1823)进士,授礼部主事,充军机章京,升山东道监察御史,因上章言事被斥,改官部曹。

三十

事事相同古所难,如鹣如鲽在长安①。自今两戒河山外②,各逮而孙盟不寒③。光州吴虹生葆晋④,与予戊寅同年,己丑同年,同出清苑王公门⑤,殿上试同不及格,同官内阁,同改外⑥,同日还原官。

【题解】

此诗写作者与吴虹生有共同的人生经历,结下了深厚的友谊。

【注释】

①鹣鲽(jiān dié):传说中的比翼鸟和比目鱼。比喻交往密切的朋友或相亲相爱的男女。

②两戒河山:《新唐书·天文志》载,唐代天文学家一行和尚认为,中国的山河有所谓"两戒"现象:一是北戒,约在今青海、陕北、山西、河北、辽宁一线;一是南戒,约在今四川、陕南、河南、湖北、湖南、江西、福建一线;北戒、南戒对中原有一种天然的屏障作用。

③而孙:指各自的孙辈。而,你的。盟:原指誓约,这里指友好关系。

④吴虹生:见第二十六首注。

⑤同出清苑王公门：作者于道光九年（1829）参加北京会试，中式三甲第九十五名进士，房考官是王植。吴虹生也在同一年中进士，房考官也是王植。王植，字叔培，号晓林（又作晓龄）、秉烛老人，直隶清苑人，嘉庆二十二年（1817）进士，道光九年（1829）充会试同考官，官至江西巡抚。

⑥改外：作者和吴虹生朝考后都应授知县官职，这里称为"改外"，因为两人原来都是任内阁中书。

三十一

本朝闽学自有派，文字醰醰多古情①。新识晋江陈户部，谈经颇似李文贞②。别陈颂南户部庆镛③。

【题解】

此诗属于记录生平交游一类。清朝儒家理学在福建形成"闽学派"，以李光地家族为代表，晋江人陈颂南是其中的名家。诗歌将两人联系起来，勾勒出闽学的派别及其特点。

【注释】

①醰（tán）醰：醇厚。

②李文贞：李光地（1642—1718），字晋卿，号厚庵，别号榕村，谥号文贞，福建安溪（今安溪县）人，清朝理学名臣。康熙九年（1670）进士，历任翰林编修、兵部右侍郎、吏部尚书、文渊阁大学士等职。

③陈颂南：陈庆镛，字笙叔，号乾翔，又号颂南，福建晋江人，理学家。道光十三年（1833）进士，官户部主事，历江西道及陕西道监察御史等。作者有《问经堂记》记其人，可参阅。

三十二

何郎才调本孪生，不据文家为弟兄①。嗜好毕同星命异②，大郎尤贵二郎清。别道州何子贞绍基③，子毅绍业兄弟④。近世李生皆据质家为兄弟⑤。

【题解】

此诗论述孪生兄弟何绍基与何绍业相同的身世爱好,却有不同的命运结局,从而揭示出古代社会星相学的荒谬。

【注释】

①文家:指儒家制定的礼法。儒家认为双生子应该后出世的是兄,先出世的为弟。即所谓"据文家为弟兄"。

②星命:古代社会的星相学认为,人的生辰可以占卜确定一生命运,称为"星命"。

③何子贞:何绍基,字子贞,号猿叟,湖南道州(今湖南省道县)人。道光十六年(1836)进士,官翰林院编修,历任国史馆提调、四川学政等职。后主持扬州书局,校定《十三经注疏》。

④子毅:何绍业,字子毅,号研芸,绍基之弟。以荫生官兵部员外郎。精于绘画,善算学。

⑤质家:指民间习惯。民间一般认为,孪生兄弟以先生者为兄,后生者为弟。

三十三

少慕颜曾管乐非①,胸中海岳梦中飞。近来不信长安隘,城曲深藏此布衣②。别会稽少白山人潘谘③。

【题解】

此诗称赞友人潘谘。潘谘虽是布衣,但志趣高洁,仰慕颜回、曾参,贬斥管仲、乐毅,平生爱游山玩水,在北京的小巷里隐居,使小巷蓬荜生辉。作者写人不拘泥,诗歌显得空灵飘逸。

【注释】

①颜曾管乐:指颜回、曾参、管仲、乐毅。

②布衣：没有功名的平民知识分子。

③潘谘：初名梓，字诲叔，一字少白，浙江会稽（今绍兴市）人。清道元时布衣，隐居北京。

三十四

龙猛当年入海初①，娑婆曾否有仓佉②？只今旷劫重生后③，尚识人间七体书。别镇国公容斋居士④。居士睿亲王子，名裕恩。好读内典⑤，遍识额纳特珂克⑥、西藏、西洋、蒙古、回部及满、汉字，又校定全《藏》⑦。凡经有新旧数译者，皆访得之，或校归一是，或两存之，或三存之。自释典入震旦以来未曾有也⑧。

【题解】

此诗赞叹镇国公容斋居士的博学多识，特别是竟然能认识七种语言文字。龚自珍是一名佛教信徒，曾向镇国公容斋居士借阅过佛藏。

【注释】

①龙猛：又名龙树、龙胜，佛教重要传布人之一，是三论宗、真言宗初祖。生于南天竺。传说其母于树下生他，他曾入海中龙宫取出《华严经》下本十万偈，流布人间。

②娑婆：即娑婆世界。佛经中三千大千世界的总称。仓佉：仓颉和佉卢，都是传说中创造文字的人。

③旷劫：经历长久年代。佛家以劫表示时间数量。

④容斋居士：裕恩，满洲正蓝旗人，封为镇国将军，历官内阁学士、礼部侍郎、热河都统等。

⑤内典：即佛经。

⑥额纳特珂克：印度古国名，在中印度。又系城市名，即今印度北方邦之阿拉哈巴德。

⑦全《藏》：佛教经典的全集，称为《大藏经》。

⑧震旦：梵语对中国的称呼。

三十五

丱角春明入塾年①,丈人摩我道崭然②。恍从魏晋纷纭后,为溯黄农浩渺前。别大兴周丈之彦③。

【题解】

此诗是作者回忆往事有感之作。与周之彦的道别,使作者回想起小时在京城读书的情景。初到北京到这次南归,已经三十八年过去。在这三十八年间,清王朝由统治相对安定走向社会大变乱,作者也从蒙昧状态进入到变革斗争中,面对种种变迁,作者不由感慨:世道好像从三国、两晋那样战乱纷争的时代,回溯到了黄帝、神农那样的蒙昧世纪。诗歌散发着强烈的沧桑、苍凉之感。

【注释】

①丱(guàn)角:儿童束发成两角的样子。指童年或少年时期。春明:指京城。唐代京城长安东面三门,中间一门叫春明门,后人以"春明"借代京城。

②崭然:高峻突出的样子。

③周丈之彦:即周之彦,顺天府大兴县(今北京)人。丈,长辈。

三十六

多君娴雅数论心①,文字缘同骨肉深。别有樽前挥涕语,英雄迟暮感黄金。别王秋畹大令继兰②。秋畹,济宁人。

【题解】

此诗写作者与友人的深厚感情,文字交往同于骨肉深情。同时,作者为朋友的英雄迟暮感到悲伤。

三十七

三十华年四牡骓①,每谈宦辙壮怀飞②。尊前第一倾心听,兕甲楼船海外归③。别直隶布政使同年托公④。公名托浑布,蒙古人。

【题解】

作者回忆与直隶布政使托浑布的交往。托公年轻有为,有海外经历,见识高远,令作者钦佩、向往。

【注释】

①四牡骓(fēi):这里指托公赴台湾之事。骓:古代驾在车辕两旁的马。

②宦辙:指仕宦的经历。辙,车迹。

③兕(sì)甲:兕皮做的甲。

④托公:托浑布,字子元,又字安敦,蒙古正蓝旗人。嘉庆二十四年(1819)进士。作者与托浑布于嘉庆二十三年(1818)同中举人,故互称同年。

三十八

五十一人皆好我,八公送别益情亲。他年卧听除书罢①,冉冉修名独怆神②。别南丰刘君良驹、南海桂君文燿、河南丁君彦俦、云南戴君絅孙、长白奎君绥、闽黄君骧云、江君鸿升、枣强布君际桐③。时己丑同年留京五十一人,匆匆难遍别,八君即握手一为别者也。吴虹生已见前。

与包括八位好友在内的五十一位同年分别,作者心潮起伏,浮想联翩。此诗表达了作者的离愁别绪和弃官之后的落寞伤神情绪。

【注释】

①卧:古人称隐居为高卧。除书:拜官授职的文书。

②冉冉修名:出自屈原《离骚》:“老冉冉其将至兮,恐修名之不立。”修名,美好的名声。

③刘良驹:字星舫(一作星房),号叔千,江西南丰人。作者的儿女亲家(阿辛的家翁)。任翰林院庶吉士、户部主事、两淮盐运使等职。桂文耀:字子淳,一字星垣,广东南海人。历官翰林院编修、国史馆纂修、总纂、湖广道监察御史、淮海兵备道。丁彦俦:字范亭,号乐垞(一作角垞),河南永城人。由翰林院庶吉士改官户部主事,官至员外郎。戴绸孙:字龚孟,号云帆(一作筠帆),云南昆明人。由工部主事迁监察御史,因署吏、户、兵、刑、工科给事中。奎绶:满洲正蓝旗人,字印甫。黄骧云:字伯雨,一字雨生,台湾中港头份庄人,原籍广东嘉应州(今梅州市)。官都水司主事、营缮司员外郎。江鸿升:字翌云,福建闽县人(今属福州市)。官工部主事、军机处行走。布际桐:字香南(一作香林),一字唐封,直隶枣强县人。官翰林院编修、国史馆纂修,擢御史,历官山西平阳府知府、河南按察使、甘肃庆阳府知府。以上八人都是作者的同年,道光九年(1829)进士。

三十九

朝借一经覆以箩①,暮还一经龛已灯。龙华相见再相谢②,借经功德龙泉僧③。别龙泉寺僧唯一④。唯一,施南人。

【题解】

此诗叙写作者向龙泉寺的唯一和尚早借晚还经书之事,表达两人真挚的友谊,抒发了作者对僧人的敬重和感激之情。

【注释】

①簦(dēng):古代有柄的笠,类似现在的伞。

②龙华:佛经说,弥勒菩萨在龙华树下成佛。这里借指为西方净土。

③功德:积福为善。

④龙泉寺:寺名,在今北京西山凤凰岭山脚,始建于辽代应历初年。

四十

北方学者君第一,江左所闻君毕闻①。土厚水深词气重,烦君他日定吾文。别许印林孝廉瀚②。印林,日照人。

【题解】

此诗称赞友人许瀚博学多才,文学才能卓越,从中可见作者谦虚的品德。

【注释】

①江左:长江下游地区。魏禧《日录杂说》:"江东称江左,江西称江右。盖自江北视之,江东在左,江西在右耳。"

②许印林:许瀚,字印林,室名攀古小庐,山东日照人。道光十五年(1835)举人,宝坻知县。

四十一

子云识字似相如①,记得前年隔巷居。忙杀奚僮传拓本②,一行翠墨一封书。别吴子苾太守式芬③。子苾,海丰人。

【题解】

作者前年定居于北京宣武城南坊双虞壶斋,与吴子苾隔巷毗邻而居,相互传赏收藏的金石碑版拓片。此诗即是回忆此事,表达了纯洁亲密的友谊。龚自珍有十八封信写给吴子苾,多记述金石碑版之事。

①子云:汉代学者扬雄,字子云。相如:汉代文学家司马相如。两人都认识古代文字。

②奚僮:未成年的男仆。拓本:用椎拓方法把金石、碑碣、印章上的文字模印下来,制成本子,称为拓本。

③吴子苾(bì):吴式芬,字子苾,号诵孙,山东海丰人。道光十五年(1835)进士,内阁学士。好收集金石文字。

四十二

夹袋搜罗海内空①,人材毕竟恃宗工②。笥河寂寂覃溪死,此席今时定属公。别徐星伯前辈松④。星伯,大兴人。

【题解】

此诗推崇徐星伯善于赏识、荐拔人才。

【注释】

①夹袋:指古代随身携带、用来盛放零碎杂物的袋子。这里比喻收揽人才以备选用。

②恃:依赖,依靠。宗工:宗匠,宗师,指学术上有成就,为众所推崇的人。

③笥(sì)河:朱筠,字竹君,一字美叔,号笥河,顺天大兴(今北京市)人。乾隆十九年(1754)进士,历官侍读学士、提督安徽学政。覃溪:翁方纲,字正三,一字忠叙,号覃溪,晚号苏斋,顺天大兴(今北京市)人。乾隆十七年(1752)进士,历任国子监司业、提督广东学政、内阁学士等。两人都喜提拔人才,奖掖后进。

④徐星伯:徐松,字星伯,顺天大兴(今北京市)人。嘉庆十年(1805)进士,官任湖南学政、潼商兵备道、内阁学士、榆林知府。

四十三

联步朝天笑语馨①，佩声耳畔尚泠泠②。遥知下界觇乾象③，此夕银潢少客星④。别共事诸宗室⑤。

【题解】

此诗写作者与满族宗室同僚们相处融洽，一起欢声笑语，但作者不得不辞官归乡，与他们离别。惋惜之情，溢于诗间。

【注释】

①馨：形容笑语融洽。

②佩声：古代官僚贵族身上悬着玉佩装饰，行动时相触发出响声。

③下界：古人把上天称为上界，人间称为下界。引申把皇室皇族称为上界，老百姓称为下界。反映了古代官僚自命不凡的阶级偏见。觇（chān）：观察。乾象：天象。

④银潢（huáng）：同"天潢"。中国古代星图中在五车星座内有天潢五星。客星：古人把突然出现的星体称为客星。作者把自己比作客星，是对满洲皇族来说。他对满族统治者常自称为"客"或"宾"。

⑤诸宗室：诸宗室：满族中的皇族成员，可能是作者在宗人府（管理皇族事务的衙门）任事时的同僚。

四十四

霜毫掷罢倚天寒①，任作淋漓淡墨看②。何敢自矜医国手③，药方只贩古时丹。己丑殿试，大指祖王荆公《上仁宗皇帝书》④。

【题解】

道光九年(1829)，作者第六次会试，中式后参加殿试。此诗回忆参加殿试作《对策》的情景，叙及《对策》的内容和风格。作者撰写《对策》，大致仿效王安石《上仁宗皇帝言事书》的革新精神,较全面地提出了变革的主张。《对策》中说:"药虽呈于医手,方多传于古人。若已经效于世间,不必皆从于己出。"

【注释】

①霜毫:势挟风霜的毛笔。

②淡墨:指科举文章。清李调元撰《淡墨录》,记清初至乾隆间科举轶事及有关官员言行,"淡墨"成了科举的代名词。

③医国:引申为补弊救偏,治理国家。

④大指:大旨。指,同"旨"。祖:本,仿效。王荆公:王安石,字介甫,江西临川(今抚州市临川区)人。北宋政治家、文学家,主持变法,曾封荆国公,后人称为王荆公。

四十五

眼前二万里风雷①,飞出胸中不费才。枉破期门伙飞胆②,至今骇道遇仙回。记己丑四月二十八日事③。

【题解】

此诗作者回忆道光九年(1829)四月二十八日参加朝考之事。钦命朝考的题目是《安边绥远疏》。作者早就关心西北边疆局势,平时已有调查研究,曾撰写《西域置行省议》等文章,于是毫不费力地挥洒上千言,陈南路北路利弊,最早交了卷出场,令人惊叹,以为谪仙。读卷大臣故刑部尚书戴敦元欲置第一,但某些阅卷大臣刁难,致使作者未列优等,不能入选翰林院。此诗奚落了那些压制他的庸官,从中可见作者的自负。

【注释】

①二万里:指当时新疆南北两路。作者在其朝考文章《安边绥远疏》中说:"国朝边情、边势与前史异,拓地二万里而不得以为凿空。"风雷:比喻激荡人心的思想和语言。

②期门:汉武帝建元中置期门郎,为扈从武官。伙(cì)飞:汉朝掌弋射

的官名。这里以期门、伙飞泛指在紫禁城保和殿护卫朝考的护军卫士。

③己丑四月二十八日事：指道光九年（1829）四月二十八日作者参加朝考的事。张祖廉《定盦先生年谱外纪》载："己丑朝考，先生于《安边绥远疏》中，陈南路、北路利弊，及所以安之之策，娓娓千言。读卷大臣故刑部尚书戴敦元大惊，欲置第一。同官不韪其言，竟摈之。"

四十六

彤墀小立缀鹓鸾①，金碧初阳当画看。一队伙飞争识我，健儿身手此文官。

【题解】

此诗回忆作者在殿试后参加传胪典礼，由大臣引导拜见皇帝。同科新进士们都在金碧辉煌的殿廷上排班站立，意气风发。殿前守卫的武士们，都争着想认识作者这个既有健儿的身手又是一位文官的人。作者年轻时，常和武士们骑马出去，混得很熟。此诗情绪高昂，充满自信。

【注释】

①彤墀（chí）：帝王宫殿前面的阶地，漆成红色，又称丹墀、赤墀、瑶墀。缀：排列。鹓鸾（yuān luán）：比拟同僚，这里指同科新进士。

四十七

终贾华年气不平①，官书许读兴纵横②。荷衣便识西华路③，至竟虫鱼了一生④。嘉庆壬申岁⑤，校书武英殿⑥，是平生为校雠之学之始⑦。

【题解】

作者二十一岁进入官场，有幸阅读国家的大量藏书，十分高兴。但作者的志趣不在校勘古籍上，因职位受限，抱负难展，又有点悲哀。此诗生动地回忆了作者以副榜贡生的身份初入仕途的复杂心情,以终军、贾谊自喻,又恐以微末之职、琐屑之务了此一生。然而,即使是后来中了举人、进士,有了官职,也并不能施展他的政治抱负,直至辞官归隐,最终还是回到校勘古籍的老路上来了此余生。

【注释】

①终:终军,西汉时济南人。十八岁上书汉武帝,授为谒者给事中,后升为谏议大夫。奉使南越,劝南越王归附朝廷,在南越遇害,时仅二十余岁,世称"终童"。贾:贾谊,西汉洛阳人。十八岁知名于郡中,二十多岁被汉文帝召为博士,超迁至太中大夫。上书《治安策》,主张改定礼乐,集中中央集权力,对巩固汉王朝中央集中权制起过重要作用。后遭毁被贬,死时仅三十三岁。终军、贾谊,都知名甚早,又年岁不永,后世并称终贾。

②官书:国家藏书。

③荷衣:指用荷叶制成的衣服。借指隐者或平民之服,与"朝服"相对。语出屈原《离骚》"制芰荷以为衣兮,集芙蓉以为裳"和《九歌·大司令》"荷衣兮蕙带"。西华:即西华门,紫禁城西门。

④虫鱼:即虫鱼之学。见第二十三首注。

⑤嘉庆壬申岁:嘉庆十七年(1812)。本年作者由副榜贡生(乡试举人定额之外副榜录取的生员)考充武英殿校录,时二十一岁。

⑥武英殿:清皇宫殿名,在太和门西侧。皇家校勘编刊经籍史书的地方。

⑦校雠:校勘。根据一书的不同版本比较文字篇章的异同,订正讹误。目录、版本、校勘,是校雠学三个组成部分。

四十八

万事源头必正名,非同综核汉公卿①。时流不沮狂生议②,侧立东华伫佩声③。官内阁日,上书大学士,乞到阁看本。

道光九年(1829),作者任职内阁中书,曾上书大学士,提出了六条建议。其中之一是请大学士按时回内阁看本(批阅公文)。当时内阁大学士常兼御前大臣、军机处大臣等职,不到内阁办公。作者的这一建议,却未被采纳。此诗认为请大学士回内阁看本名正言顺,不同于汉朝公卿所谓的"综核名实"。作者渴望自己的意见被采纳,这表现了他的积极有为的个性。

【注释】

①综核:即综核名实,考查官吏办事能力是否名实相符。

②时流:指当时某些人。沮:阻止。这里是反对的意思。狂生:作者自称。

③东华:北京紫禁城东华门。清代内阁靠近东华门。

四十九

东华飞辩少年时①,伐鼓撞钟海内知。牍尾但书臣向校②,头衔不称衟其词③。在国史馆日,上书总裁,论西北塞外部落源流,山川形势,订《一统志》之疏漏。初五千言,或曰:非所职也。乃上二千言。

【题解】

道光元年(1821),作者在内阁充国史馆校对官,恰逢《大清一统志》(记载全国各省、县、地区山川市镇情况和沿革的官书)重修。作者因早年研究西北边疆地理,与程同文齐名(合称"程龚"),便上书给总裁官,详论西北地区各部落的沿革形势等,订正旧志的疏漏,共十八条。但从职务要求来说,校对官是不配提出这些意见的。

【注释】

①东华:这里指国史馆在内阁后门之北,东华门附近。飞辩:发挥议论。这里指向国史馆总裁上书的事。

②臣向校：汉成帝时光禄大夫刘向奉诏校定经传诸子旧籍，校定后在册牍尾后写上"臣向校"字样。这里指作者是校对者。

③稦（shài）：减少，削减。

五十

千言只作卑之论①，敢以虚怀测上公？若问汉朝诸配享②，少牢乞袝叔孙通③。在礼部，上书堂上官，论四司政体宜沿宜革者三千言。

【题解】

道光十八年（1838），作者任礼部主客司主事，曾上书给礼部堂上官（长官），条陈礼部四司（即仪制司、祠祭司、主客司、精膳司）应该兴起或革废的事项。并指出祭祀条例应当修订，修订礼仪是朝廷的大事，像汉代叔孙通修订礼仪就应该配享大庙。但是礼部堂上官并不重视他的建议，反而认为"无甚高论"，没有采纳实行。此诗表达了作者改革朝政的主张，并对上级长官未能虚怀若谷表示不满。

【注释】

①卑之论：平庸的议论、观点。

②配享：古时祠庙，正殿当中神位称为元祀，两旁廊庑陪从受祭的神位称为配享，也称从祀或袝（fù）祭。祭祀时，向元祀献帛叫正献，向配享献帛叫分献。

③少牢：古时祭祀宗庙，用牛、羊、猪三牲叫太牢，用羊、猪二牲叫少牢。叔孙通：原是秦朝的博士，汉高祖登基后，依据时世人情，为朝廷制定朝仪典制。

五十一

客星烂烂照天潢①，许署头衔著作郎②。翠墨未干仙字

蚀③,云烟半榻掖门旁④。官宗人府⑤,奉旨充玉牒馆纂修官⑥。予草创章程,未竟其事,改官去。

【题解】

道光十七年(1837)正月,作者任玉牒馆修纂官,三月改任礼部主事。于是重修玉牒的工作没有完成。此诗抒发了作者参与修纂玉牒之事的自豪感以及事业未竟的惋惜之情。

【注释】

①客星:作者自称。见《己亥杂诗》第四十三首注。天潢:详见《己亥杂诗》第四十三首"银潢"注。

②著作郎:官名。魏太和年间始设置著作郎,直至明代被废除,专掌国史修纂。作者因自己参加纂修玉牒工作,像古代著作郎似的,故引以自许。

③仙字:比拟玉牒章程。

④掖门:紫禁城左右两旁的门叫掖门,取意于像人的两腋。掖门旁指紫禁城东侧的宗人府。

⑤宗人府:古代掌管皇族名籍的机构。

⑥玉牒馆纂修官:清制,玉牒(皇族的名册)每十年重修一次,临时成立玉牒馆主持其事。有正副总裁、总校官、提调官、纂修官等。

五十二

齿如编贝汉东方①,不学咿嚘况对扬②。屋瓦自惊天自笑③,丹毫圆折露华瀼④。予每侍班引见⑤,奏履历,同官或代予悚息。丁酉春,京察一等引见⑥,蒙记名。

【题解】

道光十七年(1837),作者在宗人府京察一等引见,被记名后,充任玉牒馆纂修官。此诗回忆了被皇帝召见时的情景。作者狂放自信,对皇帝的恩德铭感在心。

【注释】

①东方:指东方朔。《汉书·东方朔传》:"目若悬珠,齿若编贝。"

②呦嗄(yōu):口齿不清,说话含糊。对扬:回答皇帝的询问。

③天自笑:皇帝并不责怪。

④圆折:指笔势流转。露华:露水,借用为雨露恩泽之意。瀼(ráng):露水很浓。

⑤引见:清制,官吏工作被认为有成绩,由皇帝亲自召见。低级官员由吏部带领去见,称为引见。

⑥京察:在京师工作的官员考核成绩,称为京察。照例在子、卯、午、酉年举行。

五十三

半生中外小回翔①,樗丑翻成恋太阳②。挥手唐朝八司马③,头衔老署退锋郎④。选授楚中一司马矣,不就,供职祠曹如故。

【题解】

道光十七年(1837)四月,作者在礼部任主客司主事,选官得湖北同知,不愿赴任,仍留礼部工作,任祠祭司行走。同知是知府的副手,相当于唐代的州司马。湖北在先秦时是楚国割地,所以称为"楚中"。

【注释】

①回翔:指作者的仕宦经历。

②樗(chū):苦木科落叶乔木。恋太阳:形容依恋皇帝,留恋京师。

③唐朝八司马:唐宪宗时,王叔文政治集团的改革计划受到旧势力的打击而失败,其成员柳宗元、刘禹锡、韩泰、韩晔等八人被贬到偏远的州做司马,史称"八司马事件"。

④退锋郎:毛笔写秃了叫退锋。作者自比退锋郎,意谓毕生从事文字工作。

五十四

科以人重科益重，人以科传人可知。本朝七十九科矣^①，搜辑科名意在斯。八岁得旧登科录读之^②，是搜辑二百年科名掌故之始。

【题解】

此诗写作者搜辑清朝科名掌故之事，并交代其意图：知科第变迁、人才更替。

【注释】

①本朝七十九科：清朝科举考试，从顺治至道光十三年癸巳，共开会试科七十九科。如果计至作者写《己亥杂诗》前一年（道光十八年），共开科八十二科。这里是作者误记还是搜辑科名掌故限于七十九科，待考。

②登科录：科举时代，凡乡试、会试放榜后，照例有题名录，又称登科录。包括该届监临、提调、监试、主考、同考各官的籍贯、姓名、三场考题以及中式士子姓名、等第等内容，缮写成册。

五十五

手校斜方百叶图^①，官书似此古今无。只今绝学真成绝^②，册府苍凉六幕孤^③。程大理同文修《会典》^④，其理藩院一门及青海、西藏各图，属予校理。是为天地东西南北之学之始^⑤。大理殁，予撰《蒙古图志》，竟不成。

【题解】

由于友人程大理逝世，作者想撰《蒙古图治》而未成，于是发出"绝学真成绝"的感慨。此诗还表达了作者对程大理所做贡献的赞赏和怀念。

【注释】

①斜方百叶图：绘有地球经纬线的地图册。叶，同"页"。

②绝学:造诣专深的学问。又指中断了的学问。

③册府:又作策府,皇室藏书之地。六幕:上下加东西南北,意指天地之间。

④程大理:程同文,字春庐,号密斋,浙江桐乡人。嘉庆四年(1799)进士,由兵部主事充军机章京,历官大理寺少卿、奉天府丞。《会典》:记载一朝政治制度、典故事例的官书。这里指《大清会典》。

⑤天地东西南北之学:指地图绘制学。

五十六

孔壁微茫坠绪穷①,笙歌绛帐启宗风②。至今守定东京本③,两庑如何阙马融④? 戊子岁⑤,成《尚书序大义》一卷,《太誓答问》一卷,《尚书马氏家法》一卷。

【题解】

戊子年(1828),作者撰成《尚书序大义》(一卷)、《尚书马氏家法》(一卷)等著作。此诗有感于历代《尚书》本的发展变迁,尤其感慨,曾为《尚书》的传播做出巨大贡献的东汉经学家马融,竟不能在孔庙里得到配享。马融曾在唐代、宋代列入孔庙袝祀,但从嘉靖九年(1530)起以党附世家而被罢祀。

【注释】

①坠绪:微弱将绝的学术。

②笙歌绛帐:指东汉末经师、官员马融在给学生传授古文《尚书》时,挂起绛纱帐,帐前坐学生,帐后安排女子乐队。

③东京本:即东汉杜林传下的古文《尚书》本,马融曾为之作传。

④两庑(wǔ):古代建立的孔子庙,庙中正殿祀孔,左右排列四配、十哲像,在两边廊下排列其他弟子及历代先儒牌位,称为袝祀或配享。庑,堂下四周的廊屋。马融:字季长,东汉扶风茂陵(今陕西省兴平市)人,曾在东观校书,历官武都、南郡太守。传授儒家经典,门徒有几千人。

⑤戊子岁:道光八年(1828)。

五十七

姬周史统太消沉①,况复炎刘古学暗②。崛起有人扶左氏,千秋功罪总刘歆③。癸巳岁④,成《左氏春秋服杜补义》一卷,其刘歆窜益左氏显然有迹者,为《左氏抉疣》一卷。

【题解】

西汉末年,刘歆在校理政府收藏的古籍时,自称发现了古文《左氏春秋传》(简称《左传》),乃先秦左丘明所作。此书后来有东汉服虔和西晋杜预的注解,成了流行本。刘歆重新发掘《左传》,是有功劳的,但他在《左传》中随意窜改和添加内容,又是有罪过的。作者写此诗评价了刘歆在《左传》传播中的功与罪。

【注释】

①史统:史学的传统。统,指世代相传的东西。

②炎刘:汉代的代称。汉王朝统治者相信五行生克的说法,自称"以火德王",故后人称汉代为"炎刘"。

③刘歆:字子骏,汉成帝时校理古籍。与其父刘向都是我国目录学的创始人。

④癸巳岁:道光十三年(1833)。

五十八

张杜西京说外家①,斯文吾述段金沙②。导河积石归东海③,一字源流奠万哗④。年十有二,外王父金坛段先生授以许氏部目⑤,是平生以经说字、以字说经之始。

【题解】

作者十二岁跟从外祖父段玉裁学习《说文解字》。从此，作者受到传统文字训诂学的严格教育，这对他以后的学术发展产生了重要影响。此诗赞扬了段玉裁疏通古代文字、整理《说文解字》的功绩。作者对外祖父的无限怀念、感激之情，洋溢于诗中。

【注释】

①张杜：指张敞和杜邺两个世家。西汉人杜邺是张敞的外孙，拜张敞的儿子张吉为师，跟从学习；杜邺的儿子杜林又向张敞的孙子张竦学习。凡论及跟外祖家的学术渊源，后人总提西汉张、杜两家。这里借张、杜比喻作者与外祖父段玉裁在古文字学方面的授受关系。西京：指长安，西汉都城。后世直以西京称西汉。

②斯文：指文化传统，也指文章，包括诗文。这里指古文字学。段金沙：段玉裁（1735—1815），字若膺，号懋堂，江苏金坛人。乾隆二十五年（1760）举人，官贵州玉屏知县、四川巫山知县。精通古文字学和音韵学。这里以"金沙"代"金坛"。古时称籍贯冠以姓氏，是对人的尊称。

③积石：山名。积石山在西宁卫（今青海省西宁市）西南七十里。古人以为黄河发源于积石山。东海：东边的海。并非指今天的东海海域。

④奠：定。这里是平定、平息的意思。

⑤外王父：旧称已故的外祖父。许氏部目：即东汉许慎的《说文解字》。全文十四卷，叙目一卷，收小篆九千三百五十三个字，古文、籀文一千多字，按字体及偏旁分列五百四十部，逐字加以解释。是研究古代文字的重要著作。由于历代传抄刻写，讹误很多，经段玉裁研究整理，才重新焕发光彩。

五十九

端门受命有云礽①，一脉微言我敬承。宿草敢祧刘礼部②，东南绝学在毗陵③。年二十有八，始从武进刘申受受《公羊春秋》。近岁成《春秋决事比》六卷。刘先生卒十年矣。

作者跟从刘逢禄学习《公羊春秋》,并作《春秋决事比》。公羊经学服务于现实政治,经世致用,这对作者影响很大。作者提倡议论时政,要求变革,不赞成钻进故纸堆沉溺于"虫鱼之学",其思想根源来自刘逢禄的公羊之学。此诗高度赞扬了刘逢禄的学术思想,表达对他的怀念之情,并表明自己继承绝学的意愿。

【注释】

①端门受命:汉代儒者捏造的事,指儒家学说早就准备替汉王朝统治者服务。云礽(réng):遥远的孙辈。礽,同"仍"。

②宿草:这里指刘逢禄已经逝世。祧(tiāo):继承为后嗣。这里引申为继承学术。刘礼部:指刘逢禄,字申受,号思误居士,江苏武进(今常州市武进区)人。嘉庆十九年(1814)进士,官至礼部主事。精通《公羊春秋》,清代今文学家的中坚人物。

③毗陵:古县名,清为武进县,今江苏省常州市。

六十

华年心力九分殚,泪渍蟫鱼死不干①。此事千秋无我席,毅然一炬为归安②。抱功令文二千篇见归安姚先生学埙③。先生初奖借之④,忽正色曰:"我文著墨不著笔,汝文笔墨兼用⑤。"乃自烧功令文。

【题解】

作者在科举路途上倍受磨难。曾参加乡试三次,第一次仅中副榜,第二次未中,第三次才中式第四名举人,年已二十七岁;共参加会试六次,前五次未第,直到三十八岁时才中式第九十五名,殿试仅得三甲同进士出身。此诗写毅然烧掉自己写的八股文,当在第五次进士落第、道光六年之际。此诗表达了作者对科举制度的深恶痛绝,对八股文的极端鄙弃。

【注释】

①蟫(yín)鱼:一种咬食衣物书籍的小虫,又称衣鱼、蠹虫。

②归安:指姚学塽(shuǎng)(1766—1826),字晋堂,一字镜堂,浙江归安(今湖州市)人。嘉庆元年(1796)进士,官至兵部郎中。这里称其籍贯,不直呼其名,以示尊敬。

③功令文:八股文。其写法格式由朝廷用命令的方式规定,故名功令文。又名制义、时文、四书文、科举文。

④奖借:奖励提携。借,助。

⑤笔墨:本指文章、文字,这里将笔、墨对举,笔与墨有别。笔,笔锋。墨,墨意。

六十一

　　轩后孤虚纵莫寻①,汉官戊己两言深②。著书不为丹铅误③,中有风雷老将心④。订裴骃《史记集解》之误⑤,为《孤虚表》一卷,《古今用兵孤虚图说》一卷。

【题解】

　　此诗讲述作者的治学精神,勇于纠正前人的错误,表达了著书立说要为现实服务,为政治改革、社会变革服务的思想。其中的"风雷"意象,贯穿了作者一生的文学创作。

【注释】

　　①轩后:传说中的古帝,即轩辕黄帝。孤虚:方术之一。《后汉书·方术传序》:"其流又有风角、遁甲、七政、元气、六日七分、逢占、日者、挺专、须臾、孤虚之术。"又指书名,《风后孤虚》二十卷。

　　②戊己:指汉官名,戊己校尉。

　　③丹铅:古人校勘书籍,使用丹砂和铅粉,后人因称校勘书籍为丹铅。

　　④风雷老将:有威力、有经验的将军。

　　⑤裴骃:南朝宋人,字龙驹,曾采辑九经、诸史及《汉书音义》等,撰成《史记集解》一百三十卷。

六十二

古人制字鬼夜泣^①，后人识字百忧集。我不畏鬼复不忧，灵文夜补秋灯碧^②。常恨许叔重见古文少^③，据商周彝器秘文^④，说其形义，补《说文》一百四十七字。戊辰四月书成^⑤。

【题解】

道光十七年(1837)秋至次年(戊戌年)四月，作者根据商周铜器铭文增补了《说文解字》。此诗针对文字令鬼蜮生畏、"人生识字忧患始"的说法，勇敢地打破传统，让人联想到作者对清朝大兴文字狱的高压统治并不畏惧。作者仿佛在刻意营造某种神秘的气氛——"秋灯碧"颇有点像鬼火，与"鬼夜泣""灵文"等字面组合在一起，便将这神秘气氛渲染到了极致。

【注释】

①"古人"句：典出《淮南子·本经训》："昔者仓颉作书而天雨粟，鬼夜哭。"高诱注："鬼恐为书文所劾，故夜哭也。"

②灵文：奇异的文字，指形状奇异的古文字，即注中所谓"商周彝器秘文"。

③许叔重：许慎，字叔重，东汉汝南召陵(今河南省漯河市召陵区)人。撰有《五经异义》《说文解字》。古文：指小篆以前的古文字。《说文解字》载录的主要是战国时东方六国的文字。许慎是东汉人，那时商、周的地下文物还没有大量出土，他所看到的先秦古文字是不多的。

④彝器：古代青铜礼器，如钟、鼎、尊、爵、觚、俎等。秘文：指青铜器上的铭文。

⑤戊辰：实为"戊戌"。

六十三

经有家法夙所重^①，诗无达诂独不用。我心即是四始

心②,沉寥再发姬公梦③。为《诗非序》《非毛》《非郑》各一卷。予说
《诗》,以涵泳经文为主④,于古文毛、今文三家,无所尊,无所废。

【题解】

此诗介绍作者读《诗经》的方法:抛弃陈说,诗无达诂,涵泳诗意。

【注释】

①家法:指一派经师世代相传对经文的解释,弟子传承,不能改动,也
不能引用别一家的说法。皮锡瑞《经学历史》:"汉人最重师法,师之所传,
弟之所受,一字毋敢出入,背师说即不用。"

②四始心:指诗人写诗的用意。四始,汉儒解说《诗经》的一种说法,各
家说法不一。毛诗家认为《国风》《大雅》《小雅》《颂》是王道兴衰之始;齐诗
家认为《大明》在亥为水始,《四牡》在寅为木始,《嘉鱼》在巳为火始,《鸿雁》
在申为金始;韩诗家认为《关雎》以下十一篇为《风》始,《鹿鸣》以下十篇为
《小雅》始,《文王》以下十四篇为《大雅》始,《清庙》以下凡颂扬文武功德的
诗为《颂》始;鲁诗家则以《关雎》三篇为《风》始,《鹿鸣》三篇为《小雅》始,
《文王》三篇为《大雅》始,《清庙》三篇为《颂》始。

③沉(xuè)寥:空旷清朗。姬公:原指周公旦,这里借用为周代诗人的
代称。

④涵泳经文:不根据他人的说法,置身在原诗的意境之中,反复歌咏,
从而把诗意体味出来。

六十四

熙朝仕版快茹征①,五倍金元十倍明②。扬挖千秋儒者
事③,汉官仪后一书成④。年十四,始考古今官制。近成《汉官损益》上
下二篇,《百土易从论》一篇,以竟髫年之志。

【题解】

作者考证古代官制,继东汉许劭的《汉官仪》而完成了《汉官损益》《百

王易从论》等著作。此诗抨击了清朝官制混乱,官吏繁冗的腐败现象,强烈地表达了作者的不满。

【注释】

①熙朝:古代臣民对本朝的敬称,可做盛世解。仕版:登记官吏的册籍。茹征:《易·泰》:"拔茅茹以其汇征吉。"意思说,拔一根茅草带出来一大串茅草,这是吉利的事。比喻官僚互相牵引进入官场。

②金元、明:指金、元、明三朝。

③扬:显露。扢(gǔ):磨刮。

④汉官仪:东汉许劭撰《汉官仪》,谈官制之书。此书久已散佚,清代孙星衍从旧书中辑出,得二卷。

六十五

文侯端冕听高歌①,少作精严故不磨。诗渐凡庸人可想,侧身天地我蹉跎。诗编年,始嘉庆丙寅②,终道光戊戌③,勒成二十七卷。

【题解】

作者自评其少年诗作,认为构思精严,才华横溢,可以不朽。但岁月磨去了锋芒棱角,诗渐凡庸,人已虚度年华。作者感叹岁月蹉跎,一事无成。他曾把所写的诗进行编年,刻成二十七卷。然而,早年的诗大多已经散佚了。

【注释】

①文侯:魏文侯。《礼·乐记》:"魏文侯问于子夏曰:吾端冕而听古乐,则唯恐卧。"端冕:上朝、祭祀时穿的礼服,表示态度庄重。这里比喻作者写诗的态度严肃。

②嘉庆丙寅:嘉庆十一年(1806),作者十五岁。

③道光戊戌:道光十八年(1838),作者四十七岁。

六十六

西京别火位非高^①,薄有遗闻琐且劳。只算初谙镜背字,敢陈法物诂球刀^②。为《典客道古录》^③、《奉常道古录》各一卷^④。

【题解】

道光十七年(1837),作者任礼部主客司主事兼祠祭司行走。此诗交代他搜集古代典客、奉常等小官资料,撰成著述,表达他身居下僚、人微言轻的苍凉心绪。诗中说,像西汉别火令这种官职,地位不高,收集其资料,琐碎而又烦劳。别火令只是稍微懂得古镜背面所刻得的文字罢了,岂敢说是罗列朝廷礼器或解释古代玉刀啊?

【注释】

①别火:官名。西汉时,在大鸿胪下设别火令。

②法物:古代朝廷举行大礼时,陈列使用的器物。诂:解释古文字。球刀:玉雕的古刀。

③典客:官名。秦代设典客。汉朝改称大鸿胪,负责接待外宾,主持朝廷赞导礼仪。

④奉常:官名。掌管朝廷宗庙祭祀礼仪,又称太常。

六十七

十仞书仓郁且深^①,为夸目录散黄金。吴回一怒知天意^②,无复龙威禹穴心^③。年十六,读《四库提要》,是平生为目录之学之始。壬午岁,不戒于火^④,所搜罗七阁未收之书^⑤,烬者什八九。

【题解】

作者在《拟进上蒙古图志表文》附记中说:"道光壬午九月二十八日,吾家书楼灾。"此诗叙写藏书被焚之事。藏书费了许多金钱,终成规模,但一把火,烧掉了其中十分之八九,作者的心疼可想而知。于是作者失去了藏书的心思。

【注释】

①仞:古代计算长度单位,或说七尺,或说八尺。

②吴回:相传是帝喾时代的火正(管理火的官)。这里指火灾。

③龙威禹穴:藏书丰富的地方。

④壬午:道光二年(1822)。

⑤七阁:收藏《四库全书》的七个馆,即清宫的文渊阁、辽宁的文溯阁、圆明园的文源阁、热河的文津阁、扬州的文汇阁、镇江的文宗阁和杭州的文澜阁。

六十八

北游不至独石口①,东游不至卢龙关②。此记游耳非著作,马蹄蹀躞书生孱③。东至永平境,北至宣化境,实未睹东北两边形势也。为《纪游》合一卷。

【题解】

此诗抒发作者不能出长城之外游历的遗憾失落,也表达了他不能为国征战沙场,守御边疆,建立战功的愤懑迷惘。"马蹄蹀躞书生孱",形象地表达了这种沮丧痛苦的感情。

【注释】

①独石口:河北省沽源县南一个长城关口,形势险要,明清两代都作为控制塞北的军事要地。

②卢龙关:即古卢龙塞,在河北省迁安市西北,是很长的山堑。

③蹀(dié)躞(xiè):马用小步前进。孱(chán):孱弱。

六十九

吾祖平生好孟坚①,丹黄郑重万珠圆②。不材窃比刘公是③,请肄班香再十年④。为《汉书补注》不成。读《汉书》⑤,随笔得四百事。先祖匏伯公批校《汉书》⑥,家藏凡六七通,又有手抄本。

【题解】

祖父勤学、博学,作者由衷敬重赞扬。作者表示要继续努力,谦虚向学,将家风发扬光大。

【注释】

①孟坚:班固,字孟坚,东汉历史学家,《汉书》的主要撰写者。

②丹黄:从前读书人批校书籍,使用红笔或黄笔、紫笔、蓝笔等。批校或点读书籍为"加丹黄"。

③刘公是:刘敞,字原父,北宋临江新喻人。庆历进士,廷试第一,官至集贤书院学士,判南京御史台。著有《公是集》,世称"公是先生"。

④班香:指班固的著作文字优美。

⑤《汉书》:我国第一部断代史,记载西汉王朝(公元前二〇六——后二四年)的历史事件,人物生平等。班固继其父班彪撰写,后由其妹班昭续成,共一百二十卷。

⑥匏伯公:作者祖父龚敬身,字岊怀,号匏伯。乾隆三十四年(1769)进士。官至迤南兵备道。著有《桂隐山房遗稿》。

七十

麟经断烂炎刘始①,幸有兰台聚秘文②。解道何休逊班固③,眼前同志只朱云④。癸巳岁⑤,成《西汉君臣称春秋之义考》一卷。助予整齐之者,同县朱孝廉以升⑥。

【题解】

西汉提倡经学,君臣常援引儒家经典的微言大义来议论政事,判断得失。班固的《汉书》记载了君臣称引《春秋》议论朝政的事例。龚自珍认为,这比何休解释《公羊春秋》要好得多。同乡朱以升孝廉和龚自珍一起整理《西汉君臣称春秋之义考》，赞同龚自珍的观点，两人引以为同道。

【注释】

①麟经：鲁国古史《春秋》的别称。儒家认为此书是孔丘删定的。因《春秋》记事止于鲁哀公十四年"西狩获麟"一句，故又称"麟经"。断烂：残缺不全。炎刘：指汉朝。详见《己亥杂诗》第五十七首注。

②兰台：汉代宫廷中的藏书室。秘文：藏在兰台中的书籍文件，外头难以见到，故称"秘文"。

③何休：东汉经学家，著有《春秋公羊经传解诂》等。

④朱云：西汉鲁人，曾官槐里令，精熟经学。这里借朱云精熟经义比拟朱以升。

⑤癸巳岁：道光十三年(1833)。

⑥朱孝廉以升：朱以升，字升木(一作生木)，号次云，浙江仁和人。道光二十年(1840)进士。作者写此诗时，朱以升还是举人，故称他为孝廉。

七十一

　　剔彼高山大川字，簿我玉箧金扃中①。从此九州不光怪，羽陵夜色春熊熊②。年十七，见石鼓③，是收石刻之始。撰《金石通考》五十四卷，分存、佚、未见三门。书未成，成《羽琌山金石墨本记》五卷。郭璞云：羽陵即羽琌也。

【题解】

此诗叙写作者收集金石文字，充满了自豪之感。

【注释】

①簿：记录在册子中。玉箧金扃(jiōng)：用玉做的匣，用金做的锁。指珍贵的箱子。

②羽陵：即羽琌山馆。地址在江苏省昆山市玉山附近。

③石鼓：即石鼓文，东周初秦国刻石文字。在十块鼓形石上，用籀文分

刻十首四言韵文,记述秦国国君的游猎情况。初在陕西天兴县(今宝鸡市)南发现,宋代迁到汴京,藏在保和殿。金人移归燕京。现存故宫博物院。

七十二

少年簿录睨千秋①,过目云烟浩不收。一任汤汤沦泗水,九金万祀属成周②。撰《羽琌之山典宝记》二卷。

【题解】

作者生平爱好收藏古文物,收藏了很多,后来却散失了许多。此诗的后两句,以九鼎作比,意思说,正如九鼎永远以周朝的名义被记载下来,作者收藏的古物也都在《羽琌之山典宝记》中作了记录,便是散失干净也没有关系。

【注释】

①睨(nì):斜着眼睛看,这里是傲视的意思。

②九金:即九鼎。夏王朝有九个大鼎,象征统治权力。后由夏传至商,又传至周。万祀:万年。成周:地名,在河南省洛阳市东北。这里指代周王朝。

七十三

奇气一纵不可阖①,此是借琐耗奇法②。奇则耗矣琐未休,眼前胪列成五岳。为《镜苑》一卷,《瓦韵》一卷,辑官印九十方为《汉官拾遗》一卷,《泉文记》一卷。

【题解】

作者胸中有一股奇气,力图经世济民,变革政治。但由于顽固派的敌视和打击,作者有时不得已把精力放了考证和搜集古物上。这种“借琐耗奇法”,耗费了作者太多的精力。

【注释】

①奇气:这里指不同凡俗的思想气质和变法革新的政治抱负。

②借琐耗奇:通过琐事消磨奇气。琐,琐碎的东西,这里指考证古镜、瓦当、古印、古钱文字等玩意。

七十四

登乙科则亡姓氏①,官七品则亡姓氏。夜奠三十九布衣②,秋灯忽吐苍虹气③。撰《布衣传》一卷,起康熙迄嘉庆,凡三十九人。

【题解】

作者在此诗中回顾了撰写《布衣传》的选人标准,对布衣的尊崇之情,从中表达了作者对科举、仕宦的蔑视。

【注释】

①乙科:明清一般人称进士考试为甲科,举人考试为乙科。亡姓氏:在《布衣传》内不留姓名。亡,同"无"。

②布衣:指平民。

③苍虹气:比喻昂扬的气概。

七十五

不能古雅不幽灵,气体难跻作者庭①。悔杀流传遗下女②,自障纨扇过旗亭③。年十九,始倚声填词④。壬午岁勒为六卷⑤。今颇悔存之。

【题解】

作者认为自己作的词既不古雅,也不幽深空灵,十分后悔让它们流传在社会中。

【注释】

①气:内在的气韵。体:外形的格局。

②遗(wèi):赠送。下女:原指侍女,这里借指歌女。

③旗亭:市内的酒楼,歌女常在那里卖唱。这里借用唐代"旗亭画壁"故事,以示词流行在社会上。

④倚声:按照规定的声律,又转作填词的专用语。

⑤壬午岁:道光二年(1822)。作者三十一岁。

七十六

文章合有老波澜①,莫作鄱阳夹漈看②。五十年中言定验,苍茫六合此微官③。庚辰岁④,为《西域置行省议》《东南罢番舶议》两篇,有谋合刊之者。

【题解】

作者二十九岁作《西域置行省议》《东南罢番舶议》两文,分别提出在新疆建立行省和禁止洋船进口的主张。作者人微言轻,提出的意见不被人重视与采纳,但是,他相信总有一天它们会变成现实的。

【注释】

①老波澜:指波澜壮阔。语出杜甫《敬赠郑谏议十韵》:"毫发无遗憾,波澜独老成。"

②鄱阳:指马端临,南宋乐平县(今江西省乐平市)人。乐平属饶州,饶州又称鄱阳郡。著有《文献通考》三百四十八卷。夹漈(jì):指郑樵,宋代史学家。他曾在家乡福建莆田的夹漈山读书,著有《通志》二百卷。世称郑夹漈。

③六合:天地和四方。

④庚辰岁:嘉庆二十五年(1820)。作者二十九岁。

七十七

厚重虚怀见古风①,车裀五度照门东②。我焚文字公焚疏③,补纪交情为纪公。壬辰夏④,大旱,上求直言,大学士蒙古富公俊五度访之⑤。予手陈当世急务八条,公读至"汰冗滥"一条⑥,动色以为难行,余颇欣赏。予不存于集中。

【题解】

作者回忆与大学士富俊的交情,此诗赞扬富俊稳重厚实和虚怀若谷的品德。

【注释】

①厚重:言语举动都沉着。

②车裀(yīn):车上的垫褥,指代车辆。裀,通"茵"。

③焚文字:作者由于不愿夸耀富俊的建议是自己提出的意见,因此把文稿烧掉。焚疏:大臣由于不愿显耀自己如何忧国忧民,常将奏疏底稿烧掉。

④壬辰:道光十二年(1832)。

⑤富俊:蒙古正黄旗人,姓卓特氏。由翻译进士授礼部主事,后出任吉林将军,迁理藩院尚书,协办大学士,升东阁大学士。

⑥汰冗滥:删除重复的官僚机构,淘汰繁冗的官吏人员。

七十八

狂禅辟尽礼天台①,掉臂琉璃屏上回。不是瓶笙花影夕②,鸠摩枉译此经来③。丁酉九月二十三夜④,不寐,闻茶沸声,披衣起,菊影在扉,忽证法华三昧⑤。

作者反对狂禅，尊奉《妙法莲华经》。此诗记叙他悟得"法华三昧"的境遇。

【注释】

①狂禅：指佛教禅宗后期的神秘主义。他们否定经典，依靠顿悟，常用隐语、暗喻甚至拳打脚踢的动作来揭示禅宗的道理。天台：指天台宗信奉的《妙法莲华经》。

②瓶笙：煮水时，茶罐子沸腾发出的声音。苏轼曾称之为"瓶笙"。

③鸠摩：鸠摩罗什，龟兹人。秦国国师，精通佛教。译有《金刚经》《妙法莲华经》《中观论》等佛经三百多卷。

④丁酉：道光十七年（1837）。作者四十六岁。

⑤三昧：佛家语，又译三摩地。即屏绝诸缘，住心于一境。

七十九

手扪千轴古琅玕①，笃信男儿识字难。悔向侯王做宾客，廿篇鸿烈赠刘安②。某布政欲撰吉金款识③，属予为之。予为聚拓本，穿穴群经④，极谈古籀形义⑤，为书十二卷。俄，布政书来，请绝交。书藏何子贞家⑥。

【题解】

作者回忆曾接受福建布政使吴荣光的请求，考释古代铜器上的文字，撰成了一本书，但是吴荣光突然改变主意，不要他做了。作者大为不满。此诗拿淮南王比喻吴荣光，拿宾客比喻自己，表达了很后悔接受了吴的请求。

【注释】

①琅（láng）玕（gān）：似玉的美石，或指竹。因竹简是写字的材料，"琅玕"又转作书册解。

②廿篇鸿烈:西汉淮南王刘安招集许多文士成为他的宾客,组织他们编撰《内书》二十一篇。这书又称《淮南鸿烈》或《淮南子》。这里以淮南王比喻吴荣光,宾客比喻自己,《鸿烈》则是比喻替吴写的金文研究。

③某布政:指吴荣光。吴荣光,字伯荣,号荷屋,广东南海人。嘉庆进士,道光间官至湖南巡抚,兼署湖广总督,因事降调福建布政使。吉金款识(zhì):古代铜器上镌刻的文字,阳文称为款,阴文称为识。

④穿穴群经:把古代经书中的证据加以贯通引用作为古文字的证明。穿穴,贯通。

⑤古籀(zhòu):周代文字。

⑥何子贞:何绍基。详见《己亥杂诗》第三十二首注。

【汇评】

王文濡编《龚自珍全集》:吴荷屋欲撰《金录》,定公任校订之役;出为闽藩,则以此事属陈礼部庆镛,而所收定公藏器及释文不少。因作是诗。

八十

夜思师友泪滂沱,光影犹存急网罗①。言行较详官阀略②,报恩如此疚心多。近撰《平生师友小记》百六十一册。

【题解】

此诗回忆撰写《平生师友小记》的情形,表达了作者怀念师友之情,对师友们的怀才不遇,作者愤愤不平。直接抒情,真挚动人。

【注释】

①光影:指恍惚的印象。

②官阀略:官职门阀简略记载。暗指众师友多是出身微贱、怀才不遇的人。

八十一

历劫如何报佛恩①?尘尘文字以为门②。遥知法会灵山在③,八部天龙礼我言④。佛书入震旦以后⑤,校雠者稀。乃为《龙藏考证》七卷;又以《妙法莲华经》为北凉宫中所乱,乃重定目次,分本迹二部,删七品,存廿一品。丁酉春勒成。

【题解】

作者为了报答佛恩,校订佛经,作《龙藏考证》,并重新编定了《妙法莲华经》的目次。此诗想象佛门会感谢作者所做的事。作者花费较多时间在佛经上,除热爱佛经外,还由于佛经可以排遣现实艰难、壮志未酬的苦闷。

【注释】

①劫:佛教中指极长的一个时期。世界被大火等毁灭,又重新开始,其始终长达数万年,称为"劫"。

②尘尘:佛教语。犹善世世;无量数言。

③法会:说佛法和供佛施僧的集会。灵山:灵鹫山,在中印度摩揭陀国上茅城附近,山形似秃鹫的头。又山中多鹫,因以为名。释迦牟尼曾在山上讲经。

④八部天龙:佛教分诸天神鬼及龙为八部。《翻译名义集》:"八部:一天,二龙,三夜叉,四乾达婆,五阿修罗,六迦楼罗,七紧那罗,八摩睺罗迦。"

⑤震旦:梵语对中国的称呼。

八十二

龙树灵根派别三①,家家椰栗不能担②。我书唤作三椏记,六祖天台共一龛③。近日述天台家言,为《三普销文记》七卷,又撰《龙树三椏记》。

【题解】

作者是佛教天台宗信徒,但能兼容并包其他佛教派别。他在《二十三祖二十七祖同异》一文中说:"予以天台裔人而奉事六祖,为二像一龛供奉之。我实不见天台、曹溪二家纤毫之异。"作者撰《龙树三椏记》等文,认为龙树菩萨传下来的三个派别不能囊括龙树的全部教义,因此他力求融通各家。

【注释】

①龙树:佛教传播者,又名龙猛。详见《己亥杂诗》第三十四首注。派别三:印度大乘佛学分为两大派。一派以龙树、提婆为首,称为空宗;一派以无著、世亲为首,称为有宗。三论宗、天台宗、贤首宗、净土宗、密宗及禅宗,都以龙树为本宗祖师。

②椰(jí)栗:木名,可制手杖。

③六祖:即唐代禅宗南派的开山祖慧能。天台:指天台宗的智颛(yǐ),又称智者大师。

八十三

只筹一缆十夫多①,细算千艘渡此河。我亦曾糜太仓粟②,夜闻邪许泪滂沱③!五月十二日抵淮浦作④。

【题解】

清代定都北京,东南各省的漕粮,主要通过运河北运,称为漕运。因水位差,沿河设置多座水闸,由纤夫拉船过闸,每船需用十几个纤夫。作者南归抵达淮浦,看见漕运纤夫的艰苦情状,不由感慨万端。此诗表达对清王朝大量北运粮食的强烈不满,饱含了作者忧国忧民之情,其中有消耗了人民的血汗粮而心生的内疚与羞愧,与宋代诗人王禹偁的"深为苍生蠹,仍尸谏官位"(《对雪》)可谓异代同曲。

【注释】

①筹:计数的竹牌,这里用为动词。缆:系船的绳索。十夫多:十几个纤夫。

②糜:消耗。太仓粟:此指朝廷所给的官俸。太仓,京师的粮仓。

③邪(yé)许(hǔ):劳动时共同出力所吆喝的号子声。滂沱:大雨。这

里形容泪下如雨。

④淮浦：即清江浦，今江苏省淮安市。

八十四

白面儒冠已问津①，生涯只羡五侯宾②。萧萧黄叶空村畔，可有摊书闭户人？

【题解】

此诗感叹读书人已经不能守在农村清心读书了，而是纷纷寻找从政的出路，不少人投靠州县官僚，做了幕客。在作者看来，读书人退则应当闭门治学，进则应当由科举入仕，做朝廷命官，这才是正路。到衙门里去当师爷，是他所瞧不起的。

【注释】

①问津：打听渡口在什么地方，后人用指求仕，如李白《送岑征君归鸣皋山》诗曰："蹈海宁受赏？还山非问津。"津，渡口。这里的津指交通发达、人口集中的商埠。

②五侯：西汉末年，王潭、王商、王立、王根、王逢时五个皇亲国戚同日封侯，世称五侯。

八十五

津梁条约遍南东①，谁遣藏春深坞逢②？不枉人呼莲幕客③，碧纱帱护阿芙蓉④。阿，读如人痾之痾。出《续本草》。

【题解】

此诗揭露东南海港的地方官吏纵容、包庇走私鸦片，运用一语双关、谐音的手法，讽刺了他们偷吸鸦片的丑态。衙门里的师爷被称为"莲幕客"，真是没错，他们正躺在碧纱帐里抽鸦片烟呢！诗人巧妙地用"阿芙蓉"来对应"莲",因为"莲"的别名就是"芙蓉";用"碧纱幮"来对应"幕",因为"碧纱幮"即"碧纱帐",而"帐""幕"同类。这是极高明的讽刺艺术!

【注释】

①津梁条约:指严禁鸦片进口的中外通商条约。津梁,指沿海海口。南东:东南海港。清康熙二十四年(1685),重开海禁,开放广东澳门、福建漳州、浙江宁波、江苏云台山四地,准许外国轮船停泊。雍正时又增浙江定海。乾隆二十二年(1757),严海禁,仅开广州一地。以后禁令逐渐弛缓,闽、浙各港照例与外商进行半公开的贸易。

②藏春:鸦片用罂粟的蒴果制成,罂粟花别名"丽春"。鸦片由走私进入国内,故称"藏春"。深坞(wù):四面高中间凹下的地方叫坞。北宋有个官僚刁约,晚年筑室润州,号藏春坞。苏轼《赠张刁二老》诗云:"藏春坞里莺花闹。"作者借此隐指鸦片烟馆。

③莲幕客:幕客。这里泛指官僚及幕客。《南史·庾杲之传》:"杲之字景行,为王俭长史。萧缅与俭书曰:'盛府元僚,实难其选。庾景行泛渌水,依芙蓉,何其丽也。'"芙蓉,即莲花,又名荷花。后世遂称幕府为莲幕,幕客为莲幕客。

④碧纱幮(chú):帏障之类,以木为间架,顶及四周蒙罩碧纱,可折,用以防蚊蝇。阿(ē)芙蓉:指鸦片烟。王之春《国朝柔远记》:"鸦片烟,一曰波毕,一曰阿芙蓉,一曰阿片。"

八十六

鬼灯队队散秋萤①,落魄参军泪眼荧②。何不专城花县去③?春眠寒食未曾醒④。

【题解】

此诗刻画了吸食鸦片的官吏幕客的丑态。诗后两句使用双关的手法,用反问句加强了讽刺语气。

①鬼灯:指鸦片烟灯。俗称吸鸦片者为烟鬼。

②参军:明清称掌管出纳文字的官吏为参军。这里泛指官吏幕客。

③专城:一城之主。后人用以称州县长官。花县:广东省花县(今广州市花都区)。一说,指种罂粟花的县。

④寒食:节令名,禁火冷食之意。在农历清明前一或二日。

八十七

故人横海拜将军①,侧立南天未蒇勋②。我有阴符三百字③,蜡丸难寄惜雄文④。

【题解】

道光十八年(1838)十一月,作者在《送钦差大臣侯官林公序》中支持林则徐在广东禁烟,并提出加强武备以抗英的战略。要求随行去广东,但因朝廷内部斗争复杂,未能成行。次年四至五月,林则徐在虎门销毁鸦片二万多箱,英殖民主义者准备动用武力,林则徐也积极备战。作者在京城提出加强武备以防侵略的策略,但书信未能寄出。此诗表达了作者对挚友林则徐的关切和想念,称颂林则徐肩负禁烟的重大使命,为自己不能出力而惋惜。思友之情和爱国之情交融在一起,深沉感人。

【注释】

①故人:指林则徐。这里指林则徐受命以钦差大臣身份远去广东禁烟,并握有节制水师之权。

②侧立:侧足而立,有所畏惧不敢正立之意。未蒇(chǎn)勋:大功尚未告成。蒇,完成。

③阴符:古代兵书名。这里泛指军事谋略。

④蜡丸:古代传递军事等机密的书信或情报,用蜡丸封裹,又称蜡弹。

【汇评】

王文濡编《龚自珍全集》:侯官林公往粤查办海口事件,定公欲南游而

275

不果,因有此作。

张荫麟《龚自珍诞生百四十年纪念》:彼之"阴符""雄文",内容如何,今无从得知,恐亦不外《东南罢番舶议》之类。

八十八

河干劳问又江干①,恩怨他时邸报看②。怪道乌台牙放早③,几人怒马出长安。

【题解】

此诗讽刺都察院官员作威作福、贪赃枉法的丑恶嘴脸,从一个侧面揭露了当时官僚制度的腐败。

【注释】

①河:古指黄河。江:古指长江。干(gān):岸边,边涯。

②邸(dǐ)报:古代传抄诏令章奏及政事消息的一种官报。汉代郡国和唐代藩镇在京师设置邸舍,派专人传抄朝廷的诏令秦章,报告给郡国诸侯或地方军政长官,称为邸报,又称邸抄、留邸状报。明清时的阁抄、科抄也属邸报,其中多有官员升降迁徙的消息。

③乌台:即御史台,古代纠察官吏的官署。明改御史台为都察院,设都御史、副都御史等,清沿袭之。牙放:即放衙,办公结束。

八十九

学羿居然有羿风①,千秋何可议逢蒙?绝怜羿道无消息,第一亲弯射羿弓。

【题解】

此诗针对门生弟子攻击先生的不良风气有感而发,拿羿及其弟子逢蒙的故事,讽刺每况愈下的世风和学风。

①羿(yì):远古时代善射的人。《孟子》:"逢蒙学射于羿,尽羿之道,思天下惟羿为愈己,于是杀羿。"

九十

过百由旬烟水长①,释迦老子怨津梁②。声闻闭眼三千劫,悔慕人天大法王④。

【题解】

作者曾立下革新变法的大愿,效法释迦牟尼,但是这种愿望遭到了无数的打击,最终落空。此诗传达出作者的落寞、悲哀、失望的情绪。

【注释】

①由旬:古代印度计算距离、路程的单位,又译作由巡、由延、喻缮那、谕阇那。一由旬的长度,我国古有八十里、六十里、四十里等诸说。

②释迦(jiā)老子:即释迦牟尼。印度佛教创立人姓乔答摩,名悉达多。为中印度迦毗罗罗国王净饭王长子。二十九岁出家修道,剃发为沙门。后在钵罗树下成道,称为大觉世尊、人天大导师。周游四方传布佛教四十余年,卒于拘尸那城跋提河边婆罗双树下。中国佛教徒有时也称他为释迦老子。

③声闻:佛教五乘中,有声闻乘,它是"闻佛声教,悟四谛理而得阿罗汉果者"。即通过诵经听法而悟道。作者因不是正式出家的佛徒,所以自称为"声闻"。

④人天大法王:指释迦牟尼。

九十一

北俊南孊气不同①,少能炙觳老能聪②。可知销尽劳生骨③,即在方言两卷中。凡驲卒④,谓予燕人也;凡舟子,谓予吴人也。其有聚而謩辖者⑤,则两为之舌人以通之⑥。

【题解】

南北方言各有不同,容易造成误会,"积毁销骨"。作者曾遭受流言蜚语的伤害,深知语言的厉害。此诗是作者借方言的差异而抒发的个人感慨。

【注释】

①嬚:同"靡",柔细的美。

②炙毂(gǔ):毂是车轮中心包轴的圆环,为使轮子转动灵活,常要用烧溶的油脂涂抹它,称为炙毂。

③劳生:辛劳的人生。

④驺(zōu)卒:马车夫,当时多数是北方人。

⑤摎(jiāo)轕(gé):交错杂乱。引申为纠缠不清。

⑥舌人:翻译者,通译。

九十二

不容水部赋清愁①,新拥牙旗拜列侯②。我替梅花深颂祷③,明年何逊守扬州。同年何亦民俊④,时以知府衔驻黄河。

【题解】

友人何俊升官,驻守在黄河,作者拿南朝诗人何逊与他作比,对他寄予了美好的祝愿。诗中还表现了作者怀才不遇的哀愁。

【注释】

①水部:何逊,南朝梁人,工诗,官尚书水部郎。

②牙旗:官府衙门前树立的旗。拜列侯:古代知府也可称侯。这里指何俊,他以知府衔驻守黄河,负责河防工作。

③梅花:何逊写过《扬州法曹梅花盛开》的诗。这里借此预祝何俊很快升官到扬州去。

④何亦民:何俊,字晋孚,号亦民,安徽望江人。道光九年(1829)进士,

由庶吉士改工部主事,官至江苏布政使。

九十三

金銮并砚走龙蛇①,无分同探阆苑花②。十一年来春梦冷③,南游且吃玉川茶④。同年卢心农元良⑤,时知甘泉⑥。

【题解】

作者与卢心农一同科考,仕途都不如意,作者的梦想破灭了。此诗控诉了清廷压抑、束缚人才的罪恶。

【注释】

①金銮:唐代长安大明宫内有金銮殿。清乾隆五十四年(1789)后,进士殿试在北京保和殿举行。作者借用,指殿试地点。走龙蛇:形容写文章时下笔敏捷。

②阆(láng)苑:即阆风之苑。古代方士说阆苑是仙人居住的地方。这里指翰林院。

③十一年:作者于道光九年(1829)考中进士,道光十九年(1839)辞官南归,前后共十一年。春梦冷:指在官场上很不得意,梦想破灭。

④玉川:唐代诗人卢仝,号玉川子,善品茶,人称"卢仝七碗茶"。这里借指卢心农。

⑤卢心农:卢元良,字心农,江西南康人。道光九年(1829)进士,由知县官至知府。

⑥甘泉:清代将江苏省江都县析出一部分设置甘泉县。县中有甘泉山,山有七峰,错落平地上,形如北斗。山有井泉,水味甘美。

九十四

黄金脱手赠椎埋①,屠狗无惊百计乖②。侥幸故人仍满眼,猖狂乞食过江淮③。过江淮间不困厄,何亦民、卢心农两君力也。

此诗形象地表现了作者做官时的舒适生活和辞官后接受救济的境遇，对比强烈。其中既有身陷仕途的愁闷，又有享受友情的快乐，情感动人。

【注释】

①椎埋：盗墓者。

②屠狗：卖狗肉的人。作者自比。悰（cóng）：欢乐。乖：差错，不顺利。

③猖狂：这里指随心所欲。乞食：这里指要求经济援助。

九十五

大宙南东久寂寥①，甄陀罗出一枝箫②。箫声容与渡淮去③，淮上魂须七日招④。袁浦席上⑤，有限韵赋诗者⑥，得箫字，敬赋三首。

【题解】

此诗写作者遇见妓女灵箫时的情境和感受。

【注释】

①大宙南东：指中国的东南各省。大宙，宇宙。"宇"指上下四方，"宙"指古往今来。

②甄陀罗：佛经中记述的似人似神的东西。又译为紧那罗、真陀罗；又意译为"人非人"或"疑神"。一枝箫：这里是指作者在袁浦遇见的妓女灵箫。

③容与：徘徊。

④淮上魂：指作者自己的心魂。

⑤袁浦：旧称清江浦，又名公路浦，清代为清河县治，即今江苏省清河市。

⑥限韵赋诗：古时文人在宴会上作诗，临时抽签定韵，不许自由挑选，称为限韵或得韵。或指定用某韵，也称为限韵。

九十六

少年击剑更吹箫，剑气箫心一例消①。谁分苍凉归棹后②，万千哀乐集今朝③。

【题解】

作者少年时立下的志向没能实现，如今辞官归隐，真是百感交集，心潮起伏。此诗表达了诗人无限的哀愁和愤懑不平。

【注释】

①剑气：指狂侠之气。箫心：指怨抑之心。两者既体现了作者的气质，又代表了作者志兼文武的抱负。一例：毫无区别。

②谁分：谁料。归棹（zhào）：归船。棹，船桨，常用以代指船。

③乐：一本作"曲"。集：一本作"及"，又作"是"。今：一本作"明"。

九十七

天花拂袂著难销①，始愧声闻力未超②。青史他年烦点染③，定公四纪遇灵箫④。人名。

【题解】

此诗写作者在袁浦遇上妓女灵箫，一见钟情。

【注释】

①天花：《维摩诘所说经》："天女即以天花散诸菩萨、大弟子上。花至诸菩萨，即皆堕落；至大弟子，便著不堕。天女曰：结习未尽，花著身耳；结习尽者，花不著也。"结习，指世俗的思想感情。

②声闻：详见《己亥杂诗》第九十首注。

③青史：史册。

④四纪：古人以十二年为一纪，作者这年四十八岁，所以说"四纪"。

九十八

一言恩重降云霄,尘劫成尘感不销①。未免初禅怯花
影②,梦回持偈谢灵箫③。翌晨报谢一首。

【题解】

作者与灵箫定情,第二日写诗相赠。灵箫对作者的意义,不仅有情,还
有恩。灵箫以身相许,以情相托,极大地安慰了此时集"万千哀乐"于一身
的作者。

【注释】

①尘劫:比喻悠长的时间。

②初禅:佛教徒修炼的一种过程,有初、二、三、四禅之分。这里指开始
定情。花影:隐指灵箫。

③偈(jì):佛经文体之一,指佛经中的"颂"(唱词)或佛教徒阐述教义的
韵语。这里借用指作者写给灵箫的情诗。

九十九

能令公愠公复喜,扬州女儿名小云①。初弦相见上弦
别②,不曾题满杏黄裙③。

【题解】

作者与灵箫分别后到达扬州,又对妓女小云留情。此诗的语调有点轻
佻,显示出作者具有狂士的洒落之态。

【注释】

①小云:作者南归在扬州遇见的一个妓女。

②初弦:农历每月初三日。上弦:农历每月初八日。

③题裙:羊欣,南朝宋人,十二岁时,受到书法家王献之的钟爱。有一

回羊欣睡着,王献之在他脱下的裙子上写了几幅字。作者借用这个典故,表示对小云的钟爱。

【汇评】

王文濡编《龚自珍全集》:小云后归定公,其人放诞殊甚。辛丑定公至丹阳暴疾捐馆,或言小云鸩之。

一〇〇

坐我三薰三沐之①,悬崖撒手别卿时②。不留后约将人误,笑指河阳镜里丝③。

【题解】

此诗写作者对妓女小云"悬崖撒手","不留后约",可见作者的风流任诞。

【注释】

①三薰三沐:《国语·齐语》记载齐桓公打算任用管仲,派齐使从鲁国索回管仲,给管仲薰香沐浴,表示爱护和尊敬。

②悬崖撒手:表示决心已定,退步转身,义无反顾。

③河阳:东晋潘岳,曾官河阳令,头发早白。

一〇一

美人才调信纵横①,我亦当筵拜盛名②。一笑劝君输一着③,非将此骨媚公卿。友人访小云于扬州,三至不得见,愠矣。箴之④。

【题解】

此诗写小云的才调、盛名与傲骨。

【注释】

①纵横:不受拘束管制,任性而行。

②当筵：指在几席之前。筵，古人铺坐的席子。

③一着：下棋一子，称为一着。

④箴：古代的一种文体，以告诫规劝为主。这里作动词用，规劝。

一〇二

　　网罗文献吾倦矣，选色谈空结习存①。江淮狂生知我者②，绿笺百字铭其言。读某生《与友人书》，即书其后。

附录　某生《与友人书》

　　某祠部辩若悬河，可抵之隙甚多，勿为所慑。其人新倦仕宦，牢落归③，恐非复有罗网文献、搜辑人才之盛心也。所至通都大邑，杂宾满户，则依然渠二十年前承平公子故态。其客导之出游，不为花月冶游，即访僧耳。不访某辈，某亦断断不继见。某顿首。

【题解】

　　此诗反映了作者复杂的心情。作者平生怀有经世之志，但又不乏风流韵事，并且崇尚佛理，当政治抱负受挫之后，更以后二者作为慰藉。此时，作者虽确有网罗文献的打算，但也颇有倦意；平日应酬又多，时间精力都浪费不少，大有力不从心之感。因此看到某生的信，引起了他的感叹和警惕。某生的《与友人书》似乎有点针对他，他却毫不介意，甚至认为"知我"，录其信，并跋之以诗，可见作者的心胸坦荡。

【注释】

　　①选色：找合意的女人。即某生书中的"花月冶游"。谈空：谈论佛教义理，即某生书中的"访僧"。结习：佛家语，指世俗的思想感情。

　　②江淮狂生：即撰《与友人书》的某，未详何人。

　　③牢落：孤独落寞。

一〇三

梨园爨本募谁修^①？亦是风花一代愁^②。我替尊前深惋惜，文人珠玉女儿喉。元人百种^③，临川四种^④，悉遭伶师窜改^⑤，昆曲俚鄙极矣^⑥！酒座中有征歌者，予辄挠阻。

【题解】

此诗表达了作者对于戏班胡乱删改前人作品而感到十分不满。尊重前人，尊重前代作品，就是尊重艺术和美。

【注释】

①梨园：戏班子。唐玄宗开元二年(714)，设置教坊，选择有音乐才能的青年，由玄宗亲自指导，称为梨园弟子。后人因称戏班为梨园。爨(cuàn)本：剧本。宋代有一种戏剧，通常由五人演唱，称为"五人爨弄"。

②风花：本是形容歌舞者的姿势，引申为舞台艺术，包括剧本、唱本、表演等。

③元人百种：元代一百种杂剧剧本。杂剧是元代盛行的戏剧，全剧由"末"或"旦"一个演员主唱，剧情一般分成四折演出，唱词通俗优美，代表了元代文学的艺术特色。明末，臧晋叔辑集杂剧剧本一百种，编成《元曲选》。

④临川四种：明代江西临川人汤显祖撰作的传奇四种，即《牡丹亭》《邯郸记》《紫钗记》《南柯记》，后人称为"临川四梦"。

⑤伶师：戏班里授曲、改编或自撰剧本的人。

⑥昆曲：用昆山腔演唱的曲子，是明清传奇流行的曲子。

一〇四

河汾房杜有人疑^①，名位千秋处士卑。一事平生无龂龂^②，但开风气不为师。予生平不蓄门弟子。

此诗针对后人对王通事迹的怀疑,感叹世人只重名位,不重真才实学,流露出对清统治者猜忌、迫害正直知识分子的不满。作者所谓"开风气",就是议论时政、提倡变革、经世致用的风气。在此之前,一般读书人埋头于古籍的研究,一头钻入故纸堆里,不问世事,不顾国家、人民的死活。作者把他的著作和言论变成社会批判的武器,变成呼唤未来的号角,的确开创了一代新风。梁启超曾经指出:"晚清思想之解放,自珍确与有功焉。"

【注释】

①河汾(fén):指王通,人称"文中子",隋末山西龙门人。博学,曾隐居河(黄河)汾(汾水)之间,授徒讲学,门人达千数。其中不少是后来唐朝的开国功臣,如房玄龄、杜如晦、魏徵、薛收等,称为"河汾门下"。房杜:指房玄龄和杜如晦,唐朝的开国功臣,同理朝政,世称"房杜"。关于房、杜是否为王通的弟子,后人如司马光、朱熹、洪迈等人有所怀疑。

②齮(yǐ)龁(hé):牙齿相咬,引申为毁伤。

一〇五

生还重喜酹金焦,江上骚魂亦可招②。隔岸故人如未死,清樽读曲是明朝③。

【题解】

此诗与后面三首诗都是作者从甘泉县渡江到丹徒,在船上有感而作的。作者这次南归,在诗中不止一次使用"生还"一词,值得注意。"生还",通常含有侥幸不死的意思。此诗表现了作者同官僚大地主顽固派以及其他保守势力的斗争,其激烈程度,可见一斑。

【注释】

①酹(lèi):向某一对象(山水或亡灵之类)拿酒浇奠,表示敬意或祝愿。金:金山,在江苏省镇江市西北,有江天寺(即金山寺)、中泠泉等名胜。焦:

焦山,距金山约十里,屹立江中,同金山对峙,风景佳胜。

②骚魂:诗人之魂。

③清樽读曲:持酒听歌。

一〇六

西来白浪打旌旗,万舶安危总未知。寄语瞿塘滩上贾^①,收帆好趁顺风时。

【题解】

此诗描写了作者在江上所见之景,并有联想和感叹,若有所指。

【注释】

①瞿塘滩:长江三峡的第一峡,叫瞿塘峡,在四川省奉节县东。全长八公里,江面最狭处不到百米,最宽处不超过一百五十米,两岸主要山峰海拔则达千米至千五百米。江心有著名巨礁滟滪堆,长约四十米,宽约十五米,高二十五米。舟行至此,常有覆没危险。今礁石已炸去。

一〇七

少年揽辔澄清意^①,倦矣应怜缩手时^②。今日不挥闲涕泪,渡江只怨别蛾眉。

【题解】

此诗回顾以往改革图治的雄心壮志,抒发了理想受挫的激愤之情。作者历来有深沉的忧国忧民之心,但历经挫折,已疲惫不堪。此时渡江,如果说有哀怨的话,那是因为离别了眷恋的美人。这当然是作者的愤激之语。

【注释】

①揽辔(pèi)澄清:《后汉书·范滂传》:"时冀州饥荒,'盗贼'群起,乃以滂为清诏使,按察之。滂登车揽辔,慨然有澄清天下之志。"辔,驾驭牲口

的嚼子和缰绳。

②缩手:袖手,指弃官归隐。

<h1 style="text-align:center">一〇八</h1>

六月十五别甘泉①,是夕丹徒风打船。风定月出半江白,
江上女郎眠未眠?

【题解】

此诗写于作者从甘泉县渡江到丹徒的船上,月白风清,深夜思人,别有
风味。

【注释】

①甘泉:清代县名。详见《己亥杂诗》第九十三首注。

<h1 style="text-align:center">一〇九</h1>

四海流传百轴刊①,皤皤国老尚神完②。谈经忘却三公
贵③,只作先秦伏胜看④。重见予告大学士阮公于扬州⑤。

【题解】

此诗表达了作者对阮公的由衷敬仰之情。

【注释】

①轴:书籍的卷数。我国唐代以前,书籍都是卷装,即拿一长幅的纸装
成一卷,略似现代书画装帧成的手卷。每卷中心有一圆轴,因此称书一卷
为一轴。

②皤(pó)皤:形容满头白发。国老:对年老辞官而有政治地位的人的
尊称。神完:精神强健。

③三公:人臣中最高的三个官位:周代以太师、太傅、太保为三公,西汉
以大司马、大司徒、大司空为三公。东汉以太尉、司徒、司空为三公。阮元

官至大学士,相当于古代三公的地位。

④伏胜:秦朝的博士,济南人,汉初传授今文《尚书》时,已是九十多岁的老人。

⑤予告:大臣年老不能任事,皇帝准予退休,称为予告。大学士阮公:阮元,字伯元,号芸台,江苏仪征人。乾隆五十四年(1789)进士,历官礼、兵、户、工等部仕郎,两广、湖广、云贵等总督,终体仁阁大学士。道光十八年(1838)以大学士衔退休,二十九年(1849)卒,年八十六,谥文达。生平精研经籍,以提倡学术自任,在广东设立学海堂,在浙江设立诂经精舍,招士子学习进修。校刊《十三经注疏》,汇刻《学海堂经解》,著有《研经室全集》。

一一〇

蜀冈一老抱哀弦①,阅尽词场意惘然。绝似琵琶天宝后②,江南重遇李龟年。重晤秦敦夫编修恩复③。

【题解】

作者与秦恩复重逢,有似杜甫在安史之后与李龟年在江南重逢,别有一番兴衰感慨。诗歌借题发挥,含蓄深沉。

【注释】

①蜀冈:在江苏扬州城外西北。弦:琴瑟之类,借指秦恩复的词学。

②天宝:唐玄宗年号(742—756)。

③秦敦夫:秦恩复(1760—1843),字近光,号敦夫,又号澹生居士。江苏江都(今扬州市江都区)人。乾隆五十二年(1787)进士,授编修。嘉庆中主讲杭州诂经精舍,助阮元校刊《全唐文》。喜欢填词,精于声律。

【汇评】

潘飞声《手批己亥杂诗》:"绝似琵琶天宝后,江南重遇李龟年",比拟不伦。

刘逸生《龚自珍己亥杂诗注》:按秦恩复生于乾隆二十五年(一七六〇年),卒于道光二十三年(一八四三年)。他的少年和壮年时期,正处在所谓

"乾嘉盛世"，封建社会的表面繁荣，还能支撑下去，正如唐代开元、天宝之间，也有过一段繁华热闹景象。然而好景不常，到作者此次南归，秦恩复已是年近八十的老人，而清王朝的衰败混乱，危机四伏，再也无法粉饰。正如唐代经历天宝之乱，往日风流，一去不返。在作者已有这种感觉，秦恩复自然感慨更深，所以作者才写下"绝似"两句。借题发挥，含蓄甚深。潘氏的批评，以为作者把秦恩复比喻为歌手李龟年，所以说"比拟不伦"，而未看出作者本意。

——三——

家公旧治我曾游①，只晓梅村与凤洲②。收拾遗闻浩无涘③，东南一部小阳秋④。太仓邵子显辑《太仓先哲丛书》八帙⑤，起南宋，迄乾隆中。使予序之。

【题解】

作者曾为邵子显辑的《太仓先哲丛书》作序，此诗称赞该书内容广博，客观真实。

【注释】

①家公：家父，指龚丽正。龚丽正于嘉庆二十一年(1816)升江南苏松太兵备道，衙署在上海。次年，作者到上海居住。旧治：指太仓县(今江苏省太仓市)，在上海西北。

②梅村：吴伟业，字骏公，号梅村，江苏太仓人，清初著名诗人，明末官翰林院编修，入清官国子监祭酒。凤洲：王世贞，字元美，号凤洲，南直隶苏州府太仓州(今江苏省太仓市)人，明朝著名诗人，官至刑部尚书。

③涘(sì)：水边。

④阳秋：即《春秋》。晋孙盛仿《春秋》义例著《晋阳秋》，因晋简文帝郑后小名阿春，遂讳"春"作"阳"。

⑤邵子显：邵廷烈，字伯扬，一字子显，江苏太仓人。禀贡生，官扬州府学、邳州学训导。

七里虹桥腐草腥①，歌钟词赋两飘零。不随天市为消长②，文字光芒聚德星③。时上元兰君、太仓邵君为扬州广文，魏默深舍人、陈静庵博士侨扬州④，又晤秦玉笙、谢梦渔、刘楚桢、刘孟瞻四孝廉、杨季子都尉⑤。

【题解】

此诗写作者与许多好友在扬州聚会。以扬州的衰败衬托了文人学者们的欢聚，意味深沉。

【注释】

①虹桥：在扬州城外七里。曾繁华优美，后衰落残败。

②天市：星名。中国古代天文学家把天北极周围的星划分为三垣：紫微垣、太微垣、天市垣。星相学家认为天市垣同人类的商业活动有关。

③德星：星名。古以景星、岁星等为德星，认为国有道之福或有贤人出现，则德星现。作者借以比喻朋友们聚集在一起。南朝宋刘敬叔《异苑》："陈仲弓从诸子侄共造荀季和父子，于时德星聚。太史奏：五百里内有贤人聚。"

④魏默深：魏源，名远达，字默深，一字墨生，湖南邵阳人。道光二十五年（1845）进士，官高邮州知州。今文经学家，精于史地学，有志改革社会，变革政治，主张吸取外国先进科学技术。与龚自珍齐名，并称"龚魏"。陈静庵：陈杰，字静庵，浙江乌程（今湖州市）人。官钦天监博士、国子监算学助教。天算学家。

⑤秦玉笙：秦蠘（yǎn），字玉笙，秦恩复之子。道光元年（1821）举人，不仕。善医术，工画山水，晚年以词著名。谢梦渔：谢增，字晋斋，号梦渔，一号孟余，江苏仪征人。道光十四年（1834）举人，三十年（1850）探花及第。由翰林院编修转户科掌印给事中。刘楚桢：刘宝楠，字楚桢，号念楼，江苏宝应人。道光二十年（1840）进士，历任文安、宝坻、固安等知县。刘孟瞻：

刘文淇,字孟瞻,江苏仪征人,嘉庆二十四年(1819)优贡生。著《左传旧注疏证》。杨季子:杨亮,原名大承,字季子,江苏甘泉(今属扬州市)人。世袭三等轻车都尉。

一一三

公子有德宜置诸,有德公子毋忘诸。我方乞籴忽诵此^①,箴铭磊落肝脾虚^②。

【题解】

作者《己亥六月重过扬州记》说:"明年(按,己亥年),乞假南游,抵扬州,属有告籴谋,舍舟而馆。"可知当时作者有向朋友借钱的打算。正准备在扬州借贷,作者忽然记起这些话:你有恩惠给予别人,你可不要记在心上;若是别人有恩惠给你,你却不要把它忘记。这些话如同箴铭一般,让人醒悟。

【注释】

①乞籴(dí):求买粮食,引申为借钱。

②箴铭:古代两种文体。箴有规劝作用,铭有警惕勉励作用。

一一四

诗人瓶水与谟觞^①,郁怒清深两擅场^②。如此高才胜高第,头衔追赠薄三唐^③。郁怒横逸,舒铁云瓶水斋之诗也;清深渊雅,彭甘亭小谟觞馆之诗也。两君死皆一纪矣。

【题解】

舒位的诗写得郁怒横逸,而他只是一名举人;彭兆荪的诗写得清深渊雅,他也不过是一名贡生。两人都不属高第之列,但写诗的高才却让人佩服。对于唐代把进士、补阙之类的头衔追赠给有名的诗人,作者十分鄙薄这种做法。此诗寓含了贤才不遇的凄凉之感。

【注释】

①瓶水:即舒位,字立人,号铁云,顺天大兴(今北京市)人。乾隆五十三年(1788)举人。著《瓶水斋诗集》。谟(mò)觞(shāng):即彭兆荪,字湘涵,一字甘亭,镇洋(今江苏省太仓市)人。乾隆贡生,道光元年(1821)举孝廉方正。著《小谟觞馆集》。

②郁怒:作者认为舒位的诗风是郁怒横逸。郁怒,郁勃感愤。横逸,不受羁束。清深:作者认为彭兆荪的诗风是清深渊雅。清深,清峭深刻。渊雅,典奥古雅。

③三唐:前人对唐诗的分期,即初唐、盛唐、晚唐。

一一五

荷衣说艺斗心兵①,前辈须眉照座清。收拾遗闻归一派,百年终恃小门生②。少时所交多老苍,于乾隆庚辰榜过从最亲厚,次则嘉庆己未,多谈艺之士。两科皆大兴朱文正为总裁官③。

【题解】

作者回忆从少年时起与前辈名士交往的情景,此诗表达了他对前辈们的尊敬,也张扬着自信。

【注释】

①荷衣:指旧时中进士后所穿的绿袍。心兵:思想斗争活动。

②百年:乾隆二十五年庚辰(1760)中进士的人物,到作者写诗时(1839),应有百岁以上。也有死亡的委婉说法。门生:原意是学生,这里是作者自谦之词。

③朱文正:朱珪,字石君,顺天大兴(今北京市)人。乾隆十三年(1748)进士。历官侍读学士、两广总督、体仁阁大学士,卒谥文正。

一一六

中年才子耽丝竹,俭岁高人厌薜萝①。两种情怀俱可谅,阳秋贬笔未宜多②。

【题解】

才子到了中年就爱好闲适生活,喜爱伎乐;隐士开始厌弃贫困生活,图谋生活之路。对这些现象,作者表示理解,可见作者的心胸博大,具有包容性。

【注释】

①薜萝:薜荔和女萝,是山中常见的蔓生植物。后借指隐士的服饰,也可指代隐者的住处。

②阳秋:即《春秋》。详见《己亥杂诗》第一百一十一首注。

一一七

姬姜古妆不如市①,赵女轻盈蹑锐屣②。侯王宗庙求元妃③,徽音岂在纤厥趾④?偶感。

【题解】

对于妇女缠足的陋习,作者一向是抱着反对、痛恨的态度。此诗语气激烈,爱憎分明。

【注释】

①姬姜:春秋时,周王室姓姬,齐国姓姜,二姓常通婚姻,因以"姬姜"为贵族妇女之称。

②赵女:赵地美女,借指卖弄美色的女子。锐屣(xǐ):尖头鞋子。

③元妃:国君或诸侯的嫡妻。

④徽音:美好的品德。纤厥趾:指妇女裹小脚的陋习。

一一八

麟趾裹蹄式可寻[1],何须番舶献其琛[2]?汉家平准书难续[3],且仿齐梁铸饼金[4]。近世行用番钱,以为携挟便也。不知中国自有饼金,见《南史·褚彦回传》[5],又见唐韩偓诗[6]。

【题解】

针对外国银元流行国内的不正常现象,此诗提出国家要顺应人们携带方便的要求,按照古代传统,自己铸造银元。此诗表现了作者可贵的爱国思想。

【注释】

①麟趾裹(niǎo)蹄:麒麟趾、马蹄,汉武帝时所造金锭的形制。

②番舶:旧称来华贸易的外国船舶。琛(chēn):珍宝。这里指外国银元。

③平准书:司马迁《史记》中的一章,记载汉代财政经济方面的史实。

④饼金:扁圆形如饼状的金块。

⑤褚彦回:名渊,南北朝时期刘宋王朝宋明帝所倚赖的重臣。《南史·褚彦回传》:"有人求官,密袖中将一饼金,因求请间,出金示之曰:人无知者。"

⑥韩偓(wò):晚唐诗人。其诗《咏浴》云:"不知侍女帘帏外,剩取君王几饼金。"

【汇评】

孙宝瑄《忘山庐日记》:定盦《杂诗》引证齐梁之铸饼金,以为中国古有银钱之始,不知汉时已有此法,特未能久行耳。

一一九

作赋曾闻纸贵夸,谁令此纸遍京华①?不行官钞行私钞,名目何人饷史家②?

【题解】

此诗表达了作者的一个观点:与其让商人自己流通私钞,还不如由政府统一来发行官钞。反问句式,让人深思。

【注释】

①此纸:指私人商业自己发出的钱票之类。

②饷:赠予。

一二〇

促柱危弦太觉孤①,琴边倦眼眄平芜。香兰自判前因误②,生不当门也被除。

【题解】

作者由"促柱危弦""芳兰被锄"而生发慨叹,暗寓自己遭到顽固派接二连三的打击,心生疲惫和愤激之情。

【注释】

①促柱危弦:筝瑟上面搁弦的桥状物称为柱,可以调节弦的松紧。如果把柱调到使弦拉得极紧,弹奏时,声音便显得哀而急,甚至弦断,称为"促柱危弦"。

②香兰:指兰草或泽兰,菊科植物,多年生草本,高三四尺,茎叶有香气,秋末开淡紫色小花。不同于现在一般说的兰花。前因:佛家认为人有过去、现在、未来三世,今世发生的事情是由于前世造下的因。这里暗用刘备的典故。刘备因张裕散布蜀汉将要灭亡借口将他杀掉,诸葛亮询问原因,刘备回答:"芳兰生门,不得不锄。"

一二一

荒青无缝种交加①,月费牛溲定几车?只是场师消遣法②,不求秋实不看花。所傲寓有治圃者③,戏赠。

【题解】

此诗从表面上看,是对治圃者只顾耕耘不问收获的戏赠,其实另有寓意。作者提出改革社会政治的主张,既费力又不讨好,而且一事无成,这似乎只是一种"消遣法"罢了。诗歌自嘲意味颇浓。

【注释】

①荒青:荒废的草地。交加:纵横。

②场师:古代园艺匠师之称。

③僦(jiù)寓:赁屋寓居。治圃:种植蔬菜。

一二二

六朝古黛梦中横①,无福秦淮放棹行②。想见钟山两才子③,词锋落月互纵横。欲如江宁④,不果,亦不得马湘帆户部、冯晋渔比部两同年消息⑤。

【题解】

因不能去南京,不能与同年马湘帆、冯晋渔相见,作者写此诗寄托相思。想起六朝古都南京的优美山水和才气纵横的友人们,作者心生落寞之情。

【注释】

①六朝:指吴、东晋、宋、齐、梁、陈六朝,相继定都建康(吴名建业,今南京)。古黛:泛指南京历史上的山川人物。黛,青黑色的颜料,古代妇女拿来画眉;古人也称山色为黛色。

②秦淮:南京著名的河流,长江下游右岸支流。古称龙藏浦,汉代起称淮水,唐以后改称秦淮。旧时歌楼舞馆,并列城区两岸,画船游艇,纷集其中,是豪富们征歌逐色的地方。

③钟山:南京紫金山。两才子:指马湘帆、冯晋渔。

④江宁:旧县名,在今南京市中南部。

⑤马湘帆:马沅,字湘帆,号韦伯,江苏上元(今南京市)人。道光九年

(1829)进士,由庶吉士改户部主事,官至湖广道监察御史。著有《尘定轩稿》。冯晋渔:冯启蓁,字晋渔,广东鹤山人。嘉庆十五年(1810)举人,初官咸安宫教习、内阁中书,兼国史馆分校,后任山西某州知州。

一二三

不论盐铁不筹河①,独倚东南涕泪多②。国赋三升民一斗,屠牛那不胜栽禾?

【题解】

清王朝不重视筹划关乎国计民生的生产、税收和水利之事,致使东南各省的农民遭受到沉重的赋税负担。朝廷赋税规定三升,农民实际上要缴纳一斗粮食。赋税这样重,还"栽"什么"禾"? 干脆把耕牛宰了卖牛肉罢。此诗抨击了清政府的腐败无能,同情老百姓的沉重负担,感情沉郁悲凉。另一说,作者姑且不谈论盐铁和筹河这类"时髦"的问题,在东南一带孤独地居留时,看到缴租、屠牛的景象,足以令其伤心掉泪(斯奋《是谁"不论盐铁不筹河"》)。

【注释】

①盐铁:古代王朝多以盐铁为专利,设盐官、铁官分别掌管盐、铁的生产和税收。清代凡承销盐业都由户部发给凭照,无凭照不准私卖。无凭照或凭照数以外的盐,称为私盐。卖私盐违法,于是有公私矛盾。筹河:治理黄河。清朝设置河道总督加以管理。雍正以后,河工渐弛,治河机关竟变成上下官吏中饱私囊的贪污场所,致使黄河水患日重,终于酿成咸丰五年(1855)决口改道的大灾害。

②东南:指江苏、浙江等东南沿海省份。

一二四

残客津梁握手欷①,多君郑重问乌衣②。故家自怨风流歔③，肯骂无情燕子飞④？重晤段君果行、沈君锡东于逆旅，执手言怀。两君，家大人旧宾客也。

【题解】

作者在渡口遇见父亲昔日的门客，执手问好，彼此伤感。作者感谢门客殷勤的问候。破落了的家族只能埋怨自己的好光景一去不返，怎能责骂旧时的燕子飞到别人家去呢？此诗包含了深沉的感慨。

【注释】

①残客：旧日的门客。津梁：渡口和桥梁。歔：歔歔，伤心叹气。

②多：称美，引申为感谢。乌衣：南京的乌衣巷，南朝时是王、谢两姓大族聚居的地方，后人因以乌衣子弟比喻旧家大族的子弟。

③风流：即流风余韵，指世代相传的风习。

④燕子：家燕的通称，比喻从前投靠过富贵人家的人。

一二五

九州生气恃风雷①，万马齐喑究可哀②。我劝天公重抖擞③，不拘一格降人才。过镇江，见赛玉皇及风神、雷神者④，祷祠万数。道士乞撰青词⑤。

【题解】

作者利用撰写青词的机会，撰写此诗，借题发挥，表达了对清王朝上下一片死气沉沉局面的不满，批判清朝统治者用所谓"资格"来限制人才的弊政。作者希望神州大地上出现风雷般的变革，解放人才，培养人才，以开辟生气勃勃的新局面、新气象。此诗表现了作者最高的思想境界，唱出了时代的最强音，以新人耳目之效、雷霆万钧之势，对后世产生了深远的影响。

【注释】

①九州：指中国。古地理书《禹贡》把我国划分为九州，即冀、兖、青、

徐、扬、荆、豫、梁、雍,后代因以九州指中国。生气:蓬勃生鲜的气象。风雷:表面上指所祭祀的风神、雷神,比喻雷厉风行的政治革新。

②万马齐喑(yīn):众马都沉寂无声。比喻人们都不发表意见,气氛沉闷。

③天公:表面上指所祭祀的玉皇,实际上指最高统治者皇帝。抖擞:奋发;振作。

④赛:旧时以祭祀酬报神的福佑。玉皇:道教所谓最高的天神。风神:传说名飞廉,又称风伯,风师。雷神:传说名丰隆,又称雷师。

⑤青词:道士在斋醮祭神时献给天神的祝文,照例用朱笔写于青藤纸上,称为青词。

【汇评】

朱杰勤《龚定盦研究》:他一则感国难之方殷,人材缺乏,二则伤本身之沦废,众醉独醒,伤时抚事,形诸笔墨,真可谓之爱国诗人。

钱仲联、钱学增选注《清诗三百首》:这一首是自珍《己亥杂诗》中最突出的一首,最能体现作者的精神及对时代的要求。

程翔章、丘铸昌编著《中国近代文学》:诗人借题发挥,呼唤风雨,希望通过社会变革,解放人才,使国家振兴起来,也是诗人追求个性解放的一种体现。

一二六

不容儿辈妄谈兵,镇物何妨一矫情①。别有狂言谢时望②,东山妓即是苍生③。

【题解】

此诗写谢安的"矫情"和携妓之举,表达了作者与众不同的见识。所谓矫情,乃是谢安的别有用心。而谢安的携妓纵游行为,却能为作者的"花月冶游"找到借口,以避免受到某些人的讥讽。

①矫情:故意违反常情,表示与众不同。这里指东晋大臣谢安在获知儿辈谢玄、谢石领军八万,以少胜多,大败苻坚率领的九十多万大军,取得淝水之战的胜利时,正与客人下围棋,他本应大喜,却不动声色,被称为"矫情镇物"。

②时望:当代有名望的人。

③东山妓:指晋谢安在东山居住时所蓄养的能歌善舞的女艺人。

一二七

汉代神仙玉作堂①,六朝文苑李男香②。过江子弟倾风采③,放学归来祀卫郎④。

【题解】

此诗讽刺当时贵族官宦子弟玩弄戏子的恶劣风气。开头两句借毕沅和李桂官的男色关系作为引子,后两句指出当时江南富豪子弟很多人玩弄男戏子的丑恶事实。"倾风采","祀卫郎",寓意显明。

【注释】

①玉作堂:玉堂署,汉代官署名。这里指翰林或嬖幸者。

②李男:指乾隆年间京师宝和部的昆曲旦角李桂官,字秀章,江苏吴县(今苏州市吴中区)人,同状元毕沅昵好。

③过江子弟:晋怀帝永嘉五年(311),刘曜、石勒率兵攻陷洛阳,掳去怀帝。中原地区豪室贵族纷纷南逃,在长江下游一带定居。这些人称为过江人士,其子弟称为过江子弟。这里指嘉庆、道光年间江南 带的贵族富豪人家子弟。

④卫郎:东晋人卫玠,字叔宝,风神清秀,容貌俊美,被称为璧人。后成为美男子的代称。

一二八

黄河女直徙南东(金明昌元年)^①,我道神功胜禹功^②。安用迁儒谈故道,犁然天地划民风。渡黄河而南,天异色,地异气,民异情。

【题解】

作者渡过黄河,感觉两岸的风物民情大异,感叹那种恢复黄河故道的议论,乃"迁儒"之见。

【注释】

①女直:金族原称女真,后改为女直。金明昌元年:实为金章宗明昌五年(1194),作者误记。金章宗明昌五年,黄河在阳武县(今河南省原阳县)河堤缺口,淹过封丘县向东注入梁山泊,再分两支,一支由北清河(即大清河)入海,一支由南清河(即泗水)入淮河。这是历史上记载的黄河第四次大迁徙。到元代,北流日渐微弱;明代弘治七年(1494),筑断黄陵冈支渠,北流断绝,黄河全部南流。清代中叶,黄河下游由河南省兰封县(今兰考县)东南流经江苏砀山、铜山、宿迁、泗阳、淮阴等县出海,即作者当时所见的情况。

②禹功:传说帝尧时代,大禹治理黄河,平息了严重的水患。

一二九

陶潜诗喜说荆轲^①,想见停云发浩歌^②。吟到恩仇心事涌,江湖侠骨恐无多。舟中读陶潜诗三首。

【题解】

在归途舟中,作者读陶潜的诗,感受到陶诗富有亲情和豪气,认为陶潜并非仅是一个超然物外、淡漠人事的隐士。作者与陶潜惺惺相惜,他此次辞官归隐,也不会忘却世情。借陶潜《停云》浩歌之意,抒发了作者感时伤世之情。

【注释】

①陶潜:东晋著名诗人,字渊明,或字元亮,浔阳柴桑(今江西省九江市)人,曾官彭泽令。自称不为五斗米折腰,弃官归隐,以诗酒自娱,世称靖节先生。荆轲:战国时代的刺客,受燕太子丹重用,入秦行刺秦始皇,被杀。陶潜有诗《咏荆轲》。

②停云:陶潜的《停云》诗,内容为思念亲友而不得相见。

一三〇

陶潜酷似卧龙豪(语意本辛弃疾)①,万古浔阳松菊高。莫信诗人竟平淡,二分梁甫一分骚②。

【题解】

作者当时的处境和志向与归隐的陶潜十分相似,因此能道出陶诗之隐衷。陶潜并非一般世人所认为的是一个淡泊的隐士,他的诗在平淡的外表下,既有诸葛亮《梁甫吟》的豪情壮志,又有屈原《离骚》的怨愤不平。此诗赞颂陶潜的为人和陶诗的风格。

【注释】

①卧龙:指诸葛亮。辛弃疾《贺新郎》:"把酒长亭说,看渊明风流,酷似卧龙诸葛。"

②梁甫:指诸葛亮的《梁甫吟》。骚:指屈原的《离骚》。

一三一

陶潜磊落性情温,冥报因他一饭恩①。颇觉少陵诗吻薄,但言朝叩富儿门②。

【题解】

就受人赐饭救济后的态度,作者对比陶潜与杜甫,认为陶潜胸怀磊落,性情温厚,而杜甫显得刻薄些。

【注释】

①冥报:死后相报。陶潜《乞食》诗末尾说:"感子漂母惠,愧我非韩才。衔戢(按:藏在心里)知何谢?冥报以相贻。"韩,指韩信。韩信贫穷时得到漂母的赐饭救济,他后来成为楚王,以金银还报漂母。

②朝叩富儿门:杜甫《奉赠韦左丞丈二十二韵》诗:"朝叩富儿门,暮随肥马尘。残杯与冷炙,到处潜悲辛。"作者认为杜甫吃了人家的酒饭,不但不讲报答,反而语带讽刺,未免轻薄些。

一三二

　江左晨星一炬存①,鱼龙光怪百千吞。迢迢望气中原夜②,又有湛卢剑倚门③。江阴见李申耆丈、蒋丹棱秀才④。丹棱,申耆之门人也。

【题解】

此诗极力称赞李兆洛的才学博大精深,对他的弟子蒋丹棱也赞誉有加。李兆洛曾经称赞作者和魏源,并为"绝世奇才"。

【注释】

①晨星:早晨的星辰,小的隐没,大的还在发光。比喻人才寥落。

②望气:古代方士的一种占候术。观察云气以预测吉凶。

③湛卢:古代宝剑名。《吴越春秋》:"越王允常使欧冶子造剑五枚,曰纯钩、湛卢、豪曹、鱼肠、巨阙。以湛卢献吴。吴公子光以弑其君僚。湛卢夜飞入楚。"这里喻指蒋丹棱。

④李申耆:李兆洛,字申耆,号绅埼,晚号养一老人,江苏阳湖(今属常州市)人。嘉庆十年(1805)进士,官安徽凤台知县,后主讲江阴暨阳书院。

学问渊博,经学、音韵、训诂、地理、天文、历算、古文辞均有造诣。蒋丹棱:
蒋彤,字丹棱,江苏阳湖(今属常州市)人。

一三三

　　过江籍甚颜光禄①,又作山中老树看②。赖是元龙楼百
尺③,雄谈夜半斗牛寒④。陈登之别驾座上⑤,重晤盛午洲光禄⑥。

【题解】

　　作者在知县陈登之的府中与好友盛午洲相聚,畅谈甚欢。此诗写这一
事情,蕴含着同病相怜、苦中作乐的情绪。

【注释】

　　①籍甚:借助使名声更盛。《汉书·陆贾传》:"贾以此游汉廷公卿间,
名声籍甚。"颜光禄:颜延之,南朝宋人,善文章。作者将他比拟盛午洲。因
颜延之官光禄大夫,盛午洲也任职于光禄寺。

　　②山中老树:《庄子·山木》:"庄子行于山中,见大木,枝叶盛茂。伐木
者止其旁而不取也。问其故,曰:'无所可用。'"

　　③元龙:陈登,字元龙,东汉末年为广陵太守。作者将他比拟陈登之。

　　④斗牛:二十八宿中有斗宿和牛宿,每年夏秋间在南方出现。

　　⑤陈登之:陈延恩,字登之(一作敦之),江西新城人。监生,曾任江阴
知县。

　　⑥盛午洲:盛思本,字诒安,号午洲,江苏阳湖(今属常州市)人。嘉庆
十九年(1810)进士,授编修,改主事,官至光禄寺少卿。

一三四

　　五十一人忽少三,我闻陨涕江之南。箧中都有旧墨迹,从
此袭以玫瑰函①。闻都中狄广轩侍御、苏宾嵋吏部、夏一卿吏部三同年忽
然同逝②。

留京的同年五十一人（见《己亥杂诗》第三十八首作者自注），突然同时死去了三人，作者感触颇深。此诗直写痛哭，也借物寄情，抒发了生死无常的感叹。

【注释】

①袭：拿衣服套在外面。这里是珍重包藏的意思。玫瑰函：用宝石装饰的箱子。函，装物的匣子。

②狄广轩：狄听，字询岳，号广轩，江苏溧阳人。道光九年(1829)进士，官刑部广东司郎中，江西道监察御史。苏宾嵋：苏孟旸，字震伯，号宾嵋，江西鄱阳人。道光九年(1829)进士，由庶吉士授吏部主事。夏一卿：夏恒，原名庆云，字翯瑞，号益卿，湖南攸县人。道光九年进士，由庶吉士授吏部考功司主事。

一三五

偶赋凌云偶倦飞①，偶然闲慕遂初衣②。偶逢锦瑟佳人问，便说寻春为汝归。

【题解】

此诗连用四个"偶"字，看似作者的生平经历有许多偶然性，但实际上都出于必然。字里行间掩抑着作者的酸楚和苦笑，"以乐写哀，其哀倍之"。

【注释】

①凌云：《史记·司马相如传》："相如既奏《大人》之颂，天子大悦，飘飘有凌云之气，似游天地之间意。"原指司马相如写的《大人赋》，这里指作者于道光九年(1829)参加殿试对策献赋，被赐同进士出身。倦飞：陶渊明《归去来兮辞》："鸟倦飞而知还。"这里指作者对做官已感厌倦。

②初衣：指入仕前所穿普通人的衣服。

【汇评】

王国维《人间词话》：龚定盦诗云："偶赋凌云偶倦飞，偶然闲慕遂初衣。

偶逢锦瑟佳人问,便说寻春为汝归。"其人之凉薄无行,跃然纸墨间。

一三六

万卷书生飒爽来①,梦中喜极故人回。湖山旷劫三吴
地②,何日重生此霸才?梦顾千里有作③。忆己丑岁与君书,订五年相
见。君报书云:"敢不忍死以待④。"予竟爽约,君以甲午春死矣⑤。

【题解】

此诗因梦见已死去的好友顾千里而作。作者抒发了他与顾千里梦中
相逢的喜悦,感叹好友英年早逝,希望上天能重生这样一个"霸才"。诗感
情真挚,意味深长。

【注释】

①万卷书生:指顾千里。李兆洛《涧薲顾君墓志铭》:"弱冠从张白华先
生游,馆于程氏,程氏富于藏书,君遍览之。学者称为万卷书生焉。不事科
举业,年三十,始补博士弟子员。"飒爽:气概轩昂的样子。

②旷劫:许多世代。三吴:相当于江苏南部和浙江北部地区。

③顾千里:顾广圻,字千里,号涧薲,江苏元和(今属苏州市)人。县学
生。读书过目万卷,擅长经史训诂,天算舆地,尤精于目录学,善于校雠。

④忍死以待:年老多病的人,随时都可能死亡,但为了等候某些重要的
人和事,希望自己不要死去。

⑤甲午春死矣:王佩诤校本云:"按《顾千里年谱》,(顾氏)乙未(1835)
二月十九日卒。"作者误记为甲午(1834)。

一三七

故人有子尚饘粥①,抱君等身大著作。刘向而后此大
宗②,岂同陈晁竞目录③。千里著《思适斋笔记》,校定六籍、百家,谩其
文字④。且生陈、晁后七百载,目录方驾陈、晁,亦足豪矣。嗣君守父书⑤,京师

传闻误也。

【题解】

顾千里的儿子保存了父亲的大量作品,宁愿喝粥贫穷也无所畏。此诗赞扬了他的品行,并肯定了顾千里在学界的地位。

【注释】

①饘(zhān)粥:粥类。稠的叫饘,稀的叫粥。

②刘向:西汉宗室,字子政,曾校定朝廷所藏古籍,每成一书,撮举内容大旨写成提要,称为《别录》,成为中国目录学的创始者。

③陈晁:陈振孙和晁公武。陈振孙,宋代江西吉安人,字伯玉,号直斋。在福建莆田县(今莆田市)传录郑氏、方氏、林氏、吴氏的藏书五万一千余卷,撰成《直斋书录解题》。晁公武,宋代巨野(今山东省巨野县)人,字子止,曾官临安府少尹。著有《郡斋读书志》。两人都是宋代重要的目录学家。

④谥(shì):纠正,校正。

⑤嗣君:指顾千里的儿子。

一三八

今日闲愁为洞庭①,茶花凝想吐芳馨。山人生死无消息②,梦断查湾一角青③。拟寻洞庭山旧游,不果;亦不得叶山人昶消息。

【题解】

作者于嘉庆二十三年(1818)和二十五年(1820)曾两度游玩洞庭山,又与叶昶订约,如果没有在洞庭山买一块地作为归隐之处,彼此就绝不相见。然而此约一直未能实现。此诗写此闲愁。

【注释】

①洞庭:太湖内的两座山,东洞庭山和西洞庭山。

②山人:隐者的别称。这里指叶昶。叶昶,字青原,太湖洞庭山东里

人,能诗,好客,隐居不仕。

③查湾:在洞庭东山碧螺峰之南,又名槎湾。

一三九

玉立长身宋广文①,长洲重到忽思君。遥怜屈贾英灵地②,朴学奇才张一军③。奉怀宋于庭丈作④。于庭投老得楚南一令。"奇才朴学",二十年前目君语,今无以易也。

【题解】

此诗写作者思念友人宋于庭。朴学奇才宋于庭,风度高峻整洁,去湖南做官,定会培养出一支研究经学的队伍。此诗善于用典。

【注释】

①宋广文:指宋于庭。广文,官名。唐玄宗时,开设广文馆,安置文士,置广文博士,后世因称州县教官为广文。宋于庭曾官泰州学正,作者因称他为广文。

②屈贾英灵地:指湖南省。屈原、贾谊都死于湖南,为湖南增色,故说"英灵地"。

③朴学:清人称训诂考据之学为朴学,又称汉学,以区别于文学和义理之学。张一军:建立一支部队。指宋于庭到湖南当官后,又可以在那边建立一支今文经学的队伍。

④宋于庭:宋翔凤,字虞廷,一字于庭,江苏长洲(今苏州市)人。嘉庆五年(1800)中举,官泰州学正,旌德县训导,晚年补授湖南兴宁(即今资兴)、耒阳等县知县。

一四〇

太湖七十溇为墟①,三泖圆斜各有初②。耻与蛟龙竞升斗③,一编聊献郏侨书④。陈吴中水利策于同年裕鲁山布政⑤。郏侨,郏亶之子,南宋人,父子皆著三吴水利书。

【题解】

作者向江苏布政使裕谦献上治理吴中水利的策论。虽然他此时已经辞官,但其济世之心始终未灭。

【注释】

①溇(lǒu):水沟。为墟:指水道淤塞成为平地。

②三泖(mǎo):湖名,也称泖湖,在浙江新埭大泖口。分上、中、下三泖。各有初:各有原来的样子,但如今淤湮已看不见了。

③升斗:一升或一斗水。

④郏(jiá)侨书:郏侨著的三吴水利书,借指自己的吴中水利策。郏侨,字子高,北宋昆山(今属江苏)人,郏亶(dǎn)之子,继其父编撰三吴水利书。其父郏亶,字正夫,北宋仁宗嘉祐年间进士,神宗熙宁初为广东安抚使机宜,上书论吴中水利六得六失,任司农丞,整治昆山西水田,大获成效。

⑤裕鲁山:裕谦,姓博罗忒氏,原名裕泰,字鲁山,蒙古镶黄旗人,嘉庆二十二年(1817)进士,道光十九年(1839)官江苏布政使,后升两江总督。道光二十一年(1841),英侵略军攻陷镇海,裕谦投池死。

一四一

铁师讲经门径仄,铁诗念佛颇得力。似师毕竟胜狂禅,师今迟我莲花国①。江铁君沉是予学佛第一导师②,先予归一年逝矣。千劫无以酬德,祝其疾生净土③。

【题解】

此诗是一首赞美祝愿诗。前两句赞美江沉的佛学功德,后两句祝愿他来生生于佛国。

【注释】

①迟:等待。莲花国:佛国,即佛家所谓"西方极乐世界"。

②江铁君:江沅,字子兰,一字铁君,自称净业学人,江苏苏州人。嘉庆十二年(1807)优贡生,拜段玉裁为师,精于古文字学。着有《说文释例》《入佛问答》《染香阁词钞》等。曾与作者共同校刊《圆觉经略疏》。

③疾生净土:佛教徒认为生前行善信佛的人,死后可生于佛国。净土即佛国。

一四二

少年哀艳杂雄奇,暮气颓唐不自知。哭过支硎山下路①,重钞梅冶一奁诗②。舅氏段右白③,葬支硎山。平生诗晚年自涂乙尽④,予尚抱其《梅冶轩集》一卷。

【题解】

此诗表达作者对舅父段右白的敬佩和缅怀之情。

【注释】

①支硎(xíng)山:在江苏省苏州市,也名楞伽山。晋高士支遁(号支硎)曾隐居于此,故名。

②奁(lián):方形匣子。

③段右白:作者舅父,段玉裁长子,名骧(xiāng),国子监生,喜收藏古文物。

④涂乙:涂改删削。

一四三

温良阿者泪涟涟①,能说吾家六十年。见面恍疑悲母在②,报恩祝汝后昆贤③。金媪者④,尝保抱予者也。重见于吴中,年八十有七。阿者,出《礼记·内则》,今本误为可者。悲母,出《本生心地观经》。

【题解】

此诗叙写作者重见自己家保姆阿者的情景,表达了对她的感恩之情。

【注释】

①阿者:古代贵族子弟的保姆。

②悲母:《大乘本生心地观经》卷二:"父母恩者,父有慈恩,母有悲恩。母悲恩者,若我住世,于一劫中说不能尽……一切众生轮转五道,经百千劫,于多生中互为父母,以互为父母故,一切男子即是慈父,一切女人皆是悲母。"

③后昆:后代。

④金媪:作者的保姆,丈夫姓金。

一四四

天教梼杌降家门①,骨肉荆榛不可论。赖是本支调护力②,若敖不馁怙深恩③。到秀水县重见七叔父作④。

【题解】

作者的家族曾遭受天灾,但没有覆灭,全赖七叔父的恩惠和照顾。

【注释】

①梼(táo)杌(wù):传说中一种恶兽,比喻凶恶的人。

②本支:本族的人,这里指七叔父。

③若敖:《左传·宣公四年》:"鬼犹求食,若敖氏之鬼,不其馁而?"这是楚国令尹子文的话。子文是若敖氏后裔,他担心子越椒会覆灭自己的宗族,所以这样说。馁:饥饿。怙:依靠。

④七叔父:当系大排名。疑即龚绳正,龚褆身第三子。禀贡生,曾任秀水县教谕。

一四五

径山一疏吼寰中①,野烧苍凉悼达公②。何处复求龙象力③?金光明照浙西东④。明紫柏大师刻《大藏》,板在径山。康熙中,由径山迁嘉兴之楞严寺⑤,今什不存四矣。求天台宗各书印本,亦无所得。

【题解】

紫柏大师宣扬佛法功德,然而,物换星移,紫柏大师刻印的佛经已"什不存四",这让作者不由地心生感慨。苍凉之感,溢于诗中。

【注释】

①径山一疏:明代万年间,僧人紫柏在径山刻印佛经五千卷。径山,在今浙江省杭州市余杭区。疏,雕刻,这里指书籍的雕板。吼寰(huán)中:径山刻印《大藏经》的声名,如狮子怒吼,传遍国内。

②达公:紫柏字达观,故作者称他为达公。

③龙象:佛教称修行勇猛有宏大能力的僧人。

④金光:形容佛法的力量。

⑤楞(léng)严寺:在今浙江省嘉兴市,始建于宋代,明万中重建,敕赐《藏经》五千卷。寺目前已不复存在。

一四六

有明像法披猖后①,荷担如来两尊宿②。龙树马鸣齐现身③,我闻大地狮子吼。拜紫柏、蕅益两大师像④。

【题解】

紫柏、蕅益两位僧人承担起宣扬佛法的责任,犹如狮子怒吼,叫醒了五洲大地。此诗写两位大师广大的影响力,表达了作者对他们的崇敬。

【注释】

①有明:明代。有,语首助词,无义。像法:佛法。佛教又称像教,故佛法亦称像法。披猖:破败,衰落。

②荷担如来:把阐扬佛法的责任承担起来。尊宿:年高德劭(shào)的人。

③龙树:龙猛。见《己亥杂诗》第三十四首注。马鸣:佛教菩萨之一,居于中印度,出生约在佛灭后五六世纪。著有《大乘起信论》,是大乘教派的权威著作。印度大乘佛法得到他的阐扬,大为发展。

④蕅益:明代僧人智旭,字蕅益,自号八不道人。俗名钟始声,字振之,苏州人。生于明万历二十七年(1599)。入径山寺参禅,以兴复佛法戒律自任,作《毗(pí)尼集要》,一生著述达四十余种。

一四七

道场馣馤雨花天①,长水宗风在目前②。一任拣机参活句③,莫将文字换狂禅。示楞严讲主逸云④。讲主新刻明人《楞严宗通》一书,故云。

【题解】

此诗描述逸云像长水大师一样的宗派主讲风格,表明了作者对传教方式的态度,不认可禅宗的"拣机参活句"。

【注释】

①道场:讲道的场所。馣(ān)馤(ài):香气。雨花天:天上落下香花。

②长水宗风:长水大师的宗派风格。蒋维乔《中国佛教史》:"华严宗,宋初有长水子璿(xuán),世所称长水大师是也。居长水,说《严华》,其徒多及千人。以贤首教义著《首楞严经义疏》《大乘起信论疏笔削记》等书知名于世。"长水:旧县名。在今浙江嘉兴。宗风:宗派的独特风格。

③拣机参活句:佛教禅宗后期,法师为了启发门徒,把自己的语言说得恍惚迷离,不可捉摸,叫作"机锋语"。机是弩牙,用以发箭;锋是箭锋,比喻锐利。又他们开示门徒时,所用语句绝无意义可通的称为活句,反之便是死句。作者对这些传教方式极为反对。

④逸云:名正感,字念亭,江苏长洲(今苏州市)人。弱冠出家,住支硎山中峰寺。能诗,著有《啸云山房诗钞》。

一四八

一脉灵长四叶貂^①，谈经门祚郁岧峣^②。儒林几见传苗裔^③？此福高邮冠本朝。访嘉兴太守王子仁^④。子仁，文肃公曾孙^⑤，石臞孙^⑥，吾师文简公子^⑦。

【题解】

此诗赞扬了王子仁四代高官、博学，表达了作者对他们的崇敬之情。

【注释】

①灵长：福泽绵长。四叶：四世。貂：指貂尾。汉代高级官员冠上用貂尾装饰。

②门祚(zuò)：家运。郁岧(tiáo)峣(yáo)：深茂高峻。

③苗裔：后代。

④王子仁：王寿昌，字子仁，江苏高邮人。王引之长子。官嘉兴知府，广西按察使。

⑤文肃公：王安国，字书城，王寿昌曾祖。雍正二年(1724)殿试第二名及第。官至吏部尚书，谥文肃。

⑥石臞(qú)：王念孙，字怀祖，号石臞，安国之子。乾隆四十年(1775)进士，官至永定河道。精音韵学，善校古籍。著《读书杂志》八十二卷，撰《广雅疏证》三十卷。

⑦文简公：王引之，字伯申，念孙之子。嘉庆四年(1799)殿试第三人及第，历官吏部、户部、吏部尚书，卒谥文简。精研经学及小学，著《经义述文》三十一卷，《经传释词》十卷。

一四九

只将愧汗湿莱衣^①，悔极堂堂岁月违^②。世事沧桑心事定，此生一跌莫全非。于七月初九日到杭州。家大人时年七十有三^③，

315

倚门望久矣。

【题解】

面对老父亲时，作者为事业无成、孝心未尽而感到羞愧。愧疚之余，作者仍坚定自己的选择，辞官这一"跌"并不完全是坏事。诗歌包含复杂情绪，既唏嘘感叹，又意志坚定。

【注释】

①莱（lái）衣：指老莱子的衣服，这里借用作儿子的衣服。刘向《列女传》载，春秋时，楚国有老莱子，以孝著称，为取悦父母，七十岁还身穿五彩衣服，打扮成儿童模样。

②堂堂：壮盛的样子。

③家大人：家父。作者父亲龚丽正，字旸（yáng）谷，号暗斋，嘉庆元年（1796）进士，历官内阁中书、军机章京、江南苏松太兵备道，署江苏按察使。道光七年（1827）称疾辞官，回杭州主讲紫阳书院。著有《三礼图考》《国语补注》《两汉书质疑》《楚辞名物考》等书。

一五〇

里门风俗尚敦庞^①，年少争为齿德降^②。桑梓温恭名教始，天涯何处不家江^③？家大人扶杖出游，里少年皆起立。

【题解】

此诗写家乡崇尚敦厚敬老的风俗。由一乡推及国家，作者希望国家民风淳朴，敬老爱幼。

【注释】

①敦庞：朴直淳厚。

②齿德：年老有德的人。

③家江：家乡。

一五一

小别湖山劫外天[①]，生还如证第三禅[②]。台宗悟后无来去，人道苍茫十四年[③]。

【题解】

辞京归乡，有感而作，诗中掺杂了佛教的禅理，表达了作者对时间流逝的伤感、无奈，又含有一丝如释重负、超脱超然的轻松感。

【注释】

①劫外天：佛教认为世界由成到坏是一大劫，置身在这劫中世界的就是劫内，反之就是劫外。也认为不在自己的生活感觉之中的事物，称为劫外。

②第三禅：佛教所谓四禅定，是佛教徒修习禅功的过程。第三禅是禅定的第三阶段（或境界），据说进入这种境界的人，喜心涌动，但定力还未坚固，因之摄心谛视，喜心即渐消失，于是泯然入定，绵绵快乐，从内发出。

③人道：佛教把现实世界和空想世界划分为六道，即天道、人道、阿修罗道、畜生道、饿鬼道、地狱道。人道是指现实社会或人生。十四年：作者在道光六年（1826）离开杭州到北京任职，到现在回乡前后共十四年。

一五二

浙东虽秀太清孱[①]，北地雄奇或犷顽[②]。踏遍中华窥两戒[③]，无双毕竟是家山。

【题解】

此诗对家乡山水没有一句描绘，却通过对比衬托的手法引出让人遐想的浙江山水。最后一句"无双毕竟是家山"，道尽了诗人心中的自豪，让人感受到诗人心中激荡的豪情。

①浙东:浙江省以浙江(钱塘江)为界,东南面地区称浙东,西北面地区称浙西。清孱(chán):清瘦文弱。

②北地:指黄河流域以北地区。犷顽:粗野不驯。

③两戒:见《己亥杂诗》第三十首注。

一五三

亲朋岁月各萧闲①,情话缠绵礼数删。洗尽东华尘土否②? 一秋十日九湖山。

【题解】

作者归家后与亲朋们不拘礼节地亲切交往,尽情流连于家乡美丽的湖光山色中,一洗官场的风尘和俗气。此诗表现了作者厌弃官场,陶醉在亲情、山水中的情境。

【注释】

①萧闲:安静清闲。

②东华尘土:指浪迹官场的习气。作者在内阁和礼部做官,内阁在紫禁城东华门内,礼部在紫禁城东面,靠近东华门。

一五四

高秋那得吴虹生①,乘轺西子湖边行②。一丘一壑我前导,重话京华送我情。时已知浙中两使者消息③,非吴虹生也。祝其他日使车莅止耳④。

【题解】

作者希望好友吴虹生来杭州担任浙江乡试的主考官,以便款待朋友,与他游玩叙谊。但是事与愿违,吴虹生并没能来担任主考官。诗歌设想与

318

朋友欢聚,让人体会到作者的真挚热情。

【注释】

①吴虹生:见《己亥杂诗》第二十六首注。

②轺(yáo):用一匹马拉的车子。西子湖:即杭州西湖。

③两使者:指到浙江主持科举考试的正副主考官。考官是奉朝廷派遣出发到各地,可以称为"使者"。

④莅止:来到。

一五五

除却虹生忆黄子①,曝衣忽见黄罗衫。文章风谊细评度②,岭南何减江之南③? 谓蓉石比部。

【题解】

作者怀念好友黄玉阶,赞扬他的人品和文章。

【注释】

①黄子:指黄玉阶。见《己亥杂诗》第二十八首注。

②风谊:同"风义",指作风和待人态度。评度:评论,评价。

③岭南:指广东。黄玉阶是广东番禺(今广州市番禺区)人。江之南:指长江下游以南一带地区。

一五六

家住钱塘四百春①,匪将门阀傲江滨②。一州典故闲征遍,撰杖观涛得几人③? 八月十八日侍家大人观潮。

【题解】

作者陪老父亲去钱塘江观潮,联想起家族在杭州的四百年历史,感慨整个杭州城,像父亲这般年纪仍"撰杖观涛"的人已经没几个了。欣慰与自豪,溢于言表。

【注释】

①钱塘:旧县名,明清为杭州府治,辛亥革命后废,即今杭州市。

②门阀:古代重视族姓的来源,祖上有高官显宦的,称为门阀之家。

③撰杖:拿起拐杖。

一五七

问我清游何日最?木樨风外等秋潮①。忽有故人心上过,乃是虹生与子潇②。吴虹生及固始蒋子潇孝廉也。

【题解】

作者在清秋时节外出游玩,想起了好友吴虹生和蒋子潇。作者重情重义,可见一斑。

【注释】

①木樨(xī):桂花。

②子潇:蒋湘南,字子潇,河南固始人。道光十五年(1835)举人,曾入江督、河督幕府,晚年主讲关中书院,修辑《全陕通志》。著有《周礼考证补注》《七经楼文钞》《春晖阁诗钞》。

一五八

灵鹫高华夜吐云①,山凹指点旧家坟。千秋名教吾谁愧?愧读羲之誓墓文②。表弟吴鹫云,先世丙舍在灵鹫下③,绘图乞一诗。时予不至先慈殡宫十四年矣④。

【题解】

作者给表弟绘的"先世丙舍"图作诗,想起了王羲之的誓墓文,对于自己多年没有去祭扫亡母的陵墓而感到惭愧,但对自己的辞官归隐并不感觉羞愧。

【注释】

①灵鹫(jiù)：杭州灵隐山东南有飞来峰，又叫灵鹫峰。

②誓墓文：《晋书·王羲之传》载，东晋书法家王羲之任会稽郡守时，听说扬州刺史王述要来检查他的工作，因他平时瞧不起王述，就称病辞官，并在父母墓前自誓，表示不再出山。

③丙舍：坟墓前的建筑物，又叫墓堂。

④先慈：亡母。殡宫：墓地。

一五九

乡国论文集古欢①，幽人三五薜萝看②。从知阆苑桃花色③，不及溪松耐岁寒。晤曹葛民籀、徐问蓬楸、王雅台熊吉、陈觉庵春晓诸君④。

【题解】

此诗写作者与家乡的隐士们相见，赞扬他们高洁的品格和清寒的操守。

【注释】

①乡国：家乡。古欢：清人王士祯曾著《古欢录》，记述从上古到明代在乡隐居的知识分子。作者因此称曹葛民等人是"古欢"。

②幽人：隐居的人。薜萝：薜荔和女萝，都是山野常见的蔓生植物，比喻隐者之衣，或借指隐者住处。

③阆(làng)苑：传说中仙人住的地方，这里借指在科场中得意的人。桃花色：比喻表面的热闹繁华。

④曹葛民：曹籀(zhòu)，原名金籀，字葛民，一字竹书，号柳桥，浙江仁和(今杭州市)人，秀才。同治间曾辑印《定盦文集》，即后人所称的吴刻本。徐问蓬(qú)：徐楙(máo)，字仲鏓(一作仲勉)，号问蓬，别号问年道人。钱塘(今浙江省杭州市)人。精研金石篆刻，工篆书、隶古。王雅台：王熊吉，

原名积诚,号雅台。钱塘(今浙江省杭州市)人。道光十一年(1831)举人,曾官嵊县教谕。陈觉庵:陈春晓,字杏田,号觉庵,又号望湖。钱塘禀贡生。著有《晚晴书屋诗钞》《觉庵续咏》《风鹤吟词》等。

一六〇

眼前石屋著书象①,三世十方齐现身②。各搦著书一枝笔③,各有洞天石屋春④。葛民以画象乞题,为说假观偈⑤。

【题解】

诗满满地透露出诗人对佛学的研究与喜爱,创造景象表达出自己的爱佛之情。

【注释】

①石屋:佛教徒凿石为室,供奉诸佛。杭州九曜山有一个石屋洞。曹籀(字葛民)曾将其著述合刻为《石屋书》。

②三世十方:佛家以过去、现在、未来为三世,八方加上下为十方。齐现身:指一个形象化成无数形象,充满于时间空间之中。佛教天台宗、华严宗认为这是"假观"。

③搦(nuò):拿起。

④洞天:道家认为是神仙居住的地方。

⑤假观:佛教龙树宗(空宗)把空观、假观、中观称为三谛。所谓"假观",即认为客观世界不过是心中造成的假象,并非真实的。偈(jì):梵文偈陀的简称,义译为颂。通常每偈四句,为佛教文体之一。

一六一

如何从假入空法①?君亦莫问我莫答。若有自性互不成②,互不成者谁佛刹?为西湖僧讲《华严》一品竟,又说此偈。

此诗的大意是:在修炼时如何"从假入空",你不要问,我也不回答。因为你的问表现为一种"自性",我的答也表现为一种"自性",各有自性的结果便是"互不成"——没有"互性",一切不成。如果"互不成",那算什么"佛刹"(佛土,引申为佛的教义)呢?

【注释】

①从假入空:天台宗教徒的"观心"修证过程之一。"从假入空"是修证的第一阶段。意即把根源于客观世界的一切念头都收敛起来,脑子里什么都不想,就叫"从假入空"。

②自性:自己的本质属性。与之相对的是"互性",世界客观事物彼此之间的普遍联系性。

一六二

振绮堂中万轴书①,乾嘉九野有谁如②?季方玉粹元方死③,握手城东问蠹鱼④。汪小米舍人死矣⑤!见其哲弟又村员外⑥。

【题解】

作者由衷歌颂汪家创建振绮堂藏书室,作此诗,对汪家兄弟汪远孙、汪适孙十分赞赏,对汪远孙的早逝感到十分痛惜。

【注释】

①振绮堂:清代著名私人藏书室,由乾隆年间的汪宪创始。汪宪,字千陂,号鱼亭,官刑部员外郎,生平喜爱藏书,建振绮堂作藏书室。子孙数代陆续增加收藏,成为浙江一大收藏家。传世有《振绮堂书目》。

②乾嘉九野:乾隆、嘉庆年间的中国。九野,九州之野。

③季方、元方:东汉陈寔有两个儿子,长子陈纪,字元方,幼子陈谌,字季方,都很有才华。陈寔有"元方难为兄,季方难为弟"的评价。作者拿元方、季方比拟汪氏兄弟。玉粹:像玉那样精纯。

④问蠹(dù)鱼：问汪家藏书情况。蠹鱼是蛀书之虫。

⑤汪小米：汪远孙，字久也，号小米，又号借闲漫士。汪宪曾孙，汪诚长子，浙江钱塘（今杭州市）人，嘉庆二十一年(1816)举人。著有《诗考补遗》《汉书地理志校勘记》《借闲生诗词集》等。妻梁端及继室汤漱玉均有著作，合刊为《振绮堂遗书》。

⑥又村员外：汪适孙，字亚虞，号又村，汪诚次子，候选州同。著有《甲子生梦余词》，辑有《清尊集》十六卷。

一六三

与吾同祖砚北者（先曾祖晚号砚北老人）①，仁愿如兄壮岁亡②。从此与谁谈古处？马婆巷外立斜阳③。吊从兄竹楼。

【题解】

此诗是咏怀吊人之作。作者回到出生的地方马婆巷，想念往事，追忆从兄竹楼，感触很深，在巷外斜阳中久立，不忍离开。

【注释】

①砚北：龚斌，初名镇，字典瑞，号砚北，又号半翁，邑增生。作者的曾祖。著有《有不能草》。

②仁愿：敦诚谨重，宽厚爱人。壮岁：三十岁为壮。

③马婆巷：在杭州东城。作者祖父龚敬身在此置有住宅，作者在此宅出生。

一六四

醰醰诸老惬瞻依①，父齿随行亦未稀。各有清名闻海内②，春来各自典朝衣③。时乡先辈在籍④，科目、年齿与家大人颉颃者五人⑤：姚亮甫、陈坚木两侍郎⑥，张云巢蹉使，张静轩、胡书农两学士⑦。

【题解】

致仕在籍的家乡前辈们,享有清名,生活清贫又清闲。作者表达了对乡贤们的敬重。

【注释】

①醰(tán)醰:醇浓;醇厚。一般用以形容学术或文艺的造诣。

②清名:清高的声望。

③典朝衣:比喻生活清贫而又清闲。

④在籍:指致仕回原籍者。

⑤颉(xié)颃(háng):不相上下。

⑥姚亮甫:姚祖同,字秉璋,一字亮甫,钱塘(今浙江省杭州市)人。乾隆四十九年(1784)召试,赐举人,授内阁中书。历官河南、山西、直隶布政使,安徽、河南巡抚等。陈坚木:陈嵩庆,原名复亨,字复庵,号荔峰,一号坚木,钱塘(今浙江省杭州市)人。嘉庆六年(1801)进士。官翰林院仕讲学士,迁内阁学士,礼部右侍郎,吏部左侍郎。

⑦张云巢:张青选,字商彝,号云巢,广东顺德人。乾隆五十四年(1789)举人。由知县历官福建按察使,两淮盐运使,湖北按察使。著有《清芬阁诗集》。张静轩:张鉴,字星朗,号静轩,仁和(今浙江省杭州市)人。嘉庆六年(1801)进士。历官山东道、河南道御史,户科给事中,升内阁侍读学士。胡书农:胡敬,字以庄,号书农,仁和(今浙江省杭州市)人。嘉庆十年(1805)进士。由庶吉士授编修,官至翰林院侍读学士。著有《崇雅堂文集》《证雅》等。

一六五

我言送客非佛事,师言不送非佛智。双照送是不送是①,金光大地乔松寺。重见慈风法师于乔松庵②。叩以台宗疑义,聋不答。送予至山门,予辞,师正色曰:是佛法。

到底是法师送我还是不送我？此诗渗透着禅理。

【注释】

①双照：佛家说法，破法归空叫遮，存法观义叫照。按天台宗的说法，遮就是空观，照就是假观，要同时看到空假二谛，即空即假，便进入中道。双照指同时看到。

②慈风：杭州僧人，作者称他"深于相宗"。相宗即法相宗，又称唯识宗，唐玄奘传入中国。此宗主张在现实世界之上还有一个圆满的超现实世界，属于佛教客观唯心主义一派。

一六六

震旦狂禅沸不支，一灯慧命续如丝①。灵山未歇宗风歇②，已过庞家日眚时③。钱△庵居士死矣④！得其晚年所著《宗范》二卷。

【题解】

此诗写钱△庵的佛法造诣，对他的逝世表示惋惜。

【注释】

①一灯：佛教徒认为佛法能破众生昏暗，因此拿灯比喻。慧命：智慧的性命。

②宗风：宗派的风貌。

③日眚（shěng）：指日蚀。眚，白内障病。此诗后两句是慨叹钱△庵的宗教风貌消失，作者回来时他已经逝世。

④钱△庵：即钱伊庵，佛学居士，字东父，杭州人。死矣：一本作"西归矣"。

一六七

曩向真州订古文，飞龙滂熹折纷纭②。经生家法从来异③,拓本模糊且饷君④。在京师,阮芸台师属为齐侯中罍二壶释文⑤。兹吾师觅六舟僧手拓精本⑥,分寄徐问蘧⑦,属别释一通。因柬问蘧。

【题解】

学者考订古文,歧见纷纭,阮元与作者就对齐侯中罍二壶的释文意见不一。得知六舟僧有拓本寄给了徐问蘧,作者写信去询问徐问蘧。

【注释】

①曩(nǎng)向:同“向曩”,从前。真州:指阮元。阮元是江苏仪征人,仪征旧称真州。作者称阮元的籍贯表示对他的尊敬。古文:指殷周铜器上的古文字。

②飞龙:东汉崔瑗的小学著作,有《飞龙篇篆草势合》三卷。滂熹:一作滂喜,东汉贾鲂撰的字书,名《滂喜篇》。折纷纭:解决争执。折,判断是非。

③经生:研究儒家经典的人。家法:见《己亥杂诗》第六十三首注。

④饷:赠送。

⑤齐侯中罍二壶:周代铜器,共两器。一称齐侯中罍(léi),铭文一百四十四字,旧藏苏州曹氏怀米山房。一称齐侯罍,铭文一百六十八字,旧藏阮氏积古斋,又称为齐侯女罍壶或齐侯罍壶。

⑥六舟僧:僧人达受,字六舟,又字秋楫,号退叟,浙江海昌(今海宁市)人。俗姓姚氏,年少出家。精六书,章草,善画梅。生平搜罗金石甚富。著有《祖庭数典录》《六书广通》《两浙金石志补遗》。

⑦徐问蘧:见《己亥杂诗》第一五九首注。

一六八

闭门三日了何事?题图祝寿谀人诗。双文单笔记序偈①,笔秃幸趁酒熟时。

【题解】

作者闭门写题图、祝寿谀人诗,运用了各种文体,而且趁着一点酒意大胆写出来。

【注释】

①双文:骈体文。因为句子是对偶的,所以称为双文。单笔:散文。古称不用韵的散文为“笔”。记、序、偈:三种文体。记:记事文。序:叙述或带议论性的文章。偈:见《己亥杂诗》第一六○首注。

一六九

劘之道义拯之难①,赏我出处好我书。史公副墨问谁氏②?屈指首寄虬髯吴③。欲以全集一分寄虹生,未写竟。

【题解】

好友吴虹生赏识作者,曾对作者有过帮助,作者愿意将自己的全部作品托付于他。诗歌直抒胸臆,情谊深厚。

【注释】

①劘(mó):同“磨”,切磋磨砺。

②史公:汉代史家司马迁。这里是作者自指。副墨:副本。问:赠送。

③虬(qiú)髯:络腮胡子,这里指吴虹生。

一七○

少年哀乐过于人,歌泣无端字字真①。既壮周旋杂痴黠,童心来复梦中身②。

【题解】

作者的情感真挚热烈,乃天性使然。他愿意追求纯真的心灵、真诚的人生,而对现实社会特别是官场的虚伪狡诈十分鄙弃。

【注释】

①歌泣:这里主要是指言论和文章中表现的强烈感情。无端:没有来

由。这里指自然率意的意思。

②童心:真纯的心灵。来复:恢复。

一七一

　　猰貐猰貐厉牙齿①,求覆我祖十世祀②。我请于帝诅于鬼③,亚驼巫阳苵鸡豕④。

【题解】

　　猰貐之类的恶兽祸害了作者的家族,作者请于帝、诅于鬼,甚至亚驼、巫阳之神,以驱逐凶暴,庇佑家人。此诗采用了象征的手法,实有所指。

【注释】

①猰(yà)貐(yǔ):传说中的吃人恶兽。厉,磨利。

②求覆:企图覆灭。

③请于帝:向上帝投诉。诅:向鬼神请求加祸。

④亚(wū)驼(tuó):即滹沱河大神。巫阳:即巫咸,安邑巫咸河大神。

一七二

　　昼梦亚驼告有憙①,明年三月猰貐死。大神羹枭殄枭子②,焚香敬告少昊氏③。

【题解】

　　作者对猰貐的将要灭亡,欢喜异常,祷告要对猰貐斩尽杀绝。此诗采用了象征的手法。

【注释】

①有憙:有喜讯。

②大神:即滹沱河之神。羹枭:拿猫头鹰做成肉羹。殄:灭绝。

③少昊氏:原始社会时期一位氏族首领,据说是黄帝的儿子,名挚,又

号穷桑氏或青阳氏。秦国供奉少昊之神。

一七三

碧涧重来荐一毛^①，杉楠喜比往时高。故人地下仍相护，驱逐狐狸赖尔曹。吊朱大发、洪士华。二人为先祖守茔者也^②。先母殡宫在先祖侧，地名花园埂也。

【题解】

作者对朱、洪二人为其祖先守墓，表示衷心的感谢。

【注释】

①荐一毛：拿祭品向死者祭奠。毛，泛指植物。

②守茔：古代富贵人家雇人守护先人坟墓，这种人称为守墓人。

一七四

志乘英灵琐屑求^①，岂其落笔定阳秋？百年子姓殷勤意^②，忍说挑灯为应酬。乞留墨数行为异日相思之资者^③，填委牗户^④。惟撰次先世事行，属为家传、墓表^⑤，则详审为之，多存稿者。

【题解】

作者为乡亲们撰写家传、墓表，不避琐屑，审慎严谨，绝不虚为应酬。

【注释】

①志：地方志。乘：族谱，家传。英灵：死去的著名人物。

②子姓：众子孙。

③相思之资：思念的凭藉。

④填委牗户：纸张塞满屋子，都是请求留墨的。

⑤家传、墓表：都是记述先人事迹的文字。藏在家中的叫家传，刻石立于墓门的叫墓表。

一七五

琼林何不积缗泉^①,物自低昂人自便。我与徐公筹到此,
朱提山竭亦无权。近日银贵,有司苦之。古人粟红贯朽^③,是公库不必接
纳锒也^④。予持论如此。徐铁孙大令荣论与予合^⑤。

【题解】

此诗提出了朝廷应该收铜钱的主张。当时清廷规定,农民缴纳赋税要
交白银,不能交纳铜钱。由于白银大量外流,银价日贵,致使农民的负担在
无形中更加重了许多。

【注释】

①琼林:政府的财库。唐开元间,玄宗设立琼林、大盈二库,贮藏各地
贡品。缗(mǐn)泉:铜钱。

②朱(shū)提(shí):山名,在四川省宜宾县南,一说在今云南昭通。汉
代以产银著名。

③粟红贯朽:粮食发红腐烂,钱串霉坏。

④锒(qiǎng):白银。

⑤徐铁孙:徐荣,原名鉴,字铁孙,号药垣,广州驻防汉军正黄旗人。道
光十六年(1836)进士,官遂昌、嘉兴知县,升绍兴府,署杭嘉湖道。

【汇评】

王文濡编《龚自珍全集》:郑小谷比部亦曰,农莫若权谷帛以行,毋得专
税银,斯银轻而农重,其持论亦同。

一七六

俎脍飞沉竹肉喧^①,侍郎十日敞清尊。东南不可无斯乐,
濡笔亲题第四园。过严小农侍郎富春山馆^②,觞咏旬日。其地为明金尚
书别墅,杭人犹称金衙庄。予品题天下名园,金衙庄居第四。

【题解】

作者受到了严烺的热情款待，此诗赞美了他的富春山馆。

【注释】

①俎(zǔ)脍(kuài)飞沉：筵席上的菜，有天上飞的，有水里游的。俎，砧板。脍，细切的肉。竹肉喧：歌唱音乐喧闹嘈杂。

②严小农：严烺，字小农，仁和（今浙江省杭州市）人，监生。道光间历官河东河道总督及江南河道总督。

一七七

藏书藏帖两高人，目录流传四十春。师友凋徂心力倦①，羽琤一记亦荆榛。吊赵晋斋魏、何梦华元锡两处士②。两君为予谡正《金石墨本记》者也。

【题解】

作者的好友赵晋斋和何梦华两位高人，所编的藏书目录和金石目录广为流传，受到了人们的重视。而今两位师友去世了，作者对金石学的研究也感到疲倦了，《羽琤山馆金石墨本记》荒废得如同长满了荆棘的园庭。诗歌表达了作者对赵晋斋和何梦华既敬佩又哀悼的感情。

【注释】

①凋徂(cú)：凋谢死亡。

②赵晋斋：赵魏，字恪生，号晋斋，仁和（今浙江省杭州市）人。岁贡生。著有《竹崦庵金石目》五卷，《传钞书目》一卷。何梦华：何元锡，字梦华，又字敬祉，号蝶隐，钱塘人。精于目录学。著有《秋神阁诗钞》《蝶隐庵丙辰稿》。

一七八

儿谈梵夹婢谈兵①，消息都防老父惊。赖是摇鞭吟好句，流传乡里只诗名。到家之日,早有传诵予出都留别诗者②。时有"诗先人到"之谣。

【题解】

作者的思想有点惊世骇俗,家风因此受到了影响。他的儿子谈论佛经,婢女谈论军事,如果这些消息传到了家乡,就会引起父老们的震惊。幸好作者离京时吟颂了一些诗句,流传在家乡的只是他写诗的名气罢了。

【注释】

①梵(fàn)夹:佛经。

②出都留别诗:指作者本年辞官离都南归时所赋留别朋友或同僚的诗,收入《己亥杂诗》第二十六首至第四十三首。

一七九

吴郎与我不相识,我识吴郎拂画看。此外若容添一语,含元殿里觅长安①。从妹粤生与予昔别时才髫龄,今已寡矣。妹婿吴郎,予固未尝识面也。粤生以其遗像乞题,因说此偈。

【题解】

此诗采用了《五灯会元》中的典故,"含元殿里觅长安",指的是多此一举的意思。诗歌表达对其妹婿早逝的无奈和对其从妹丧夫守寡的同情。

【注释】

①含元殿:唐代著名宫殿,在长安城北大明宫宣政门之南。

一八〇

科名掌故百年知①,海岛畴人奉大师②。如此奇才终一令,蠹鱼零落我归时。吊黎见山同年应南③。见山顺德人,官平阳令,卒于杭州。

【题解】

此诗悼念数学家黎应南。从他熟悉科名掌故、精通算学两个方面,肯定了他的奇才,并对他遭受埋没的命运,寄予了深切的同情。

【注释】

①科名:科举考试的题名录,又称登科录。

②海岛:古代测量术著作《海岛算经》,原名《重名》,晋刘徽撰,唐李淳风注。畴人:对天文算学家的称呼。

③黎见山:黎应南,字见山,号斗一,广东顺德人,侨居苏州。嘉庆二十三年(1818)举人,官浙江丽水、平阳知县。精于算学,是算学家李锐的高足,续成李锐的《开方说》一书。

一八一

　　惠逆同门复同薮①,谋臧不臧视朋友②。我兹怦然谋乃心,君已砉然脱诸口③。陈硕甫秀才免④,为予规划北行事,明白犀利,足征良友之爱。

【题解】

作者正在为北上迎接眷属,慎重考虑、周全筹划的时候,朋友陈硕甫已经替他谋划好了。此诗高度赞赏陈硕甫的办事能力,作者倍感欣慰。

【注释】

①惠:顺利。逆:顺利的反面。薮:物所聚集的地方。

②谋臧:筹划得当。

③砉(huā)然:啪的一响,比喻干脆。

④陈硕甫:陈奂,字硕甫,号师竹,晚号南园老人,江苏长洲(今江苏省苏州市)人。咸丰元年(1851)举孝廉方正。专治《毛诗》,著有《诗毛氏传疏》《毛诗说》《毛诗音》等。

一八二

秋风张翰计蹉跎[1]，红豆年年掷逝波。误我归期知几许？蟾圆十一度无多[2]。以下十有六首，杭州有所追悼而作[3]。

【题解】

作者曾在京城思念家乡亲人，归乡之期总是被耽搁了。现在亲人已经逝世，留下了许多无法挽回的遗憾。

【注释】

①张翰：西晋吴郡人，仕齐王囧为吏曹掾。因秋风起，思念吴中的莼羹鱼脍，于是弃官归乡。后人常以之作为思乡的典故。

②蟾圆：满月。

③有所追悼：王文濡校本此诗上有眉批说："或言定盦悼其表妹而作。"

一八三

捬心消息过江淮[1]，红泪淋浪避客揩[2]。千古知言汉武帝，人难再得始为佳[3]。

【题解】

作者在北京得知家乡亲人的死讯，极其悲痛。作者认为，人之所以为佳，是因为"难再得"。

【注释】

①捬心：拿手打着胸口。

②红泪：原指女子的眼泪，这里借用。

③"千古"句：这里指汉武帝宠爱李延年的妹妹李夫人，李夫人死后，汉武帝思念不已。

一八四

小楼青对凤凰山^①，山影低徊黛影间。今日当窗一奁镜^②，空王来证鬓丝斑^③。

【题解】

此诗是作者怀念失去了的亲人之作。亲人生活的环境、亲人的眉目面容，宛如目前。物在人亡，作者空发浩叹，头上长出了白发，悲伤之情，难以抑制。

【注释】

①凤凰山：今在杭州市的南面。北近西湖，南接江滨，形状飞凤，故名。山顶平旷，曾有圣果寺，背山临水，风景优美。

②奁(lián)：镜匣。

③空王：诸佛的通称。这里比喻镜子。

一八五

娇小温柔播六亲，兰姨琼姊各沾巾^①。九泉肯受狂生誉^②？艺是针神貌洛神^③。

【题解】

此诗写已逝世的表妹，她的娇小温柔得到了众亲戚的赞扬，她的女红之强、容貌之美，都令人赞叹不已。作者深深惋惜表妹的死去。

【注释】

①兰姨琼姊：形容如兰似玉的姑姨姊妹们。

②九泉：死后埋在地下。狂生：作者自指。

③针神：三国魏女子薛夜来及秦朗之母善制衣，因以"针神"美称之。洛神：传说中的洛水女神，即宓妃。

一八六

阿娘重见话遗徽①,病骨前秋盼我归。欲寄无因今补赠,
汗巾钞袋枕头衣②。

【题解】

作者拜见已死表妹的母亲,回忆起表妹的美好和对他的贴心,睹物思
人,心酸不已。诗写得含蓄,戛然而止,但意味、情绪悠长。

【注释】

①徽:美好的品德。

②汗巾:围在腰间的带子。钞袋:荷包。枕头衣:枕头套。这些都是她
生前亲手绣制的。

一八七

云英未嫁损华年①,心绪曾凭阿母传。偿得三生幽怨
否②?许侬亲对玉棺眠。

【题解】

表妹早逝,她生前有许多没有实现的愿望,作者希望"亲对玉棺眠",以
消除她的幽怨。语言华丽流畅,感情真挚动人。

【注释】

①云英:辛文房《唐才子传·罗隐》:"隐初贫来赴举,过钟陵,见营妓云
英有才思。后一纪,下第过之。英曰:'罗秀才尚未脱白?'隐赠诗云:'钟陵
醉别十余春,重见云英掌上身。我未成名英未嫁,可能俱是不如人。'"后亦
泛指歌女或成年未嫁的女子。这里指龚自珍的表妹。华年:如花的年纪,
指青春年华。

②三生幽怨:指生前愿望不能实现的怨恨。

程翔章、丘铸昌编著《中国近代文学》:这是哀悼其妹的诗,写得哀怨艳丽,情挚意浓。

一八八

杭州风俗闹兰盆①,绿蜡金炉梵唱繁②。我说天台三字偈,胜娘膜拜礼沙门③。

【题解】

此诗写杭州盂兰盆会的盛况。作者不赞成这种礼佛的做法。

【注释】

①闹兰盆:旧俗,农历七月十五前后举行盂兰盆会,举行法会,设坛诵经,超度亡灵。

②梵唱:和尚念诵经文,有似歌唱,成为梵唱。

③膜拜:合掌礼拜。沙门:梵语音译,僧人。

一八九

残绒堆积绣窗间①,慧婢商量赠指环。但乞崔徽遗像去②,重摹一帧供秋山③。

【题解】

此诗写女郎(或表妹)的勤劳、聪慧、美丽,作者希望将她的画像供奉在自己的居室里。其深情厚谊,洋溢诗间。

【注释】

①残绒:指女郎做针织的遗物。

②崔徽:唐代河中府妓女崔徽,与裴敬中相恋。崔徽像,这里借指女子的肖像。

③秋山:指室中的画屏。

一九〇

昔年诗卷驻精魂,强续狂游拭涕痕。拉得藕花衫子婢,篮
舆仍出涌金门①。

【题解】

此诗表现出作者明显的怀旧情绪。作者曾为女郎(或表妹)写过诗,此
次故地重游,又增添了许多愁绪。

【注释】

①篮舆:古代供人乘坐的交通工具,形制不一,一般以人力抬着行走,
类似后世的轿子。涌金门:南宋行都临安(今杭州市)的西门。

一九一

蟠夔小印镂珊瑚①,小字高华出汉书②。原是狂生漫题
赠,六朝碑例合镌无?

【题解】

作者曾为女郎(或表妹)从《汉书》中取别名,刻印章。此诗字里行间,
显现出两小无猜,情投意合的情谊。

【注释】

①蟠夔:盘龙。夔是传说中龙的一种。镂:刀刻。
②小字:别号。高华:高雅而华贵。

一九二

花神祠与水仙祠①,欲订源流愧未知。但向西泠添石

刻②，骈文撰出女郎碑③。

【题解】

此诗写作者为死去的女郎（或表妹）撰写碑文。

【注释】

①花神祠：在杭州西湖跨虹桥西，祀花神。水仙祠：杭州水仙王庙，又名龙王庙。

②西泠：亦称西陵桥、西林桥。桥名。在杭州孤山西北尽头处，是孤山入北山的必经之路。

③骈文：一种对偶文体，讲求对仗工整，声调谐美。女郎碑：纪念女郎的一篇碑文。

一九三

小婢口齿蛮复蛮①，秋衫红泪潸复潸。眉痕约略弯复弯，婢如夫人难复难②。

【题解】

此诗通过写婢女来烘托女主人。视角独特。

【注释】

①蛮：南方。这里指南方口音。

②婢如夫人：唐张彦远《法书要录》卷二引南朝梁袁昂《古今书评》："羊欣书如大家婢为夫人，虽处其位，而举止羞涩，终不似真。"后人因称仿效别人却又不像的为"婢学夫人"。

一九四

女儿魂魄完复完①，湖山秀气还复还②。炉香瓶卉残复残,他生重见艰复艰。

【题解】

此诗写女郎(或表妹)逝去,灵气归还湖山;来生若相见,几乎不可能。

【注释】

①完:完整;完好。

②还(xuán):恢复。这句暗示女郎是集中山川秀气而生,死后归还灵秀之气。

一九五

天将何福予蛾眉①?生死湖山全盛时。冰雪无痕灵气杳,女仙不赋降坛诗②。

【题解】

女郎(或表妹)没有得到上天的任何福泽,她的聪明与灵气飘逝无痕,她连降坛诗都没有留下一首,就永远地消失了。诗歌充满了沮丧的情绪。

【注释】

①予(yǔ):给。

②降坛诗:古代一种迷信活动,称为扶乩或扶鸾,据说可以招引仙鬼下降。下降时,仙鬼或作诗,或作文,由扶乩的人写在沙盘上,借此同活人交谈。

一九六

一十三度溪花红,一百八下西溪钟。卿家沧桑卿命短,渠侬不关关我侬①。

【题解】

此诗写女郎(或表妹)的家世和她的逝世。这与作者有深切的关系。

【注释】

①渠侬:他。我侬:我。

一九七

一百八下西溪钟,一十三度溪花红。是恩是怨无性相[①],冥祥记里魂朦胧[②]。

【题解】

这几首诗写于己亥年,但事情的发生似不在己亥。由"一十三度溪花红",大致推知女郎(或表妹)死后葬在西溪已有十三年。作者这次回杭,补作诗歌,诗中所谓"阿娘重见""亲对玉棺""但乞遗像""拉得小婢",都是追记十三年前的旧事,最后两首才用"一十三年度溪花红"反复点出,这是作者的苦心,也是作者的心细之处。

【注释】

①性相:没有超脱形象的境界,称为"性相"。超脱形象的境界,称为"无性相"。

②冥详记:书名,南齐王琰撰,十卷,所记都是佛家因果报应的事。

一九八

草创江东署羽陵[①],异书奇石小崚嶒[②]。十年松竹谁留守?南渡飞扬是中兴。复墅[③]。

【题解】

作者辞官归家,整理别墅,给它命名,摆放奇书异石,种植松竹,别墅焕然一新。

【注释】

①江东:作者的羽琌山馆在昆山县(今江苏省昆山市),县在长江出海口附近,故称江东。羽陵:作者诗中也称为"羽琌"。

②崚嶒(céng):高耸貌。

③复墅:把别墅加以恢复。

<h2 style="text-align:center">一九九</h2>

野东修竹欲连天,苦费西邻买笋钱。此是商鞅垦土令,不同凿空误开边。拓墅。

【题解】

作者在羽琌山馆东面买了一块竹地,以开拓别墅的面积。

【注释】

①凿空:开通道路,把原来阻塞的地方加以打通。

<h2 style="text-align:center">二〇〇</h2>

灵箫合贮此灵山①,意思精微窈窕间。丘壑无双人地称,我无拙笔到眉弯。祈墅②。

【题解】

作者打算将灵箫安置在别墅,可见作者对灵箫的喜爱,情真意切。

【注释】

①灵箫:作者在袁浦遇见的妓女。见《己亥杂诗》第九十七首注。

②祈墅:对别墅有所祝愿。

二〇一

此是春秋据乱作,升平太平视松竹。何以功成文致之^①?携箫飞上羽琌阁^②。又祈墅。

【题解】

此诗开头用比喻的手法,形容别墅在一片荒芜中被开创,如同《春秋》据乱而作一样,别墅是否进入"升平世"以至"太平世",就要看那些松树、竹子长得怎么样啦。此诗手法独特,语言俏皮。作者希望灵箫居住在别墅,那一定会给羽琌阁带来光彩。

【注释】

①文致:修饰,润饰。

②箫:作者特有辞藻,有时指诗词,有时指哀怨心情,也曾指在袁浦遇见的灵箫。这里是指后者。

二〇二

料理空山颇费才^①,文心兼似画家来。矮茶密致高松独,记取先生亲手栽。

【题解】

作者料理羽琌别墅,颇费心思,既有写文章的构思技巧,又有画家的布局安排,就连植物的种植、搭配,作者也亲力亲为。

【注释】

①空山:通常指隐居的地方,这里特指羽琌山馆。

二〇三

君家先茔邓尉侧^①,佳木生之杂绀碧^②。不看人间顷刻

344

花^③,他年管领风云色。从西邻徐屏山乞树栽^④,屏山允至邓尉求之。

【题解】

此诗写别墅栽上了佳木。

【注释】

①邓尉:山名。在今江苏省苏州市。汉代有隐士邓尉曾隐居于此,故以为名。山多梅树,是当地的名产。

②绀(gàn):黑里透红的颜色,又叫红青或绀紫。

③顷刻花:马上能开的花。

④徐屏山:疑即徐坤。徐坤,号平山,道光壬午年贡生。

二○四

可惜南天无此花,腰身略似海棠斜。难忘槐市街南宅^①,小疏群芳稿一车^②。忆京师鸾枝花^③。

【题解】

作者由鸾枝花回忆起曾在北京槐市街南宅居住的往事。

【注释】

①槐市:作者曾居住在北京宣武门南下斜街(今称长椿街),附近有槐市,又称槐树斜街。

②疏:旧读 shù。分条记录或注解。

③鸾枝花:又作乐枝花。《广群芳谱・花谱》卷三二:"鸾枝花,木本,枝干俱似桃,叶有刻缺,似棣棠。三月附枝开花,或著树身,最繁茂。瓣多而圆,似郁李而大,深红色。"

二○五

可惜南天无此花,丽情还比牡丹奢。难忘西掖归来早^①,

赠与妆台满镜霞。忆京师芍药②。

【题解】

此诗通过正面描写和侧面描写相结合的手法,表现了芍药开得艳丽和灿烂,从而表达了作者对芍药的喜爱之情。

【注释】

①西掖:紫禁城西门。

②芍药:多年生草本植物,初夏开花,有单瓣、复瓣、白色、红色数种。

二〇六

不是南天无此花,北肥南瘦二分差。愿移北地燕支社①,来问南朝油壁车②。忆海棠③。

【题解】

此诗比较南方和北方的海棠花,"北肥南瘦"。作者设想将北方海棠移植到南方来,就与南方海棠结成了好友。诗歌想象丰富,语言清新奇丽。

【注释】

①燕支社:燕支,同"胭脂"。社,指海棠成阵,有如结社。

②油壁车:车厢涂漆的车子,一般是妇女乘坐的。

③海棠:《广群芳谱·花谱》:"海棠有四种。贴梗:丛生,花如胭脂。垂丝:柔枝长蒂,色浅红。西府:枝梗略坚,花稍红。木瓜海棠:生子如木瓜,可食。"人们所欣赏的多数是西府海棠。

二〇七

弱冠寻芳数岁华①,玲珑万玉婳交加②。难忘细雨红泥寺③,湿透春裘倚此花。忆丁香④。

此诗是回忆丁香花之作。

【注释】

①岁华:岁时,季节。

②媷(hù):美好。

③红泥寺:寺墙通常粉刷成红色,所以称为红泥寺。这里似是指北京的崇效寺。

④丁香:一名鸡舌香。桃金娘科植物,常绿木本,多产热带,高二丈余。花淡红色,多簇生于茎顶。花蕾为芳香性调味药,为制丁香油原料。

二〇八

女墙百雉乱红酣①,遗爱真同召伯甘②。记得花阴文宴屡,十年春梦寺门南。忆丰宜门外花之寺董文恭公手植之海棠一首③。

【题解】

此诗回忆作者与友人在花之寺欢聚赏花的情景,情景交融。

【注释】

①女墙:城墙上的掩蔽体,开有瞭望孔。雉:古代以城长三丈、高一丈为一雉。

②召伯:周文王庶子,封于岐山之南。

③花之寺:三官庙,在京城丰宜门外。董文恭公:董浩,字雅伦,一字西京,号蔗林,浙江富阳(今杭州市富阳区)人。乾隆二十八年(1763)进士,由编修累官东阁大学士,国史馆总裁,太子太保。诗、文、画均有名。卒谥文恭。

二〇九

空山徙倚倦游身①,梦见城西阆苑春②。一骑传笺朱邸晚③,临风递与缟衣人④。忆宣武门内太平湖之丁香花一首⑤。

【题解】

此诗追忆在京师时的一段旧事,用虚实相生的手法,婉转地表达了作者退隐的情志。后人猜测此诗暴露了作者与绘贝勒奕绘侧室顾太清的一段隐情,也有人替作者辩解,否认他与顾太清有关系。

【注释】

①徙倚:徘徊。倦游:倦于宦游,即不再做官。

②阆(làng)苑:仙人居住的地方。阆苑春,这里指丁香花。

③朱(dǐ)邸:古代贵官府第用朱漆大门,称为朱邸。

④缟(gǎo)衣:穿白绢衣服的人。

⑤太平湖:在北京宣武门内宗帽胡同西南。

二一〇

缱绻依人慧有余①,长安俊物最推渠②。故侯门第歌钟歇③,犹办晨餐二寸鱼。忆北方狮子猫④。

【题解】

此诗是咏物诗,用象征的手法,借猫写人,揭露了贵族官员奢侈腐化的生活,也刻画了摇尾乞怜、依附权贵的奴才形象。词锋犀利,语多嘲讽。

【注释】

①缱(qiǎn)绻(quǎn):缠绵,亲密。

②俊物:出众之物。渠:它,指狮子猫。

③歌钟:古代诸侯贵族的礼器。

④狮子猫:一种供玩赏的猫,又称波斯猫,相传明末由波斯传入。

二一一

万绿无人喈一蝉①,三层阁子俯秋烟②。安排写集三千卷,料理看山五十年③。欲写全集清本数十分④,分贮友朋家。

【题解】

此诗写羽琌山馆万丛绿树,一蝉孤鸣,三层楼高出烟雾之上。作者在此隐居,整理、写定自己的作品全集。诗歌以蝉自喻,表明洁身自好;楼层之高,喻示与世隔绝。

【注释】

①嘒(huì):蝉鸣。

②三层阁子:《续修昆新合志》载:龚家"得昆山徐尚书(按,应为徐侍郎,即徐秉义)园亭,园筑峻楼三层"。命名为"羽琌山馆",又号"海西别墅"。

③看山五十年:指隐居后的余生之年。虚拟数字之多,以示不再出山的决心。

④全集清本:全部文章诗词誊写清楚,成为一个清本。分:同"份"。

二一二

海西别墅吾息壤①,羽琌三重拾级上。明年俯看千树梅,飘飘亦是天际想②。

【题解】

作者在羽琌山馆隐居,飘飘然有成仙之乐。羽琌山馆中的千树梅,让人联想起梅之高洁坚贞的品格。

【注释】

①海西别墅:即羽琌山馆。息壤:传说是取了又重新长出来的神奇泥土。这里指休息的地方。

②天际想:意为"天际真人想",真人,指仙人。

二一三

此阁宜供天人师①,檀香三尺博士为②。阮公施香埶施字③？徐公字似萧梁碑④。造佛像之匠谓之博士，出《摩利支天经》。予供天台智者大师檀香像⑤。徐问蘧为予书扁曰"观不思议境"，书楹联曰"智周万物而无所思；言满天下而未尝议"。

【题解】

作者推崇佛教天台宗，供奉智者大师的檀香像。诗歌交代了檀香的来历和题字人，檀香像因此显得格外珍贵。

【注释】

①天人师：指释迦牟尼。这里指佛像。

②檀香三尺：三尺檀香雕刻的佛像。

③阮公施香：阮公（阮元）送檀香木给作者。施：布施，把物品送给佛寺或僧人。

④徐公：徐懋，字仲勉，号问蘧，别号问年道人，钱塘（今浙江省杭州市）人。见《己亥杂诗》第一五九首注。按，"公"，龚橙定本改作"君"。萧梁碑：萧梁时代（502—557）刻的石碑文字。梁朝皇帝姓萧，后人为区别朱温的梁朝，故称萧梁。

⑤智者大师：智颉(yǐ)，字德安，俗姓陈，陈、隋间僧人，佛教天台宗的创立者。

二一四

男儿解读韩愈诗，女儿好读姜夔词①。一家倘许圆鸥梦②，昼课男儿夜女儿③。时眷属尚留滞北方。近人郭频伽画《鸥梦圆图》④，予亦仿之。

【题解】

作者写此诗时，家眷仍留滞在京城，此诗表达了作者要与家人团聚，教育儿女的愿望。语言通俗显浅，情感真挚动人。

【注释】

①姜夔:南宋词人,字尧章,号白石道人,江西鄱阳人,隐居不仕,工诗词,精晓音律。著有《白石道人歌曲》等,词风清空。

②圆鸥梦:意为团圆。鸥,比喻江湖上闲散的人,如隐士。

③课:考核。这里是督教的意思。

④郭频伽:郭麐(lín),字祥伯,号频伽,江苏吴江(今苏州市)人。幼有神童之称,屡考科举不中。所作诗、古文,清婉有法度。著有《灵芬馆集》。

二一五

倘容我老半锄边①,不要公卿寄俸钱。一事避君君匿笑,刘郎才气亦求田②。俭岁③,有鬻田六亩者④,予愿得之。友人来问此事。

【题解】

此诗以友人来问买田之事,表达了作者求田问舍的现实需要,以及“不要公卿寄俸钱”的清高品德。引用典故,寄托遥深。

【注释】

①半锄:生涯一半依靠锄头,即做半个农民。

②刘郎才气:《三国志·陈登传》载刘备对许汜说:“君有国士之名,而求田问舍,言无可采。”辛弃疾《水龙吟》词:“求田问舍,怕应羞见,刘郎才气。”

③俭岁:歉收的年头。

④鬻(yù):卖。

二一六

瑰癖消沉结习虚①,一篇典宝古文无②。金灯出土苔花碧③,又照徐陵读汉书④。沪上徐文苔得汉宫雁足灯,以拓本见寄,乞一诗。是时予收藏古吉金星散,见于《羽琌山典宝记》者,百存一二。

351

【题解】

因徐文苔得汉宫雁足灯来乞诗,作者写此诗祝贺徐文苔得到汉宫雁足灯,并表达了自己原先收藏古文物的嗜好已经消减,《羽琌山典宝记》中记载的古文物大多已星散不存了。作者借用"徐陵汉书"的典故,抒发了他的思想情感。

【注释】

①瑰癖:奇丽的嗜好,指收藏古文物。

②典宝:古文《尚书》中的一篇,早已亡佚。这里也可以指作者的《羽琌山典宝记》。

③苔花:指古铜器埋在地下日久长出的绿锈。

④徐陵:陈朝文学家,字孝穆,官至御史中丞。著有《徐孝穆集》,辑有《玉台新咏》。他曾代陈主草拟一封答北齐的移文,陈主赐他一个灯盘。作者因徐文台姓徐,所以借徐陵的名字,祝他得到汉宫雁足灯。

二一七

回肠荡气感精灵①,座客苍凉酒半醒。自别吴郎高咏减②,珊瑚击碎有谁听? 曩在虹生座上,酒半,咏宋人词,呜呜然。虹生赏之,以为善于顿挫也。近日中酒,即不能高咏矣。

【题解】

此诗回顾作者与好友吴虹生的交往旧事,表达了知己难再遇的落寞之情。

【注释】

①精灵:这里指鬼神。

②吴郎:吴褒晋,字佶人,号虹生。见《己亥杂诗》第二十六首。

二一八

随身百轴字平安①,身世无如屠钓宽②。耻学赵家臣宰例③,归来香火乞祠官④。

【题解】

作者辞官归乡,绝不像宋朝官员那样辞官后还向朝廷乞求祠禄,这表达了作者具有鲠正高洁的品格。

【注释】

①百轴:书籍百卷。字平安:报告平安的家信。

②屠钓:杀猪、钓鱼,泛指一般体力劳动。

③赵家臣宰:宋朝官员。

④香火:宫和观是奉祀道家神灵的庙宇,每天都要点燃香灯,称为香火。祠官:宋朝对官吏待遇优厚,年老退休,还可以按他原来的职位高低,给予某宫某官的使、提举、提点等虚衔,领取半俸。这种官叫作祠禄官。

二一九

何肉周妻业并深①,台宗古辙幸窥寻②。偷闲颇异凡夫法③,流水池塘一观心。

【题解】

作者虽不守佛法戒律,但深得佛教天台宗的三昧。

【注释】

①何肉周妻:何胤和周颙都精通佛法,但何喜欢吃肉,周娶了妻子。业:业障,佛家认为是妨害修道的东西。

②古辙:前人留下的言行记录。

③凡夫法:指佛教的小乘法。

二二〇

皇初任土乃作贡①,卅七亩山可材众。媪神笑予无贫法^②，丹徒陆生言可用。吾友陆君献^③，著种树书，大指言天下之大利必任土，"货殖"乃"货植"也，有土十亩，即无贫法。昔年曾序之。

【题解】

此诗写友人陆献的种树书，作用很大。

【注释】

①皇初：古皇之初。

②媪神：土地婆婆。

③陆献：字彦若，号伊湄，江苏省丹徒县（今镇江市丹徒区）人。道光元年顺天举人，保举为山东蓬莱知县，劝民种树栽桑养蚕。

二二一

西墙枯树态纵横，奇古全凭一臂撑。烈士暮年宜学道，江关词赋笑兰成^①。羽琌之西有枯枣一株，不忍斧去。

【题解】

此诗赞扬枯树纵横不拘、奇古挺拔的雄姿，联想起烈士暮年应追求宇宙、人生的大道，而不应像庾信《枯树赋》所表现的那样萧瑟苍凉。作者欣赏枯树的倔强和伟岸，显示了他不怕顽固派打击、坚持变革社会政治的顽强精神。

【注释】

①江关词赋：杜甫《咏怀古迹》诗："庾信平生最萧瑟，暮年诗赋动江关。"兰成：庾信小字。

二二二

秋光媚客似春光，重九尊前草树香。可记前年宝藏寺，西山暮雨怨吴郎。丁酉重九，与徐星伯前辈、吴虹生同年，连骑游西山之宝藏寺,归鞍骤雨。重九前三夕作此诗,阁笔而雨①。

【题解】

此诗写重阳佳节,作者想起了前年与友人游玩西山的情景。往事如昨,历历在目。

【注释】

①阁笔:把笔放下。阁,通"搁"。

二二三

　似笑山人不到家①,争将晚节尽情夸。三秋不霣芙蓉马②,九月犹开宵寙花③。马,徐锴音乎感切④。

【题解】

此诗写三秋时节,荷花、桂花等花儿不怕寒冷,仍保持着蓬勃生机。

【注释】

①山人:隐士,作者自指。

②马(hǎn):花的蓓蕾。

③宵(yǎo)寙(yǔ)花:桂花。

④徐锴:字楚金,扬州人。南唐时官至内史舍人,能诗,精通古文字学。著有《说文系传》等。

二二四

　莱菔生儿芥有孙①(借苏句),离披秋霰委黄昏②。青松心事成无赖③,只阅前山野烧痕。

【题解】

此诗写在萝卜、芥菜"生儿育女",生活安稳的时代。霜风冷雨仍然肆虐,作者原想像青松一样战风斗雨,却突然觉得很无聊,于是默然地看山前野火烧过的残迹。诗歌语言看似平淡,其实忧愤深广。

【注释】

①"莱菔(fú)"句:这一句来自苏轼《煮菜》诗的第二句。莱菔,即萝卜。原作"芦菔"。

②离披:散乱的样子。霰(xiàn):冰粒。这里形容冷雨。

③无赖:无聊。

二二五

银烛秋堂独听心①,隔帘谁报雨沉沉? 明朝不许沿溪赏,已没溪桥一尺深。

【题解】

此诗写秋雨。前两句用平淡的语言营造一个平淡安静的场景,后两句突兀而起,写雨水带来的危险。出其不意,让人始料不及,构思巧妙。

【注释】

①听心:指心思专一。

二二六

空观假观第一观,佛言世谛不可乱①。人生宛有去来今②,卧听檐花落秋半。

【题解】

此诗写天台宗三观——"空观""假观""第一义观"(即"中观"),皆为佛祖的言论,是真谛,而世俗的看法为世谛;真谛以客观世界为假为空,世谛以客观世界为真为实,两者泾渭分明,不能混为一谈。作者听到屋檐上的秋花落到地上,切实地体验到去来今的存在,不知此时是现世的我,前世的

356

我,还是来世的我？诗作蕴含佛理和禅趣,似乎更像是佛偈。

【注释】

①世谛:佛家认为世谛是真谛的对立面,即人们所认识的客观世界。

②宛:一本作"死"。去来今:三种时间。

二二七

剩水残山意度深①,平生几緉屐难寻②。栽花郑重看花约,此是刘郎迟暮心③。

【题解】

作者欣赏羽琤山馆的风景,心内不由感慨。平生游山玩水的机会不多,屐也找不出几双。作者栽花,约定赏花的日期,有点像刘禹锡看桃花一样的心态。辞官归隐,难免英雄气短。

【注释】

①意度:意态风度。

②緉(liǎng):一双(鞋屐)。

③刘郎:唐代诗人刘禹锡,这里作者自比。刘禹锡《元和十年自朗州承召至京戏赠看花诸君子》诗:"玄都观里桃千树,尽是刘郎去后栽。"

二二八

复墅拓墅祈墅了①,吾将北矣乃图南。无妻怕学林逋独②,有子肯为王霸惭③？料理别墅稍露崖略④,将自往北方迎眷属以实之。

【题解】

在昆山大体建好别墅以后,作者打算去北方将家小接来居住。诗中林逋、王霸的典故,透露出作者对妻儿的深切思念。直接抒情,毫不掩饰,可见作者的真性情。

【注释】

①复墅拓墅祈墅:见《己亥杂诗》第一九八至二○○首注。

②林逋:宋代隐士,字君复,隐居杭州西湖,孤独一身,种梅养鹤,人称他是"梅妻鹤子"。

③王霸:东汉隐士,字儒仲,因儿子无能而羞惭。

④稍露崖略:初具规模。崖略,大略。

二二九

从今誓学六朝书①,不肄山阴肄隐居②。万古焦山一痕石,飞升有术此权舆③。泾县包慎伯赠予《瘗鹤铭》④。九月十一日,坐雨于羽琌山馆,漫题其后。

【题解】

包慎伯赠送《瘗鹤铭》给作者,作者发誓要学六朝书法,尤其是要学陶弘景的书法。书法好,仕途也会畅达,这是时代风尚。作者有感而发,写下此诗。清代科举考试,除了常规考试,还要考察楷书的书写,由于作者在这方面不在行,致使他仕途一直不顺,影响了他的政治抱负的施展。在这首诗中,作者表达了对科举制度和时代风气的不满和愤懑。

【注释】

①六朝书:吴、东晋、宋、齐、梁、陈六朝,是我国书法史上一个重要时期。

②肄:学习。山阴:指代东晋书法家王羲之,居山阴。隐居:指南朝齐梁时的陶弘景。他初官左卫殿中将军.后隐居句曲山,自号华阳真人。

③飞升:指获得高官厚禄。权舆:开始。

④包慎伯:包世臣,字慎伯,安徽泾县人。嘉庆十三年(1808)举人,曾为新喻知县。精行草书法,著有《安吴四种》。《瘗鹤铭》:梁天监十三年(514)华阳真逸所撰碑文,书法艺术成就高,原刻在江苏省镇江市焦山岩石

上。清人多认为是陶弘景所作。

二三〇

二王只合为奴仆^①，何况唐碑八百通！欲与此铭分浩逸^②，北朝差许郑文公^③。再跋旧拓《瘗鹤铭》。谓北魏兖州刺史郑羲碑，郑道昭书。

【题解】

此诗高度评价陶弘景的书法作品《瘗鹤铭》，认为与它相比，"二王"书法相当于奴仆，唐人碑文无足挂齿，只有北朝的《郑文公碑》还差强人意。

【注释】

①二王：王羲之和王献之，都是著名的书法家。

②浩逸：气象宏大而又飘逸。

③郑文公：这里指《郑羲碑》，通称《郑文公碑》，北魏宣武帝永平四年(511)郑道昭书，有上下两碑，受到历代书法家的重视。郑道昭为郑羲子，字僖伯，自称中岳先生，官至平南将军，谥文恭。

二三一

九流触手意纵横^①，极动当筵炳烛情^②。若使鲁戈真在手^③，斜阳只乞照书城。

【题解】

此诗反映出作者对九流百家有极大的兴趣，富有钻研精神。

【注释】

①九流：《汉书·艺文志》记载先秦十个学派，即儒家、道家、阴阳家、法家、名家、墨家、纵横家、杂家、农家和小说家。又把小说家排除在外，称为九流。后人称九流，指先秦各个学术流派。

②筵:席子。古人席地而坐,当筵指坐在几席之前。炳烛:比喻年老还好学不倦。

③鲁戈:《淮南子·览冥》:"鲁阳公与韩构难,战酣日暮,援戈而挥之,日为之反三舍。"三舍,指三个星座的距离。古人将二十八宿称为二十八舍,一舍则为一宿,也即一个星座。

二三二

诗谶吾生信有之①,预怜夜雨闭门时。三更忽轸哀鸿思②,九月无襦淮水湄③。出都时,有空山夜雨之句,今果应。今秋自淮以南,千里苦雨。

【题解】

淮河久雨成灾,九月天寒,老百姓尚无保暖之衣。作者写此诗,表达了对劳动人民痛苦命运的同情。

【注释】

①诗谶(chèn):古人迷信,以为有些诗可以作预言来看,称为诗谶。

②轸(zhěn):悲痛。哀鸿:比喻流离失所的人。

③襦(rú):短袄。湄:水边。

二三三

燕兰识字尚聪明①,难遣当筵迟暮情。且莫空山听雨去,有人花底祝长生②。

【题解】

在孤独之际,作者难免有迟暮之感,他渴望亲情的温暖。

【注释】

①燕兰:郑文公之妾燕姞(jí)所生的儿子,名兰。这里指作者的儿子。

②祝长生：古代，做子女或妻妾的，在花园里烧夜香，祝愿亲人健康长寿。

二三四

连宵灯火宴秋堂，绝色秋花各断肠。又被北山猿鹤笑①，五更浓挂一帆霜。于九月十五日晨发矣。

【题解】

作者动身北上，准备迎接家小。别墅里整夜举行饯行的宴会，漂亮的秋花都泪眼汪汪，五更寒天，船帆挂满了浓重的秋霜。作者此次不是再度出仕，但他离山而去，难免会遭到猿鹤的讥笑。

【注释】

①北山猿鹤：孔稚珪《北山移文》："蕙帐空兮夜鹤怨，山人去兮晓猿惊。"讽刺改节出山的隐士。

二三五

美人信有错刀投①，不负张衡咏四愁②。爇罢心香屡回顾③，古时明月照杭州。

【题解】

此诗写好友们资助或勉励作者北上，作者十分感激。

【注释】

①美人：指作者一位要好的朋友。诗词中男女均可用。错刀：或指王莽时铸造的刀币，或指宝刀名。

②张衡：东汉人，字平子，曾官太史令，创制候风地动仪，成为世界最早的测量地震的仪器，又制成水运浑天仪，以观测天象。作《四愁诗》四首，其中有"美人赠我金错刀，何以报之英琼瑶"的句子。

③蒻(ruò)罢心香：指心中铭感。心香，盘成心字型的香，这里借为心的代词。

二三六

阻风无酒倍消魂①，况是残秋岸柳髡②。赖有阿咸情话好③，一帆冷雨过娄门④。从子剑塘送我于苏州。

【题解】

此诗写北行路途的艰难与萧瑟，作者的侄儿送他到了苏州，情谊深厚。两者对比映衬，情蕴其中。

【注释】

①阻风：大风阻挡，船只不能开行。

②髡(kūn)：剃光头发。这里指叶落了。

③阿咸：魏晋间诗人阮籍有个侄儿阮咸，字仲容，通解音律，潇洒不羁，是"竹林七贤"之一，与阮籍并称"大小阮"。后人因称侄儿为阿咸。这里指作者的侄儿剑塘。

④娄门：旧时苏州城的东门。

二三七

杭州梅舌酸复甜①，有笋名曰虎爪尖②。苋以苏州小橄榄③，可敌北方冬菹腌④。杭人捣梅子杂姜桂糁之⑤，名曰梅舌儿。

【题解】

此诗写杭州的小吃，表达喜爱之情。由此可见作者归隐家乡时的快意。

【注释】

①梅舌：用梅子拌和姜、桂做成的凉果。

②虎爪尖:笋的一种。

③芼(máo):拌和。

④冬菘(sōng)腌:腌制的大白菜。

⑤糁(sǎn):羹汤。

二三八

拟策孤筇避冶游^①,上方一塔俯清秋。太湖夜照山灵影,顽福甘心让虎丘^②。上方山在太湖南^③。

【题解】

作者垂爱上方山,在那里可以遥望太湖。作者早年曾有归隐太湖洞庭山的意愿,可惜落空了。

【注释】

①筇(qióng):杖。策筇,即拄杖。冶游:狎妓。

②顽福:顽钝者之福。虎丘:江苏省苏州市吴中区西北阊门外的小山,又名海涌山。相传春秋时吴王阖闾葬于此地,葬三日而有白虎踞其上,故名虎丘。

③上方山:又名楞伽山,位于江苏省苏州市西南,太湖东侧。诗说在太湖南,有误。

二三九

阿咸从我十日游,遇管城子于虎丘^①。有笔可囊不可投,簪笔致身公与侯。剑塘买笔筒,乞铭之^②。

【题解】

侄子买来笔筒,请求作者题铭,作者有感而发:有笔应该放在笔筒里,不可抛弃;如果替皇帝写文章,就可以进身到公侯的地位。此诗讽刺了清王朝选拔人才重文墨而轻才干的不良倾向。

【注释】

①管城子：毛笔的别称。

②铭：一种文体，内容多寓有劝勉、赞颂的意思。

二四〇

濯罢鲛绡镜槛凉①，无端重试午时妆。新诗急记销魂事，分与胭脂一掬汤②。重过扬州有纪。

【题解】

作者再次经过扬州，又去看妓女小云（详见《己亥杂诗》第九十九首注）。此诗写小云现在的生活状况，并回忆两人以前欢会的情景。

【注释】

①鲛绡（xiāo）：古人传说海中有鲛人，能够织绡（丝织品的一种）。这里或指丝织手帕。镜槛：放镜子的架子。

②汤：指洗脸的热水。

二四一

少年尊隐有高文①，猿鹤真堪张一军②。难向史家搜比例③，商量出处到红裙④。

【题解】

作者当年写文章《尊隐》，指出了在野贤士（山中之民）是变革现实、挽救危机的重要力量。现在作者被朝廷弃置不用了，茫然不知所措，与知心的红粉佳人一起商量出处的问题，这真是史无前例的事。作者的政治理想与现实处境形成了鲜明对比。

①高文:高妙文章,指作者二十多岁时写的文章《尊隐》。

②猿鹤:指被弃隐于山中的才德之士。张一军:部署一支军队。

③比例:比附的例子。

④出处:用世和退隐。红裙:指女郎。这里指妓女小云。

二四二

谁肯心甘薄幸名①?南舣北驾怨三生②。劳人只有空王谅③,那向如花辨得明④?

【题解】

作者在诗中对自己的薄幸名进行辩解,表达一生忙碌奔波的辛劳。

【注释】

①薄幸:负心。

②舣(yǐ):驾船靠岸。

③劳人:奔波劳碌的人。空王:诸佛的通称。

④如花:形容美貌。

二四三

怕听花间惜别词,伪留片语订来期。秦邮驿近江潮远①,是剔银灯诅我时。

【题解】

作者对曾经欺骗小云的事有过自责,设想她诅咒自己的情景。

【注释】

①秦邮:指高邮州(今江苏省高邮市),旧称秦邮。秦时于此筑台置邮亭,故名。江潮:借指扬州。扬州南面不远就是长江,所以用"江潮"代指。

二四四

停帆预卜酒杯深，十日无须逆旅金^①。莫怨津梁为客久，天涯有弟话秋心。从弟景姚，以丹阳丞驻南河^②。予到浦，馆其廨中^③。

【题解】

作者在从弟景姚的官署住了十天，此诗表达作者与兄弟欢聚畅饮的欣喜之情，也隐含了作者的奔波之苦。

【注释】

①逆旅：客舍。

②南河：清代管理南运河及黄河下游等的泄水、行漕事务的最高官员称为江南河道总督，简称南河，驻节在江苏清江浦。辖下有同知、通判、州判、县丞等。作者从弟景姚是以丹阳县丞身份在南河衙门办事。

③廨（xiè）：衙署。

二四五

豆蔻芳温启瓠犀^①，伤心前度语重提。牡丹绝色三春暖，岂是梅花处士妻^②？己亥九月二十五日，重到袁浦，十月六日渡河去。留浦十日，大抵醉梦时多醒时少也。统名之曰《瘭词》。

【题解】

再次见到了妓女灵箫，她再次请求作者为她赎身。作者明确地表达，像灵箫这样的"牡丹"，是不适合作隐士的"梅花"妻的。此诗说明作者归隐山林已铁板钉钉。

【注释】

①豆蔻：比喻少女，这里指灵箫。瓠（hù）犀：瓠瓜的子，方正洁白，排列整齐，比喻牙齿。

②梅花处士:即林逋,宋代隐士。见《己亥杂诗》第二二八首注。这里作者借以自比。

【汇评】

况周颐《蕙风簃随笔》:云门问僧甚处来? 曰:江西来。门曰:江西一队老宿,瞒语也未? 僧无对。龚定盦《己亥杂诗》瞒语本此。

二四六

对人才调若飞仙,词令聪华四座传①。撑住南东金粉气,未须料理五湖船②。此二章,谢之也③。

【题解】

此诗称赞灵箫的才华,并否定了她提出的愿追随作者隐居于江湖的要求。

【注释】

①词令聪华:口才伶俐又富于华采。

②五湖船:春秋时越国大夫范蠡在功成以后,同西施坐着鸱夷(船名)到五湖隐居。

③谢之:谢绝她提出的要求。

二四七

鹤背天风堕片言,能苏万古落花魂②。征衫不渍寻常泪,此是平生未报恩。

【题解】

灵箫可谓作者的知音,可以疗救他内心的伤痛。但对她的脱籍要求,作者并没有完全同意,所以说"未报恩"。

①鹤背:指骑鹤的仙人。这里比作灵箫。

②落花魂:作者普以"落红"自比,这里比喻作者的落寞情怀。

二四八

小语精微沥耳圆,况聆珠玉泻如泉。一番心上温馩过①,
明镜明朝定少年。

【题解】

此诗描述灵箫的声音之美,表达了作者对她的爱恋。

【注释】

①温馩(nún):温暖芳香。

二四九

何须宴罢始留髡①,绛蜡床前款一尊。姊妹隔花催送客,
尚拈罗带不开门。

【题解】

此诗写灵箫对作者亲切而随和,体现出她的款款真情。

【注释】

①留髡(kūn):留下特别亲密的客人。髡,指淳于髡。

二五〇

去时栀子压犀簪①,次第寒花掐到今。谁分江湖摇落
后②,小屏红烛话冬心③。是夕立冬④。

作者与灵箫分别后,时序变迁,花儿已经次第开放,直至冬至日,两人又相逢,谈心于红烛之前。小别重逢,惨离欢聚之情溢于诗间。

【注释】

①栀子:茜草科常绿灌木,叶子对生,长椭圆形,有光泽。春夏开白花,有浓烈香气。犀簪:犀角制成的发簪。

②江湖摇落:指天气寒冷,草木凋谢。

③话冬心:谈心的意思。加"冬"字点明时令。

④立冬:道光十九年(1839)立冬在农历十月初三日,即公历十一月八日。作者上次离开清江浦时则是农历五月十二日。

二五一

盘堆霜实擘庭榴,红似相思绿似愁。今夕灵飞何甲子①?上清斋设记心头②。

【题解】

此诗写灵箫在上清节设斋拜祀的情景,表现了灵箫心细,心地美好。

【注释】

①灵飞:道教经典《上清灵飞六甲真文经》。甲子:指日辰。

②上清斋设:在上清节设斋拜祀。

二五二

风云材略已消磨①,甘隶妆台伺眼波②。为恐刘郎英气尽③,卷帘梳洗望黄河④。

【题解】

作者壮志消磨,眷恋美色,而灵箫唯恐他英气耗尽,不时设法加以激励、启示。可见灵箫是一个美貌与才志兼有的奇女子。

【注释】

①风云材略:叱咤风云的才能谋略。

②伺眼波:看眼色行事,伺候之意。

③刘郎:指刘禹锡,中唐著名的文学家,工诗文,有政治理想,少负志气,至老壮心不已。作者借以自指。

④望:一本说"看"。

【汇评】

王文濡编《龚自珍全集》:卷帘梳洗,绮语也。而接以望黄河,又何其壮也。此与看花忆黄河同妙。

二五三

　　玉树坚牢不病身①,耻为娇喘与轻颦。天花岂用铃幡护②,活色生香五百春③。

【题解】

此诗赞赏灵箫坚强的品性和美丽的容颜,表达了作者深深的爱慕之情。

【注释】

①玉树坚牢:比拟灵箫。坚牢,大地神女名,又是娑罗树的别称。

②天花:见《己亥杂诗》第九十七首注。这里比拟灵箫。铃幡(fān):铃铛和旗幡。《开元天宝遗事》载,宁王李宪为了保护园中的花,特别装置铜铃,用以惊走鸟雀。郑远古《博异志》载:唐士子崔元徽遇见几位少女,要求他制一面朱幡,上画七曜,立在园中。朱幡立了以后,那天起了狂风,树木拔倒,花却安然无恙。岂:一本作"那"。

③活色生香:生动的颜色,鲜活的香气。

二五四

眉痕英绝语谡谡^①,指挥小婢带韬略。幸汝生逢清晏时^②,不然剑底桃花落。

【题解】

此诗写灵箫的飒爽英姿。作者对灵箫十分欣赏,饱含爱意。

【注释】

①眉痕英绝:眉宇之间表现出不凡的气概。谡(sù)谡:形容劲利。

②清晏:太平无事的时世。

二五五

凤泊鸾飘别有愁,三生花草梦苏州^①。儿家门巷斜阳改^②,输与船娘住虎丘^③。

【题解】

此诗写灵箫的不幸命运,表达了作者深切的同情。

【注释】

①三生:佛家语,指前生、今生、来生。

②儿家:指女儿家,女子自称。

③船娘:船家妇女。

二五六

一自天钟第一流^①,年来花草冷苏州。儿家心绪无人见,他日埋香要虎丘^②。

此诗写灵箫的才华与心愿。

【注释】

①天钟:上天赋予的。

②埋香:指埋葬年轻的女性。

二五七

难凭肉眼识天人,恐是优昙示现身①。故遣相逢当五浊②,不然谁信上仙沦。

【题解】

此诗以"优昙示现"和"上仙沦谪"来形容灵箫的美好。

【注释】

①恐:一本作"或"。优昙:梵语的音译。佛教称为祥瑞花。示现:佛家语。佛在人间化成另一种人物,称为示现身。

②五浊:《法华经·方便品》载,佛教认为世上有五种浊恶,即众生浊、见浊、烦恼浊、命浊、劫浊。

二五八

云英化水景光新,略似骖鸾缥缈身②。一队画师齐敛手,只容心里贮秾春③。

【题解】

此诗称赞灵箫美丽的容貌和飘逸的气质。

【注释】

①云英:唐代小说裴铏《传奇》中的人物名。化:募化。

②骖(cān)鸾(luán)：仙女骑鸾鸟云游。骖，乘驾。

③秾(nóng)春：艳丽的春色。

二五九

酾江作醅亦不醉①，倾河解渴亦不醒。我侬醉醒自有例，肯向渠侬侧耳听。

【题解】

作者已经十分迷醉灵箫了，任何人的劝告都无济于事。此诗表现了作者对灵箫的迷恋之深，他的恋爱态度十分倔强。

【注释】

①酾(shī)：把酒里的渣滓滤清。醅(pēi)：未滤过的酒。

二六〇

收拾风花倜荡诗①，凌晨端坐一凝思。勉求玉体长生诀②，留报金闺国士知③。

【题解】

为了报答灵箫的知遇之恩，作者保重身体，修身养性。由此可见作者对灵箫的爱恋是真挚深情的。

【注释】

①倜(tì)荡：狂放不羁。

②玉体：尊贵的身体。男女可用，这里是作者自指。

③金闺：妇女闺阁的美称。国士：举国共推的才士。知：知遇之恩。

二六一

绝色呼他心未安，品题天女本来难①。梅魂菊影商量遍，

373

忍作人间花草看。

二六二

臣朔家原有细君①,司香燕姞略知文②。无须诇我山中事③,可肯花间领右军④?

二六三

道韫谈锋不落诠①,耳根何福受清圆②?自知语乏烟霞气③,枉负才名三十年④。

此诗写灵箫的谈锋如同东晋才女谢道韫,相形之下,作者自愧枉为才子。

【注释】

①道韫:谢道韫,东晋谢奕的女儿,王凝之的妻子,聪明才辨。有一次她的小叔子王献之同客人辩论,快要理屈词穷,她拿步障遮蔽,出来同客人辩论,客人无法折服她,见《晋书·王凝之妻谢氏传》。不落诠:不落言诠的省略。即讲话不落痕迹,不让人家拿住把柄。

②耳根:佛家称听觉器官为耳根。清圆:形容讲话声音清朗圆润。

③烟霞气:山水清润的气息。

④枉:一本作"愧"。

二六四

喜汝文无一笔平,坠侬五里雾中行①。悲欢离合本如此,错怨蛾眉解用兵②。

【题解】

灵箫与作者处于爱情当中,难免有些摩擦。有时矛盾,有时斗气,有时吵嘴,有时试探,有时猜忌。尽管如此,作者对灵箫仍一往情深。

【注释】

①五里雾:东汉人张楷,传说他能作五里雾。后人常用"如堕五里雾中"比喻对某些事情迷惑不解。

②用兵:这里指灵箫对作者玩弄手段。

二六五

美人才地太玲珑①,我亦阴符满腹中。今日帘旌秋缥缈②,长天飞去一征鸿。

375

灵箫和作者逞智斗巧,猜疑争吵,致使作者又一次选择了离开。

【注释】

①才地:原指才能地位。这里指才能禀赋。

②帘旌:帘子挂起来好像旌旗。

二六六

青鸟衔来双鲤鱼①,自缄红泪请回车。六朝文体闲征遍,那有萧娘谢罪书②?

【题解】

灵箫写来一封信,向作者道歉。对深爱她的作者来说,道歉信理应得到很高的评价。

【注释】

①青鸟:神话传说中为西王母取食传信的神鸟。比喻使者。双鲤鱼:汉蔡邕《饮马长城窟行》:"客从远方来,遗我双鲤鱼。呼儿烹鲤鱼,中有尺素书。"后因以"鲤鱼"代称书信。

②萧娘:唐诗中常称一般女子为萧娘。

二六七

电笑何妨再一回①,忽逢玉女谏书来②。东王万八千骁尽③,为报投壶乏箭材④。

【题解】

此诗写灵箫劝谏作者戒赌。

【注释】

①电笑:指赌博。

②玉女:指灵箫。

③骁尽:赌输了。骁,这里指赌博的筹码。

④投壶:一种娱乐性的游戏,后演变成赌博。箭材:制箭材料。这里比喻赌博的本钱。

二六八

万一天填恨海平①,羽琌安稳贮云英。仙山楼阁寻常事,兜率甘迟十劫生②。

【题解】

此诗表达作者要娶灵箫的决心。

【注释】

①恨海:积恨成海。通常指男女双方不能结合。

②兜(dōu)率:佛经认为兜率陀天是预备成佛的地方。

二六九

美人捭阖计频仍①,我佩阴符亦可凭。绾就同心坚俟汝②,羽琌山下是西陵③。

【题解】

作者愿与灵箫结成同心。

【注释】

①捭(bǎi)阖(hé):开阖。古代纵横家用语,指用言语打动人的技巧。频仍:一再重复。

②绾:编结。同心:古人拿锦带结成连环回文,称为同心结,表示相爱。

③西陵:在钱塘江之西,附近有苏小小墓。这里借指男女定情、结同心之处。

二七○

身世闲商酒半醺,美人胸有北山文①。平交百辈悠悠口,
揖罢还期将相勋②。

【题解】

灵箫鄙视官场,同情隐逸,正与作者心心相印。作者平日十分厌烦,交
游者满口功名利禄的话。

【注释】

①北山文:即孔稚珪《北山移文》,讽刺一个出山追求禄仕的猥琐之徒。
作者认为灵箫也抱有孔稚珪讽刺禄仕的思想。

②将相勋:建立将相功业。

二七一

金釭花烬月如烟①,空损秋闺一夜眠。报道妆成来送我,
避卿先上木兰船②。《呓词》止于此。

【题解】

作者与灵箫因赌气而分别。此诗抓住细节,写法独特,别出机杼。

【注释】

①金釭:古代照明用的灯盏,或用铜制,称为金釭。花烬:灯花变成
灰烬。

②木兰船:船的美称。

二七二

未济终焉心缥缈①,百事翻从阙陷好②。吟到夕阳山外

山,古今谁免余情绕？渔沟道中题壁一首③。

【题解】

此诗写离别了灵箫后,作者情绪低落,余情萦绕。

【注释】

①未济:《周易》最后一卦,卦形是坎下离上,卦象是火在水上,表示无济于事。

②阙陷:同"缺陷"。

③渔沟:镇名。位于今江苏省淮安市淮阴区。是当时的交通站。

二七三

欲求缥缈反幽深,悔杀前翻拂袖心。难学冥鸿不回首①,长天飞过又遗音。渔沟道中奉寄一首。

【题解】

作者拂袖而别灵箫后,内心后悔,拿冥鸿来反衬,表达作者难舍那一份感情。

【注释】

①冥鸿:远天的鸿雁。

二七四

明知此浦定重过①,其奈尊前百感何？亦是今生未曾有,满襟清泪渡黄河。众兴道中再奉寄一首②。

【题解】

此诗写离别灵箫以后的伤感。与灵箫这一段感情,作者极其珍视,认为这是"今生未曾有"。

【注释】

①此浦：指清江浦。

②道中：一本作"驿"。

二七五

绝业名山幸早成①，更何方法遣今生？从兹礼佛烧香罢，整顿全神注定卿②。

【题解】

作者余生何寄？唯有礼佛烧香思念灵箫而已。

【注释】

①绝业名山：超绝的著述称为绝业，把著述收藏起来称为藏之名山。后人因称著述为名山事业。

②卿：指灵箫。

二七六

少年虽亦薄汤武①，不薄秦皇与武皇②。设想英雄垂暮日，温柔不住住何乡③？

【题解】

作者仍然眷恋灵箫。作者回顾少年时，鄙薄儒家道统汤武，却不鄙薄秦始皇、汉武帝的雄才大略；年岁苍老之际，却蹉跎失志，流连于声色之中，以作慰藉。写此诗反省，既有壮志未酬而生的颓唐情绪，又有不为世所用的愤懑不平。

【注释】

①薄：鄙薄。汤武：商汤和周武王。汤，商汤，曾灭夏桀，为商朝开国之

君。武,周武王,名发,曾灭商纣王,为周朝开国之君。

②秦皇:秦始皇,姓嬴,名政。统一六国,实行郡县制,建立中国历史上第一个专制主义中央集权的国家。武皇:汉武帝刘彻。对内实行政治经济改革,尊儒术,对外用兵,开拓疆土。

③温柔:指温柔乡。

二七七

客心今雨昵旧雨^①,江痕早潮收暮潮。新欢且问黄婆渡_{袁浦地名}^②,影事休提白傅桥^③。以上顺河集中题壁三首^④。

【题解】

此诗写旅途中与友人相聚,传达了作者莫名的愁绪。

【注释】

①今雨、旧雨:借指新朋友、老朋友。

②新欢:新相好。

③白傅桥:唐代诗人白居易筑堤时建造的桥。或为白渡桥。

④顺河集:与宿迁县城隔运河相对,是当时的交通大站。按,作者自书的真迹本没有这一首,可能后来删去了。

二七八

阅历天花悟后身,为谁出定亦前因^①。一灯古店斋心坐^②,不似云屏梦里人^③。顺河道中再奉寄一首,仍敬谢之,从此不复为此人有诗矣。寄此诗是十月十日也。越两月,从北回,重到袁浦,问讯其人,已归苏州闭门谢客矣。其出处心迹亦有不可测者。附记于此。

【题解】

此诗总结作者与灵箫的一段感情,认为今缘乃前因,在经历感情的波

381

折后,方才收心敛性。

【注释】

①出定:佛家语。佛教徒将心定息,不言不动,谓之入定;从入定状态恢复日常状态,谓之出定。作者把他同灵箫一段关系比作出定,即不能收心敛性。

②斋心:收心敛性。

③云屏:绘有云彩或用云母嵌成的屏风。

二七九

此身已坐在山泉,涓滴无由补大川。急报东方两星使①,灵山吐溜为粮船②。时东河总督檄问泉源之可以济运者③,吾友汪孟慈户部董其事④。铜山县北五十里曰柳泉⑤,泉涌出;滕县西南百里曰大泉,泉悬出,吾所目见也。诗记孟慈,并寄徐镜溪工部⑥。

【题解】

作者感慨自己已经归隐,无补于国家大事。但仍急切地向官府报告泉源水利之事,说明其济世之心并未冷寂。

【注释】

①星使:古人认为天上有使星主使臣事,因称皇帝使者为星使。这里指被朝廷派出勘查水源、督办河工的汪、徐二人。

②溜:水流。

③东河总督:清置河东河道总督,掌理治河之事,驻山东济宁州(今济宁市)。凡山东之运河、通惠河、泇河、卫河都归他管辖。当时东河总督是栗毓美,字含辉,山西浑源县人,道光十五年(1835)始任此职。檄问:发令询问征求。檄,古代用以征召、晓谕、申讨的文书。济运:引泉水注入运河。

④汪孟慈:汪喜荀,原名喜孙,字孟慈,江苏甘泉(今扬州市)人。著名学者汪中的长子。嘉庆十二年(1807)举人。官户部员外郎、怀庆知府等。

⑤铜山县:旧县名,今属江苏省徐州市。

⑥徐镜溪:名启山,安徽六安人,道光九年(1829)进士,官工部主事。

二八〇

昭代恩光日月高①,烝彝十器比球刀②。吉金打本千行在③,敬拓斯文冠所遭④。谒至圣庙⑤,瞻仰纯庙所颁祭器十事⑥,得拓本以归。

【题解】

作者朝谒孔庙,获得了清高宗所颁祭器的文字拓本,格外尊崇它们。

【注释】

①昭代:古代称本朝为昭代。恩光:指清代统治者对孔丘的尊崇。

②烝彝(yí)十器:祭祀时使用的十种礼器。烝,冬祭。彝,盛酒的器具。球刀:见《己亥杂诗》第六十六首注。

③打本:即拓本。千行在:作者自称曾收集古代铜器拓本达千行之多。

④斯文:指清高宗颁给孔庙的铜器的文字形制。冠所遭:放在平日所收集的古文字拓本前面。

⑤至圣庙:即孔子庙,在山东省曲阜市。

⑥纯庙:清高宗弘历,庙号纯皇帝。

二八一

少年无福过阙里①,中年著书复求仕。仕幸不成书幸成,乃敢斋祓告孔子②。曩至兖州,不至曲阜。岁癸未③,《五经大义终始论》成,壬辰④,《群经写官答问》成,癸巳⑤,《六经正名论》成,《古史钩沉论》又成,乃慨然曰:可以如曲阜谒孔林矣。今年冬,乃谒林,斋于南沙河,又斋于梁家店。

【题解】

作者撰写了许多关于儒学的著作,他回顾大半辈子,发出"仕幸不成书幸成"的感慨。

【注释】

①阙里:在山东省曲阜市。《孔子家语》:"孔子始教学于阙里。"

②斋祓(fú):古代在祭祀前,先做一番身心整洁的工作,称为斋戒,也称斋祓。祓,除灾求福。

③癸未:道光三年(1823)。

④壬辰:道光十二年(1832)。

⑤癸巳:道光十三年(1833)。

二八二

少为贱士抱弗宣,壮为祠曹默益坚①。议则不敢腰膝在,庑下一揖中夷然②。两庑从祀儒者,有拜,有弗拜,亦有强予一揖不可者。

【题解】

面对孔庙两庑的从祀儒者,作者从小就有自己的评判,即使不敢妄加议论,也会采取不同的态度对待:有的跪拜,有的不拜,有的作揖而已。这种对儒家揶揄的态度,表现了作者不同流俗、不屈从强权的独立的儒家价值观。

【注释】

①祠曹:作者于道光十七年(1837)任礼部主事祠祭司行走。

②庑:庙宇两旁的走廊。

二八三

曩将奄宅证淹中①,肃肃微言謦欬逢②。肯拓同文门畔石③?古心突过汉朝松。

游览孔庙,作者怀着恭敬之心,似乎听见了先贤们的言笑,作者的内心如同老松一样肃静。

【注释】

①奄宅:即古奄国,即鲁国。淹中:古地名。作者曾证明"奄"就是"淹中"。

②肃肃:恭敬的态度。謦(qìng)欬(kài):一言一笑的神态。

③同文门:在曲阜县城内奎文阁前,门两旁有汉、魏、唐、宋刻的石碑,著名的有孔子庙堂碑、史晨碑、孔彪碑、孔庙碑等,都是后人研究汉隶书法的重要资料。石:指碑刻。

二八四

江左吟坛百辈狂,谁知阙里是词场? 我从宅壁低徊听①,丝竹千秋尚绕梁②。时曲阜令王君大准,其弟大埙,其子鸿,皆工诗。孔氏则有孔绣山宪彝,宪彝弟宪庚,孔氏之甥郑宪铨,皆诗人也。

【题解】

此诗写曲阜诗人大有人在,而且自有其艺术传统。

【注释】

①宅壁:《汉书·艺文志》:"武帝末,鲁共王坏孔子宅,欲以广其宫,而得古文《尚书》及《礼记》《论语》《孝经》凡数十篇,皆古字也。共王往入其宅,闻鼓琴瑟钟磬之音,于是惧,乃止不坏。"作者借用此事,称赞曲阜诗人是有艺术传统的。

②绕梁:形容歌声回旋不绝。

二八五

嘉庆文风在目前①,记同京兆鹿鸣筵②。白头相见山东路,谁惜荷衣两少年③? 酬曲阜令王海门④。海门,吾庚午同年也。

作者与曲阜县令王海门有相似的科举经历,现在都头上长了白发。回顾往事,不胜唏嘘。

【注释】

①嘉庆文风:作者在嘉庆十五年(1810)庚午应顺天乡试,由监生中式副榜贡生第二十八名。王海门也是同科中式副榜。

②京兆:汉代三辅之一,作者借指北京。鹿鸣宴:在乡试放榜后第二天,举行宴会,邀请考官、执事人员和新举人参加,称为鹿鸣宴。

③荷衣:平民穿的衣服。当时作者和王海门都是副榜贡生,所以称荷衣。

④王海门:王大淮,字松坡,号海门,天津人。嘉庆十五年副榜贡生,道光十七年任曲阜知县。

二八六

少年奇气称才华,登岱还浮八月槎①。我过东方亦无负,清尊三宿孔融家。馆于孔经阁宪庚家②,题《经阁观海图》。

【题解】

作者赞扬了孔宪庚的才华横溢,阅历丰富,并交代在他家寄宿之事。

【注释】

①岱:泰山,五岳之一,又称岱宗。槎(chá):木筏。

②孔经阁:孔宪庚,字叔和,号经之,山东曲阜人,道光二十九年(1849)拔贡生。著有《十三经阁诗集》《疏华馆纪年诗》。

二八七

子云壮岁雕虫感①,掷向洪流付太虚②。从此不挥闲翰墨,男儿当注壁中书③。经阁投诗江中,作《云水诗瓢图》。

【题解】

此诗写孔经阁投诗于江中,不再作诗,而立下注书之志。

【注释】

①子云:西汉学者扬雄,字子云,曾爱好辞赋,壮年后视辞赋为童子雕虫篆刻,壮夫不为。

②太虚:广大的虚空。

③壁中书:西汉时,从孔丘旧宅墙壁中发现古文《尚书》《礼记》等数十篇,后人称为"壁中书"。这里泛指经书。

二八八

倘作家书寄哲兄①,淮阴重话七年情。门前报有关山客,来听西斋夜雨声②。时经阁兄绣山方游京师③。《淮阴鸿爪图》,绣山、经阁所合作也。

【题解】

此诗设想孔经阁给兄长孔绣山写家书,不仅提及兄弟情分,也提到了作者的到访。

【注释】

①哲兄:尊称他人之兄。

②西斋:孔经阁招待作者住的屋子,即拏云馆。

③绣山:孔宪彝,字叙仲,号绣山(一作秀珊),道光十七年(1837)举人,官内阁侍读学士。工诗文,善绘画。作者爱他淳古,欲以幼女妻其子。绣山欣然同意。

二八九

家有凌云百尺条,风烟陪护渐岩峣①。生儿只识秦碑字②,脆弱芝兰笑六朝。《海门种松图》。

此诗是咏画之作。以泰山松树和秦碑来赞扬王大淮的儿子,反对将子女养成温室里的芝兰。

【注释】

①岧(tiáo)峣(yáo):高耸。

②秦碑:秦始皇统一中国后,在峄山、泰山等地树立石碑,表扬功绩。

二九〇

盗诗补诗还祭诗①,子梅诗史何恢奇②? 鄙人劝君割荣者③,努力删诗壮盛时。王子梅鸿《祭诗图》④。

【题解】

此诗写王子梅有奇特的作诗经历。作者劝告他修改诗作,不要贪多务得。

【注释】

①祭诗:这里指王子梅祭奠失去的诗。王子梅遇盗失去诗稿,事后凭记忆补回,仅得十分之七。

②恢奇:恢诡奇怪。

③割荣:芟除繁茂多余的枝叶。这里比喻修改、删减诗歌。

④王子梅:王鸿,字子梅,江苏苏州人。王大淮的儿子。官山东聊城县丞。著有《子梅诗稿》。

二九一

诗格摹唐字有棱,梅花官阁夜镂冰①。一门鼎盛亲风雅,不似苍茫杜少陵。王秋垞大堉《苍茫独立图》②。

【题解】

此诗盛赞王大堉的诗风,以及王家一门多诗人,鼎盛风雅,不似杜甫那样凄凉冷落,从中表达了作者的作诗主张。作者认为,诗歌应揭露矛盾,批判现实,抒发不平和感慨,具有杜诗那样揭示世上弊病、民间疾苦的沉郁苍凉的风格。

【注释】

①锼(sōu)冰:比喻雕琢字句,写作诗文。锼,镂刻。

②王秋垞(chá):王大堉,字秋垞,王大淮之弟,王子梅之叔,有《苍茫独立轩诗集》。

二九二

八龄梦到矍相圃^①,今日五君来做主。我欲射侯陈礼容^②,可惜行装无白羽^③。王海门及弟秋垞、嗣君子梅、孔经阁、郑子斌五君^④,饯之于矍相圃。

【题解】

作者临走时,朋友们为他饯行。作者想起了古代的乡射礼,但因为时代不同,所以无法举行。

【注释】

①矍(jué)相圃:在曲阜市孔庙仰高门外,曲阜县学附近。

②射侯:射箭。侯,箭靶,用皮或布制成。陈礼容:摆出乡射礼的仪式。

③白羽:古代举行射礼时的箭。

④郑子斌:郑晓如,原名宪铨,字子斌,号意堂,安徽歙县人,曲阜原籍。咸丰元年(1851)举人,任广东知县。著有《防山书屋诗集》。

二九三

忽向东山感岁华,恍如庾岭对横斜^①。敢参黄面瞿昙句^②？此是森森阙里花。时才十月,忽开蜡梅一枝,经阁折以伴行。

【题解】

作者在阙里折得一枝蜡梅,联想到梅岭的梅花和黄面的佛像,充满了欣喜。

【注释】

①庾岭:即大庾岭,在江西省大庾县(今大余县)南,广东省南雄县(今南雄市)北,又称梅岭,岭上梅树很多。

②瞿昙:释迦牟尼的姓,又译作乔答摩,后人以瞿昙代指释迦牟尼。

二九四

前车辙浅后车缩,两车勒马让先跃。何况东阳绛灌年,贾生攘臂定礼乐^①。见两车子相掉磬^②,有感。

【题解】

作者看见两辆车子退缩不前,驾车人尽畏葸怯懦,毫无进取精神,联想到清王朝的现实境况,因此产生感慨。他渴望清廷出现像贾谊一样的人,敢于大胆改革,去旧图新,冲破死气沉沉的局面。此诗写于作者归隐之时,可见他对于改革社会,刷新政治的思想,始终不曾放弃。诗歌因小见大,构思巧妙。

【注释】

①贾谊:西汉著名政治家、政论家,二十多岁官博士,深得汉文帝赏识,超升为太中大夫。他改变旧法,定出一套新制度,获得汉文帝同意,部分实行。但遭到绛侯周勃、灌婴、东阳侯张相如、冯敬等大臣的反对,贾谊被贬为长沙王太傅。

②掉磬:又作掉磬,意为出言急躁。

二九五

古人用兵重福将①,小说家明因果状。不信古书愎用之②,水厄淋漓黑貂丧③。或荐仆至,其相不吉,自言事十主皆失官。予不信,使庀物,物过手辄败;使雇车,车覆者四;幸予先辞官矣。《法苑珠林》及明小说皆有此事,记之以贻纂类书者④。

【题解】

此诗写了一件小说家喜爱记述的琐事:一个长相不吉的仆人给主人带来了灾祸。

【注释】

①福将:依靠运气打胜仗的将领。

②愎:倔强不听别人劝告。

③水厄:遭受水的灾祸。作者在大雨泥泞中翻车四次,丢掉黑貂裘,所以这样说。

④类书:工具书的一种,用分类编排的方法,故称类书。

二九六

天意若曰汝毋北,覆车南沙书卷湿。汶阳风雨六幕黑①,申以东平三尺雪②。

【题解】

此诗写北行途中的艰难情景。

【注释】

①汶阳:今属山东省肥城市。因在汶水之北,故名。六幕:见《己亥杂诗》第五十五首注。

②申:再一次。

二九七

苍生气类古犹今,安用冥鸿物外吟①。不是九州同急难,尼山谁识怃然心②？北行覆车者四,车陷泥淖中者二,皆赖途人以免。

【题解】

作者得到了众人的帮助而想到古往今来人们的互助。

【注释】

①物外：世外。

②尼山：山名,又称尼丘,在山东省曲阜市东南。这里指孔丘。怃然：怅惘失意的样子。

二九八

九边烂熟等雕虫①,远志真看小草同②。枉说健儿身手在③,青灯夜雪阻山东。

【题解】

作者北上途中遇雪受阻,联想起世路坎坷多艰,感慨自己空有雄才大略、高远志向,却因遭到当权者的轻视和束缚而不能施展抱负,如今落得个辞官南下,雪阻山东。

【注释】

①九边：指明代设在北方的九个边防重镇,即辽东、蓟州、宣府、大同、山西、延绥、宁夏、固原、甘肃九镇。后泛指边疆。九边烂熟：指谙熟边疆舆地,胸有安边之计。作者擅长西北舆地之学。雕虫：指雕虫小技。

②远志：草药名,野生常绿草本植物,根可药用。一名小草。这里语意双关,既为草药名,又指高远之志。

③健儿身手：既指武艺高强娴熟,又指年富力强,才能超绝。

二九九

　　任丘马首有筝琶①,偶落吟鞭便驻车。北望觚棱南望雁②,七行狂草达京华。遣一仆入都迎眷属,自驻任丘县待之。

【题解】

　　作者驻首任丘,派仆人携书信入京迎接家人。远望京师,作者逡巡不进,心怀愁怅。

【注释】

　　①任丘:县名,在河北省白洋淀南。

　　②觚(gū)棱:宫殿上面转角处的瓦脊。借指京师。

三〇〇

　　房山一角露崚嶒①,十二连桥夜有冰②。渐进城南天尺五③,回灯不敢梦觚棱④。儿子书来⑤,乞稍稍北,乃进次于雄县;又请,乃又进次于固安县。

【题解】

　　此诗作于固安县,是作者北上迎接家眷最后的到达地。作者本欲在任丘县迎候,无奈其子龚橙一再请求他北进,他才进驻到固安县。作者不直接去北京,越接近北京越迟疑徘徊,反映出作者当时复杂的心理,其中有对在位的达官贵人既畏又厌(如《己亥杂诗》第三首所写"罡风力大簸春魂,虎豹沉沉卧九阍"),又有对皇帝怀有一种"弃妇"的怨悻情绪(如《己亥杂诗》第十六首),还有怕引起社会舆论的误解而招致嗤笑(如《己亥杂诗》第二百三十四首)。诗中怅惘之情,溢于言表。

【注释】

　　①房山:即大房山,今属北京市房山区,山势雄秀。崚(léng)嶒(céng):

形容山高。

②十二连桥:在今河北省雄安新区。

③天尺五:比喻离皇帝的宫殿非常接近。天,指皇室。

④回灯:指灯重新点燃。

⑤儿子:这里指长子龚橙,字昌匏,更名公襄,字孝拱。

【汇评】

王文濡编《龚自珍全集》:定公出都,或谓别有不可言者。观其渐近国门而惮于前进,人言殆非尽诬欤!

<h3 align="center">三〇一</h3>

艰危门户要人持,孝出贫家谚有之^①。葆汝心光淳闷在^②,皇天竺胙总无私^③。儿子昌匏书来,以四诗答之。

【题解】

此诗是作者对儿子的勉励之辞。撑持门户,孝顺长辈,葆有淳朴,自然会得到皇天福报。

【注释】

①孝出贫家:《增广贤文》:"家贫出孝子,世乱出忠臣。"

②心光:指心灵。淳闷:诚朴和宽厚。《老子》:"众人察察,我独闷闷。""其政闷闷,其民淳淳。"闷闷是宽厚,淳淳是诚朴。

③竺胙(zuò):同"笃胙"。笃,丰厚。胙,古代祭祀时供的肉,指福报。

<h3 align="center">三〇二</h3>

虽然大器晚年成,卓荦全凭弱冠争^①。多识前言蓄其德,莫抛心力贸才名。

此诗勉励儿子年轻时要发奋努力,追求卓荦,多了解前人的言论、著述,以提高自己的道德才能,不要花费精力去追求所谓才子的名气。

【注释】

①卓荦(luò):超出一般水平之上。弱冠:古时男子二十岁行冠礼,后用"弱冠"指青年。

三〇三

俭腹高谈我用忧①,肯肩朴学胜封侯②。五经烂熟家常饭③,莫似而翁歠九流。

【题解】

根据自己的生平经历和社会风尚,作者告诫长子龚橙要顺世随俗,研究训诂考据的朴学。而作者自己博涉于诸子百家,立志经世致用,倡言变法改革,因而招致了灾祸忧患。这是不值得仿效的。

【注释】

①俭腹:腹中东西很少,比喻学问贫乏。高谈:指讥切时政,倡言变法。

②肩:担任,从事。朴学:见《己亥杂诗》第一百三十九首注。

③五经:指《周易》、《尚书》、《诗经》、《礼记》和《春秋》五部儒家经典。

三〇四

图籍移从肺腑家①,而翁本学段金沙②。丹黄字字皆珍重③,为裹青毡载一车④。

【题解】

此诗写给儿子,表明作者的学问根柢主要来自于其外祖父段玉裁。

①肺腑家:指作者同外祖父段玉裁的亲戚关系。

②段金沙:即段玉裁,见《己亥杂诗》第五十八首注。

③丹黄:见《己亥杂诗》第六十九首注。这里指作者点读段玉裁的《说文解字注》。

④青毡:表示旧物。《晋书·王献之传》:"献之夜卧斋中,而有偷人入其室,盗物都尽,献之徐曰:'偷儿!青毡我家旧物,可特置之。'"

三〇五

欲从太史窥春秋①,勿向有字句处求。抱微言者太史氏,大义显显则予休②。儿子昌匏书来,问《公羊》及《史记》疑义,答以二十八字。

【题解】

比较《史记》与《春秋》,作者认为两者都有微言大义,褒善贬恶。经学家何休著《公羊解诂》,显扬了《春秋》大义。

【注释】

①太史:官名,负责修纂史书,兼掌天文时历。司马迁曾官太史令,自称为太史公。

②予:通"与",赞许。休:何休。见《己亥杂诗》第七十首注。

三〇六

家园黄熟半林柑,抛向筼笼载两三①。风雪盈裾好持赠,预教诗婢识江南②。

【题解】

此诗写带来南方家中的柑橘,让身在北方的家里人品尝。语言活泼,富有情趣。

【注释】

①筠笼：竹篓。

②诗婢：《世说新语·文学》载，东汉经学家郑玄，家中婢女都懂得念诗，称为诗婢。作者借用指自己北京寓所的婢女。

三〇七

从此青山共鹿车①，断无只梦堕天涯。黄梅淡冶山矾靓②，犹及双清好到家③。眷属于冬至后五日出都。

【题解】

此诗为思念家人而作。作者得知家人出了京城，设想从此与妻子夫唱妇随，他的两个儿子让人喜爱。

【注释】

①鹿车：东汉时，鲍宣娶桓少君为妻。桓氏送给女儿许多装奁，鲍宣很不高兴。桓少君就退还装奁，自己同丈夫拉着鹿车回到丈夫家乡。见《后汉书·列女传》。

②黄梅：蜡梅。山矾：又名芸香、瑒花、玉蕊，三月开白花，极香。黄梅、山矾，植物名，这里指作者的两个儿子，即龚橙、龚陶。

③双清：心情和行止都毫无挂碍。

三〇八

六义亲闻鲤对时①，及身删定答亲慈②。划除风雪关山句③，归到高堂好背诗。今年七月，蒙家大人垂询文集定本④，命呈近诗。

【题解】

作者对在外地奔波的日子感到乏累，作此诗表达要归乡侍奉父亲的愿望。

①六义：儒家对诗的教育作用的解释。《诗经·大序》："诗有六义，一曰风，二曰赋，三曰比，四曰兴，五曰雅，六曰颂。"鲤对：指受父亲的启发。《论语·季氏》记载孔子与他儿子鲤的一段对话："鲤趋而过庭。曰：学诗乎？对曰：未也。不学诗，无以言。鲤退而学诗。"

②及身：在世的时候。

③划除：铲掉，消除。

④询：一本作"训"。

三〇九

论诗论画复论禅，三绝门风海内传。可惜语儿溪畔路^①，白头无分棹归舲^②。方铁珊参军钱之于保阳^③。铁珊名廷瑚，石门人。父薰^④，字兰士，以诗画名，好佛。君有父风。年七十矣，犹宦畿南。

【题解】

作者佩服方铁珊父子的才华技艺，作此诗赞扬他们，并为方铁珊年老不能辞官深表同情。

【注释】

①语儿溪：在浙江省石门县（今桐乡市崇福镇），又名沙渚塘。

②棹：船桨。这里作动词用。归舲：回乡的船。

③方铁珊：方廷瑚，字铁珊，号幼樗，浙江石门人，方薰长子。嘉庆十六年（1811）举人，官直隶平谷知县，保定府经历（一说保定广盈仓大使）。著有《幼樗吟稿》。参军：清代在宗人府、通政司、都察院、布政司、按察司及各府设置经历官，掌出纳文移。北齐称为功曹参军。明清人遂称经历为参军。保阳：直隶（今河北省）保定府的别称。

④方薰：字兰士，一字兰坻，号樗庵，乾隆时著名画家，能诗，善书法。著有《山静居稿》。

三一〇

使君谈艺笔通神①,斗大高阳酒国春②。消我关山风雪怨,天涯握手尽文人。陈笠雨明府饯之于高阳③。笠雨名希敬,海昌人,以进士为令,史甚熟,诗、古文甚富。

【题解】

知县陈笠雨在高阳给作者饯行,他才艺精通,知识渊博,席间谈笑风生,消除了作者跋涉关山、经历风雪之愁。

【注释】

①笔:古人称无韵之文为笔。通神:与鬼神相通,意思是写得极好。

②高阳:县名,在河北省保定市东南。《史记》载郦食其自称高阳酒徒,此高阳在河南雍丘县。作者加以牵合使用。

③陈笠雨:陈希敬,字笠渔(又作笠雨),浙江海盐人。道光三年(1823)进士,历官金坛、江阴、高阳知县,直隶深州知州。明府:对县令的敬称。

三一一

画禅有女定清真①,合配琳琅万轴身②。百里畿南风雪路③,我来著手竟成春。铁珊有女及笄④,笠雨丧偶,使予为蹇修焉⑤。

【题解】

作者做成了陈笠雨与方铁珊女儿的一段姻缘,成人之美。

【注释】

①画禅:指方铁珊。清真:纯洁。

②琳琅:借指美好的事物。指优美诗文、珍贵书籍。万轴:万卷图书。琳琅万轴,比喻陈笠雨读书很多,很有才华。

③百里畿南:保定和高阳相距有一百多里,同在京师之南。

④及笄：女子到待嫁年龄。笄，发簪。

⑤蹇修：媒人。

三一二

古愁莽莽不可说^①，化作飞仙忽奇阔。江天如墨我飞还^②，折梅不畏蛟龙夺^③。十二月十九日，携女辛游焦山，归舟大雪。

【题解】

此诗作于作者迎眷而归，途经镇江时。作者壮志未酬，愁绪难排，但诗中包含的奇情壮彩，仍表现了作者不畏恶势力的勇敢精神。

【注释】

①古愁：积郁已久的愁绪。

②飞还：实写游焦山而归，虚指迎眷归隐。

③蛟龙：比喻某些凶恶的坏人。

【汇评】

王文濡编《龚自珍全集》：定公女亦娴文翰，故屡携之同游。

三一三

惠山秀气迎客舟^①，七十里外心先投。惠山妆成要妆镜，惠泉那许东北流？廿二日携女辛游惠山。

【题解】

此诗写惠山的秀美风光。作者认为，如果在惠山下开凿出一个大湖蓄起泉水，就会更加优美。此诗可见作者的灵心和审美理想。

【注释】

①惠山：又名慧山，在江苏省无锡市西郊。山上有泉名慧山泉，水清味

醇,号称天下第二泉。

三一四

丹宝琼花海岸旁,羽琌山似崟之阳①。一家可惜仍烟火,未问仙人辟谷方②。岁不尽五日③,安顿眷属于海西羽琌之山,戏示阿辛。

【题解】

作者安顿家眷于羽琌山馆,此诗写别墅的优美环境。

【注释】

①崟(mí):山名。

②辟谷:不吃粮食。

③岁不尽五日:据紫金山天文台《二百年历表简编》,道光十九年己亥农历十二月小。据此,"岁不尽五日"应是十二月廿五日。但作者在庚子年春与吴虹生书,则说"至腊月二十六日抵海西别墅",则实为岁不尽四日。或作者写诗时误记。

三一五

吟罢江山气不灵,万千种话一灯青。忽然搁笔无言说,重礼天台七卷经。

【题解】

此诗为《己亥杂诗》组诗最后一首,表达纵有千言万语,也无济于事,改变不了现实处境。作者从《己亥杂诗》第一首"不奈尼言夜涌泉",到最后一首"忽然搁笔无言说",一开一合,这是一年的小总结,也是作者前半生的大总结。作者皈依佛教,以求解脱,未免消极,但也不乏愤激意味。

【汇评】

王文濡编《龚自珍全集》:此三百十五篇,五花八门,可作年谱、行状读。

张荫麟《龚自珍诞生百四十年纪念》:粤东之行不成,北京之居不乐,其明年四月,自珍遂弃官归隐于其故乡杭州。有名之《己亥杂诗》三百十五首之大部分,即此次途中纪程念旧之作。在《己亥杂诗》中,实展开自珍一生之全景,其中除写景纪游外,有感时讽政之作,有谈禅说偈之作,有论经史考据之作,有思古人咏前世之作,有叙交游品人物之作,有话家描琐事之作,亦有伤身世道情爱之作。自有七绝诗体以来,以一人之手,而应用如此之广者,盖无其偶。而自珍复能参错谣谚谶繇佛偈词曲之音调语法以入此体,用能变化无端,得大解放,而为七绝诗创一新风格。用能"声情沉烈,恻悱道上,如万玉哀鸣"(此盖自珍自赞语,而托为新安女士程金凤书于《杂诗》后者)。若其"行间璀璨,吐属瑰丽",犹余事也。《杂诗》三百余首,实呵成一气,可作自珍之自叙传读。而欲攫取嘉、道间(近世我国史上之一关键时代,鸦片战争之前夜)之"时代精神"者,尤不可不于此中求之。但有此作,即无其他造诣,自珍亦足千古矣。

《己亥杂诗》所表现其作者之性格,为如何复杂凌乱,而富于矛盾意味之性格!彼一方面殚精孔经,笃信孔道,以当世之申伏自期——"仕幸不成书幸成,乃敢斋祓告孔子";一方面却景慕"西方圣人",自信已"证法华三昧","持己罗尼陀满四十九万卷"之后,复"新定课程,日诵普贤,普门普眼之文";而另一方面,彼却发"温柔不住住何乡"之问。所过通都,耽游北里,高唱"风云材略已消磨,甘隶妆台伺眼波"之句。年将知命,犹日为蛾眉洒其词章上之涕泪:"拊心消息过江淮,红泪淋浪避客揩","亦是今生未曾有,满襟清泪渡黄河"!然在另一方面,彼固一"先天下忧"之志士:上下古今,讨究经国纬民之大计,效痛哭流涕之贾生,以刬开风气为己任。彼于诗歌若出天授,然却视为口孽,屡尝立志戒除。彼箧中有功令文千篇,自许为此道作手,然却首倡废八股之议。要之自珍者,盖一多情好玩之慧公子(彼固生于豪门,其父官至苏松兵备道),一易地之李后主、纳兰成德,而戴上经生策士修道士预言者之重重面具者也。

庚子　道光二十年(1840)　49岁

　　春,编《己亥杂诗》竟,女士程金凤帮助抄毕。八月,游苏州、南京。游秦淮河,寓于城北四松庵。后重至苏州,寓于沧浪亭,与王子梅等友人谈艺甚欢。辑《庚子雅词》一卷。著有《凤山知县常州汤公父子画像记》《与人笺》等文,自编《庚子雅词》一卷。

　　寄《己亥杂诗》给孔绣山。孔绣山为之作六首七言绝句:一、"去年来游夔相圃,今年小憩沧浪亭。我归君去两相失,江南江北青山青。(君去冬至阙里,下榻余斋,余在京师未归。)"二、"颐道好仙君好佛,(谓陈云伯丈。)诗仙诗佛在杭州。他年仙佛团乐会,说法吴山最上头。"三、"不须言行编新录,此即君家记事珠。出处交游三十载,新诗字字青珊瑚。"四、"戒诗以后诗还富,哀乐中年感倍增。值得江湖狂士笑,不携名妓即名僧。"五、"一家眷属神仙侣,有女能文字阿辛。莫爱南朝姜白石,学耶才调自惊人。(君室吉云夫人工书,长女工词,以次女许字儿子庆第,他日亦当能文也。)"六、"尼山诗教有遗芬,阙里词场君未闻。文采风流先辈在,品题那足张吾军。(君论阙里诗文,谬以余举首,故云。)"并于诗稿后识曰:"定盦礼部自吴门寄书,见示此集。余适游大梁,携之行箧,旅邸篝灯,遂得卒业。有触于怀,辄题数言,即效其体,非敢学昌黎之于玉川,聊以志心迹略同耳。道光庚子十月十五日,寿张道中绣山手记。"

　　本年存诗二首。

题龚蘐生倚天图

干将莫邪虹彩韬,张雷逝矣不复遭①。科头据树仰天笑②,天风谡谡吹松涛。江东一官冷如水,八咏量呼沈郎起③。临歧遍索阿连诗④,梦草春枯秋变紫。庚子仲冬,乞养归田,适蘐生哥哥摄篆广文⑤,将有宝婺之行⑥,出示"倚天图",率缀数语。教之。自珍。

【题解】

龚蘐生是作者伯父龚履正的长子,名自润,更名自芳,道光二年(1822)举人。此时作者已辞官南归,而堂兄将往金华担任教谕,临别之际,出示"倚天图"嘱咐作者作诗。此诗为堂兄怀才不遇而叹息慰勉,寓含了作者抑郁寡欢之愁。

【注释】

①张雷:指西晋人张华、雷焕。张华善望气,见斗牛间常有紫气,于是委派雷焕为丰城县令去密访。雷焕掘监狱地基,挖地四丈多,获龙泉、太阿两宝剑,即古之名剑干将、莫邪。

②科头:不戴帽子,露出头发。比喻随意散漫、兀傲自得的样子。

③沈郎:即沈约(441—513),吴兴武康(今浙江省德清县)人,南朝著名文学家。曾任东阳郡守(治今浙江金华),作《八咏诗》。

④阿连:指谢惠连(407—433),南朝文学家,谢灵运之堂弟。这里指作者。

⑤摄篆:代理官职。

⑥宝婺:金华的古称。

哭洞庭叶青原昶

　　黑云雁背如磐堕,蟋蟀酸吟蟪蛄和^①。欲开不开兰蕊稀,似泪非泪海棠卧。主人对此情无聊,早起脉脉容光涸。果然故人讣书至,神魂十丈为飘摇。故人叶氏子^②,家在洞庭东山之东里。孝友缠绵出性情,嗜好卑纨绮^③。更兼爱客古人风,名流至者百辈同。已看屋里黄金尽,尚恐人前渌酒空。湖山窟宅仙灵地,两度诗人载诗至。料理盘餐料理床,纵横谈笑纵横字。贻我聪明一片心,我诗未成君替吟。此生欲践买邻约,此日犹难息壤寻。君言吾约终难践,人事天心异所愿,有如王家玉茗席家梅,买山不成不相见。山中茶花数王园,梅花数席园。与君分袂时,祝我归来迟;我归可怜十分早,归来睹此难为词。难为词,况寻约,白日西倾花乱落。买山纵成良不乐,放声问君君定哭。东山鸟飞飞满陼,西山秋老雨如丝。君魂缥渺归何处? 吹裂湖心笛一枝。

【题解】

　　这是一首哭叶昶的诗,诗中赞扬了叶氏高尚的情操,爱客的遗风,追述了作者和他的深厚的情谊,情真语挚,哀切感人。前八句用景物烘托出悲哀气氛,由物及人,引出了叶氏的噩耗,使用了"兴"的艺术手法。最后八句借景抒情,从悲凉的洞庭山景道出了作者的悲痛心情,表达了他对友人绵长的哀思与真切的悼念。

【注释】

　　①蟪(huì)蛄(gū):蝉的一种。

②叶氏:叶昶,字青原,太湖东洞庭山人。
③卑纨绮:看不起满身罗绮的富贵之人。

辛丑　道光二十一年(1841)　*50岁*

　　春,任江苏丹阳云阳书院讲席。三月初五日,父亲龚丽正逝世,享年七十五岁。作者兼任父亲在杭州紫阳书院的讲席。七月,至丹阳,馆于县署。八月,赴扬州访魏源,给魏源的侄女题诗留念。十二日辰时,暴疾捐馆于丹阳,终年五十岁,死因不明。著有《鸿雪因缘图记序》。

　　本年存诗一首。

书魏槃仲扇

　　女儿公主各丰华,想见皇都选婿家①。三代以来春数点,二南卷里有桃花②。

【题解】

　　魏槃仲,名彦,魏源的侄女,当时八岁。作者问她近来读何书,她回答《诗经》。作者在素扇上写诗赠她,即此诗。诗写《诗经》描写平民女子和贵族公主出嫁,都以桃花相映衬。作者在诗中对后辈寄予了美好的祝愿。

【注释】

　　①想见:一本作"争羡"。

　　②二南:指《诗经》中的《周南》《召南》。桃花:指《周礼·桃夭》和《召南·何彼秾矣》。

【汇评】

　　王文濡编《龚自珍全集》:定公过絜园,问槃仲近读何书,以《诗经》对。

定公即取素扇书此以贻之。时樊仲甫八龄,道光辛丑八月也。定公旋于八月十二日捐馆,此作盖几于绝章,尤可珍贵已。

编年未详

失　题

　　未定公刘马^①，先牵郑伯羊^②。海棠颠未已^③，狮子吼何狂？杨叛春天曲^④，蓝桥昨夜霜。微云才一抹，佳婿忆秦郎^⑤。

【题解】

　　此佚诗，出于李伯元著《南亭四话》卷一《庄谐诗话》之《定盦轶诗》条，原文为："宝山蒋剑人家蓄有龚手书五律一首，情愫惝恍，寄托遥深，决为本事诗无疑。蒋与王紫诠友善，诗遂入王手。余又得诸王孙幼诠。惟寻绎龚《全集》，此诗独未载，想系生前散佚，或刻集时删去。顾诗实好诗，照录如后，以供同嗜。"此诗每句一个典故，表达了世态炎凉、沧海桑田的感叹。

【注释】

　　①公刘马：《孟子·梁惠王下》载："昔者大王好色，爱厥妃。《诗》云'古公亶父，来朝走马，率西水浒，至于岐下，爰及姜女，聿来胥宇'。当是时也，内无怨女，外无旷夫。"朱熹《集传》："大王，公刘九世孙。"

　　②郑伯羊：《左传·宣公十二年》："楚子围郑，旬有七日……楚子退师。郑人修城。进复围之，三月，克之。入自皇门，至于逵路。郑伯肉袒牵羊以逆。"《楚世家》集解引贾逵云："肉袒牵羊，示服为臣隶也。"

　　③海棠颠：宋陆游《花时遍诸家园》十首之一："看花南陌复东阡，晓露初干日正妍。走马碧鸡坊里去，市人唤作海棠颠。"

　　④杨叛：《乐府诗集》卷四十九《杨叛儿》引《唐书·乐志》："杨伴儿，本童谣歌也。齐隆昌时，女巫之子曰杨旻，少时随母入内，及长为何后宠。童谣云：'杨婆儿，共戏来所欢。'语讹，遂成杨伴儿。"

⑤佳婿忆秦郎：宋蔡绦《铁围山丛谈》卷四："范内翰祖禹，作《唐鉴》，名重天下，坐党锢事久之。其幼子温，字元实，与吾善。温尝预贵人家会，贵人有侍儿，善歌秦少游长短句，坐间略不顾温，温亦谨不敢吐一语。及酒酣欢洽，侍儿者始问：'此郎何人耶？'温遽起，叉手而对曰：'某乃"山抹微云"女婿也。'闻者多绝倒。"

附录一

龚自珍诗总评汇编

王芑孙：昨承枉示诗文各一册，读之，见地卓绝，扫空凡猥，笔复超迈，信未易才也。……至于诗中伤时之语，骂坐之言，涉目皆是，此大不可也。（《复龚瑟人书》）

王昙：（定盦诗文）绝世一空，前宿难得。（《与陈云伯书》）

钮树玉：翠虬游青霄，醯鸡舞盆盎。赋形既悬绝，高下焉能仿？大雅久不作，斯文日惝恍。蛙声与蝉噪，倾耳共嗟赏。浙西挺奇人，独立绝俯仰。万卷罗心胸，下笔空依仗。余生实鄙陋，每获亲俶傥。偏览所抒写，如君竟无两。君今方盛年，负志多慨慷。大器须晚成，良田足培养。阳气已经潜萌，万汇滋生长。率尔成赠言，聊以资抚掌。（《龚君率人出示诗文走笔以赠》）

林昌彝：《定盦诗集》四卷，仁和龚瑟人仪部著。……诗亦奇境独辟，如千金骏马，不受缚，美人香草之词，传遍万口，善倚声。道州何子贞师谓其诗为近代别开生面，则又赏识于弦外弦味外味矣。（《射鹰楼诗话》卷十）

林昌彝：同时诗人如……龚定盦之高旷。（《射鹰楼诗话》卷二十）

陈元禄：公诗文摇笔即成，而不苟作，梁侍郎章钜尝乞赋《虎丘古鼎歌》，公欲仿翁覃溪学士体为之，自谓道郁未及覃溪，遂不报。（《羽琌逸事》）

陈元禄：公曰：《长恨歌》曰"回头一笑百媚生"，乃形容勾栏妓女之词，岂贵妃风度耶？尝谓白居易真千古恶诗之祖。（《羽琌逸

411

事》）

孙宪仪：服或披居士，身还现宰官。非非曾想入，苦苦悉吟安。谓佛宁徒瘦，如梅却未寒。同僚兰雪集，可耐舍人看。（《题龚中翰破戒草》）

程金凤：天下震矜定盦之诗，徒以其行间璀璨，吐属瑰丽；夫人读万卷书供驱使，璀璨瑰丽何待言？要之有形者也。若其声情沉烈，恻悱遒上，如万玉哀鸣，世鲜知之。抑人抱不世之奇材与不世之奇情，及其为诗，情赴乎辞，而声自异，要亦可言者也。至于变化从心，倏忽万匠，光景在目，欲捉已逝，无所不有，所过如扫，物之至也无方，而与之为无方，此其妙明在心，世乌从知之？凤知之而卒不能言之。尝闻神全者，哀不能感，乐不能眩，风雨不能蚀，晦朔不能移，乃至火不能烧，水不能溺，此道家言，似不足以测学佛者之浃，抑古今语言所可到之境止于此，定公其殆全于神者哉！全于神者哉！写《己亥杂诗》竟，聊书简末。庚子谷雨日，新安女士程金凤。（《己亥杂诗书后》）

杨翰：呜呼！龚先生死矣！此一册也，诗为先生之诗，而非千古诗人之诗。书为先生书，而非千古书家之书，一线灵光，涌现世界，先生固未尝死也！（《龚定盦为徐星伯书诗册尾》）

王拯：荆楚仙人有仙意，长歌为尔高当世（谓龚礼部巩祚）。（《太常仙蝶歌》）

李慈铭：其诗不主格律家数，笔力矫健，而未免疵累，其情至者，往往有独到语。《己亥杂诗》则其以礼部主事乞假出都，又自杭入都携家归，述其身世交游著述及道途游览赠答作也。词胜于诗，而自出名隽，亦复不主故常。（《越缦堂日记》）

李慈铭：夜偶取定盦诗略评点之。定盦文笔横霸，然学足副其才，其独至者往往警绝似子，诗亦以霸才行之，而不能成家。又好为释家语，每似偈赞，其下者竟成公安派矣。然如《能令公少年行》

《汉朝儒生行》《常州高材篇》，亦一时之奇作也。（《越缦堂日记》）

谭献：阅《定盦诗词》新刻本。诗，佚宕旷邈，而豪不就律，终非当家。词，绵丽沉扬，意欲合周、辛而一之奇作也。（《复堂日记》）

丁申、丁丙：许正绥曰：定盦自珍如幽燕老将，气韵沉雄。（《国朝杭郡诗三辑》）

丁申、丁丙：诗亦奇境独辟，不受羁绁。著作等身。晚宗大乘，名其诗曰《破戒草》。（《国朝杭郡诗三辑》）

徐世昌：定盦天性肫挚，学出外家；龚、魏齐名，能开风气。光绪甲午以后，其诗盛行，家置一编，竞事摹拟。自尚宋诗，群遂厌弃。平心论之，定盦博通群籍，余事为诗，天骥翩云，终殊凡马。杨利叔《题定盦集》云："长吟字字原忠孝，故衍大藏成烟波。要知奇处正平实，抉公祕钥公毋诃。"论最平允。（《晚晴簃诗汇》）

陈衍：其樊榭、定盦两派：樊榭幽秀，本在太初之前；定盦瑰奇，不落子尹（即郑珍）之后。然一则喜用冷僻故实，而出笔不广，近人惟写经斋、浙西村舍近焉；一则丽而不质，谐而不涩，才多意广者，时乐为之。人境庐、樊山、琴志诸君，由此其选也。（《石遗室诗话》）

江标：（一）清才深恐天涯少，艳福从来未必奇。若得河东君尚在，定教手写定公诗。（二）不从俗熟矜奇句，却唶华鬘视博综。一笑眺坪相对处，茶烟正扬鬓云松。（《题定盦诗集》）

黄人：经笥便便笔自奇，回肠荡气此声稀。砚池一勺研朱水，中有神龙破壁飞。（《石陶梨烟室诗》）

李伯元：龚定盦《无著词》云："花底鞋儿花外月，如弓，入怀同不同。"纤巧极矣。及观《定盦全集》，又皆句奇语重，类商、周人文字，而词之侧艳如此，可知退之《山石》，亦能作女郎诗也。（《南亭四话·庄谐诗话》）

曾朴：龚氏是全力改革文学，无论是教导诗文词，都能自成一

413

家,思想亦奇警可喜,实是新文学的先驱者(龚氏的文体,实在发源于诸子)。(《译龚自珍病梅馆记题解》)

梁启超:嘉道间,龚自珍、王昙、舒位,号称新体,则粗犷浅薄。(《清代学术概论》)

梁启超:龚定盦有《己亥杂诗》三百六十首(按:原文如此。应为三百十五首),言近世文学者喜诵之。(《饮冰室诗话》)

张祖廉:(陈小铁)才故雅赡,发为诗歌,多清丽芊绵,与定盦如骖之靳,而于定盦之恣肆瑰特,亦不尽似之。(《抱潜诗存序》)

李详:道、咸以降,涪翁派曼延天下;又以定盦恢奇鬼怪,殽乱聪明子弟,如聚一丘之貉,篝火妄鸣,为详为制,至于亡国;声音之道,不可不正也。余论诗好从实处入,又喜直起直落,而略致情款;不喜作伪语及仙佛一切杂碎,比于奸声者。(《拭觚》)

张一麐:先生之诗纯以性灵,近世伧父,皆狃于袁仓山、张船山之作,以为定公之诗,无一句可解,为古来未有之格。乌乎!误矣。(《定盦诗集跋》)

王文濡编:(《破戒草》)定公诗兼有古文家法,全不气重,故无语不雅。又时时有弦外之音,非深于此道者,不能究也。(《龚自珍全集》)

王文濡编:定公诗五言古、七言绝,神妙不可几及。七古则不可学,才太横也。(《龚自珍全集》)

郁华:(一)亦曾执戟侍天枢,创世文章识典谟。略得周秦金石气,十年华贵在江湖。(二)桃花清泪古山川,文字都参悟后禅。知仿南雷诗历例,但书甲子不编年。(三)绝业名山幸早成(用原句),空闻豪语出先生。及身未见乾嘉盛,偏著春秋说太平。(四)意气高飞五岳云,阴符空寄蜡丸文。江南杜牧闲中老,治世谈兵又见君。(《书龚定公自珍诗集后》)

胡怀琛:清末的诗是从龚自珍起,开始变化,以后有陈三立、郑孝胥等人的诗,称为"同光派",虽有骨格,然过于萧索,毫无生趣。再有王闿运的诗,当时称为"假古董",樊增祥喜作绮语,易顺鼎的诗流于滑稽,都无足取。南社诸人的诗多半出于龚自珍而以"民族主义"为中心,就大体上说,要算是最好的了。(《中国文学史概要》第十章)

胡怀琛:论者谓"定盦诗文皆有剑拔弩张之概,尽是霸气",此言甚是。因道光、咸丰以来,海内多故,已非太平景象,文学当然要随时代而发生变化。默深文及定盦诗文皆为乱世文学的预兆。清末文坛剧变,龚、魏早开其端。(《中国文学史概要·文学作者的故事》)

《大公报》文学副刊张荫麟:龚定盦诗,在近世中国影响极大。既系维新运动之先导,亦为浪漫主义之源泉。甲午、庚子前后,凡号称新党,案头莫不有《龚定盦诗集》,作者亦竞效其体。……入民国,南社一派,尤步趋龚定盦。一方投身革命,自诩侠烈;一方寄情声妓,着意风流。龚定盦诗之浪漫素质,本有阳刚阴柔二种,以雄奇而兼温柔,既忧爽而复秾丽,合此两美,自成特味。虽托体不高,有伤侧媚,而动人艳羡,启人模仿。其所惯用之词藻,如"剑气箫心",如"罡风",如"春魂",如"落花",如"三生"等等,检近人集中,触目皆是也。今之少年所共崇拜之苏曼殊(玄瑛),其人与诗独具奇美,然亦不外取资于龚定盦。(《龚自珍诞生百四十年纪念》一文的"按语")

柳亚子:其三,三百年来第一流,飞仙剑客古无俦。只愁孤负灵箫意,北驾南舣到白头。(《定盦有三别好诗,余仿其意作论诗三截句》)

柳亚子:直到十六岁那年,读了梁启超《新民丛报》内的《饮冰室诗话》《诗界潮音集》……同时又读到《龚定盦诗集》,视为奇货。梁启超和龚自珍,在当时可说是我脑中的两尊偶像。(《我对于创

作旧诗和新诗的感想》)

姚锡钧：艳骨奇情独此才，时闻謦咳走风雷。论心肯下西江拜？却共杨、刘入座来。(《论诗绝句·龚定盦瑟人氏》)

郁达夫：他的诗是出于定盦的《己亥杂诗》，而又加上一脉清新的近代味的，所以用词很纤巧，择韵很清谐，使人读下去就能感到一种快味。(《杂评曼殊的作品》)

郁达夫：其一是辞断意连，其二是粗细对称。近代诗人中，唯龚定盦最擅长用这秘法。如："终胜秋燐亡姓氏，沙涡门外五尚书"，"近来不信长安隘，城曲深藏此布衣"；"只今绝学真成绝，册府苍凉六幕孤"；"为恐刘郎英气尽，卷帘梳洗望黄河"……"梦断查湾一角青"，"自障纨扇过旗亭"，"苍茫六合此微官"之类，都是暗用此法，句子就觉得非常生动了。古人之中，杜工部就是用此法而成功的一个。(《谈诗》)

郁达夫：江湖流落廿三年，红泪频揩述此篇。删尽定公哀艳句，侬诗粉本出青莲。(《自述诗十八首》之一)

郑振铎：有《破戒草》，亦以散文有名于时。才气殊纵横，意气飞扬而声色埋落不群，其诗亦如其为人，非规绳所能范则，少年喜之者极多。……龚自珍之散文亦甚有名，浩莽不羁如其诗。(《十九世纪的中国文学》)

王统照：龚子诗无敌，灵香写素怀。飘零文字孽，诛荡谪仙才。孤鹤云中逝，七襄月里裁。青天白昼句，琼蕾茁奇胎。(《暑夜读龚定盦诗集》)

朱杰勤：前人之称定盦者，有谓其"好深湛之思者"，有赞其思想之渊渊入微者，亦有毁其好奇而失之诡者，并有因其诗文之不平凡而议其无行者，而狂生之名，遂加定盦身上，其实此种变态之疯狂，正为天才之特征。(《龚定盦研究》)

……诗人感旧，事至寻常，但求如定盦先生之出自肺腑，历历道来之语,吾亦罕见。定盦入世虽深(观其集中《与人笺》数通及《记松江两京官》《论私》等文,对于人情世态,明察秋毫),而终未被恶劣社会所包围,亦不失其赤子之心,故其诗时常流露出一种"孺慕"之情,我爱其人尤爱其诗。

……观定盦诸诗,思出幽深,不肆狂热,而雍穆之情,令人深叹,则其天性之厚,自感之深,故能博读者之同情,非尽由于修辞之功也。抑我尚有言者,世人常视定盦为荡检踰闲之人,至小亦为狂放不羁之士,后之执笔传之者,往往对于其人格上多所雌黄,以笔随人,不如其已,是不可以不辨。吾粤张维屏先生,固与先生为石交,初闻定公狂名,及见定盦,始知人言之谬。盖定盦乃一品行纯洁之士,以不平凡故,乃为细人所点。

……我以修辞之功,容有过于定盦者,然以思想之幽渺奇瑰而论,则清儒中要为第一人矣。

回肠荡气,不愧高咏,格虽守常,而意有独创,极抒情之能事,造语奇崛,一片豪迈之气,凌纸怪发,读之令人兴会标举,齿颊生香,其诗有时毗于李白,有时近于陆游,但亦不甚相类,因定盦之诗,个性绝强,处处皆有"我"在。亦即定盦自谓"欲为平易近人诗,下笔清深不自持"者也。

其恋爱诗尤为天下奇作。清诗人如王次回、黄仲则固娴此道。然王次回则多而无当,猥而近俗,且常为闺阁中作代言人,得人之得,而不自得其得,落笔时必不甚愉快,虽自成家,难称大雅。黄仲则则清新自然,为写情之妙手,但微嫌用典太多,性灵微薄,故有清一代之恋爱诗,吾亦惟推定盦矣。

定盦情诗之佳处,则是毫无俗气,而又冽亮自如,情由衷发,远追义山,近桃梅村。……作香艳诗最易流于绮靡,多所堆砌,而定盦之诗,则奇气逼人,感情丰富,亦儿女,亦英雄,读其诗如见公孙大娘舞剑,仪态万端,振疲起弱。

......

定盦诗之好处，是形式上变化复杂，其一首中自四言变为五言，五言变为七言，而八言，而十余言，句法长短，都无一定，无论若干篇幅，皆可举重若轻，此事求诸古人如李白、长吉，有时亦不免缩手。盖定盦之诗，纯以古文之法行之，字字古雅，语语惊人，出入庄、骚，超乎尘俗。

......

定盦之诗，拟求之于西洋则浪漫主义之文艺，拜伦之俦也。拟求之于中国，则性灵派一流，导源风骚，追踪盛唐，在清人中颇堪独霸，而讲文学史者鲜有称之，则以耳为目，毫无真赏者耳。

......

嘉、道间之诗人，龚定盦实为第一，但不足为浅见寡闻者道也。（《龚定盦研究》）

龙沐勋：道光间，龚自珍（字瑟人，号定盦，仁和人）为诗特奇丽，自成一格，近人多效之。（《中国韵文史》）

刘大杰：龚自珍有《定盦全集》，……其文故作拗格，爱之者叹为新奇，恶之者讥为伪体。诗亦有盛名，其七绝七律，尤多脍炙人口之作。（《中国文学发展史》）

潘景郑：此定盦先生《己亥杂诗》三百十五首……亦多华辞，间以禅语，迹其所述，犹无诡怪不经之语，为可存者。此本卷尾，有新安女士程金凤跋，称其文辞变化，倏忽万状，此岂先生文辞之能感人，抑比好者阿谀之语，诚非不佞所敢赘一辞焉。（《著砚楼书跋》）

刘麟生、瞿兑之、蔡振华编：博学而放荡不羁。有《定盦集》，诗文词均自成一家。定盦诗慷慨悲歌，高朗挺秀，晚近人士，多喜效之。然不免失之犷，青年人所宜慎也。（《古今名诗选》）

谭正璧：自珍文导源周、秦，自成一家，诗词亦超逸异常。（《中国文学家大辞典》）

苏渊雷:清末民初是一个大转变的时代,士人激昂慷慨,好谈天下事,飞扬跋扈,正是他们人生的极致。而治经世之学又是今文学健将的龚定盦,便成了他们理想上的人格;何况"怨去吹箫,狂来说剑",他还是近代名士风流的典型呢!稍前如从事维新运动的谭复生、康南海、梁任公诸子,都曾受过他的熏染;稍后如南社诸君子,亦无不瓣香龚氏。一时稍解吟咏或奔走国事的青年,多少总带点定盦的气息。大抵改革时代,最需要一种反抗的精神和奔放的热情;自由的战取,便是浪漫运动初期的特色。而适会其选的龚定盦正是具备此项气质的典型,是李太白、陈同甫、拜伦、尼采一流人物;无怪当时爱好者之多与作品流行之广了。(《序袁中郎全集》)

钱锺书:然征之《破戒草》,则定盦瑰丽悱郁之才,未尝无取于瓯北清丽流易之体。……定盦之诗,清末以来,为人挦撦殆尽。(《谈艺录》)

李泰棻:龚自珍诗,雄沉博丽,实远胜于其文。……谭嗣同著《莽苍苍斋诗集》、林旭著《晚翠轩诗集》,皆喜学定盦之作。(《新著中国近百年史》)

邵祖平:龚定盦之幽异。(《七言绝句榷论》)

唐弢:先生好定盦诗。(《鲁迅全集补遗编后记》)

周劭:定盦所为诗文,独廉悍伟丽,不立宗派,思想尤渊渊入微。(《谈龚定盦》)

孙文光、王世芸编:自清代光绪以后,龚自珍的诗,引起读者的普遍重视,不少作者有意规仿龚诗,用以表现自己的怀抱。南社诗人的创作,更大都是龚诗的遗调。而集龚句,也成为一种时髦的风气。据一九三六年出版的《南社诗集》统计,集龚句的诗,竟有三百余首之多。(《龚自珍研究资料集》编者按)

附录二

龚自珍的两首试帖诗

在重新校注龚自珍诗歌全集时，我们发现，"目前为止所知龚氏存诗之总数"的刘逸生、周锡韍校注《龚自珍诗集编年校注》，并没有收录龚自珍的两首试帖诗；而综合本最具代表性、"比较完备的龚诗集"的王佩诤校《龚自珍全集》，只是在附录的吴昌绶《定盦先生年谱》一文中提及这两首诗，而没有在第九辑编年诗内正式将它们辑入。因此，后人在据《龚自珍全集》统计龚诗总数时，并没有将它们包括在内。王佩诤校《龚自珍全集》收诗 608 首，1959 年由上海中华书局刊出；刘逸生、周锡韍校注《龚自珍诗集编年校注》，收诗 610 首，包括龚自珍自刻诗集 500 首（《破戒草》128 首，《破戒草之余》57 首，《己亥杂诗》315 首）和龚橙编录、邓实校刊的《定盦集外未刻诗》105 首以及近人辑录的佚诗 5 首，2013 年由上海古籍出版社出版。该两书是龚自珍作品较权威的著作，影响广泛，但都不收入或者不注意龚自珍的两首试帖诗，更遑论其它龚诗的全本或选本了。这显然是一种缺憾。

龚自珍的两首试帖诗：一首是他在 27 岁，即嘉庆二十三年（1818）应浙江乡试，中式第四名时所作的：《赋得芦花风起夜潮来，得来字，五言八韵》；一首是他 38 岁即道光九年（1829），参加会试，中式第九十五名时所作的：《赋得春色先从草际归，得归字，五言八韵》。两者皆见于《龚氏科名录》，吴昌绶编《定盦先生年谱》将它们录入。

龚自珍的这两首试帖诗，没有收入其诗集或全集，没有被人关注,可能是因为试帖诗的性质导致的。试帖诗,或称省试诗,是科举考试除策论、八股文之外的一种诗体,依照所出题目和规定格式所作之诗;起源于唐代高宗永隆二年(681)或此后数年,定型于唐玄宗开元年间,与兴起于南朝梁陈时期的"赋得体"(以"赋得……""赋……得……"为题,内容以写景、咏物为主的诗)相结合,成为唐代、清代科举考试的专门体裁,常以经史子集或古人诗句为题,多为五言六韵或八韵的排律,结构与作法跟八股文相似,并限韵脚;试帖诗曾在宋代王安石变法时被取消,清代乾隆朝科举考试时又恢复。人们普遍认为,以"赋得体"为专门形式的试帖诗,应科举考试而作,属于"官样文章",是在限定时间内根据命题完成的一项考试内容,自然难以产生深刻反映现实的真切深挚之作,实际上也没有出现过多少广为传颂的佳作,因此缺乏研究的价值,从而不被人关注。(参看张浩逊的《关于唐代省试诗的几个问题》,《烟台师范学院学报》1999年第4期。)

然而,龚自珍的这两首试帖诗,算得上试帖诗中的佳作,在一定程度上反映了作者的人生际遇和心态,对于了解作者的思想和文学创作的特点有一定裨益。具体来看:

赋得芦花风起夜潮来,得来字,五言八韵

莽莽扁舟夜,芦花遍水隈。潮从双峡起,风剪半江来。镫影明如雪,诗情壮挟雷。秋生罗刹岸,人语子陵台。鸥梦三更觉,鲸波万仞开。先声红蓼浦,余怒白蘋堆。铁笛冲烟去,青衫送客回。谁将奇句觅,丁卯忆雄才。

此诗是作者应浙江乡试作的试帖诗。题目"芦花风起夜潮来",出自唐代诗人许浑(一说李郢)《游钱塘青山李隐居西斋》的诗句。作者认可为许浑所作,诗末"丁卯忆雄才"即可说明。许浑居于江苏镇江丁卯桥,名其诗集为《丁卯集》,人称"许丁卯"。作者紧扣"芦花风起夜潮来"之诗意,描绘了芦花、狂风、扁舟和夜潮交织的凄清而雄奇的景象,抒发了隐逸与进取的复杂情怀,展现了"达则兼济天下,穷则独善其身"的儒者风貌,显示出作者狂狷伤时、高自期许的个性特征。考官评价为"瑰玮冠场",切中肯綮。作者此时27岁,随侍父亲入宫多年,深知官场况味,仕途既可施展抱负,令人向往,也到处充满凶险,令人畏惧。作者第四次参加乡试,心智已经成熟,在理智与情感交织中,很好地借题中诗意表达了他的复杂心绪,当然,他的积极进取之心相对表达得较多些,这符合作者当时的人生际遇和心态。

赋得春色先从草际归,得归字,五言八韵

修到瀛洲草,孤芳敢恨微。花间犹暖薄,柳外未春归。独抱灵根活,还先物态菲。出山名远志,入梦恋慈晖。黛色千荄绚,香心一雨肥。西郊初试马,南浦莫侵衣。拾芥谈何易,披榛采正稀。仙毫摘赏后,丹地许长依。

此诗是作者第六次应会试所作的试贴诗。题目"春色先从草际归",出自宋代诗人黄庭坚《春近四绝句》中的诗句。此时作者已经38岁,疲于奔命于科考路途,担任内阁中书,职微位卑,于是应试作诗,强烈地表现了他求取功名之艰难和被朝廷视为人才得以重用之渴望。"拾芥谈何易,披榛采正稀。仙毫摘赏后,丹地许长依。"披榛,即"披榛采兰",拨开荆棘,采摘兰草,比喻选拔人才。语出《晋书·皇甫谧传》:"陛下披榛采兰,并收蒿艾,是以皋陶振褐,不仁者远。"丹地,指帝王宫殿中涂饰红色的地面,指代朝廷。南朝梁简文帝《围城赋》:"升紫霄之丹地,排玉殿之金扉。"《新唐书·李纲传》:"位五品,趋丹地。"即是这种心态的生动表现。诗歌还注意句句照应题目,选取与"草"相关的典故,如"瀛洲草",出自李白的诗《侍从宜春苑奉诏赋龙池柳色初青听新莺百啭歌》:"东风已绿瀛洲草,紫殿红楼觉春好。""慈晖",出自孟郊的诗《游子吟》:"谁言寸草心,报得三春晖。""南浦",出自南朝梁代江淹的文《别赋》:"春草碧色,春水渌波,送君南浦,伤如之何?"整首诗感情真挚、丰富,从中可见作者的学识和性情。

综观龚自珍的这两首试帖诗,绝无一般试帖诗的逢场作戏,矫揉造作,也无歌功颂德式的陈词滥调,而是真挚地抒发了作者的人生感受和思想情趣,从中隐约可见作者的真性情。这实际上是与作者的"尊情""畅情"的文学观念密切相关的。龚自珍说:"情之为物也,亦尝有意乎锄之矣;锄之不能,而反宥之;宥之不已,而反尊之……情孰为畅? 畅于声音。"(《长短言自序》)他认为,"言也者,不得已而有者也",若"胸臆本无所欲言",而"姑效他人之言",是绝对不行的(《述思古子议》);好的作品,必定是作者"平生蓄于中心,时时露于文采者也"(《江南生橐笔集序》)。他反对因袭,"予欲因今人之所因兮,予莸然而耻之"(《文体箴》)。对于陈陈相因表示轻蔑,感到可耻。这种文学观念,致使龚自珍在应试作试帖诗时也情不能已,自然流露。这是极其难能可贵的。

我们在编《龚自珍诗全集》中,正式收入龚自珍的两首试帖诗,尽可能完整地保存龚自珍的诗歌,以引起人们关注,希望对龚自珍研究和试帖诗(包括"赋得体")研究起到一定的推动作用。

附录三

龚自珍的著作和研究论著、论文索引

本索引参考了孙文光、王世芸编《龚自珍研究资料集》和华南师范大学中国近代文学研究室编《中国近代文学评林》(第 1—7 辑)辑录的龚自珍著作以及研究论著索引资料(至 2001 年 5 月截止),另据中国知网(CNKI)补入了相关资料。主要由余裕豪补充整理。特表示感谢。

(一)龚自珍的著作和研究论著索引

1.《定盦文集》(文集三卷、余集一卷,附少作一卷),道光三年 (1823)自刊本。北京图书馆特藏室藏本。

2.《己亥杂诗》,道光十九年(1840)自刊本。

3.《定盦龚先生集外文》,同治元年(1862)魏锡曾抄本。杭州谭献 钞存本,存北京图书馆特藏室。

4.《定盦初集三卷续集四卷》,同治七年(1868)曹籀嘱吴煦刊本。

5.《定盦文集补编四卷》,光绪十二年(1886)朱之榛刊本(1902 年重 刊略有改动)。

6.《定盦文集》,光绪十二年(1886)刊本。

7.《龚定盦全集》(文集三卷、续集四卷、补文一卷、补编四卷),光绪 二十三年(1897)万本书堂刊本。

8.《龚定盦集十四卷》,光绪二十三年(1897)宝晋斋丛书石印本。

9.《龚定盦先生集》,光绪成都书局刊本。

10.《校订定盦全集十卷》(附嘉定黄守恒撰定盦年谱本一卷),宣统元年(1909)邃汉斋校订,时中书局排印本。

11.《定盦全集》(文集三卷、续集四卷、文集补续录一卷、文集补三卷、文集补编四卷),宣统二年(1910)扫叶山房石印本。

12.《定盦全集》,宣统二年国学扶轮社本。

13.《龚定盦集外未刻诗》,宣统三年(1911)上海秋星社石印本。

14.《定盦词五种》(《怀人馆词》一卷、《影事词》一卷、《小奢摩词》一卷、《庚子雅词》一卷、《无著词》一卷)。

15.《龚定盦文集》,商务民初大字排印本。

16.《定盦遗著一卷》,娟镜楼丛刻本。

17.《定盦诗集定本二卷词定本一卷集外未刻诗一卷集外未刻词一卷》,风雨楼丛书本。

18.《定盦别集一卷》,风雨楼丛书本。

19.《定盦书札辑》,北京中国学报 1913 年第 6 期。

20.《龚定盦诗词》,民国初年影印本。

21.《龚定盦全集》(文集三卷、续集四卷、拾遗一卷、补编四卷、文集补五卷),中国图书公司 1923 年版。

22.《定盦文集三卷续集四卷补编四卷》,商务国学基本丛书本。

23.《龚定盦文》,朱宝瑜编,上海文明书局 1925 年版。

24.《龚定盦全集》,上海新文化书社 1935 年版。

25.《龚定盦全集》,上海新襟霞阁 1935 年版。

26.《定盦文集三卷续集四卷补集三卷》,四部丛刊集部影印吴煦刊本。

27.《定盦文集补编四卷》,四部丛刊集部影印朱之榛刊本。

28.《龚定盦文句义》一卷、《龚定盦诗笺》一卷、《三秀集卷三·仁和龚自珍琭人》、《定盦集》一卷,推十斋丛书本。

29.《龚定盦全集》,王文濡编校,上海国学整理社 1935 年版。

30.《龚定盦全集分类本》,夏同蓝编,世界书局 1937 年版。

31. 《定盦文集三卷续集四卷、文集补三卷续集一卷、别集一卷、文集补编四卷、文集增补一卷》,四部备要集部清别集。

32. 《龚定盦文选》,吴瑞书编,上海中央书店 1935 年版。

33. 《龚定盦文》,江剑霞选本,中华书局 1936 年版。

34. 《龚自珍文选》,陶玄龄编,上海北新书局 1936 年版。

35. 《龚定盦研究》,朱杰勤,商务印书馆 1940 年版。

36. 《定盦诗集》,南通州翰墨书局版。

37. 《龚自珍魏源手批简学斋诗》,上海图书博物馆 1961 年影印本。

38. 《龚自珍全集》(附吴昌绶《定盦先生年谱》、《龚自珍佚著待访目》),王佩诤校,中华书局 1959 年版。

39. 《龚自珍全集》(附吴昌绶《定盦先生年谱》、张祖国廉《定盦先生年谱外纪》、《龚自珍佚著待访目》),王佩诤校,上海古籍出版社 1975 年版。

40. 《龚自珍诗文选注》,广东师院中文系等选注,广东人民出版社 1975 年版。

41. 《龚自珍诗文选注》,南京师院中文系等选注,江苏人民出版社 1975 年版。

42. 《龚自珍己亥杂诗注》(上、下),成尊巗,香港中华书局 1978 年版(1980 年国内中华书局重印,改署刘逸生注)。

43. 《龚自珍的诗文》,华南师院中文系编著,中华书局 1979 年版。

44. 《龚自珍诗选》,刘逸生,浙江人民出版社 1980 年版。

45. 《龚自珍研究资料集》,孙文光,黄山书社 1984 年版。

46. 《龚自珍研究》,陈新璋,人民文学出版社 1984 年版。

47. 《龚自珍年谱》,郭延礼,齐鲁书社 1987 年版。

48. 《龚定盦全集类编》,中国书店 1991 年版。

49. 《龚自珍综论》,陈铭,漓江出版社 1991 年版。

50. 《剑气箫心——细说龚自珍诗》,王镇远,江苏古籍出版社 1991

年版。

51.《龚自珍:怨箫狂剑》,寒波,湖南文艺出版社 1992 年版。

52.《龚自珍研究论文集》,孙文光、王世芸,上海书店 1992 年版。

53.《尊隐:龚自珍集》,辽宁人民出版社 1994 年版。

54.《龚自珍研究文集》,龚自珍纪念馆编,浙江古籍出版社 1994 年版。

55.《龚自珍编年诗注》,刘逸生、周锡馥校注,浙江古籍出版社 1995 年版。

56.《龚自珍学术思想研究》,张寿安,文史哲出版社 1997 年版。

57.《龚自珍传》,雷雨,团结出版社 1997 年版。

58.《龚自珍:激奋人生》,剑南,长江文艺出版社 1998 年版。

59.《近代文学的世界化:从龚自珍到王国维》,蒋英豪,台湾书店 1998 年版。

60.《龚自珍评传》,陈铭,南京大学出版社 1998 年版。

61.《启蒙文学的先驱——龚自珍、曹雪芹研究》,邹进先黑龙江人民出版社 2000 年版。

62.《龚自珍文选》,谢飘云、闵定庆选注评点,苏州大学出版社 2001 年版。

63.《龚自珍年谱考略》,樊克政,商务印书馆 2004 年版。

64.《剑气箫心》,王镇远,中华书局 2004 年版。

65.《龚自珍选集》,孙钦善选注,人民文学出版社 2004 年版。

66.《剑气箫心:龚自珍传》,陈铭,浙江人民出版社 2005 年版。

67.《龚自珍传论》,麦若鹏,安徽大学出版社 2005 年版。

68.《龚自珍与二十世纪诗词讲讨会论文集》,王翼奇,浙江古籍出版社 2009 年版。

69.《从龚自珍到司徒雷登》,傅国涌,江苏文艺出版社 2010 年版。

70.《龚自珍词笺说》,杨柏岭,黄山书社 2010 年版。

71.《龚自珍诗文选译》,朱邦蔚、关道雄译注,凤凰出版社 2011 年版。

72.《龚自珍论稿》,邹进先,黑龙江人民出版社 2013 年版。

73.《龚自珍诗集编年校注》(上、下),刘逸生、周锡馥校注,上海古籍出版社 2013 年版。

74.《龚自珍词学研究》,习婷,清华大学出版社 2014 年版。

75.《现代自我的兴起——龚自珍思想的哲学阐释》,吴晓番,华东师范大学出版社 2014 年版。

76.《中国近代思想家文库·龚自珍卷》,樊克政,中国人民大学出版社 2015 年版。

77.《从龚自珍到司徒雷登》,傅国涌,厦门大学出版社 2015 年版。

78.《剑魂箫韵——龚自珍传》,陈歆耕著,作家出版社 2016 年版。

79.《龚自珍己亥杂诗注》,刘逸生注,中华书局 2016 年版。

80.《龚自珍集》,曹志敏注说,河南大学出版社 2016 年版。

81.《衰世风雷——龚自珍与魏源》,陈祖武,万卷楼(出版年未详)。

(二)研究论文索引

1929 年

1.《文学革命先锋龚定盦》,朱聚之,《新晨报·副刊》,1929 年 8 月 10—13 日。

1931 年

1.《清代男女两词人恋史的研究下篇·丁香花疑案再辩》,雪林女士,武汉大学《文哲季刊》第 1 卷第 4 号,1931 年 1 月。

1932 年

1.《龚自珍诗词中的恋爱故事》,朱衣,《风雨谈》第 6 期,1932 年 10 月。

2.《龚自珍诞生百四十年纪念》,张荫麟,《大公报·文学副刊》,

1932 年 12 月 26 日。

1933 年

1.《龚自珍〈汉朝儒生行〉本事考》,张荫麟,《燕京学报》第 13 期,
1933 年 6 月。

1934 年

1.《张荫麟〈龚自珍汉朝儒生行本事考〉辨证》,温庭敬,《国立中山
大学文史学研究所月刊》第 2 卷第 5 期,1934 年 2 月。

2.《读定盦诗书后》,温庭敬,《国立中山大学文史学研究所月刊》第
2 卷第 5 期,1934 年 2 月。

3.《与陈寅恪先生论〈儒生行〉书》,张荫麟,《燕京学报》第 15 期,
1934 年 6 月。

1935 年

1.《谈龚定盦》,周劭,《人间世》第 35 期,1935 年 10 月。

2.《龚定盦研究》,朱杰勤,《现代史学》第 2 卷第 4 期,1935 年 10
月。

3.《记原刻本〈定盦初集〉》,张公量,天津《益世报·读书周刊》第
19、20 期,1935 年 10 月 10、17 日。

4.《世界书局印〈龚定盦全集〉》,张公量,天津《大公报·图书副
刊》,1935 年 10 月 24 日。

5.《龚定盦之史地学》,朱杰勤,《现代史学》第 2 卷第 4 期,1935 年
10 月。

6.《评王文濡编校〈龚定盦全集〉》,安叔,《申报·出版界》第 31 期,
1935 年 11 月 14 日。

7.《评论世界书局刊行〈龚定盦全集〉之答复》,张公量,天津《人公
报·图书副刊》,1935 年 12 月 26 日。

1936 年

1.《答世界书局关于〈龚定盦全集〉》,张公量,天津《益世报·读书

周刊》第 31 期,1936 年 1 月 9 日。

2.《性灵词人龚自珍》,方子川,《复旦学报》第 3 期,1936 年 4 月。

3.《龚定盦的诗和词》,周策纵,《国光杂志》第 18 期,1936 年 6 月。

4.《龚定盦思想之分析》,钱穆,《国学季刊》第 5 卷第 3 期,1936 年 7 月。

1937 年

1.《龚定盦研究》,朱杰勤,《广州学报》第 1 卷第 1、2 期,1937 年 1 月、4 月。

1941 年

《龚定盦及其诗词》,观斋,《新民报》第 3 卷第 8 期,1941 年 4 月。

1943 年

1.《近百年思想界之两先驱(龚自珍与魏源)》,胡秋原,《新中华》(复刊)第 1 卷第 9 期,1943 年 9 月。

1944 年

1.《第十九世纪初中国思想界的一个号筒(龚定盦思想的历史证明)》,侯外庐,《大学》第 3 期第 7、8 期,1944 年。

1946 年

1.《龚定盦遗诗》,陶元珍,《经世日报·经世副刊》第 5 期,1946 年 8 月 2 日。

1947 年

1.《诗坛怪杰龚定盦》,杜曲华,《前锋》第 4 期,1947 年 9 月。

2.《龚定盦的诗》,喻蘅,《经世日报·经世副刊》第 174 期,1947 年 10 月 4 日。

1955 年

1.《中国最早的两个拼音化者——刘继庄和龚自珍》,倪海曙,《语文知识》1955 年第 9 期。

2.《龚自珍的认识(上)》,孙甄陶,香港《大学生活》第 1 卷第 5 期,

1955 年 9 月。

3.《龚自珍的认识（下）》,孙甄陶,香港《大学生活》第 1 卷第 6 期,1955 年 10 月。

1957 年

1.《龚自珍、魏源的著作与思想——〈龚定盦全集〉、〈海国图志〉、〈古微堂集〉》,杨正典,《读书月报》1957 年第 7 期。

2.《鸦片战争时期的进步诗人龚自珍》,梅英超,《光明日报》1957 年 6 月 16 日。

1958 年

1.《龚自珍》,王汉倬,台湾《中国文学史论集》第 4 辑,1958 年 4 月。

2.《关于龚自珍》,玉宗,《羊城晚报》,1958 年 6 月 6 日。

3.《龚自珍的一首诗》,振之,《新民晚报》,1958 年 6 月 6 日。

4.《释龚自珍的一首诗》,冉欲达,《辽宁日报》,1958 年 6 月 9 日。

5.《记龚自珍》,余琪,《新民晚报》,1958 年 6 月 11 日。

6.《龚自珍和他的诗》,申丛,《中国青年报》,1958 年 6 月 13 日。

7.《龚自珍与广东》,袁汀,《羊城晚报》,1958 年 6 月 15 日。

8.《清人龚自珍的一首诗》,星星,《吉林日报》,1958 年 6 月 16 日。

9.《释毛主席引用的龚自珍的诗》,如一,《新华日报》,1958 年 6 月 22 日。

1959 年

1.《试论龚自珍》,陈赓平,《光明日报》,1959 年 9 月 6、13 日。

2.《重读〈王隐君〉》,魏金枝,《新观察》1959 年第 17 期。

3.《龚自珍先生年谱》,王寿南,台湾《大陆杂志》1959 年第 19 卷。

4.《〈龚自珍全集〉前言》,鲍正鹄,《龚自珍全集》,中华书局 1959 年版。

1960 年

1.《龚自珍诗研究》,四川师院中文系中国文学教研组,《四川师院学报》创刊号,1960 年第 1 期。

2.《龚自珍〈己亥杂诗〉》,唐木,《新民晚报》,1960 年 1 月 20 日。

3.《莫似而翁啜九流——谈龚定盦、孝拱父子》,陈三,台湾《畅流》半月刊第 20 卷第 10 期,1960 年 1 月。

4.《龚定盦》,姚石如,台湾《中央日报》,1960 年 3 月 2、3 日。

5.《〈龚自珍全集〉前言有缺点》,毛翔,《读书》1960 年第 6 期。

1961 年

1.《关于龚自珍的社会经济思想》,易梦虹,《光明日报》,1961 年 8 月 28 日。

2.《略论龚自珍的政治与经济思想——兼与侯外庐、巫宝三、易梦虹等同志商榷》,吴松龄,《山东大学学报》1961 年第 3 期。

3.《龚自珍的政治经济思想有资本主义倾向吗?》,吴松龄,《光明日报》,1961 年 11 月 3 日。

4.《从〈平均篇〉、〈农宗〉看龚自珍社会经济思想》,李时岳,《光明日报》,1961 年 12 月 29 日。

1962 年

1.《龚自珍的〈明良四论〉》,杨天石,《光明日报》,1962 年 1 月 12 日。

2.《鸦片战争前五十年间社会思想初探》,吴松龄,《山东大学学报》,1962 年第 2 期。

3.《关于龚自珍社会经济思想的评价问题——兼答吴松龄同志的质难》,易梦虹,《光明日报》,1962 年 4 月 9 日。

4.《龚自珍与陈兰甫》,牟润孙,香港《新亚生活》第 4 卷第 18 期,1962 年 4 月。

5.《晚清思想家和文学家——龚自珍》,渠时光,《沈阳晚报》,1962 年 4 月 27 日。

6.《汪治荪论龚自珍思想》,《光明日报》,1962 年 5 月 21 日。

7.《龚自珍写北京》,赵洛,《北京日报》,1962年5月31日。

8.《再论龚自珍的经济思想》,吴松龄,《文史哲》1962年第6期。

9.《龚自珍雄文晼一代》,南湖,台湾《中央日报》,1962年9月18日。

10.《龚自珍怎样写〈己亥杂诗〉》,李语,《羊城晚报》,1962年12月17日。

1963年

1.《龚自珍哲学思想的矛盾》,杨凤麟,《光明日报》,1963年1月11日。

2.《武汉大学第三届科学讨论会讨论的一些问题之一——关于对龚自珍思想的评价》,《江汉学报》1963年第1期。

3.《龚定盦文学略论》,任访秋,《开封师院学报》1963年第2期。

4.《龚自珍思想初探》,杨荣国,《中山大学学报》1963年第3期。

5.《论龚自珍政治思想的核心及其经济改革方案》,李时岳,《吉林大学社会科学学报》1963年第3期。

6.《龚自珍集外文》,杨天石,《文史》第2辑,1963年。

1964年

1.《呼唤风雷的诗人龚定盦》,江柳,《武汉晚报》,1964年1月21日。

2.《论龚自珍思想的性质和评价——并与杨荣国同志商榷》,王沛,《中山大学学报》1964年第4期。

3.《怎样解释龚自珍的两首诗——读〈近代诗选〉举疑》,戴鸿森,《光明日报》,1964年7月12日。

4.《龚自珍所好的"西方之书"是什么书?》,竺柏松,《光明日报》,1964年7月15日。

5.《龚定盦与陈兰甫——晚清思想转变的关键》,牟润孙,香港《民主评论》第15卷第15期,1964年8月。

1965 年

1. 《谈谈龚自珍所说的"山中之民"的身份问题》,杨昌江,《光明日报》,1965 年 3 月 24 日。

2. 《关于龚自珍社会改革思想的性质问题——兼与易梦虹、吴松龄等同志商榷》,肖致治,《武汉大学学报》1965 年第 3 期。

3. 《略论龚自珍的形而上学哲学思想》,王范之,《光明日报》,1965 年 12 月 17 日。

1966 年

1. 《龚自珍的风流轶事》,杨一峰,台湾《畅流》半月刊第 34 卷第 5 期,1966 年 10 月。

1968 年

1. 《龚定盦评传》,林斌,台湾《畅流》半月刊第 37 卷第 10 期,1968 年 7 月。

1973 年

1. 《略谈龚自珍》,任访秋,《教学参考资料》1973 年第 1 期。

1974 年

1. 《龚自珍》,杜志文,《浙江日报》,1974 年 7 月 19 日。

2. 《"不拘一格降人材"——读龚自珍诗一首》,黄德夸,《浙江日报》,1974 年 8 月 16 日。

3. 《反侵略的战斗檄文——读龚自珍的〈送钦差大臣侯官林公序〉》,延边大学政治系七二级理论小组,《延边大学学报》1974 年第 4 期。

4. 《〈送钦差大臣侯官林公序〉注释》,延边大学政治系法家著作注释组等,《延边大学学报》1974 年第 4 期。

5. 《龚自珍五古("兰台序九流")、〈己亥杂诗〉(选三)注释》,中文系《法家诗歌选注小组》,《安徽师大学报》1974 年第 4 期。

6. 《龚自珍的〈己亥杂诗〉》,宋华,《语文战线》1974 年第 5 期。

7.《龚自珍的〈送钦差大臣侯官林公序〉》,昌南,《文汇报》,1974年10月30日。

8.《法家诗话——龚自珍〈己亥杂诗〉》,曹晓枝,《文汇报》,1974年11月3日。

9.《龚自珍》,金钟,《天津日报》,1974年11月18日。

10.《不拘一格降人材——读龚自珍〈己亥杂诗〉一首》,陶震永,《长沙日报》,1974年12月28日。

11.《龚自珍简介》,史俊,《南京师院文教资料简报》1974年12月号。

12.《龚自珍和禁烟运动——读〈送钦差大臣侯官林公序〉》,俞润生,《南京师院文教资料简报》1974年12月号。

13.《关于"山中之民"的几种理解》,《南京师院文教资料简报》1974年12月号。

14.《〈九州生气恃风雷〉浅析》,钱秀程等,《南京师院文教资料简报》1974年12月号。

15.《关于龚自珍"复札"的写作时间》,《南京师院文教资料简报》1974年12月号。

16.《关于"宣南诗社"的问题》,《南京师院文教资料简报》1974年12月号。

17.《龚自珍的尊法反儒精神——兼谈鸦片战争前夕龚自珍与管同等桐城派的儒法论争》,樊政,《文物》1974年第12期。

1975年

1.《略谈龚自珍诗歌中的尊法反儒倾向》,中文系"龚自珍诗选注"小组,《中山大学学报》1975年第1期。

2.《高吟肺腑走风雷——读龚自珍的〈己亥杂诗〉》,陈抱成,《郑州大学学报》1975年第2期。

3.《试论龚自珍的尊法反儒思想》,董蔡时,《江苏师院学报》1975年第 2 期。

4.《"九州生气恃风雷"——〈龚自珍全集〉重印前言》,陈旭麓,《学习与批判》1975 年第 2 期。

5.《略论龚自珍》,竺希文,《广东师院学报》1975 年第 2 期。

6.《从龚自珍的诗看他的法家思想》,明寿,《新华日报》,1975 年 2 月 19 日。

7.《龚自珍和他的〈明良论〉》,群力,《湖北日报》,1975 年 3 月 2 日。

8.《革新反儒的呼声》,刘桢祥,《人民日报》1975 年 3 月 2 日。

9.《龚自珍〈己亥杂诗〉的法家思想》,洪途,《文汇报》,1975 年 3 月 14 日。

10.《龚自珍诗文选注》,《龚自珍诗文选注》小组,《南京师院学报》1975 年第 3 期。

11.《论清代反儒尊法的思想家龚自珍》,戴谦彦,《南京师院学报》1975 年第 3 期。

12.《龚自珍年表》,竺希文,《广东师院学报》1975 年第 3 期。

13.《要求变法革新的呼声——读龚自珍的一首祭神诗》,邓锡禄,《广西师院学报》1975 年第 5 期。

14.《论龚自珍》,竺希文,《新教育》1975 年第 5 期。

15.《龚自珍诗歌中的尊法反儒倾向》,中山大学中文系欧伍、成达、康文,《广州日报》,1975 年 5 月 6 日。

16.《爱国主义的战斗誓词——读龚自珍〈送钦差大臣侯官林公序〉》,天津百货大楼理论小组,《天津日报》,1975 年 6 月 23 日。

17.《略谈龚自珍的诗》,石文佐,《光明日报》,1975 年 7 月 8 日。

18.《"高吟肺腑走风雷"——谈谈龚自珍的诗》,石望江,《朝霞》1975 年第 7 期。

19.《"九州生气恃风雷"——读龚自珍〈己亥杂诗〉之一》,黎程等,《新华日报》,1975 年 8 月 20 日。

1976 年

1.《论林则徐的尊法反儒》,杨国桢,《厦门大学学报》1976 年第 1 期。

2.《风雷奏凯歌 魔鬼弹哀调——试析龚自珍和曾国藩的两首诗》,苏杭云,《思想战线》1976 年第 3 期。

3.《鸦片战争前夕中国社会的一面镜子——读龚自珍的〈己亥杂诗〉》,江声,《江苏师院学报》1976 年第 3 期。

4.《向旧传统宣战的龚自珍和魏源》,徐余庆,《解放日报》1976 年 6 月 7 日。

1977 年

1.《论龚自珍的诗》,竺希文,《华南师院学报》1977 年第 4 期。

2.《吟鞭万里唤风雷——评龚自珍的大型组诗〈己亥杂诗〉》,吴调公,《西北大学学报》1977 年第 4 期。

1978 年

1.《〈病梅馆记〉浅析》,沈拜云、杨拜平,《徐州师院学报》1978 年第 2 期。

2.《论龚自珍》,苏渊雷,《哈尔滨师院学报》1978 年第 3 期。

3.《关于龚自珍的两个问题——略评〈龚自珍全集〉重印前言》,杨玉厚,《开封师院学报》1978 年第 3 期。

4.《誓疗病梅复生机——〈病梅馆记〉浅析》,一冬,《语文文学》1978 年第 3 期。

5.《〈病梅馆记〉浅析》,刘宗德,《语文教学研究》1978 年第 3 期。

6.《〈病梅馆记〉评说》,陆坚,《语文战线》1978 年第 3 期。

7.《龚自珍思想笔谈》,王元化,《中华文史论丛》第七辑,1978 年 7 月。

8.《浅析〈病梅馆记〉》,戚明昭,《语文教学参考》1978 年第 4 期。

9.《龚自珍和近代思想的解放》,史逸竹,《黑龙江日报》,1978 年 11

月 18 日。

10.《谈谈〈病梅馆记〉的译文》,刘钟武,《语文教学》1978 年第 6 期。

11.《关于龚自珍的〈己亥杂诗〉》,刘逸生,《龚自珍己亥杂诗注》,中华书局香港分局 1978 年版。

1979 年

1.《是谁"不论盐铁不筹河"?》,斯奋,《学术研究》1979 年第 1 期。

2.《重读〈病梅馆记〉》,和晖,《西南民族学院学报》1979 年第 1 期。

3.《〈病梅馆记〉试析》,姜汉林,扬州师院南通分院《教学与研究》1979 年第 1 期。

4.《对〈病梅馆记〉几点理解》,杨昌江,浙江师院《教学与研究》(中学语文版)1979 年第 1 期。

5.《〈病梅馆记〉浅析》,卢良彦,《教学与研究》(中学语文版)1979 年第 1 期。

6.《记龚自珍佚文〈学隶图跋〉与魏源佚诗三首》,樊克政,《中华文史论丛》第 1 辑,1979 年 1 月。

7.《龚自珍及其〈病梅馆记〉》,所南,《教学参考》1979 年第 2 期。

8.《〈己亥杂诗〉札记》,陈抱成,《郑州大学学报》1979 年第 2 期。

9.《〈病梅馆记〉析》,李悔吾,《中学语文》1979 年第 2 期。

10.《冲破禁锢任驰骋——重读〈病梅馆记〉》,邓克库,《博格达》1979 年第 2 期。

11.《生气·人材——读诗偶记》,王贵福,《黑龙江日报》1979 年 3 月 11 日。

12.《学习精神可取——读龚自珍诗一首》,肖孟璋,《黑龙江日报》,1979 年 4 月 1 日。

13.《试论龚自珍的散文》,陈新璋,《华南师院学报》1979 年第 4 期。

14.《"夭梅"浅析》,魏中祁,《中国语文通讯》1979 年第 4 期。

15.《试论龚自珍思想的叛逆性》，曹增瑜，《河南师大学报》1979 年第 5 期。

16.《龚自珍、魏源"参加宣南诗社"说辨正》，王俊义，《吉林大学学报》1979 年第 6 期。

17.《也谈"化作春泥更护花"》，邓嗣明，《湖北日报》，1979 年 11 月 4 日。

1980 年

1.《论龚自珍反对封建专制主义的诗歌》，刘薪宗，《河北大学学报》1980 年第 1 期。

2.《龚魏之历史哲学与变法思想》，许冠三，《中华文史论丛》1980 年第 1 辑。

3.《略谈龚自珍诗歌的艺术特色》，陈铭，《浙江学刊》1980 年第 1 期。

4.《龚自珍致邓传密佚札系年校注》，刘埜，《故宫博物院院刊》1980 年第 1 期。

5.《宣南诗社管见》，黄丽镛，《上海师大学报》1980 年第 1 期。

6.《〈病梅馆记〉教学琐谈》，邹庆浩，《语文教学研究》1980 年第 2 期。

7.《谈〈病梅馆记〉》，吴万刚，《齐鲁学刊》1980 年第 3 期。

8.《龚自珍的戒诗与学佛》，杨天石，《复旦学报》1980 年第 3 期。

9.《龚自珍与经今文》，汤志钧，《近代史研究》1980 年第 4 期。

10.《论龚自珍的〈己亥杂诗〉》，刘世南，《百花洲》1980 年第 4 期。

11.《关于宣南诗社的命名时间及其他——对〈宣南诗社管见〉一文的几点商榷》，樊克政，《华东师范大学学报》1980 年第 4 期。

12.《谈〈病梅馆记〉》，郑力，《福建教育》1980 年第 5 期。

13.《龚自珍的史学思想》，陈其泰，《史学史资料》1980 年第 6 期。

14.《谈〈病梅馆记〉的教学设想》，老浩、江涛，《语文教学通讯》1980

年第 6 期。

15.《龚自珍笔下的封建官僚制度——〈明良论〉读后》,梁翔踪、张品兴,《读书》1980 年第 10 期。

16.《"停年格"与终身制——读龚自珍〈明良论〉有感》,徐景祥,《读书》1980 年第 12 期。

17.《龚自珍〈己亥杂诗〉浅论》,钟贤培,《中国古典文学研究论丛》第 1 辑,吉林人民出版社 1980 年版。

18.《试论龚自珍诗的艺术特色》,刘逸生,《龚自珍诗选》,浙江人民出版社 1980 年版。

19.《〈龚自珍诗选〉前言》,刘逸生,《龚自珍诗选》,浙江人民出版社 1980 年版。

20.《龚自珍和他的〈己亥杂诗〉》,刘逸生,《龚自珍己亥杂诗注》,中华书局 1980 年版。

1981 年

1.《论龚自珍的佛教信仰及其对创作的影响》,管林,《华南师院学报》1981 年第 1 期。

2.《龚自珍"书生议政"述论》,李秀潭,《人文杂志》1981 年第 1 期。

3.《龚自珍中年学佛的考察》,卢兴基,《文学遗产》1981 年第 1 期。

4.《"病梅馆"中的"梅"字》,李绍先,《郑州师专学报》1981 年第 1 期。

5.《言近旨远 发人深省——读龚自珍的〈病梅馆〉》,孟庆玉,《牡丹江师院学报》1981 年第 1 期。

6.《托物言志 文简意赅——〈病梅馆记〉浅析》,董佐,《昆明师院学报》1981 年第 1 期。

7.《诗情·画意·音乐——龚自珍〈西郊落花歌〉赏鉴》,陈新璋,《广州文艺》1981 年 1 期。

8.《龚自珍》,单锦珩,《教学与研究》1981 年第 1 期。

9.《论龚自珍的书学》,金启华,《书法丛刊》1981年第1辑。

10.《龚自珍诗歌散论》,徐永端,《江苏师院学报》1981年第2期。

11.《〈病梅馆记〉语言试析》,杨星荧,《广州师院学报》1981年第2期。

12.《〈病梅馆记〉结构特点》,刘宗德,《语文教学》1981年第2期。

13.《龚自珍林则徐往返函件的写作日期》,来新夏,《学术月刊》1981年第3期。

14.《一封未发表过的龚自珍手札》,艾志高、杨新,《故宫博物院院刊》1981年第3期。

15.《龚自珍的一篇佚文——再谈龚氏〈说文段注札记〉》,王杏根,《上海师院学报》1981年第4期。

16.《龚自珍思想论略》,胡思庸,《河南师大学报》1981年第4期。

17.《试论龚自珍的诗》,孙钦善,《北京大学学报》1981年第5期。

18.《龚自珍向日本商船访求佚书的一封信》,徐树仪,《社会科学》1981年第6期。

19.《略论龚自珍的文艺思想》,陈铭,《学术月刊》1981年第11期。

20.《龚自珍》,张协堂,《湖南日报》,1981年11月12日。

21.《〈龚自珍诗选〉前言》,郭延礼,《龚自珍诗选》,齐鲁书社1981年版。

22.《关于龚自珍两首诗的写作年代》,郭延礼,《龚自珍诗选》,齐鲁书社1981年版。

1982 年

1.《龚自珍在文学史上的地位和影响》,管林,《武汉师院咸宁分院学报》1982年第1期。

2.《〈龚自珍诗选〉评介》,杨政,《社会科学情报》1982年第1期。

3.《龚自珍集外文录》,孙文光,《安徽师大学报》1982年第2期。

4.《〈龚自珍致邓传密佚札系年校注〉的补议与质疑》,管林,《华南师院学报》1982 年第 2 期。

5.《说龚自珍的两首绝句》,张志岳,《齐齐哈尔师院学报》1982 年第 3 期。

6.《龚自珍的思想渊源初探》,陈铭,《思想战线》1982 年第 3 期。

7.《龚自珍〈尊隐〉浅探》,降大任,《晋阳学刊》1982 年第 3 期。

8.《近代爱国主义和维新思想的先驱龚自珍》,林庆元,《福建师大学报》1982 年第 3 期。

9.《龚自珍的人才思想》,汤奇学,《安徽大学学报》1982 年第 3 期。

10.《江浙访书录:〈羽琌逸事〉》,谢国桢,《文学遗产》1982 年第 3 期。

11.《龚自珍的文学思想》,杨曲江,《武汉师院汉口分院学报》1981 年第 3—4 期;《文艺论丛》(上海)第 19 辑;古典文学理论研究第 8 辑。

12.《孝拱改龚自珍文章文人掌故》,张孟麟,《上饶师专学报》1982 年第 4 期。

13.《龚自珍文学思想浅论》,邹进先,《北方论丛》1982 年第 4 期。

14.《龚自珍诗选》,冰笛,《东岳论丛》1982 年第 4 期。

15.《卓荦全凭弱冠争——简析龚自珍的一首教子诗》,张永芳,《电大语文》1982 年第 5—6 期。

16.《试论龚自珍的唯心主义哲学》,孙实明,《哲学研究》1982 年第 6 期。

17.《龚自珍与徽州》,孙文光,《安徽文化报》1982 年 7 月 19 日。

18.《龚自珍逸事》,施若霖,《西湖》1982 年第 11 期。

19.《简论龚自珍的文学思想》,管林,《古代文学理论研究丛刊》第七辑,上海古籍出版社 1982 年第 11 月。

1983 年

1.《"蠢蠢求钱之民"释》,成劲生,《南京师院学报》1983 年第 1 期。

2.《近代爱国思想家龚自珍的思想》,秀夫,《夜读》1983年第1期。

3.《略论龚自珍哲学思想的基本特征》,史国瑞,《人文杂志》1983年第1期。

4.《浅谈龚自珍诗文中的民族民主意识》,姜宝珠,《包头师专学报》1983年第1期。

5.《论近代诗四十首》,钱仲联,《社会科学战线》1983年第2期。

6.《龚自珍与今文经学》,陈恒富,《浙江学刊》1983年第2期。

7.《略论龚自珍反侵略爱国思想》,董广杰,《郑州大学学报》1983年第4期。

8.《近代两部〈己亥杂诗〉之比较》,梁文宇,《广东教育学院学报》1983年第4期。

9.《托物喻人 借梅议政——龚自珍〈病梅馆记〉赏析》,杨伯荣,《名作欣赏》1983年第4期。

10.《鸦片战争期间的龚自珍思想》,陈恒富,《北方论丛》1983年第4期。

11.《龚自珍反专制思想探微》,邹进先,《社会科学辑刊》1983年第5期。

12.《龚自珍说张家口》,杨寄林,《长城文艺》1983年第6期。

13.《龚自珍诗选析》,施亚西,《语文学习》1983年第7期。

14.《试评龚自珍〈农宗〉中的土地方案》,吴其敬,《江汉论坛》1983年第9期。

15.《呼唤风雨的爱国主义思想家龚自珍》,郭墨兰,《光明日报》1983年9月28日。

16.《浅谈龚自珍诗文中的民族民主意识》,姜宝珠,《包头师专》1983年增刊。

1984年

1.《龚自珍的人才与变革思想初探》,王木善,《江汉大学学报》1984

年第 1 期。

2.《〈病梅馆记〉和龚自珍的人材思想》,叶华,《四川师院学报》1984 年第 1 期。

3.《龚自珍与晚清诗坛》,任访秋,《河南师大学报》1984 年第 2 期。

4.《龚自珍的心理学思想述评》,邹大炎,《心理学报》1984 年第 2 期。

5.《评龚自珍的经济思想》,严清华,《武汉大学学报》1984 年第 2 期。

6.《论龚自珍的哲学思想》,潘富恩、施昌东,《浙江学刊》1984 年第 3 期。

7.《剑态箫心 回肠荡气——关于龚自珍的诗》,黄纪华,《湘潭大学社会科学学报》1984 年第 3 期。

8.《龚自珍、魏源文学思想之比较》,管林,《海南大学学报》1984 年第 3 期。

9.《"笑咏风花殿六朝""但开风气不为师"——论龚自珍在诗歌史上的地位》,朱则杰,《浙江学刊》1984 年第 4 期。

10.《关于〈病梅馆记〉中的几个问题》,马君儒,《语言文学》1984 年第 4 期。

11.《龚自珍集外诗文续录》,孙文光,《安徽师大学报》1984 年第 4 期。

12.《兼得于亦剑亦箫之美者——论龚自珍的审美情趣与意象内涵》,吴调公,《文学评论》1984 年第 5 期。

13.《龚自珍佚词一首》,李华英,《西湖》1984 年第 7 期。

14.《落红亦有情 春泥更护花——龚自珍诗歌鉴赏》,曹旭,《文史知识》1984 年第 8 期。

15.《龚自珍政论杂文的艺术特色》,杨昌江,《江汉论坛》1984 年第 9 期。

16.《"不拘一格"的龚自珍》,叶敏,《黄金时代》1984年第12期。

17.《论龚自珍的诗》,钟贤培、管林,《中国近代文学评林》第1辑,中州古籍出版社1984年版。

18.《简论龚自珍的文学思想》,管林,《中国近代文学评林》第1辑,中州古籍出版社1984年版。

19.《龚自珍〈己亥杂诗〉浅论》,钟贤培,《中国近代文学评林》第1辑,中州古籍出版社1984年版。

20.《论龚自珍的佛教信仰及其对创作的影响》,管林,《中国近代文学评林》第1辑,中州古籍出版社1984年版。

22.《龚自珍的著作及有关研究论著索引》,靳雯,《中国近代文学评林》第1辑,中州古籍出版社1984年版。

1985年

1.《林则徐答龚自珍书之日期》,张守常,《北京师范大学学报》1985年第1期。

2.《龚自珍集外文笺》,刘桂生,《求索》1985年第1期。

3.《试述龚自珍的社会历史观》,裴大洋,《天津师大学报》1985年第1期。

4.《龚自珍简论》,季镇淮,《北京大学学报》1985年第1期。

5.《新旧交替时期清醒的思想家——试论龚自珍朴素民主主义的叛逆思想》,张绍富,《黄冈师专学报》1985年第2期。

6.《鲁迅何以没有评论李贽和龚自珍》,倪墨炎,《读书》1985年第2期。

7.《巧设譬喻 针砭时弊——〈病梅馆记〉的艺术特色》,秦豪,《淮阴师专学报》1985年第2期。

8.《〈定盦文集〉自刻本批语考释》,管林,《华南师大学报》1985年第2期。

9.《破"格"说——读龚自珍〈明良论三〉》,颜吉鹤,《学习与研究》

1985 年第 3 期。

10.《龚自珍与卢梭》,陈恒富,《北京师院学报》1985 年第 3 期。

11.《简论龚自珍的创作和近代诗文的关系》,牛仰山,《东岳论丛》
1985 年第 3 期。

12.《龚自珍历史哲学析》,丁桢彦,《上海社会科学院学术季刊》
1985 年第 3 期。

13.《论龚自珍的词》,刘明今,《词学》1985 年第 3 期。

14.《龚自珍诗文学术讨论会在芜湖举行》,《安徽师大学报》1985 年
第 4 期。

15.《龚自珍思想浅探》,吕立琢,《盐城师专学报》1985 年第 4 期。

16.《〈龚自珍研究〉的三个特点》,孔一青,《学术研究》1985 年第 4
期。

17.《龚自珍的文学创作简论》,季镇淮,《学术文摘》1985 年第 4 期。

18.《龚自珍〈浩荡离愁白日斜〉探微》,沈徽贞,《文科月刊》1985 年
第 6 期。

19.《奇境独辟开生面 叛逆呼喊时代音——龚自珍的诗歌艺术》,
一帆,《文科月刊》1985 年第 6 期。

20.《龚自珍和他的时文》,吕晴飞,《电大文科园地》1985 年第 7 期。

21.《龚自珍哲学思想研究》,金涵,《国内哲学动态》1985 年第 7 期。

22.《我劝天公重抖擞 不拘一格降人材——[清]龚自珍〈己亥杂
诗〉》,施德昌,《中国金融》1985 年第 7 期。

23.《读龚自珍的词》,区鸣,《中国近代文学研究丛刊》第 2 辑,中山
大学出版社 1985 年 9 月。

24.《龚自珍社会史观述评》,齐国华,《学术月刊》1985 年第 11 期。

1986 年

1.《龚林魏是维新思想的先驱》,涂鸣皋,《西南师大学报》1986 年
第 1 期。

2.《论龚自珍的美学思想的特色》,卢善庆,《河北大学学报》1986 年第 1 期。

3.《试论龚自珍思想的两重性矛盾——读定盦诗词》,李锦全,《浙江学刊》1986 年第 1—2 期。

4.《改革派龚自珍的爱国情操与政论锋芒》,张啸虎,《社会科学辑刊》1986 年第 2 期。

5.《龚自珍的美学目的论》,周月亮,《哲学研究》1986 年第 2 期。

6.《龚自珍美学天地中的"自我"》,周月亮,《天津师大学报》1986 年第 2 期。

7.《龚自珍诗编年订误三题》,刘逸生,《学术研究》1986 年第 2 期。

8.《略谈龚自珍的纪游散文》,陈新璋,《散文》1986 年第 2 期。

9.《龚自珍诗文集早期刊本述闻》(一),王贵忱、王大文,《广州师院学报》1986 年第 2 期。

10.《爱国主义思想家和文学家——龚自珍》,余三乐等,《北京档案史料》1986 年第 2 期。

11.《龚自珍己亥出都和丹阳暴卒考辨》,孙文光,《安徽师大学报》1986 年第 3 期。

12.《龚自珍伤时忧国情思录》,钟贤培,《苏州大学学报》1986 年第 4 期。

13.《〈己亥杂诗〉中出现的龚自珍的"落花"意识》,竹村则行著,李惠然、朱则杰译,《苏州大学学报》1986 年第 4 期。

14.《龚自珍暴卒考辨》,孙文光,《历史研究》1986 年第 5 期。

15.《箫心剑气定盦诗——龚自珍诗歌艺术风格散论》,王恒展,《山东师大学报》1986 年第 6 期。

16.《龚自珍诗文学术研讨会简况》,《语文导报》1986 年第 6 期。

17.《读龚自珍诗〈秋心〉》,王英志,《语文学习》1986 年第 8 期。

18.《近年来〈己亥杂诗〉研究综述》,孙秀华,《语文导报》1986 年第

12 期。

1987 年

1. 《龚自珍的〈咏史〉是怎样对现实进行讽论的》,《四川师大语文辅导》1987 年第 1 期。

2. 《龚自珍与戏曲》,黄秉泽,《安徽师大学报》1987 年第 1 期。

3. 《童心——龚自珍心理结构的拱心石》,周月亮,《河北师院学报》1987 年第 1 期。

4. 《龚自珍历史观的近代色彩》,顾伟康,《哲学探讨》1987 年第 1 期。

5. 《龚自珍诗文集早期刊本述闻》(二),王贵忱、王大文,《广州师院学报》1987 年第 1 期。

6. 《龚自珍诗文集早期刊本述闻》(三),王贵忱、王大文,《广州师院学报》1987 年第 2 期。

7. 《略论龚自珍的诗文主张》,凤文学,《安徽师大学报》1987 年第 2 期。

8. 《"丁香花"公案考辨》,黄世中,《温州师院学报》1987 年第 2 期。

9. 《鲁迅与龚自珍》,邓啸林,《艺谭》1987 年第 2 期。

10. 《从龚自珍诗歌的艺术渊源谈其艺术个性》,梁文宁、程锡昌,《广东教育学院学报》1987 年第 2 期。

11. 《近代启蒙思想家龚自珍》,刘春建,《历史知识》1987 第 2 期。

12. 《高吟肺腑走风雷——龚定盦简论》,杨逢泰,《河南财经学院学报》1987 年第 3 期。

13. 《一个新旧交替的时代孕育一个承前启后的诗人——谈龚自珍的作品》,吴育频,《丽水师专学报》1987 年第 3 期。

14. 《龚自珍政治思想简论》,诸庆清,《杭州师院学报》1987 年第 3 期。

15. 《试笺〈己亥杂诗〉第一百三十五》,周五纯,《盐城师专学报》

1987 年第 3 期。

16.《关于俞秋圃其人及龚自珍四首诗作的系年问题——〈龚自珍诗编年订误三题〉补正》,樊克政,《学术研究》1987 年第 4 期。

17.《龚自珍〈咏史〉诗疑辨——与戴鸿森商榷》,王显春,《社会科学研究》1987 年第 4 期。

18.《龚自珍文学思想初探》,郭延礼,《东岳论丛》1987 年第 4 期。

19.《论龚自珍新体诗转变时代审美观念的价值》,周月亮,《河北学刊》1987 年第 4 期。

20.《龚自珍论人才与政治》,广德明,《黑龙江教育学院学报》1987 年第 4 期。

21.《近代诗说与诗例举隅——龚自珍"诗与人为一"说与〈秋心〉》,王英志,《江淮论坛》1987 年第 5 期。

22.《试论龚自珍的社会批判思想》,冯天瑜,《社会科学辑刊》1987 年第 5 期。

23.《心史纵横自一家——龚自珍散文的思想艺术特色》,邹进先,《北方论丛》1987 年第 5 期。

24.《也释龚自珍〈尊隐〉中的"山中之民"——兼论龚自珍早年的革命思想》,竺柏松,《贵州社会科学》1987 年第 8 期。

1988 年

1.《试论龚自珍的散文》,任访秋,《殷都学刊》1988 年第 1 期。

2.《龚自珍诗词中之"梦"》,赵山林,《杭州师院学报》1988 年第 1 期。

3.《龚自珍〈己亥杂诗〉的艺术特色》,王增鑫,《龙岩师专学报》1988 年第 1 期。

4.《试论定盦词》,徐永端,《苏州大学学报》1988 年第 1 期。

5.《问箫心剑态谁能画——论龚自珍〈己亥杂诗〉的爱国思想》,张春山,《运城师专学报》1988 年第 1 期。

6.《鲁迅与龚自珍》,任访秋,《河南大学学报》1988年第2期。

7.《读龚自珍的〈说居庸关〉》,王火青,《语文学习》1988年第2期。

8.《龚自珍〈西域置行省议〉述评》,丁汝俊、马春燕,《西北民族大学学报》1988年第2期。

9.《释龚自珍的〈表孤虚〉》,诸祖耿,《南京师大学报》1988年第3期。

10.《论龚自珍和魏源思想的异同》,易开运,《华中师范大学学报》1988年第3期。

11.《龚自珍的人才观》,翟廷瑨,《史林》1988年第3期。

12.《近代启蒙先驱在诗学上的革新追求——简论龚自珍、魏源诗论》,陈方,《五邑大学学报》1988年第3期。

13.《深沉的郁闷,狂热的追求——龚自珍〈能令公少年行〉赏析》,唐富龄,《古典文学知识》1988年第3期。

14.《龚自珍诗文集早期刊本述闻》(四),王贵忱、王大文,《广州师院学报》1988年第3期。

15.《龚自珍的实边论》,张灏,《开发研究》1988年第4期。

16.《龚自珍研究的崭新成果——〈龚自珍年谱〉评介》,郭沫兰,《东岳论丛》1988年第5期。

17.《龚自珍〈己亥杂诗〉的艺术特点》,程翔章,《语文教学与研究》1988年第5期。

18.《不择近世伤时语,翘然独秀冠群——龚自珍诗文成就略谈》,章一川,《文科月刊》1988年第6期。

19.《龚自珍》,吴乾元,《浙江档案》1988年第10期。

1989年

1.《论龚自珍伦理思想的近代意义》,李汉武,《海南大学学报》1989年第1期。

2.《龚自珍与沈曾植——沈曾植两篇有关龚自珍的未刊文稿述

评》,钱仲联,《文献》1989 年第 1 期。

3.《龚自珍的经学思想》,[日]滨久雄著,蒋国保译,《浙江学刊》1989 年第 1 期。

4.《析龚自珍〈咏史〉》,吴调公,《名作欣赏》1989 年第 1 期。

5.《吴煦刻〈定盦续集〉文稿来源小议》,孙静,《文学遗产》1989 年第 1 期。

6.《龚自珍诗文集早期刊本述闻》(五),王贵忱、王大文,《广州师院学报》1989 年第 1 期。

7.《剑气箫声两销魂——龚自珍〈湘月〉欣赏》,王兆鹏,《文史知识》1989 年第 2 期。

8.《龚自珍〈浪淘沙·写梦〉赏析》,孙秀华,《名作欣赏》1989 年第 2 期。

9.《龚自珍社会思想散论》,诸庆清,《杭州师范学院学报》1989 年第 2 期。

10.《龚自珍的游记散文》,杨昌江,《湖北教育学院学报》1989 年第 3 期。

11.《〈龚自珍年谱〉简评》,沐兰,《近代史研究》1989 年第 3 期。

12.《龚自珍诗文集早期刊本述闻》(六),王贵忱、王大文,《广州师院学报》1989 年第 3 期。

13.《时代脉搏,哲人心声——龚自珍〈己亥六月重过扬州记〉赏析》,章明寿,《名作欣赏》1989 年第 4 期。

14.《龚自珍文集与年谱序跋补辑》,孙静,《文献》1989 年第 4 期。

15.《龚自珍交游略说》,麦若鹏,《辽宁广播电视大学学报》1989 年第 4 期。

16.《龚自珍和西方文化》,麦若鹏、杨慎之,《群言》1989 年第 5 期。

17.《龚自珍致何绍基〈呓词〉翰墨》,章津才,《中国文物报》1989 年第 5 期。

18.《龚自珍与传统文化的转折》,陈其泰,《浙江学刊》1989 年第 6 期。

19.《龚自珍——近代唯意志论的先驱》,高瑞泉,《学术月刊》1989 年第 8 期。

1990 年

1.《龚自珍诗文评语补辑》,孙静,《文献》1990 年第 1 期。

2.《龚自珍人才思想浅析》,沈旻,《东南文化》1990 年第 1 期。

3.《龚自珍〈反祈招〉之歌的新探索》,徐树仪,《上海师大学报》1990 年第 1 期。

4.《龚自珍与佛学》,杨光楣,《铁道师院学报》1990 年第 2 期。

5.《开放过程中的文化——从龚自珍到洋务派》,王富仁,《中国文化》1990 年第 2 期。

6.《读龚自珍〈己亥杂诗〉》,王翼奇,《苏州大学学报》1990 年第 2 期。

7.《晚清士的挽歌——重读龚自珍》,毛丹,《浙江大学学报》1990 年第 2 期。

8.《龚自珍与〈送钦差大臣侯官林公序〉》,潘玉江,《外交学院学报》1990 年第 3 期。

9.《龚自珍美学思想浅探》,程翔章,《殷都学刊》1990 年第 3 期。

10.《龚自珍爱国思想简论》,刘亚玫,《东岳论丛》1990 年第 3 期。

11.《盛世危言 少年高文——龚自珍〈尊隐〉浅说》,张学松,《驻马店师专学报》1990 年第 4 期。

12.《难以兼得的剑箫之美——读龚自珍〈湘月〉》,吴翠芬,《名作欣赏》1990 年第 4 期。

13.《龚自珍上书宝兴时间新探》,樊克政,《西北大学学报》1990 年第 4 期。

14.《论龚自珍的西部开发思想》,秦世珍,《甘肃理论学刊》1990 年第 4 期。

15.《龚自珍的心态与其诗歌的审美意蕴》,邹进先,《北方论坛》1990 年第 4 期。

16.《龚自珍游记散文的艺术特色》,杨昌江,《写作》1990 年第 4 期。

17.《龚自珍文学创作中的"忧患"意识》,陈抱成,《郑州大学学报》1990 年第 5 期。

18.《近代杂文两大家——龚自珍与梁启超》,桑泉子,《杂文界》1990 年第 5 期。

19.《龚自珍的游记散文》,杨昌江,《古典文学知识》1990 年第 5 期。

20.《龚自珍史学理论述评》,叶建华,《浙江社会科学》1990 年第 6 期。

21.《说龚自珍七律〈夜坐〉二首》,吴小如,《华声报》1990 年 7 月 17 日。

22.《读龚自珍〈己亥杂诗〉其二》,李露蕾,《中文自修》1990 年第 10 期。

1991 年

1.《从龚自珍到梁启超——近代杂文发展的一个抽样分析》,张俊才,《河北师范大学学报》1991 年第 1 期。

2.《一朵孤花,墙角明如许——龚自珍的"尊情说"述评》,张海元,《中山大学学报》1991 年第 1 期。

3.《七绝组诗的发展与龚自珍的〈己亥杂诗〉》,茗风,《北京大学研究生学刊》1991 年第 1 期。

4.《试论龚自珍的改革观》,谢有安,《云南教育学院学报》1991 年第 2 期。

5.《龚自珍佛教文化研究特征》,麻天祥,《晋阳学刊》1991 年第 2 期。

6.《从龚自珍〈治狱〉看清代刑名师爷》,邱远猷,《北京师范学院学报》1991 年第 2 期。

7.《龚自珍书联亵渎圣佛》,天祥,《西北大学学报》1991 年第 2 期。

8.《龚自珍学佛拾遗》,天祥,《西北大学学报》1991 年第 2 期。

9.《近代启蒙思想与龚自珍的〈病梅馆记〉》,卢兴基,《阴山学刊》
   1991 年第 3 期。

10.《关于龚自珍的经济思想及其评价问题——与李时岳等先生商
    榷》,王佑仙,《贵州民族学院学报》1991 年第 3 期。

11.《绝句八首(附:对联三副)——集龚自珍句》,冰心,《当代》1991
    年第 3 期。

12.《龚自珍、魏源与中国近代文论的变革》,徐中玉,《南通师专学
    报》1991 年第 3 期。

13.《龚自珍学佛的思想基础和社会基础》,天祥,《郑州大学学报》
    1991 年第 4 期。

14.《龚自珍、王国维"出入说"辨析》,凤文学,《安徽师大学报》1991
    年第 4 期。

15.《龚自珍与柳亚子》,管林,《嘉应大学学报》1991 年第 4 期。

16.《论龚自珍社会政治思想结构》,陈蕴茜、方之光,《江苏社会科
    学》1991 年第 6 期。

17.《龚自珍〈汉朝儒生行〉新探》,谢飘云,《中国近代文学评林》,广
    东高等教育出版社 1991 年 7 月。

18.《〈奴史问答〉之谜——读龚自珍诗杂话》,李露蕾,《中文自修》
    1991 年第 11 期。

19.《龚自珍与魏源》,黄裳,《瞭望周刊》1991 年第 23 期。

1992 年

1.《论龚自珍艺术思维的潜意识特征》,廖可斌,《浙江大学学报》
   1992 年第 1 期。

2.《龚自珍〈己亥杂诗〉创作心态》,陈庆元,《福建师大学报》1992 年

第 1 期。

3.《龚自珍、黄遵宪诗歌之比较》，管林，《华南师大学报》1992 年第
2 期。

4.《龚自珍伦理思想的启蒙色彩》，王凤贤，《浙江学刊》1992 年第 2
期。

5.《龚自珍论纲》，陈方，《五邑大学学报》1992 年第 2 期。

6.《张维屏与龚自珍》，黄刚，《汕头大学学报》1992 年第 2 期。

7.《试论龚自珍哲学思想的学术价值》，陈国庆，《西北大学学报》
1992 年第 3 期。

8.《蒲松龄纪念馆与兄弟单位共同举办纪念龚自珍诞生二百周年
学术讨论会》，玉露，《蒲松龄研究》1992 年第 3 期。

9.《龚自珍历史学说综论》，柏松，《贵州师范大学学报》1992 年第 3
期。

10.《落红不是无情物——龚自珍诗歌悲剧意象举隅》，凤文学，《安
庆师院学报》1992 年第 4 期。

11.《龚自珍和他的〈送钦差大臣侯官林公序〉》，郭振诚，《内蒙古电
大学刊》1992 年第 4 期。

12.《龚自珍的诗论纲领》，胡克善，《山东教育学院学报》1992 年第
4 期。

13.《近代文化的序幕——龚自珍学术思想述评》，叶建华，《浙江学
刊》1992 年第 4 期。

14.《关于龚自珍历史观的两个问题》，麦若鹏，《安徽大学学报》
1992 年第 4 期。

15.《龚自珍与魏源——纪念龚自珍诞生 200 周年》，任访秋，《河南
大学学报》1992 年第 5 期。

16.《龚自珍词的思想意义与艺术特色》，邹进先，《北方论丛》1992
年第 5 期。

17. 《龚自珍兴王论中的改革观——纪念龚自珍诞生 200 周年》，郑超麟，《炎黄春秋》1992 年第 5 期。

18. 《论龚自珍的散文》，易新鼎，《北京师范学院学报》1992 年第 5 期。

19. 《昂昂爱国心拳拳挚友情——读龚自珍〈送钦差大臣侯官林公序〉》，王允镇，《师范教育》1992 年第 6 期。

1993 年

1. 《风雷与落花——龚自珍诗歌与近代早醒者心态》，张宜雷，《天津社会科学》1993 年第 1 期。

2. 《李贽、龚自珍童心思想的多向辨析》，孙长军、杨德贵，《信阳师范学院学报》1993 年第 1 期。

3. 《龚自珍和他的时代》，茅海建，《社会科学》1993 年第 1 期。

4. 《龚自珍歌行的承前与启后》，梁文宇，《广东教育学院学报》1993 年第 1 期。

5. 《风发云逝铸新词——龚自珍词学、词作浅析》，钟贤培，《语文月刊》1993 年第 2 期。

6. 《龚自珍〈小游仙词十五首〉的艺术特色》，刘瑜，《山东社会科学》，1993 年第 2 期。

7. 《从"建德人"到龚自珍、俞樾》，王煜，《浙江学刊》1993 年第 2 期。

8. 《龚自珍诗歌文本研究：语法和隐喻》，吕芃，《齐鲁学刊》1993 年第 2 期。

9. 《龚自珍尊情说的美学内蕴及其价值》，柯尊全、方贵生，《人文杂志》1993 年第 2 期。

10. 《龚自珍与清代奇诡诗风》，沈宁生，《淮阴师专学报》1993 年第 3 期。

11. 《龚自珍社会改革思想评议》，田汉云，《扬州师院学报》1993 年第 3 期。

12.《龚自珍"尊史"思想初探》,牛春生,《宁夏大学学报》1993年第3期。

13.《小议龚自珍的名实观》,贺平,《西北师大学报》1993年第3期。

14.《略论龚自珍散文艺术风格及其成因》,李惠明,《华东师大学报》1993年第3期。

15.《龚定盫的狂、怨、骂》,李存煜,《徐州师院学报》1993年第4期。

16.《论龚自珍的诗》,宋安华,《洛阳师专学报》1993年第4期。

17.《千古文章两怪才——郑燮与龚自珍》,孙文光,《安徽师大学报》1993年第4期。

18.《剑气箫心龚诗魂》,关爱和,《文学遗产》1993年第5期。

19.《龚自珍到辛亥革命前的梁启超——一个近代文学观念演变的抽样分析》,冼心福,《广东社会科学》1993年第5期。

20.《读樊著〈龚自珍〉》,王元化,《读书》1993年第6期。

21.《龚自珍、黄遵宪诗歌之比较》,管林,《中国近代文学评林》第5辑,广东高等教育出版社1993年9月。

22.《风发云逝铸新词——龚自珍词学、词作浅析》,钟贤培,《中国近代文学评林》第5辑,广东高等教育出版社1993年9月。

23.《龚自珍研究述评》(1976—1991),冼心福,《中国近代文学评林》第5辑,广东高等教育出版社1993年9月。

1994年

1.《龚自珍与八股文》,程翔章,《华中师大学报》1994年第1期。

2.《龚自珍与柳亚子的诗歌比较论》,陈琰,《琼州大学学报》1994年第1期。

3.《从〈木兰花慢〉的修辞看龚自珍的爱国思想》,乐秀拔,《营口师专学报》1994年第2期。

4.《龚自珍诗欣赏札记》,耿林莽,《青岛师院学报》1994年第3期。

5.《论龚自珍诗歌的悲剧美》,任冠之,《汕头大学学报》1994年第3

期。

6.《"不拘一格降人才"——龚自珍人才观述评》,王秀珍,《运城高专学报》1994 年第 3 期。

7.《从龚自珍的经济思想说起》,叶世昌,《学术月刊》1994 年第 4 期。

8.《关于龚自珍的佚词〈谒金门·孙月坡小影〉》,樊克政,《文献》1994 年第 4 期。

9.《龚自珍政论杂文的独创性》,杨昌江,《学习与探索》1994 年第 5 期。

10.《被虚话的啮——"啮"字释义质疑兼论龚自珍的修辞技巧》,刘喜军,《职业技术教育》1994 年第 6 期。

11.《龚自珍的"遗憾"》,张孝平,《中国人才》1994 年第 8 期。

1995 年

1.《龚自珍、林则徐、魏源的兴利除弊》,唐福荣,《社科纵横》1995 年第 1 期。

2.《龚自珍的创作个性与思想》,陈居渊,《复旦学报》1995 年第 1 期。

3.《谈龚自珍对南社的影响》,郭长海,《长春师院学报》1995 年第 1 期。

4.《龚自珍历史认识思想略探》,蒋大椿,《近代史研究》1995 年第 1 期。

5.《议论天下,一代文宗——读龚自珍诗文札记》,钟贤培,《中国文学研究》1995 年第 1 期。

6.《读龚自珍"舟中读陶诗三首"》,刘瑞莲,《山东老年》1995 年第 1 期。

7.《综合性感受——从一个侧面谈龚自珍的〈咏史〉诗》,王富仁,《名作欣赏》1995 年第 2 期。

8.《近代睁着眼看世界的第一人——说龚自珍〈夜坐〉其二》,蔡厚示,《古典文学知识》1995 年第 2 期。

9.《〈己亥杂诗〉与龚自珍的佛教思想》,齐文榜,《河南大学学报》1995 年第 3 期。

10.《龚自珍"尊情"三层面说》,左鹏军,《华南师大学报》1995 年第 3 期。

11.《论林则徐、龚自珍、魏源思想之异同》,林吉玲,《昌潍师专学报》1995 年第 3 期。

12.《林则徐、龚自珍颂》,周一生,《四川党史》1995 年第 3 期。

13.《龚自珍诗的浪漫主义特色》,邹进先,《函授教育》1995 年第 4 期。

14.《龚自珍的阴阳五行观及其历史影响》,丁四新,《江西社会科学》1995 年第 5 期。

15.《近代政治经济改革思潮的"雷将"——龚自珍以及他的经世致用思想》,彭犁,《中国物资再生》1995 年第 7 期。

1996 年

1.《浅谈龚自珍的佛学思想》,檀作文,《北京大学研究生学刊》1996 年第 1、2 期。

2.《龚自珍的用人思想》,杨法宝,《人才管理》1996 年第 2 期。

3.《龚自珍诗文与传统的分歧》,蒋英豪,《华南师范大学学报》1996 年第 2 期。

4.《论定盦诗的时代性》,毛庆耆,《暨南学报》1996 年第 3 期。

5.《龚自珍政论文的三个特性》,陈锦荣,《古典文学知识》1996 年第 4 期。

6.《论龚自珍的社会批判思想》,董广杰,《史学月刊》1996 年第 5 期。

7.《读顾太清手稿——兼及顾太清与龚自珍的情恋》,柯愈春,《社会科学战线》1996 年第 5 期。

8.《龚自珍的佛缘》,刘慧宇,《文史知识》1996 年第 6 期。

9.《鲁迅与龚自珍》,《鲁迅研究月刊》1996 年第 6 期。

10.《龚自珍思维方式初探》,陈铭,《浙江学刊》1996 年第 6 期。

11.《龚自珍的〈己亥杂诗〉》,张永芳,《古典文学知识》1996 年第 6
  期。

12.《龚自珍》,孙郁,《中国图书评论》1996 年第 9 期。

13.《怨去吹箫,狂来说剑——龚自珍〈湘月〉词赏析》,梁慧,《文史
  知识》1996 年第 10 期。

14.《龚自珍与常州学派》,陈鹏鸣,《江汉论坛》1996 年第 11 期。

15.《龚自珍的文化忧患意识》,叶中强,《探索与争鸣》1996 年第 12
  期。

1997 年

1.《论龚自珍的人才思想》,董广杰、晁平福,《许昌师专学报》1997
  年第 1 期。

2.《浅论龚自珍诗作中的忧患意识》,李宝光,《南宁师专学报》1997
  年第 1 期。

3.《龚自珍的〈明良〉四论》,张宇声,《淄博师专学报》1997 年第 1
  期。

4.《龚自珍人性论近代色彩探析》,郭金鸿,《青岛大学师范学院学
  报》1997 年第 1 期。

5.《龚自珍与巴金文艺观之比较》,萧成,《巴金研究》1997 年第 1
  期。

6.《龚自珍研究三题》,陈泊,《华夏文化》1997 年第 2 期。

7.《龚自珍的爱国主义思想》,陈挥,《上海师范大学学报》1997 年第
  2 期。

8.《中国近代改革思想的先驱——龚自珍》,靳丰龄,《资料通讯》

1997 年第 2 期。

9. 《论龚自珍学风》，路新生，《华东师范大学学报》1997 年第 3 期。

10. 《龚自珍支持林则徐禁烟》，杨维周，《紫禁城》1997 年第 3 期。

11. 《龚自珍论学风》，陈鹏鸣，《齐鲁学刊》1997 年第 3 期。

12. 《释龚自珍"秋心"》，孙之梅，《阴山学刊》1997 年第 3 期。

13. 《浅谈〈明良论〉中龚自珍的思想》，周益锋，《华夏文化》1997 年
    第 3 期。

14. 《龚自珍诗情系金陵》，蓑衣，《南京史志》1997 年第 3 期。

15. 《公羊三世说与龚自珍的古代社会史观》，陈其泰，《浙江学刊》
    1997 年第 3 期。

16. 《试论龚自珍〈尊隐〉篇》，金庆国，《江淮论坛》1997 年第 4 期。

17. 《龚自珍新疆建省计划析论》，梁绍杰，《史学集刊》1997 年第 4
    期。

18. 《龚自珍的心态及其在诗文中的表现》，吴世永，《台州师专学
    报》1997 年第 4 期。

19. 《叛逆与复归——龚自珍文化心理裂变的轨迹及其动因浅析》，
    蔡世华，《江苏社会科学》1997 年第 5 期。

20. 《龚自珍社会改革思想研究》，陈鹏鸣，《求索》1997 年第 6 期。

21. 《龚自珍的人才观》，张枃根，《中国人才》1997 年第 7 期。

22. 《"历劫如何报佛恩"——龚自珍与佛学》，陈颖，《法音》1997 年
    第 12 期。

1998 年

1. 《情语迷离写悼诗——释龚自珍的"杭州有所追悼而作"》，陈抱
   成，《郑州大学学报》1998 年第 1 期。

2. 《龚自珍和他的〈发大心文〉》，张景岗，《佛教文化》1998 年第 2
   期。

3. 《龚自珍诗的积极浪漫主义特色》，薛礼成，《青海师范大学学报》

1998 年第 2 期。

4. 《论鸦片战争前后的中俄边疆舆地研究——兼评龚自珍、魏源的"边防论"》,郭双林,《中州学刊》1998 年第 2 期。

5. 《龚自珍关于嫉妒的哲学思考与政治批判》,张成扬,《大同高等专科学校学报》1998 年第 3 期。

6. 《龚自珍集外诗文录》,王贵忱、王大文,《学术研究》1998 年第 3 期。

7. 《龚自珍何以成为中国近代思想解放的先驱》,张立芳,《东岳论丛》1998 年第 3 期。

8. 《从龚自珍到辛亥革命前的梁启超——一个近代文学观念演变的抽样分析》,麦冬雯、冼心福,《海南师院学报》1998 年第 3 期。

9. 《试论龚自珍〈尊隐〉篇》,金庆国,《古籍研究》1998 年第 3 期。

10. 《龚自珍追求个性解放的人格观》,郭金鸿,《青岛大学师范学院学报》1998 年第 4 期。

11. 《封建"衰世"地主阶级的进步人物龚自珍》,翟爱玲,《解放军外语学院学报》1998 年第 5 期。

12. 《龚自珍与晚清时期钱币学——朱杰勤先生逝世八周年纪念》,王贵忱,《广州师院学报》1998 年第 5 期。

13. 《龚自珍全集》,章明寿,《古典文学知识》1998 年第 5 期。

14. 《落红有情催新花——记中国近代诗界的启明星龚自珍》,阎晴秋,《学习月刊》1998 年第 7 期。

15. 《中国近代思想文化史上的杰出人物龚自珍》,陈易,《今日浙江》1998 年第 23 期。

1999 年

1. 《沉郁忧愤 清丽绵邈——论龚自珍的词》,陈跃卿,《宜宾师范高等专科学校学报》1999 年第 1 期。

2. 《龚自珍与北京的海棠花》,张永芳,《古典文学知识》1999 年第 1

期。

3.《龚自珍〈明良论〉系年新证》，顾国瑞，《北京联合大学学报》1999年第1期。

4.《论龚自珍的"心力"》，孙秀华，《电大教学》1999年第2期。

5.《天挺诗才此最奇——走进龚自珍"花"的世界》，王翠云，《艺术探索》1999年第2期。

6.《龚自珍的学佛因缘》，张景岗、何琼，《东南文化》1999年第3期。

7.《龚自珍的佛学思想》，孔繁，《世界宗教研究》1999年第3期。

8.《龚自珍与文物收藏》，吴民贵，《历史教学问题》1999年第4期。

9.《龚自珍研究二题》，季淮阴，《文教资料》1999年第4期。

10.《龚自珍的掌故学述略》，黄长义，《江汉论坛》1999年第4期。

11.《浅析龚自珍的社会思想》，马子辉，《玉溪师范高等专科学校学报》1999年第4期。

12.《龚自珍"我造伦纪"的道德主体意识》，郭金鸿，《青岛大学师范学院学报》1999年第4期。

13.《从"抑商"到"重商"观念的转变——龚自珍、魏源、王韬、郑观应经济思想个案简析》，申满秀，《贵州社会科学》1999年第6期。

14.《龚自珍人才解放观初探》，王凡，《组织人事学研究》1999年第6期。

15.《"若受电然"的一哭——龚自珍〈大哭干禄书〉摭谈》，傅爱国，《书法之友》1999年第9期。

16.《浅谈龚自珍对档案的重视》，覃兆刿，《浙江档案》1999年第9期。

17.《龚自珍的人才观——读宋清文学作品》，宋文，《决策与信息》1999年第12期。

18.《龚自珍诗文风格刍议》，倪建设，《中国近代文学评林》第6辑，广东人民出版社 1999 年 12 月。

2000 年

1. 《龚自珍"尊情说"新探》，程亚林，《文艺理论研究》2000 年第 1 期。

2. 《龚自珍创新意识刍议》，赫坚、王秀忠，《长白学刊》2000 年第 2 期。

3. 《论龚自珍诗歌的兴象》，徐文，《社会科学》2000 年第 2 期。

4. 《论龚自珍魏源对中国近代文化转型的影响》，刘亮红，《湘潭大学学报(研究生论丛)》2000 年第 2 期。

5. 《龚自珍民族思想简析》，冀满红、段建宏，《南宁职业技术学院学报》2000 年第 3 期。

6. 《鲁迅与龚自珍情感历程比较》，李城希，《山东社会科学》2000 年第 3 期。

7. 《万千哀乐集一身——由龚自珍的纪梦诗词看其平生意绪》，陈静，《无锡教育学院学报》2000 年第 3 期。

8. 《龚自珍与晚清思想解放》，王俊义，《中国社会科学院研究生院学报》2000 年第 4 期。

9. 《鲁迅与龚自珍情感历程比较》，李城希，《江淮论坛》2000 年第 5 期。

10. 《龚自珍：亦"开风气"亦"为师"》，何晓明，《湖北大学学报》2000 年第 6 期。

2001 年

1. 《龚自珍、魏源两家诗学辨》，程亚林，《文艺理论研究》2001 年第 1 期。

2. 《论龚自珍诗歌创作与佛学的关系》，莫林虎，《河南大学学报》2001 年第 1 期。

3. 《从袁枚到龚自珍看清代文坛个性思想的发展和推进》，崔秀霞，

《德州学院学报》2001年第1期。

4.《龚自珍诗歌艺术风格探微》,李文兰,《甘肃教育学院学报》,2001年第2期。

5.《说龚自珍信佛的成因》,乔志强,《华夏文化》2001年第2期。

6.《先天下忧的龚自珍》,靳树鹏,《炎黄春秋》2001年第2期。

7.《近二十年龚自珍思想研究综述》,郭汉民、袁洪亮,《云梦学刊》2001年第2期。

8.《论龚自珍的批判意识与启蒙精神》,李振纲,《燕山大学学报》2001年第2期。

9.《龚诗意象组合艺术初探》,梁文宁,《中国韵文学刊》2001年第2期。

10.《龚自珍的〈自书诗卷〉》,诸文进,《上海工艺美术》2001年第3期。

11.《龚自珍和他的散文》,谢飘云,《苏州大学学报》2001年第3期。

12.《剑气萧心亦儒生——从龚自珍的散文看其对原始儒家的反归》,汪渊之,《苏州教育学院学报》2001年第3期。

13.《龚自珍人性论思想探析》,彭建标、王素琴,《苏州铁道师范学院学报》,2001年第3期。

14.《狂来舞剑 怨去吹箫——论龚自珍诗的心境》,侯艳,《广西梧州师范高等专科学校学报》2001年第3期。

15.《论龚自珍与孔子的衰世观》,万光军、高腾云,《泰安教育学院学报岱宗学刊》2001年第4期。

16.《"高吟肺腑"和"价值重估"——龚自珍、尼采思想比较研究之一》朱奇志,《中州学刊》2001年第4期。

17.《龚自珍与扬州学者的学业交谊》,许卫平,《江苏地方志》2001年第6期。

18.《瑰丽悱郁之才 一代文字之雄——〈龚自珍文选〉简评》,郑亚楠,《苏州大学学报》2001 年第 6 期。

2002 年

1. 《龚自珍和他的性无善不善而有私说》,刘心坦,《福建教育学院学报》2002 年第 1 期。

2. 《论龚自珍的人才救世思想》,朱明松,《宁德师专学报》2002 年第 1 期。

3. 《试论龚自珍诗歌的艺术新质》,李金涛,《华南师范大学学报》2002 年第 2 期。

4. 《剑气箫心 亦刚亦柔——龚自珍诗歌审美风格简论》,颜广明,《扬州教育学院学报》2002 年第 2 期。

5. 《龚自珍"尊史"思想研究》,李智媛,《零陵学院学报》2002 年第 2 期。

6. 《汉后隋前有此家——龚自珍的"中古"情结》,冯瑞生,《汉语史学报》2002 年第 2 辑。

7. 《龚自珍〈己亥杂诗〉艺术倾向发微》,杨晔,《湖北广播电视大学学报》2002 年第 3 期。

8. 《读〈龚自珍己亥杂诗注〉札记》,钟振振,《清华大学学报》2002 年第 4 期。

9. 《明窗数篇在 长与物华新——从龚自珍的记梦诗谈起》,季培华,《古典文学知识》2002 年第 4 期。

10. 《龚自珍论新疆防务》,方立军,《西域研究》2002 年第 4 期。

11. 《近代史开端处的现代性价值——龚自珍经世思想中的"自由"意蕴》,胡建,《江苏行政学院学报》2002 年第 4 期。

12. 《不立宗派之大家 瑰丽悱郁之雄文——〈龚自珍文选〉读后》,郑亚楠,《全国新书目》2002 年第 4 期。

13. 《从〈己亥杂诗〉看龚自珍的佛学思想》,罗丽娅,《钦州师范高等专科学校学报》2002 年第 4 期。

14.《龚自珍诗文简论》，张永芳，《沈阳师范学院学报》2002年第5期。

15.《国民性改造思潮的最初发轫——龚自珍个性解放思想述评》，俞祖华，《中州学刊》2002年第5期。

16.《清代边疆史地学者对传统学术的认识——以龚自珍、魏源、姚莹为个案》，章永俊，《阜阳师范学院学报》2002年第6期。

17.《"人"的觉醒对传统文学原则的挑战——论龚自珍文学思想的近代意义》，王飚，《安徽师范大学学报》2002年第6期。

18.《对知识分子的人格启蒙——读龚自珍的人物散文》，杨昌江，《安徽师范大学学报》2002年第6期。

19.《"山中之民"与"超人"学说——龚自珍、尼采思想比较研究之二》朱奇志，《江汉论坛》2002年第6期。

20.《试析宗族现象在现代中国社会的嬗变——从龚自珍〈农宗〉谈起》，苏峰，《长白学刊》2002年第6期。

21.《试论龚自珍的个性解放思想》，刘心坦，《福建教育学院学报》2002年第10期。

2003年

1.《龚自珍和薛福成的"再就业"观》，池子华、杨春燕，《合肥教育学院学报》2003年第1期。

2.《论龚自珍诗歌的近代特征》，李金涛，《江汉论坛》2003年第1期。

3.《论龚自珍人格的历史继承与超越》，于慧，《济南大学学报》2003年第1期。

4.《龚自珍哲学思想的近代特色》，方帅，《湘潭大学社会科学学报（研究生论丛）》2003年第1期。

5.《龚自珍的诸子哲学和逻辑》，刘学文，《商丘师范学院学报》2003年第1期。

6. 《清代边疆史地学者对传统学术的认识——以龚自珍、魏源、姚莹为个案》,章永俊,《中州学刊》2003年第2期。

7. 《龚自珍论新疆防务》,方立军,《新疆师范大学学报》2003年第2期。

8. 《龚自珍诗歌中"风雷"意象分析》,毛敏捷、郑红群,《淮北煤炭师范学院学报》2003年第2期。

9. 《龚自珍与近代中国哲学的开端》,林振武、李文义,《山东社会科学》2003年第3期。

10. 《心史纵横自一家——论龚自珍心路历程的诗性呈现》,于慧,《运城学院学报》2003年第4期。

11. 《人的危机与改造:论龚自珍的人心风俗思想》,袁洪亮,《聊城大学学报》2003年第4期。

12. 《龚自珍、林则徐开发西北的思想》,王劲、刘继华,《兰州大学学报》2003年第5期。

13. 《批判现实中萌生出的创新意识——龚自珍创新思维刍议》,孙志刚,《天水师范学院学报》2003年第6期。

14. 《"风发泉涌"与"无话可说"——龚自珍、鲁迅话语生存比较研究》,朱奇志,《鲁迅研究月刊》2003年第12期。

2004年

1. 《龚自珍与广东》,管华、管林,《岭南文史》2004年第1期。

2. 《龚自珍、魏源人才思想研究》,崔荣华、周才方,《中国矿业大学学报》2004年第2期。

3. 《"风雷"与"荒原"——龚自珍、鲁迅文本意象比较研究》,朱奇志,《求索》2004年第2期。

4. 《"落花"与"野草"——龚自珍与鲁迅之生命意象比较研究》,朱奇志,《甘肃社会科学》2004年第3期。

5. 《龚自珍与魏源的学术品格》,刘兰肖,《浙江社会科学》2004年第

4 期。

6. 《龚自珍山水诗与准山水诗初探》，王英志，《文学遗产》2004 年第
   4 期。

7. 《龚自珍的"怨愤"心境》，陈建华、侯艳，《九江师专学报》2004 年
   第 4 期。

8. 《戴震与龚自珍》，童宝刚，《黄山学院学报》2004 年第 4 期。

9. 《龚自珍经世思想学术渊源考论》，张昭军，《齐鲁学刊》2004 年第
   4 期。

10. 《"梦境"与"鬼气"——龚自珍、鲁迅梦意象比较研究》，朱奇志，
    《江汉论坛》2004 年第 5 期。

11. 《一箫一剑铸精神——评龚自珍诗词中情志的发展演变》，孙彦
    杰，《德州学院学报》2004 年第 5 期。

12. 《尊情与刺世——龚自珍的诗学追求与诗歌创作》，汪龙麟，《大
    连大学学报》2004 年第 5 期。

13. 《鲁迅与龚自珍》，邹进先，《文学评论》2004 年第 6 期。

14. 《龚自珍、魏源眼中的康乾盛世》，段自成，《平顶山师专学报》
    2004 年第 6 期。

15. 《龚自珍提出经营西北边疆策略》，刘培启，《中学历史教学参
    考》2004 年第 7 期。

2005 年

1. 《龚自珍轶事六则》，黄蔼北，《语文知识》2005 年第 1 期。

2. 《龚自珍思想与中华民族精神》，崔华前，《湖北社会科学》2005 年
   第 2 期。

3. 《论龚自珍西北史地研究与清代官修西北书籍》，郭丽萍，《晋阳
   学刊》2005 年第 2 期。

4. 《龚自珍二三事》，黄裳，《读书》2005 年第 2 期。

5. 《龚自珍与 20 世纪的文学革命》，谈蓓芳，《复旦学报》2005 年第 3

期。

6.《浅谈龚自珍〈明良论〉中的吏治思想》,孙赫,《吉林师范大学学报》2005 年第 3 期。

7.《龚自珍的不肖子》,李国文,《同舟共进》2005 年第 3 期。

8.《论龚自珍的理想人格》,彭平一、汪建华,《中国哲学史》2005 年第 4 期。

9.《从龚自珍集外文〈冷石轩记〉说起》,朱则杰,《古典文学知识》2005 年第 5 期。

10.《龚自珍的农宗社会构想初探》,陈茂昌,《贵州社会科学》2005 年第 5 期。

11.《龚自珍研究三题》,朱则杰,《淮阴师范学院学报》2005 年第 5 期。

12.《对龚自珍人本思想观点的评析》,胡中柱,《上海金融学院学报》2005 年第 5 期。

13.《龚自珍〈病梅馆记〉写作时间与相关梅事考》,程杰,《江海学刊》2005 年第 6 期。

14.《龚自珍性格及其对今文学派精神之蹈厉》,杨全顺,《广西社会科学》,2005 年第 6 期。

15.《浅谈龚自珍的"人材"思想》,王素香,《辽宁师专学报》2005 年第 6 期。

16.《龚自珍性格与学术中的近代意识》,杨全顺,《学术论坛》2005 年第 6 期。

17.《龚自珍和魏源经济伦理思想研究》,刘阁春,《财政监督》2005 年第 8 期。

18.《龚自珍自我观与主体性哲学的开端》,顾红亮,《学术月刊》2005 年第 8 期。

19.《以梅喻人 以小见大——谈龚自珍〈病梅馆记〉中的曲笔》,高永军,《语文教学之友》2005 年第 10 期。

20.《个性解放与社会发展——谈龚自珍的〈己亥杂诗〉和〈病梅馆记〉》,张晨怡、张宏,《语文建设》2005 年第 12 期。

2006 年

1.《狂便谈禅,悲还说梦——龚自珍佛教思想管窥》,黄阳兴,《宗教学研究》2006 年第 1 期。

2.《龚自珍公羊学研究述评》,刘朝阁,《中华文化论坛》2006 年第 2 期。

3.《龚自珍的变革思想探析》,周婷婷,《河北青年管理干部学院学报》2006 年第 2 期。

4.《龚自珍笔下的女性世界》,杨柏岭,《学术界》2006 年第 3 期。

5.《龚自珍的西北边防思想》,王聪延、孟楠,《新疆教育学院学报》2006 年第 3 期。

6.《龚自珍的德教方法及其现代价值》,崔华前,《唐都学刊》2006 年第 3 期。

7.《龚自珍的"天帝赐酒"与帕金森的"金字塔上升"》,《新作文(高考在线)》2006 年第 3 期。

8.《塞外承德曾是龚自珍理想的归隐之地》,关阔,《承德民族师专学报》2006 年第 3 期。

9.《龚自珍的佛学思想研究》,刘朝阁,《杭州师范学院学报》2006 年第 3 期。

10.《布莱克与龚自珍的诗歌比较》,徐振忠,《黎明职业大学学报》2006 年第 3 期。

11.《龚自珍的道德教育思想探析》,许业所、崔华前,《哈尔滨学院学报》2006 年第 4 期。

12.《龚自珍哲学思想的近代意蕴》,王向清、王光红,《湖南城市学院学报》2006 年第 4 期。

13.《写作的焦虑:龚自珍艳情诗中的自注》,孙康宜,《北京大学学报》2006 年第 4 期。

14.《千年之间两匹马——读李白和龚自珍的两首诗》,过传忠,《当代学生》2006 年第 4 期。

15.《剑气箫心两依然——龚自珍的人生哲学》,程林辉,《广西民族学院学报》2006 年第 4 期。

16.《声满东南几处箫——深于情对龚自珍文学风格形成的影响》,张乃良,《宝鸡文理学院学报》2006 年第 4 期。

17.《剑骨诗魂——李白与龚自珍诗歌中剑意象之比较》,聂小雪,《济源职业技术学院学报》2006 年第 4 期。

18.《龚自珍与传统文化的转折》,于春梅,《学术交流》2006 年第 5 期。

19.《龚自珍与成范永的草木情深》,周贻海,《福建乡土》2006 年第 5 期。

20.《龚自珍:中国的但丁》,吴明未,《海内与海外》2006 年第 5 期。

21.《龚自珍理想人格观探析》,雷友华,《新东方》2006 年第 5 期。

22.《龚自珍社会思想略探》,雷友华,《重庆师范大学学报》2006 年第 5 期。

23.《龚自珍佚文一篇》,丁凤麟,《史林》2006 年第 6 期。

24.《浅谈近代美学思想与西方美学思想的融合——对龚自珍、梁启超、王国维的比较》,刘明明,《辽宁师专学报》2006 年第 6 期。

25.《龚自珍政治经济思想脞说——以〈平均篇〉、〈农宗〉为重》,程二奇,《重庆社会科学》2006 年第 11 期。

26.《嘉道学术的奇葩——龚自珍、魏源的学术风格》,陈其泰,《刊授党校》2006 年第 11 期。

2007 年

1. 《浅析龚自珍的思想内蕴》,李志国,《厦门教育学院学报》2007年第1期。

2. 《黄宗羲和龚自珍经济思想之比较》,乔亮,《黑龙江教育学院学报》2007年第1期。

3. 《中国近代进化史观之演变——从龚自珍到李大钊》,关立新,《世纪桥》2007年第1期。

4. 《尊情烛照下的隐情——龚自珍"癫词"解析》,沈检江,《哈尔滨工业大学学报》2007年第1期。

5. 《论龚自珍〈己亥杂诗〉对七绝的发展》,陈锦荣,《昆明理工大学学报》2007年第1期。

6. 《龚自珍的士心定位及其意义》,杨柏岭,《中国文学研究》2007年第2期。

7. 《论龚自珍梁启超对南社诗歌的影响》,汪梦川,《惠州学院学报》2007年第2期。

8. 《龚自珍与魏源:告别"衰世"第一篇》,傅国涌,《书屋》2007年第2期。

9. 《末世文人的悲怆与苍凉——略论龚自珍的词》,刘媛媛,《社会科学家》2007年第2期。

10. 《龚自珍、林则徐、魏源经世致用思想之比较》,伍君、王卫,《湖南农业大学学报》2007年第2期。

11. 《龚自珍的西北史地研究》,章永俊,《安徽教育学院学报》2007年第2期。

12. 《论龚自珍的诗歌创作》,郭延礼,《中国文学研究》2007年第3期。

13. 《龚自珍的"文人心眼"》,少木森,《福建乡土》2007年第3期。

14. 《选择的批判:梁启超论龚自珍》,杨焄,《中文自学指导》2007年第 3 期。

15.《从〈西域置行省议〉等文献看龚自珍的开发西北思想》,张淑红,《天水师范学院学报》2007 年第 3 期。

16.《论龚自珍散文奇诡不凡的艺术特征》,陈锦荣,《安徽农业大学学报》2007 年第 3 期。

17.《马布利和龚自珍社会思想比较研究》,徐明,《攀登》2007 年第 3 期。

18.《龚自珍在 19 世纪——关于龚自珍的几则札记》,张勇,《清华大学学报》2007 年第 3 期。

19.《龚自珍经济思想的政治学分析》,高新伟,《运城学院学报》2007 年第 4 期。

20.《论龚自珍散文的震撼力》,陈锦荣,《合肥学院学报》2007 年第 4 期。

21.《龚自珍学佛对其思想与文学的影响》,邹进先,《北方论丛》2007 年第 4 期。

22.《〈谭嗣同诗全编〉之〈佚题五首〉"版权"应属龚自珍》,赫兰国,《四川师范大学学报》2007 年第 4 期。

23.《龚自珍的文学思想与佛学》,陈必欢,《安康学院学报》2007 年第 5 期。

24.《龚自珍哲学思想的近代特色》,肖剑平,《衡阳师范学院学报》2007 年第 5 期。

25.《复古与启蒙的对立统一——龚自珍经济思想的政治学分析》,高新伟,《重庆师范大学学报》2007 年第 6 期。

26.《从龚自珍、梁启超和胡适看中国文学观念的转变》,杨站军,《消费导刊》2007 年第 10 期。

27.《相似的"童心",不同的诉求——龚自珍、冰心创作中"童心"比较观》,陈丽霞,《南方论刊》2007 年第 10 期。

28.《浅析龚自珍的诗歌风格》,王震,《现代企业教育》2007 年第 22 期。

2008 年

1. 《锻造新的哲学武器:思想成其为力量的途径——以对龚自珍的研究为例》,陈其泰,《河南社会科学》2008 年第 1 期。

2. 《"能创"与"叛逆"——龚自珍诗歌语言技巧和形式革新浅议》,沈检江,《学习与探索》2008 年第 1 期。

3. 《龚自珍的以字解经》,黄开国,《中华文化论坛》2008 年第 1 期。

4. 《浅析龚自珍的"廉耻论"》,潘树国,《扬州教育学院学报》2008 年第 2 期。

5. 《鸦片战争前后开拓诗坛新风的两位杰出诗人——张维屏与龚自珍诗歌创作比较》,谢飘云,《华南师范大学学报》2008 年第 3 期。

6. 《龚自珍词学研究》,苏利海,《文艺理论研究》2008 年第 4 期。

7. 《论龚自珍思想对近代中国的启发和影响》,安安,《济南职业学院学报》2008 年第 4 期。

8. 《龚自珍人性论思想浅析》,潘树国、孔苏婧,《盐城工学院学报》2008 年第 4 期。

9. 《龚自珍诗廋词隐喻的语言策略》,沈检江,《求是学刊》2008 年第 4 期。

10. 《论龚自珍的"豪杰"理想人格》,潘树国,《苏州科技学院学报》2008 年第 4 期。

11. 《龚自珍的人才观》,史源,《政策瞭望》2008 年第 4 期。

12. 《论庄子对龚自珍美学思想的影响》,孟洋,《牡丹江大学学报》2008 年第 5 期。

13. 《一个时代的缩影——简论从龚自珍到梁启超的散文传承》,康文,《时代文学》2008 年第 5 期。

14.《龚自珍〈和归佩珊诗〉本事考》,黄毅、章培恒,《上海大学学报》2008 年第 5 期。

15.《谈鸦片战争前后的史学批评成就——以龚自珍、魏源、夏燮为例》,舒习龙,《长江论坛》2008 年第 5 期。

16.《从〈西域置行省议〉看龚自珍的移民实边思想》,刘海峰,《昌吉学院学报》2008 年第 5 期。

17.《龚自珍诗歌的艺术特色》,梁文娟,《文学教育》2008 年第 5 期。

18.《龚自珍的六经正名》,李知恕,《天府新论》2008 年第 6 期。

19.《龚自珍诗词风格小辨——以〈咏史〉和〈鹊踏枝〉为例》,来瑞,《湘潮》2008 年第 6 期。

20.《"天"有病,人知否?——龚自珍批判思想的哲学解读》,吴阳林,《社会科学论坛》2008 年第 6 期。

21.《龚自珍对经史关系的定位》,黄开国,《中国社会科学院研究生院学报》2008 年第 6 期。

22.《"但开风气不为师"——龚自珍今文经学思想述论》,王元琪,《理论导刊》2008 年第 7 期。

23.《狂来说剑 闲去吹箫——龚自珍性格心理结构探微》,陈自明,《语文学刊》2008 年第 9 期。

24.《伪鼎·人草·腐肉——论龚自珍诗歌意象的战斗精神》,杨善利,《时代文学》2008 年第 11 期。

25.《戮心·尊心·童心——龚自珍"童心"意象审美》,杨善利,《作家》2008 年第 24 期。

26.《中国文化中的人文精神——以龚自珍为例进行分析》,张杜娟,《魅力中国》2008 年第 28 期。

2009 年

1.《龚自珍与中国抒情文学的前现代转型》,陈广宏,《中国文学研究》2009 年第 1 期。

2.《新见清龚自珍己亥佚札考释》,潘建国,《文学遗产》2009 年第 2 期。

3.《龚自珍诗歌中的对举现象分析》,左芝兰,《前沿》2009 年第 2 期。

4.《鸦片战争时期西北边疆史地研究与新疆防务建设——以龚自珍、林则徐为例》,童远忠,《新疆大学学报》2009 年第 2 期。

5.《龚自珍诗中花果草木意蕴的内涵》,刘新文,《唐山师范学院学报》2009 年第 3 期。

6.《龚自珍经学的特色与影响》,黄开国,《河北学刊》2009 年第 3 期。

7.《龚自珍论"六经"与"六艺"——传统学术知识分化的第一步》,张寿安,《清史研究》2009 年第 3 期。

8.《龚自珍学术思想探微》,杨全顺,《理论学刊》2009 年第 3 期。

9.《龚自珍人才观研究》,柳光露,《网络财富》2009 年第 3 期。

10.《剑气箫心:龚自珍的人格觉醒及相关问题考略》,杨柏岭,《中文自学指导》2009 年第 3 期。

11.《龚自珍对经学纷争的评议》,黄开国,《中山大学学报》2009 年第 4 期。

12.《传统与现代之间——论龚自珍的文化理想》,龚郭清,《天津社会科学》2009 年第 4 期。

13.《龚自珍忧患思想探析》,方立军,《温州大学学报》2009 年第 4 期。

14.《龚自珍与王国维文脉承续一见》,彭玉平,《汕头大学学报》2009 年第 5 期。

15.《龚自珍的五经大义终始论》,黄开国,《孔子研究》2009 年第 5 期。

16.《〈谭嗣同诗全编〉误收龚自珍诗五首》,于民,《苏州大学学报》

2009 年第 5 期。

17.《"将萎之花,惨于槁木"——试探龚自珍的社会批判思想》,黄开国,《四川师范大学学报》2009 年第 5 期。

18.《经学、政治与历史:龚自珍的儒学之思》,张广生,《中国人民大学学报》2009 年第 6 期。

19.《龚自珍诗欣赏札记》,耿林莽,《诗刊》2009 年第 14 期。

20.《论龚自珍的社会批判思想》,王敏,《法制与社会》2009 年第 15 期。

21.《魏源与龚自珍思想之异微探》,舒冬云,《青年文学家》2009 年第 23 期。

22.《尊情:浅析龚自珍的文学观》,金钱伟,《名作欣赏》2009 年第 23 期。

23.《浅论龚自珍的忧患意识》,董萍,《魅力中国》2009 年第 35 期。

2010 年

1.《龚自珍〈庚子雅词〉解读》,黄坤尧,《词学》2010 年第 1 期。

2.龚自珍词与近代词风的开拓意义》,杨柏岭,《词学》2010 年第 1 期。

3.《论龚自珍史地学的爱国思想》,王启明,《三峡大学学报》2010 年第 1 期。

4.《柳宗元与龚自珍两传记文相同点比较》,肖武,《文学教育》2010 年第 1 期。

5.《龚自珍嘉庆壬申年出京南下词作考略》,杨柏岭,《词学》2010 年第 2 期。

6.《龚自珍己亥恋情考》,任聪颖,《太原师范学院学报》2010 年第 2 期。

7.《龚自珍论"私"》,吴晓番,《华北水利水电学院学报》2010 年第 2 期。

8.《龚自珍论乾嘉学术:专门之学——钩沉传统学术分化的一条线索》,张寿安,《学海》2010年第2期。

9.龚自珍生平事迹及文学成就简论》,张强,《徐州师范大学学报》2010年第3期。

10.《龚自珍诗歌内容浅论——读〈己亥杂诗〉有感》,黄丽娜,《文史博览理论》2010年第3期。

11.《龚自珍史学研究综述(1990—2009年)》,王启明,《宜春学院学报》2010年第3期。

12.《从〈己丑齿录〉订正龚自珍研究中的错讹》,龚笃清,《湘潭大学学报》2010年第3期。

13.《儒学、政治与历史——龚自珍的经学之思》,张广生,《政治思想史》2010年第3期。

14.《论龚自珍的语言哲学思想》,吴根友,《河北学刊》2010年第4期。

15.《龚自珍与病梅馆》,徐世华,《语文学刊》2010年第5期。

16.《龚自珍〈病梅馆记〉解读》,路遥,《新课程学习》2010年第6期。

17.《龚自珍"心本体"思想形成初探》,尹顺民,《和田师范专科学校学报》2010年第6期。

18.《龚自珍史论的经世爱国思想》,王启明,《皖西学院学报》2010年第6期。

19.《从屈原、李白、龚自珍管窥中国古代文人的狂狷思想》,赖友,《时代文学》2010年第6期。

20.《经世致用与选色谈空——论龚自珍矛盾人生观》,徐世,《宜春学院学报》2010年第7期。

21.《龚自珍与魏源西北开发思想之比较》,沈韬,《重庆科技学院学报》2010年第7期。

22.《从〈尊隐〉的"山中之民"看龚自珍的佛学品性》,陈惠英,《电影评介》2010 年第 10 期。

23.《借梅喻人 托物议政——龚自珍〈病梅馆记〉寓意赏析》,沙振坤,《现代语文》2010 年第 11 期。

24.《略论龚自珍的"平均"思想》,张全忠,《语文学刊》2010 年第 14 期。

25.《龚自珍诗歌风格特征及其成因分析》,李鑫,《丝绸之路》2010 年第 22 期。

2011 年

1.《龚自珍笔下"落花"意象的新变》,左芝兰,《西南交通大学学报》2011 年第 1 期。

2.《龚自珍〈己亥杂诗〉分类探析》,曾贤兆,《西安石油大学学报》2011 年第 1 期。

3.《龚自珍诗词中"箫"的意象分析》,罗世杰,《新余学院学报》2011 年第 1 期。

4.《龚自珍的尊史说》,黄开国,《中华文史论丛》2011 年第 2 期。

5.《箫中情 剑中泪——论龚自珍诗词中的箫、剑意象》,李花宇,《牡丹江教育学院学报》2011 年第 2 期。

6.《龚自珍谱学理论初探》,王启明、宋杰,《乐山师范学院学报》2011 年第 3 期。

7.《龚自珍与陈寅恪——兼论陈寅恪与张荫麟》,刘克敌,《中国文学研究》2011 年第 3 期。

8.《奇、悍、丽——龚自珍诗歌意象的美学特色》,肖红,《中国石油大学胜利学院学报》2011 年第 4 期。

9.《龚自珍"心力"说和王国维"天才"观辨析》,郭青林,《江西科技师范学院学报》2011 年第 4 期。

10.《龚自珍文献学思想论析》,王林艳,《廊坊师范学院学报》2011 年第 5 期。

11.《但开风气不为师——龚自珍的诗文与嘉道文学精神》,关爱和,《文学评论》2011年第5期。

12.《龚自珍的人才观》,邓忠强,《现代人才》2011年第6期。

13.《龚自珍的历史文献学思想》,马小能、孙新梅,《中国社会科学院研究生院学报》2011年第6期。

14.《陶诗的旷代品味——从顾炎武、龚自珍的诗歌看陶渊明的忠愤》,钱书林,《名作欣赏》2011年第10期。

15.《经世致用与爱国主义——龚自珍政治伦理的二重价值维度》,韩玉胜,《宜春学院学报》2011年第10期。

16.《剑气箫心的学理诠释——评杨柏岭〈龚自珍词笺说〉》,郭青林,《安庆师范学院学报》2011年第11期。

17.《龚自珍不会过日子》,彭忠富,《文史月刊》2011年第12期。

18.《浅论龚自珍文艺思想的渊源》,李东,《大众文艺》2011年第23期。

2012年

1.《"赌博学家"龚自珍》,刘诚龙,《幸福》2012年第1期。

2.《价值重建与制度改革——论龚自珍政治改革思想》,龚郭清,《天津社会科学》2012年第2期。

3.《龚自珍的"遗恨"和吴式芬的"后福"》,张勇军,《春秋》2012年第2期。

4.《龚自珍论"我"》,李洪强、李琼,《孔子研究》2012年第3期。

5.《龚自珍"入出"说的审美意蕴》,郭青林,《齐齐哈尔大学学报》2012年第3期。

6.《龚自珍:中国思想自我启蒙的极限》,阎海清,《休闲读品》2012年第4期。

7.《龚自珍与常州词派》,彭玉平、习婷,《求是学刊》2012年第4期。

8.《"横以孤":王元化与龚自珍——兼论王元化在"思想前夕"的学

思境界》,夏中义,《清华大学学报》2012 年第 5 期。

9.《龚自珍最后的足迹》,柯平,《国学》2012 年第 5 期。

10.《名儒龚自珍背后的那些事》,李芳,《神州民俗》2012 年第 6 期。

11.《歌哭无端字字真——龚自珍〈己亥杂诗〉评析》,朱西花,《科教文汇》2012 年第 8 期。

12.《略论龚自珍词》,孙一新,《青年文学家》2012 年第 9 期。

13.《剑气箫心与龚自珍的精神世界》,郭青林、杨俊,《名作欣赏》2012 年第 11 期。

14.《剑气与箫声——读龚自珍的诗》,李元洛,《中华诗词》2012 年第 12 期。

15.《龚自珍碑志文探微》,许志勇,《淮海工学院学报》2012 年第 13 期。

16.《龚自珍"面目也完"说及其人文意义》,郭青林、杨俊,《名作欣赏》2012 年第 20 期。

17.《浅析龚自珍词学词作风采》,赵来胜,《大家》2012 年第 20 期。

18.《少年击剑又吹箫——论童年经验对龚自珍人格构成及诗歌创作的影响》,谢斐,《名作欣赏》2012 年第 29 期。

19.《简述龚自珍的经世爱国思想》,崔玉宾,《兰台世界》2012 年第 34 期。

2013 年

1.《龚自珍的"名士气"》,游宇明,《文史杂志》2013 年第 1 期。

2.《龚自珍孟学思想论析》,朱湘铭,《安徽工业大学学报》2013 年第 1 期。

3.《试论龚自珍〈己亥杂诗〉的思想内容及艺术成就》,卞波,《黑龙江教育学院学报》2013 年第 1 期。

4.《〈人间词话〉恶评龚自珍原因探析》,张波,《古典文学知识》2013

年第 2 期。

5.《龚自珍尊情说的情感向度与诗学价值》,潘海军,《文艺评论》
2013 年第 2 期。

6.《论龚自珍与吴中词派的离合关系》,习婷、彭玉平,《江海学刊》
2013 年第 2 期。

7.《龚自珍的有我之诗》,罗书华,《华夏文化》2013 年第 2 期。

8.《强烈情感的自然流露——龚自珍情诗解读》,高庆,《常州工学
院学报》2013 年第 4 期。

9.《"落红不是无情物"——浅析龚自珍的风流与浪漫》,刘亮亮,
《佳木斯大学社会科学学报》2013 年第 4 期。

10.《龚自珍的"私"论探析》,彭文桂,《湖南工业大学学报》2013 年
第 4 期。

11.《"通经"以何"致用"——龚自珍、魏源西北研究之比较》,张治
江,《贵州文史丛刊》2013 年第 4 期。

12.《浅探龚自珍词的佛禅情结》,陈草原,《牡丹江教育学院学报》
2013 年第 5 期。

13.《从"剑气箫心"看龚自珍诗作中的生命体验》,曾宇晓,《现代语
文》2013 年第 6 期。

14.《龚自珍跋宋拓本〈裴岑纪功碑〉考辩》,熊明祥,《佳木斯教育学
院学报》2013 年第 7 期。

15.《浅说龚自珍对传统诗教观的反叛》,陈草原,《青春岁月》2013
年第 9 期。

16.《灵箫:让龚自珍警醒的女人》,陈雄,《现代班组》2013 年第 10
期。

17.《从龚自珍〈西域置行省议〉写作年代西北史地学研究》,张淑
红,《图书馆理论和实践》2013 年第 12 期。

18.《真情史诗——龚自珍诗学主张述评》,高云亮,《黑龙江史志》

2013 年第 15 期。

19.《直将阅历写成吟——简论龚自珍诗歌创作的现实批判主义》，高云亮，《黑龙江史志》2013 年第 17 期。

20.《从意像看李贺与龚自珍诗歌之异同》，杜梅，《前沿》2013 年第 17 期。

21.《浅谈传统文学作品中女性形象的话语缺失与现代认同——以龚自珍的三十三首情诗为例》，王怀昭，《名作欣赏》2013 年第 20 期。

22.《龚自珍看"人性论"》，辛鑫，《商》2013 年第 22 期。

23.《清代思想家龚自珍经济学思想简析》，赵俊爱，《人民论坛》2013 年第 35 期。

2014 年

1.《"今文学"视阈下龚自珍"尊情"诗学观念的建构》，王成，《湖北师范学院学报》2014 年第 1 期。

2.《龚自珍的败家儿子》，曹康，《文史博览》2014 年第 2 期。

3.《不拘一格 但开风气——龚自珍文学思想概述》，高鸿雁，《淮北师范大学学报》2014 年第 2 期。

4.《龚自珍和魏源的舆地学研究》，王鹏辉，《历史研究》2014 年第 3 期。

5.《传统文化压制下的异质情感——以龚自珍的〈己亥杂诗〉为例》，李丽，《攀枝花学院学报》2014 年第 3 期。

6.《龚自珍情诗的当代解读——读孙康宜〈龚自珍艳情诗中的自注〉》，韩一嘉，《长治学院学报》2014 年第 4 期。

7.《龚自珍〈己亥杂诗〉中社会更法思想论略》，陈加洪，《淮海文汇》2014 年第 4 期。

8.《从〈浯溪题名残石拓本〉中观龚自珍等人题跋》，松门，《书法》2014 年第 5 期。

9.《从〈送钦差大臣候官林公序〉看龚自珍与林则徐的经世爱国思想》,张淑红,《档案》2014年第5期。

10.《"始卒"、"心情"和"出史入道"——论龚自珍的历史观和史学观》,龚郭清,《天津社会科学》2014年第6期。

11.《龚自珍的社会政治哲学思想新论》,吴根友,《贵州大学学报》2014年第6期。

12.《龚自珍〈己亥杂诗〉中的社会批判思想》,陈加宏,《现代语文》2014年第7期。

13.《龚自珍精神与时代——浙江省青年诗人创作论坛在杭州召开》,杜琳瑛,《中华诗词》2014年第11期。

14.《龚自珍与京师翠微山》,官庆培,《北京档案》2014年第12期。

15.《龚自珍诗词中"落花"意象的多重意蕴》,黄开阳,《青年作家》2014年第14期。

16.《龚自珍对近代文学的开创》,杨洋,《兰台世界》2014年第18期。

17.《龚自珍政治思想浅析》,李伟,《读书文摘》2014年第22期。

18.《从尊情视角考证龚自珍的诗歌创作渊源》,高云亮,《黑龙江史志》2014年第23期。

2015年

1.《龚自珍"壬午受馋"本事与龚、顾恋情探微》,朱家英,《文学遗产》2015年第2期。

2.《解读龚自珍及其诗集〈己亥杂诗〉》,欧阳原珊,《青年文学家》2015年第3期。

3.《龚自珍社会改革思想刍议》,罗进,《史志学刊》2015年第3期。

4.《儒家伦理的批判与歪曲——论龚自珍的儒家伦理观》,方圆、张晓东,《燕山大学学报》2015年第4期。

5.《龚自珍档案思想研究》,霍艳芳、卢东庆,《档案学研究》2015年第 4 期。

6.《龚自珍》,《学苑教育》2015 年第 4 期。

7.《怪人龚自珍》,陈益,《人民文摘》2015 年第 4 期。

8.《经义决事与法律的儒家化问题——以龚自珍〈春秋决事比答问〉为例》,曾亦,《天府新论》2015 年第 6 期。

9.《考据学与龚自珍的诗文创作》,高云亮,《文学教育》2015 年第 6 期。

10.《从龚自珍散文看知识分子的"独警"》,刘丹,《牡丹江大学学报》2015 年第 7 期。

11.《龚自珍的"私"论探析》,兰丽辉、鞠时光,《电子学报》2015 年第 8 期。

12.《龚自珍与浙西词派》,习婷、彭玉平,《学术研究》2015 年第 11 期。

13.《龚自珍启蒙思想家形象构建过程之反思》,任军,《学理论》2015 年第 20 期。

2016 年

1.《论龚自珍诗歌的复与变》,钱志熙,《求是学刊》2016 年第 2 期。

2.《龚自珍编研活动研究》,霍艳芳、孙嘉睿,《山东图书馆学刊》2016 年第 4 期。

3.《龚自珍伦理思想述评》,潘树国,《兰州学刊》2016 年第 4 期。

4.《如何让龚自珍"穿越"回当下?》,郜元宝、郝雨、周涛,《文学自由谈》2016 年第 4 期。

5.《浅析〈病梅馆记〉和龚自珍的人材思想》,黄宏俊,《读天下》2016 年第 14 期。

6.《从经学方面推证龚自珍诗歌的思想性》,董兰、高云亮,《时代教育》2016 年第 18 期。

7.《近五年龚自珍非文学领域研究综述》,王慧,《读天下》2016 年第

19 期。

8.《龚自珍的典籍辨析》,唐晓勇,《社会科学》2016 年第 5 期。

9.《在龚自珍与鲁迅之间"扯扯谈"》,陈歆耕,《文学自由谈》2016 年第 5 期。

10.《龚自珍对陶渊明形象的建构——兼评陶渊明"忠愤说"》,刘桂鑫,《广西民族师范学院学报》2016 年第 5 期。

11.《龚自珍论人才》,乐朋,《唯实》2016 年第 6 期。

13.《龚自珍的思想和他的创作探微》,邓国梅,《中外交流》2016 年第 18 期。

14.《浅论龚自珍诗歌中的爱国主义》,董兰、高云亮,《青年文学家》2016 年第 21 期。

15.《风景·亲情·人道——论龚自珍思想的"江南"维度》,龚郭清,《天津社会科学》,2016 年第 6 期。

16.《论龚自珍词的创作特色》,严丽丽,《牡丹江大学学报》2016 年第 12 期。

2017 年

1.《非虚构写作中的历史叙事与现实观照——以陈歆耕〈剑魂箫韵:龚自珍传〉为例》,郝雨、杨欣怡,《当代作家评论》2017 年第 1 期。

2.《以现代眼光透视"狂士"人格——评陈歆耕〈剑魂箫韵:龚自珍传〉》,张颖,《扬子江评论》2017 年第 1 期。

图书在版编目（CIP）数据

龚自珍诗全集汇校汇注汇评 / 汤克勤编著．
—武汉 ： 崇文书局，2019.10
（中国古典诗词校注评丛书）
ISBN 978-7-5403-5336-0

Ⅰ．①龚…

Ⅱ．①汤…

Ⅲ．①古典诗歌－诗集－中国－清代

Ⅳ．① I222.749

中国版本图书馆 CIP 数据核字（2019）第 134558 号

龚自珍诗全集【汇校汇注汇评】

责任编辑　李慧娟

责任校对　董　颖

封面设计　甘淑媛

责任印制　田伟根

出版发行　长江出版传媒｜崇文书局

地　　址　武汉市雄楚大街 268 号 C 座 11 层

电　　话　(027)87293001　邮政编码　430070

印　　刷　中印南方印刷有限公司

开　　本　880mm×1230mm　1/32

印　　张　16.375

字　　数　403 千

版　　次　2019 年 10 月第 1 版

印　　次　2019 年 10 月第 1 次印刷

定　　价　58.00 元

（如发现印装质量问题，影响阅读，请与承印厂调换）